Mordsgeschäfte – Die Wachmanns ermitteln

Silke Porath lebt, liebt und arbeitet mit ihrem französischen Mann, dem Mops Baudelaire und dem reinrassigen Straßenköter Charlie in ihrer schwäbischen Heimatstadt Balingen. Die Mutter dreier Kinder ist Mitglied bei den 42er Autoren und im Verband deutscher Schriftsteller. Das Zuhause im Netz ist immer geöffnet: www.silke-porath.de

Sören Prescher, Jahrgang 1978, wohnt mit seiner Familie in Nürnberg. Zudem ist er Mitglied der 42er Autoren und freier Journalist des Nürnberger Musik- und Kulturmagazins RCN. Neben zahlreichen Kurzgeschichten-Veröffentlichungen sind in den vergangenen Jahren mehrere Romane von ihm erschienen, unter anderem der Thriller Raststopp. Zusammen mit Silke Porath verfasste er drei Kurzkrimi-Sammlungen sowie den amüsanten Kriminalroman Klosterkeller. Mehr über den Autor unter www.soeren-prescher.de.

Silke Porath
Sören Prescher

Mordsgeschäfte – Die Wachmanns ermitteln

Kriminalroman

Weltbild

MIX
Papier | Fördert gute Waldnutzung
FSC® C083411
FSC
www.fsc.org

Besuchen Sie uns im Internet:
www.weltbild.de

Dieses Werk wurde vermittelt durch die
Literarische Agentur Thomas Schlück GmbH, 30161 Hannover
Projektleitung und Redaktion: usb bücherbüro, Friedberg/Bay.
Umschlaggestaltung: Alexandra Dohse – www.grafikkiosk.de, München
Umschlagmotiv: Alexandra Dohse unter Verwendung von eigenen Bildern und
Bildern von Shutterstock Images / © Eric Isselee und JKI14
Satz: Datagroup int. SRL, Timisoara
Druck und Bindung: CPI Moravia Books s.r.o., Pohorelice
Printed in the EU
ISBN 978-3-98507-442-6

Enno Roth

»Bekloppt. Die sind doch alle komplett verblödet!« Enno Roth umklammerte den Griff seines schwarzen Aktenkoffers so fest, dass die Fingerknöchel weiß hervortraten. Die Ader an seinem Hals pulsierte. Er drückte den Knopf des Aufzugs. Fünf Stockwerke führte der Lift ihn nach unten in die Tiefgarage, wo sein Diesel geparkt war, ein schwarzer Daimler. In Gedanken kehrte er zurück zu der Supervision. Wie er das alles hasste! Die Arbeitsvermittler arbeiteten ohnehin nur nach Schema F. Und er, der Chef der ganzen Truppe, musste regelmäßig Beratungsgespräche beobachten und bewerten. Als ob er nichts Besseres zu tun hätte, als einer kleinen Sachbearbeiterin dabei zuzusehen, wie sie einem Langzeitarbeitslosen zum drölfzigsten Mal erklärte, dass er mit Ende Fünfzig eben keine steile Karriere mehr hinlegen würde. Das nervte ihn. Und das Schreiben der Berichte an die obersten Stellen nervte ihn auch. Denen ging es um Zahlen, um die Statistik. Schau her, liebes Deutschland, wir haben im vergangenen Jahr drei Millionen Beratungsgespräche geführt.

Ja, die waren seine Daseinsberechtigung.

Aber erfuhren die Menschen vor den Bildschirmen auch, dass eine Gisela Schneider dreißig Leute pro Tag durch ihr Büro schleuste – und zwar dreißig, die garantiert keine Arbeit finden würden oder wollten?

»Scheißjob!«, murmelte er und sah auf die Anzeige der Stockwerke. Erster Stock. Erdgeschoss.

Wie immer ruckelte die Kabine, als sie am Erdgeschoss vorbeiglitt.

»Der Techniker taugt auch nichts«, knurrte Roth und warf einen hastigen Blick auf seine Armbanduhr. Er würde zu spät zur Sitzung des Stadtrats kommen. Wieder einmal. Im Kopf machte er sich eine Notiz. Seine Sekretärin würde den Wartungsbetrieb antanzen lassen müssen.

Eigentlich hatte er keine Lust auf die anstehende Sitzung. In der Mittagspause hatte er einen flüchtigen Blick in die Unterlagen und die Tagesordnung geworfen. Die Straßenbeleuchtung im Neubaugebiet interessierte ihn ebenso wenig wie der neue Kreisverkehr im Industriegebiet. Einzig der Bauantrag eines Discounters versprach ein wenig Pfeffer in der Diskussion der Räte. Der Billigheimer wollte in der Innenstadt, auf dem Gelände einer ehemaligen Werkzeugmacherei, ein Wohn- und Geschäftshaus errichten. Roth würde dafür stimmen. Erstens würden dadurch wieder ein paar Arbeitslose aus der Statistik der Agentur verschwinden, deren Chef er nun mal war. Und zweitens spekulierte er auf eins der Penthouses. Nicht für sich, er lebte ganz gut in seinem 300-Quadratmeter-Haus am Speckgürtel der Stadt. Aber mit so einer Wohnung würden sich ihm und Ina ganz neue Möglichkeiten bieten. Auf die Dauer waren die heimlichen Treffen in ihrem winzigen Appartement ja kein Zustand.

Enno lächelte. Er dachte an ihr letztes Treffen vor drei Tagen. Ina hatte ihm längst einen Schlüssel überlassen. Als Webdesignerin arbeitete sie viel von zu Hause aus. Ja, sie hatte nicht immer sofort Zeit für ihn. Doch wenn sie gerade in einem Videocall war, machte er sich einen Kaffee. Manchmal verzog er sich in das kleine Badezimmer und sorgte in der Dusche manuell dafür, dass er später nicht sofort kommen würde. Ina machte ihn kirre, ihre kleinen straffen Brüste machten ihn verrückt, von ihrem sanft wackelnden Hintern konnte er gar nicht genug bekommen.

Ob er sie liebte? Darüber hatte Enno sich nie Gedanken gemacht. Wozu auch? Sie tat, was er wollte. Was sie wollte. Sie war eine freie Frau.

Frau. Scheiße. Bei dem Gedanken an Annette musste er schlucken. Nächste Woche war der Hochzeitstag. Dienstag? Mittwoch? Egal. Seine Vorzimmerdame würde punktgenau einen Blumenstrauß bestellen und einen Tisch bei Annettes Lieblingsitaliener reservieren. So wie immer.

Mit einem leise zischenden Geräusch glitt die Fahrstuhltür auf, als der Aufzug sein Ziel erreicht hatte. Enno Roths Ledersohlen klackerten auf dem Betonboden, als er zu seinem Parkplatz hastete. Der Bewegungsmelder schaltete eine halbe Sekunde zu spät, ehe die Neonröhren aufflackerten.

»Verdammt!« Roth nestelte den Autoschlüssel aus der Tasche seines Jacketts. Im selben Moment vibrierte das Handy in der Innentasche.

»Leckt mich doch alle am Arsch!« Enno wuchtete die Aktentasche aufs Autodach und holte das Mobiltelefon aus seiner Jackentasche.

In derselben Sekunde hörte er einen Knall.

Heiß. Es wurde heiß in seinem Rücken.

Erstaunt riss er den Mund auf und sah sich selbst dabei zu, wie er auf die Knie sank. Das Telefon entglitt seiner Hand und schlitterte über den Betonboden.

Dann wurde es dunkel. Und still. Für immer.

Die sich eilig entfernenden Schritte hörte er nicht mehr.

Charlotte Wachmann

»Auf dich! Und auf die Sommerferien!« Charlotte hob das Glas, in dem ein fast schwarzer Rotwein schwappte, und ließ es gegen das ihres Mannes klirren. Der Dunst des kochenden Pastawassers erfüllte die kleine Küche.

»Auf die Ferien!«, stimmte Peter ein.

Beide tranken einen Schluck und sahen sich dabei tief in die Augen.

»Lehrer müsste man sein.« Lotte drückte ihrem Mann einen Kuss auf die stoppelige Wange. Seit drei oder vier Jahren trug er einen Dreitagebart. Sie machte seine Faulheit dafür verantwortlich, er seine mangelnde Zeit. Egal, was es war, sie fand ihn sexy, obwohl seine Haare allmählich den Rückzug Richtung Hinterkopf antraten.

»Ja, ja.« Peter verdrehte die Augen, und seine Frau wusste sofort, woran er gerade dachte. An den klassischen Irrglauben, dass jeder Lehrer automatisch alle Ferientage frei hat. Das stimmte nicht mal ansatzweise. Vor allem nicht in den sechs Wochen Sommerferien. In den ersten zwei Ferienwochen würde er Berichte schreiben müssen. Spätestens eine Woche vor Schulbeginn musste er antreten, um mit den Kollegen die Stundenpläne für das neue Schuljahr abzusprechen. Das war an der Berufsschule, an der er unterrichtete, nicht anders als an allen Schulen des Landes.

»Mein armer, armer Pädagoge«, sagte Charlotte, der im Polizeidienst nur der reguläre Urlaub zustand. Zugegeben – gegen ihre 30 Tage ging es ihm gut.

Der Timer schrillte, und er goss das Nudelwasser in den Abfluss. Während er die Farfalle auf zwei Tellern anrichtete und die Sahnesauce darübergoss, klemmte sich Lotte die geöffnete Flasche unter den Arm und schnappte sich die beiden Weingläser. Wenig später saß das Paar auf dem Balkon, der ganz im skandinavischen Stil gehalten war. Während sie aßen, stellte Lotte sich vor, dass sie bereits in Schweden angekommen wären und den Tag mit Dösen am Seeufer verbracht hätten.

In gut einer Woche wäre es so weit. Dann endlich konnten sie in dem kleinen Häuschen nahe Stockholm die Seele baumeln lassen. Sie lächelte und ließ den Blick schweifen. Die Sonne stand schon tief, hatte aber noch genügend Kraft, um die Umgebung in ein goldenes Licht zu tauchen. Im Haus gegenüber wurde ein Fenster geöffnet. Eine Nachbarin, deren Namen sie nicht kannte, schüttelte ein Staubtuch aus. Unten auf der Straße fuhr ein Cabriolet vorbei. Der Fahrer musste am Zebrastreifen anhalten, den eine junge Frau mit Kinderwagen überquerte. So kamen die Wachmanns noch einen Moment länger in den Genuss der jazzigen Klänge aus dem Autoradio.

Mit ihrer inneren Kamera machte Charlotte ein Bild. Das war ein perfekter Moment, und sie würde ihn jederzeit abrufen können, in allen Details. Sie schloss die Augen. In ihrem Kopf machte es Klick, wie das Geräusch eines Auslösers, wenn die Blende sich öffnet und wieder schließt. Diese Fähigkeit besaß sie von klein auf, und sie hatte ihr schon mehrfach bei der Arbeit als Kriminalkommissarin wertvolle Dienste geleistet.

»Du hast schon wieder fotografiert«, sagte Peter. Erneut musste Lotte lächeln. Ihr Mann kannte sie sehr genau. Was vielleicht kein Wunder war nach siebzehn Jahren Ehe. Sie öffnete die Augen und prostete ihm zu.

»Möchtest du noch ein Dessert? Ich könnte uns einen schnellen Obstsalat zaubern«, schlug er vor. »Es ist auch noch Käse da.«

»Nein danke, ich bin pappsatt.« Lotte trank einen Schluck. »Aber du kannst dir ja gerne was aus der Küche holen.«

»Lieber nicht, sonst gerate ich in Schweden noch in die Netze von Walfängern.« Er strich sich über den kleinen Bauch, den er seit einigen Monaten sein Eigen nannte.

»Dann nicht, mein Moby Dick.« Lotte lachte, als ihr Mann beleidigt dreinschaute. Sie streifte die Sandaletten ab, änderte die Sitzposition und legte die schlanken Beine auf die Mittelstrebe des Balkongeländers. Für einen Liegestuhl war auf dem Balkon kein Platz, und sie war ohnehin zu hibbelig, um stundenlang in der Sonne zu rösten. Im Geiste ging sie durch, welche Klamotten sie unbedingt noch durch die Waschmaschine jagen musste, damit sie sie in die Ferien mitnehmen konnte. Das weiße Leinenkleid auf jeden Fall. Vielleicht auch die rote Bluse, falls sie, was selten vorkam, doch mal in ein Restaurant gehen würden. Sie verwarf den Gedanken. Diese Bluse liebte Peter an ihr, wohl wahr, aber das Teil war ein richtiges Biest auf dem Bügelbrett. Und Charlotte hasste Bügeln. Sie war Peter dankbar, dass er in der kalten Jahreszeit Wollpullover und bei warmen Temperaturen pflegeleichte Poloshirts zu seinen Jeans trug.

Eine Wespe kreiste über den leer gegessenen Tellern. Beide ließen das Insekt gewähren. Lotte war zwar allergisch auf Wespengift, aber sie hatte eine stille Übereinkunft mit den Plagegeistern getroffen: »Tut ihr mir nichts, dann bleibt die Fliegenklatsche unbenützt.« Das funktionierte seit vielen Jahren. Peter scheuchte das gelbschwarze Tier dennoch mit der Hand fort, stand auf und trug das Geschirr in die Küche. Charlotte wusste genau, dass er es nur auf und nicht in die Spülmaschine stellen würde. Ihr Mann kannte zwar die geografische Lage des Geräts, hatte aber meistens keine Ahnung, wie die Klappe zu öffnen war. Sie hatte sich lange über diese Marotte geärgert. Nun aber war das eben so. Im Gegenzug regte Peter sich nicht mehr darüber auf, dass sie leere Klopapierrollen nicht durch neue ersetzte. Ein klassisches Win-Win.

Peter kam mit einer Schale Erdnüsse zurück, geröstet und nicht gesalzen, wie sie beide es mochten.

»Sind Nüsse neuerdings Fischfutter?«, fragte Lotte mit frechem Unterton, als Peter sich eine Handvoll in den Mund warf.

»Ein Pottwal ist erstens kein Fisch, und zweitens hat er ein riesiges Gehirn. Nüsse sind Gehirnfutter, ergo Ja. Und nebenbei werde ich noch schlauer.«

Lotte lachte lauthals. »Dir steigen die freien Tage ja schon jetzt zu Kopf!«

»Nachdem ich nun nicht mehr ins Lehrerzimmer muss – ja.« Er füllte sein Glas neu. Lotte verneinte. Sie wollte nachher noch in die Wanne. Zu viel Wein und heißes Wasser setzten ihrem Kreislauf zu. Ohnehin war sie froh, wenn sie bald zu Bett gehen konnte. Urlaubsreif traf nicht annähernd den Zustand, in dem sie sich befand. Sie war ausgelaugt, zutiefst müde und sehnte sich nach unendlich langen Tagen, an denen es nichts zu tun gab, außer den Wolken hinterherzuschauen. »Man muss sich auch die Zeit nehmen, um zu träumen«, zitierte sie im Geiste Astrid Lindgren. Die Bücher der schwedischen Autorin hatte sie als Kind regelrecht verschlungen. Am liebsten wäre sie damals nach Bullerbü gezogen, samt ihrem Stoffhasen Freddy und ihrer Lieblingspuppe Dolly.

Peter stellte das Glas etwas zu heftig ab. Lotte zuckte zusammen. »Also? Was war los?« Sie nahm die Füße vom Geländer und setzte sich wieder so hin, dass sie ihrem Mann direkt in die Augen sehen konnte.

»Ach …«, sagte Peter und machte eine wegwischende Handbewegung.

»Das ›Ach‹ klingt nach Mattjes.« So nannten die Kollegen der Josef-Hall-Berufsschule ihren Direktor. Eigentlich hieß der Mann Matthias Kalt und war exakt so glitschig und kalt wie ein Hering. Außerdem, fand Charlotte, sah er auch ein bisschen so aus.

»Butter bei die Fische und Prost!« Peter nahm einen großen Schluck. Dann nestelte er in seiner Hosentasche und holte ein Päckchen Zigarillos hervor. Eigentlich rauchte er nicht. Nicht mehr. Er und Lotte hatten sich vor fünf Jahren sehr, sehr ungern und sehr, sehr mühsam vom Tabak verabschiedet. Aber dann und wann gönnten sie sich noch einen Glimmstängel. Lotte griff gerne zu, als ihr Mann ihr einen Rillo anbot. Der Vorteil an den Dingern war, dass man nach einem genug hatte, nach dem zweiten Kopfweh bekam und nach dem dritten längere Zeit auf dem Klo verbrachte.

Während Peter von Mattjes' Ansprache erzählte, in der

er *den Lehrkörper* (O-Ton) dazu aufforderte, die freien Tage in den Sommerferien für selbst zu bezahlende Online-Fortbildungen zu nutzen, drifteten Lottes Gedanken ungewollt ab. Nicht, dass es sie nicht interessierte, was ihr Mann erzählte, ganz im Gegenteil. Als geschulte Ermittlerin war sie durchaus in der Lage, gleichzeitig jemandem zuzuhören und nachzudenken. Die Sonne sank weiter, bald würde es dunkel sein. Lotte fröstelte. Sie schlang sich die Arme um den Oberkörper, ging noch einmal die Packliste durch und überlegte, welches Buch sie in die Wanne mitnehmen sollte. Den Historienschmöker mit seinen über sechshundert Seiten, der sie ins Mittelalter entführen würde, oder den fluffigen Liebesroman? Krimis las sie nie. Die waren in etwa so weit entfernt vom polizeilichen Alltag wie eine Krankenhausdoku im Privatfernsehen von einer Operation am offenen Herz.

Das Schrillen des Haustelefons riss sie aus ihren Gedanken und Peter aus seiner Erzählung.

»Ich geh schon«, sagte er und eilte in den Flur, wo das Festnetz eingestöpselt war.

»Hier bei Wachmann«, hörte sie ihn sagen. Sie grinste. Wo auch sonst sollte ein Anrufer landen, wenn er ihre Nummer wählte? Sie selbst meldete sich stets mit einem knappen »Hallo!«.

»Ja, Moment, ich muss nur auf den Balkon.« Sowie Charlotte das hörte, straffte sie unweigerlich die Schultern und drückte den Zigarillo im Blumenkasten aus. Die schlaffen Geranien würden es ihr hoffentlich verzeihen.

»Für dich.« Peter hielt ihr den schnurlosen Hörer hin. Mit den Lippen formte er stumm das eine Wort, das sie ganz bestimmt in diesem Moment nicht hören wollte. »Polizei.«

»Ja?«, sagte sie knapp.

Am Ende meldete sich ein sehr, sehr junger Mann. Vermutlich ein Polizeianwärter, den die erfahrenen Kollegen zur Nachtschicht verdonnert hatten, weil sie selbst lieber mit der Familie oder den Nachbarn grillen wollten. Er stellte sich als »Fiedler, Julius« vor. Seine Stimme kiekste vor Aufregung.

»Frau Wachmann, ich, äh … also …«

Lotte half ihm auf die Sprünge. »Es gibt einen Einsatz?«

»Ja. Ja. Da ist … also … da ist ein Toter.«

Davon gibt es jede Minute viele, dachte Lotte, sprach es aber nicht aus, sondern fragte nach dem Ort des Einsatzes.

Als Fiedler ihr die Adresse nannte, ging sie kurz im Kopf die Route durch. »Ich bin in zwanzig Minuten dort. Spurensicherung ist informiert?«

»Ich … also … das weiß ich nicht.«

»Ob Sie das wissen, ist mir egal. Ich schicke Ihnen die Nummer der Forensik. Informieren Sie die Kollegen.«

»Jawoll!«

Lotte grinste. Sie konnte förmlich sehen, wie der arme junge Kerl salutierte. Dann legte sie auf.

»Sag bloß nicht …«

»Doch. Die Badewanne gehört dir.« Lotte sprang auf, drückte Peter einen Kuss auf den Mund und hastete Richtung Wohnungstür. Eilig schlüpfte sie in ihre knallgrünen Turnschuhe und angelte die Jacke vom Haken.

Sie schlüpfte aus der Tür. Peter folgte ihr ins Treppenhaus. Lotte hastete die Stufen hinab.

»Ich schreibe einen Bestseller! Den Titel habe ich schon: *Heirate nie eine Kommissarin*«, rief er ihr hinterher.

»Ich liebe dich auch!«, gab sie zurück. Dann eilte sie davon.

Keine zwei Minuten später saß sie in ihrem Wagen, für den sie zum Glück an diesem Abend einen Parkplatz in der Parallelstraße gefunden hatte. Sie überlegte, kurz beim Präsidium vorbeizufahren, um das Privatauto gegen ein Dienstfahrzeug einzutauschen, beschloss dann aber, dass sie das nur unnötig aufhalten würde. Da stöpselte sie lieber das Smartphone ein und startete den Motor des Kombis. Eigentlich war der viel zu groß, aber Peter und sie hatten sich vor acht Jahren zum Kauf entschlossen. Erstens war das Angebot des Jahreswagens unschlagbar günstig gewesen, und zweitens hatten sie damals noch gedacht, dass die Hormonbehandlung anschlagen würde. Nach dem fünften Versuch hatten sie dann aber aufgegeben. Ja, Lotte hatte sich ein Kind gewünscht. Peter nicht so sehr, er hatte tagtäglich mit mehr oder weniger missratenden Teenagern zu tun. Aber was nicht sein sollte, das sollte eben nicht sein, und sie war pragmatisch genug, um dem nicht nachzutrauern. Wenn sie ein Kind sehen wollte, dann besuchte sie ihre Schwester im Münsterland. Die hatte gleich drei davon, und wenn sie ehrlich war: Nach drei Tagen zu Besuch bei der Bande war sie froh, wieder ihre Ruhe zu haben.

Das Navi benötigte sie nicht. Erstens kannte sie die Stadt wie die abgedroschene Westentasche, und zweitens führten quasi alle Wege ins Zentrum, wo der Betonklotz aus den späten 1970ern stand. Der weiße Anstrich und der pseudomoderne Anbau, der zu Beginn des neuen Jahrtausends erstellt worden war, konnten ebenso wenig über die Tristesse des Gebäudes hinwegtäuschen wie der spärliche Garten, der mit einem halben Dutzend schwächlicher Bäume und dürrem Gras über der Tiefgarage angelegt worden war. Die paar Bänke wurden tagsüber von Senioren genutzt, in der Dunkelheit von Jugendlichen, die sich erwachsen fühlen und Bier trinken wollten. Fast jede Woche tauchte der Platz im Polizeibericht auf, den die Lokalzeitungen veröffentlichten.

»Jetzt kriegen die Pressefuzzis endlich was, worüber sie im Sommerloch berichten können«, sagte Lotte zu sich selbst, als sie in die Straße der Agentur für Arbeit einbog. Sie hätte ihren Einsatzort gar nicht verfehlen können, denn wie üblich war die Szenerie in der mittlerweile fast dunklen Stadt von Blaulichtern durchbrochen. Polizei. Krankenwagen. Selbst die beiden sich ständig Duelle liefernden Bestatter waren bereits vor Ort. Schnick, schnack, schnuck, welches Institut würde wohl den Auftrag für die Kutschfahrt zur 50 Kilometer entfernten Rechtsmedizin bekommen? Charlotte konnte das herzlich egal sein. Sie parkte den Wagen nicht ganz legal halb auf dem Gehweg und hastete zur Absperrung. Der erste Lokalreporter war schon da und fotografierte die Szene aus allen möglichen Blickwinkeln. Sie sah zu, dass sie nicht vor seine Linse kam, zückte den Dienstausweis und schlüpfte nach einem kurzen Nicken des Kollegen unter dem Flatterband hindurch. Eilig lief sie die Rampe nach unten.

Die Schranke war geöffnet. Lotte rümpfte die Nase.

Hier unten stank es nach Benzin und Abgasen. Muffig, wie in einer Tiefgarage eben üblich. Hinter sich hörte sie das eilige Quietschen von Turnschuhen. Sie wandte sich um. Mit hochrotem Kopf und verstrubbelten Haaren, das Hemd nur zur Hälfte in die Hose gesteckt, eilte Kai Krause hinter ihr her. Ihr Assistent war – wieder einmal – frisch verliebt, und sie sah ihm genau an, bei welcher Beschäftigung der Anruf ihn unterbrochen hatte. Er schnaufte, als er sie erreichte.

»Abend, Chefin«, keuchte er.

»Du hast Lippenstift an der Wange.« Charlotte grinste. Kai wischte sich über die linke Wange.

»Andere Seite.«

Wieder wischte er. Die beiden gingen zu den Kollegen, die bereits die Flutlichtstrahler installiert hatten. Ein Lotte nicht bekannter Beamter vom KDD machte Fotos, streng geordnet nach den schwarzen Nummernschildern. Die Forensiker, erkennbar an den weißen Anzügen, waren bereits vor Ort. Der junge Anrufer hatte also getan, was sie ihm aufgetragen hatte. Einen Moment lang ließ sie die Szenerie auf sich wirken. Dann angelte sie weiße Überzieher für ihre Sneaker und ein paar Handschuhe aus einem der geöffneten Koffer und trat näher. Die Kollegen hielten in ihrer Tätigkeit inne und schwiegen. Es war nicht der erste Mordfall, den sie mit Kriminaloberkommissarin Charlotte Wachmann aufzuklären hatten. Sie alle wussten, was nun geschehen würde.

Lotte blendete alle Umstehenden aus. Für einen kurzen Moment schloss sie die Augen und atmete tief ein. Als sie die Augen wieder öffnete, war sie allein in der Tiefgarage.

Und sie fotografierte, wie Peter das sagen würde, jedes einzelne Detail.

Enno Roth lag mit dem Gesicht auf dem kalten Betonboden. In seinem Hinterkopf klaffte ein Einschussloch. Auch ohne ihn umzudrehen, wusste sie, dass von seinem Gesicht und der Hakennase, die sie oft genug in der Zeitung gesehen hatte, nicht mehr viel übrig sein würde. Sie fixierte die Einschussstelle, die direkt oberhalb des Atlaswirbels saß. Der Schütze oder die Schützin musste ein gutes Stück kleiner gewesen sein als der hochgewachsene Roth, der wie ein gefällter Baum nach vorne gekippt sein musste. Die Arme lagen schlaff links und rechts neben dem toten Körper. Demnach war er vermutlich sofort tot gewesen und hatte keinerlei Reflexe mehr gehabt, um sich abzustützen.

Lotte trat näher und gab Acht, nicht in die Blutlache zu treten, die sich fast einen Meter weit um den zerschossenen Schädel ausgebreitet hatte. Sie ging zum Wagen. Die Limousine war nicht abgeschlossen. Dazu passte der Autoschlüssel, der aus der Hand des Toten gerutscht und über den Boden geschlittert sein musste, als dessen Muskeln erschlafften.

Auf dem Dach des Autos lag eine Aktentasche. Braunes Leder. Teures Leder. Ohne Schrammen. Die Tasche schien recht neu zu sein. Die Kommissarin sah genauer hin und erkannte das Label einer italienischen Nobelmarke. Klick. Sie fotografierte alles im Kopf. Den Inhalt des Luxuskoffers würde sie später unter die Lupe nehmen. Der gehörte zunächst der SpuSi.

Sie ballte die Hände zu Fäusten, als Kai hustete. Nein,

sie durfte jetzt auf keinen Fall die Konzentration verlieren. Einatmen, ausatmen, sich fokussieren.

Wo kamst du her? Über die Rampe? Hast du hinter einer Säule gewartet?

Ihr Blick fiel auf das Mobiltelefon des Toten. Sie griff danach. Natürlich war es gesperrt. Lotte ging in die Hocke und legte den bereits kalt werdenden rechten Zeigefinger von Enno Roth zum Entsperren auf. Rasch hatte sie die Telefon-App geöffnet. Den letzten Anruf hatte er nicht mehr entgegennehmen können. Die Nummer war unterdrückt.

»Mist.« Lotte scrollte nach oben. Der vorletzte Anruf war von *Zuhause* gekommen, kurz nach der Mittagspause. Davor zwei anonyme Anrufe. Am Vortag hatte Roth offenbar seine Physiotherapeutin angerufen. Einen Pizzadienst. Die Kollegen würden die Anrufe auswerten. Sie switchte zu den SMS. Die letzte war zwei Jahre alt und enthielt einen Code zur Entsperrung einer Website. Bei WhatsApp sah es ähnlich traurig aus. Ein paar Fotos von Freunden oder Bekannten aus dem Urlaub, ein paar semiwitzige Fotos aus dem Internet. Charlotte notierte innerlich, dass die gelöschten Nachrichten wieder hergestellt werden müssten. Denn löschte nicht jeder Mensch Nachrichten? Enno Roth dürfte da keine Ausnahme sein.

Sie nickte den Kollegen zu. Eine junge Frau im weißen Schutzanzug verstand und hielt der Kommissarin eine Plastiktüte hin, in die Lotte das Telefon gleiten ließ. In eine zweite gab sie den Autoschlüssel.

Dann positionierte sie sich zu Füßen des Toten. Sie trat so nah wie möglich an dessen Schuhsohlen.

Hier hast du gestanden. Was hast du gedacht? Was fiel zuerst zu Boden? Dein Schlüssel? Das Telefon, das wie durch ein Wunder keinen Riss im Display hat? Was hast du gehört? Nein, umgewandt hast du dich nicht. Du bist gestorben mit dem Blick auf dein Auto.

Sie ging erneut zum Wagen. An der Tür zur Fahrerseite sah sie Blut, Gehirnmasse, Hautfetzen. Enno Roth hatte keine Chance gehabt. Lotte schloss die Augen. Prägte sich jedes Detail ein. Dann wandte sie sich ab und ging zu Kai. Wie auf ein geheimes Stichwort hin nahmen alle Kollegen ihre Arbeit wieder auf.

»Du hast da noch immer Lippenstift, Kai. Und außerdem könntest du mal deinen Hosenstall schließen.«

Kai Krause lief rot an und zog an seinem Reißverschluss. »Sorry, Chefin.«

»Kein Ding, ich war auch mal so jung wie du.« Sie zwinkerte ihm zu. An Kais tomatenfarbenen Wangen änderte das zunächst wenig. Erst als die beiden über die Rampe die Tiefgarage verließen, wurde Krauses Gesichtsfarbe wieder normal.

»Und jetzt, Chefin?«, erkundigte er sich, als er hinter Lotte durch das Flatterband tauchte. Nun konnten beide nicht mehr verhindern, dass sie fotografiert wurden. Mittlerweile hatten fünf Fotografen von dem Einsatz Wind bekommen, und eine erste Radiostation baute den Übertragungswagen auf.

»Bloß weg hier«, sagte Lotte und zog Kai mit sich zu ihrem Wagen. Einen Strafzettel würde sie kaum kassieren. Dennoch sah sie zu, dass sie Land gewann. Kaum waren beide eingestiegen, lenkte sie das Fahrzeug in Richtung Präsidium.

»Krause, damit eins klar ist«, sagte Lotte nach einer schweigsamen Fahrt, als sie auf ihrem für sie reservierten Parkplatz den Motor abstellte. »Ich fahre in gut einer Woche nach Schweden. Auf jeden Fall. Bis dahin haben wir den Täter. Oder die Täterin.«

»Natürlich«, sagte Kai. Lotte konnte ihm anhören, dass er genau so wenig daran glaubte wie sie selbst.

Peter Wachmann

»Lotte?« Peter tastete zur anderen Bettseite. Sie war leer. Obwohl er ahnte, dass seine Frau die Nacht in ihrem Büro im Präsidium verbracht hatte, stand er auf und tappte schlaftrunken zum Wohnzimmer. Hin und wieder kam es vor, dass seine Liebste mitten in der Nacht nach Hause kam und, um ihn nicht zu wecken, die restlichen Stunden bis zum Weckerklingeln auf dem Sofa verbrachte. Heute nicht. Auch die Couch war verwaist.

Peter seufzte. Dann schleppte er sich in die Küche und startete den Vollautomaten. Eigentlich hatte er an seinem ersten Urlaubstag ausschlafen wollen. Mit seiner Frau im Arm. Er schaute auf das Display des Festnetzes. Sechs Uhr und drei Minuten. Ob er jemals wieder den Lehrer-Zeitrhythmus loswerden würde? Schlaftrunken stellte er einen Becher unter die Maschine und drückte die Tasse für *Kaffee extra stark.* Während das Mahlwerk ratterte, wischte er sich den Schlaf aus den Augen. Dann erst sah er, dass es eine neue Nachricht auf dem Anrufbeantworter gab. Er drückte die Taste.

Eine neue Nachricht. Empfangen gestern um 23.56 Uhr: »Peter, Schatz, du ahnst es. Ich hab da was zu klären. Enno Roth wurde erschossen. Wer auch immer das war, von Schweden hält er uns nicht ab. Lieb dich!«

Schweden. Lotte. Peter gähnte. Der Kaffee war durchgelaufen. Er warf zwei Stück Würfelzucker in den Becher, fischte einen Löffel aus der Schublade und rührte um. Nach dem ersten Schluck, an dem er sich beinahe die Zunge verbrannte, nahm sein Hirn die Arbeit auf.

Wer war tot? Enno Roth?

Der Name sagte ihm was. Er fuhr, noch immer schlaftrunken, den Laptop hoch. Auf dem Balkongeländer zankten sich zwei Rotkehlchen. Peter hörte das *Pling* des Geräts, gab das Passwort ein und klickte sich bei *Google* ein. Wenige Sekunden später waren die Vögel verschwunden, und er starrte auf über siebzehntausend Ergebnisse zu Enno Roth.

»Ach du Scheiße«, murmelte er und trank drei große Schlucke des noch immer zu heißen Koffeingebräus. »Der war das. Na, Lotte, da wünsch ich dir viel Glück.«

Das Medieninteresse würde riesig sein. Der Direktor der Agentur für Arbeit war Mitglied im Stadtrat gewesen, Sprecher seiner Fraktion im Bauausschuss und Vorsitzender eines hiesigen Amateur-Fußballvereins. Einer der neueren Einträge zeigte Roth neben dem Bürgermeister und Falk Götze, dem städtischen Sportverantwortlichen, bei einer Jubiläumsfeier im vergangenen Winter. Die nächste Vereinsfeier würde Enno Roth nun nicht mehr erleben.

»Ich kannte den«, sagte Peter zu sich selbst. Es war das erste Mal, dass er ein Mordopfer gekannt hatte, dessen Tod seine Frau aufklären musste.

Nun ja. Kennen war zu viel gesagt. Er hatte das eine oder andere Mal mit der Agentur zu tun gehabt, wenn es Probleme mit dem Ausbildungsbetrieb eines Schülers gab oder ein Absolvent von der Lehrfirma nicht übernommen wurde. Allerdings war das stets nur dann der Fall gewesen, wenn der Fachlehrer erkrankt war und er ihn oder sie vertreten musste. Als Lehrer für Deutsch und Geschichte fielen solche Unterstützungen für die Schüler normalerweise nicht in sein Ressort.

Persönlich begegnet war Peter dem Toten bewusst nie. Vielleicht war Roth mal bei einem Tag der offenen Tür im Schulzentrum gewesen? Er erinnerte sich jedenfalls nicht daran. Ohnehin herrschte an solchen Tagen ein immenser Trubel auf dem Gelände, in den Klassenzimmern und vor allem in den Werkstätten, wo die angehenden Kfz-Mechatroniker oder Schreiner ihren Eltern und Geschwistern stolz vorführten, was sie bereits alles auf dem Kasten hatten. Er und seine Kollegen für Englisch oder Buchhaltung waren meistens eingeteilt, um auf dem weitläufigen Schulhof und zwischen den einzelnen Werkstattgebäuden darauf zu achten, dass zumindest die noch minderjährigen Schüler keinen Alkohol tranken, Zigaretten oder gar Cannabis rauchten.

Den Gedanken an die Schule wischte Peter weg, indem er sich ausgiebig unter die Dusche stellte. Es waren schließlich Ferien, und er hatte sich fest vorgenommen, zu entspannen, endlich mal wieder ein gutes Buch zu lesen, in der Sonne zu sitzen und vor allem die Leichtigkeit des schwedischen Sommers mit seiner Charlotte zu genießen.

Als er sich eine kurze Hose und ein leichtes Polohemd

angezogen hatte, checkte er die Nachrichten auf dem Smartphone. Natürlich hatte Mattjes in der WhatsApp-Gruppe *Kollegium* bereits am frühen Morgen Grüße an die Belegschaft rausgeschickt mit dem Hinweis, dass er diese Nachricht aus dem Rektorat schicke, weil er noch Einiges an Verwaltungsdingen zu klären habe, ehe auch er in die wohlverdienten Ferien … Bla, bla, bla. Wenn es nach diesem Mann ginge, dann würden bundesweit die Ferien auf maximal zwei Wochen eingestampft. Nun gut, was man so über seine Frau hörte, war Matthias Kalt wahrscheinlich froh, wenn er sein offenbar wenig trautes Heim verlassen konnte.

Die zweite Nachricht war von Charlotte. Sie endete mit einem Kussmund-Smiley. Zuvor teilte sie ihm mit, dass sie zur Leiterin der *SOKO Tiefgarage* gekrönt worden war. Was das bedeutete, war Peter klar: Er würde seine Gattin in den kommenden Tagen wenig bis gar nicht zu Gesicht bekommen. Sie würde, wenn sie nicht auf der Klappcouch in ihrem Büro schlief, nur zum Ausruhen, Duschen und Umziehen nach Hause kommen.

Mit einem Seufzen schrieb er zurück: *Pass auf dich auf. Denk an Schweden. Und ein kleines bisschen auch an mich!*

Nach dem Senden der Nachricht beschloss er, mit den ersten Urlaubsvorbereitungen zu beginnen. Sein Plan führte ihn aus dem Haus. Er schnappte sich das Fahrrad, das im Hinterhof angekettet gewesen war, und machte sich auf den Weg in die City, wo er zielstrebig seine Lieblingsbuchhandlung ansteuerte. Für sich selbst erstand er drei Autobiografien und zwei Krimis in englischer Sprache. Bei Letzteren dachte er an seine Frau und grinste unweigerlich.

»Wenn ich wissen will, wie meine Arbeit geht, dann lese ich die. Machen angehende Chirurgen mit Arztromanen ja auch«, würde sie diese Art von Literatur kommentieren.

Er hoffte, dass sich Lotte über die Bücher, die er für sie ausgewählt hatte, freuen würde. Sie liebte historische Schmöker. Was ihn wiederum schon des Öfteren veranlasst hatte, die durch seine Geschichtslehrer-Brille betrachteten historischen Verbiegungen der Ereignisse auf die Schippe zu nehmen. Andererseits nötigte es ihm gewaltigen Respekt ab, wie diese Autoren Geschichte lebendig werden ließen. Er bewunderte das und hatte schon mehrmals überlegt, ob er nicht ebenfalls mal versuchen sollte, einen Roman zu schreiben.

Nach dem Bezahlen packte er die Ferienlektüre in seinen Rucksack und wollte sich eben auf sein Rad schwingen, als sein Mobiltelefon klingelte.

Es war Bernd.

»Kollege, was gibt's?«

»Stimmt das mit Roth?« Wie immer redete der Fachlehrer für Informatik nicht um den heißen Brei herum. Eine Eigenschaft, die Peter sehr zu schätzen wusste. Dass sie seit einigen Jahren an derselben Schule unterrichteten, war für die beiden ehemaligen Kommilitonen ein Glücksfall.

»Was soll da stimmen?« Peter spannte Bernd gerne auf die Folter. »Und welcher Roth überhaupt?«

»Der vom Arbeitsamt.«

»Ja? Was soll mit dem sein?«

»In der Onlineausgabe der Zeitung steht, dass er ermordet wurde. Bei dem Artikel war ein Bild dabei. Lotte ist leider nur von hinten zu sehen.«

»Na, zum Glück weiß ich ja, wie die Vorderseite meiner Frau aussieht.«

»Also, stimmt das nun oder nicht?« Bernd war so ziemlich der ungeduldigste Mensch, den Peter kannte. »Du musst das doch wissen, du sitzt ja quasi an der Quelle.«

»Im Moment stehe ich vor dem Buchladen. Aber ja, ehe es dich zerreißt, ich kann das bestätigen. Lotte und die SOKO sind dran.«

»Furchtbar.« Es folgte ein längeres Schweigen. »Vor welchem Buchladen stehst du denn?«

Peter nannte ihm den Namen.

»Passt ja prima, ich wollte gerade ins *Götterspeise.* Hast du Lust?«

»Klar, bin in fünf Minuten da.« Peter legte auf und trat kurz darauf beherzt in die Pedale. Das *Götterspeise* fungierte tagsüber als Café, am Abend wurden dort leichte Bistrogerichte serviert. Er und Lotte kamen vor allem im Sommer gerne hin, wenn man von der Terrasse aus einen schönen Blick auf das Gewusel rund um den Brunnen auf dem Marktplatz hatte. Lotte trank dann gerne einen Sprizz, während er eher auf ein Bier oder einen gut temperierten Rotwein auswich.

Als er das Rad abstellte, winkte Bernd ihm bereits zu. Er hatte einen Tisch in der vordersten Reihe ergattert, unter einem großen Sonnenschirm. Peter lief die Stufen hinauf, riss den Rucksack vom Rücken und ließ sich neben seinem Kumpel in den Rattanstuhl fallen.

Die beiden Männer hoben synchron die Finger, als eine blutjunge Bedienung erschien. Bernd bestellte ein alkoholfreies Radler, Peter eine große Cola. Für Kaffee war es zu spät, für Alkohol noch zu früh.

»Das ist so unglaublich«, sagte Bernd unvermittelt. »Ich meine, nicht nur, dass Roth offenbar umgebracht wurde.«

»Sondern?«

»Na ja, dass so was hier passiert – bei uns vor der Haustür.«

Wenn du wüsstest, dachte Peter, *wie vielen ungeklärten Todesfällen »vor der Haustür« Charlotte Jahr für Jahr nachgehen muss.* Vom Witwenmord über Totschlag bis hin zum Erwürgen der eigenen Kinder gab es alles. Und längst nicht alles drang an die Öffentlichkeit.

»Jo«, sagte er und trank das halbe Glas der braunen Brause auf einmal. Bernd nippte an seinem dieselfreien Gerstencocktail.

»Meinst du, das war ein gezielter Mord? Oder müssen wir alle um unser Leben bangen?«

»Wer sollte dir denn an den Kragen wollen?«

»Keine Ahnung. Ein Schüler vielleicht?«

Peter lachte. »Ach komm, du bist mit Abstand der Lieblingslehrer von allen!«

»Mag sein. Aber ...«

»Jetzt beruhige dich mal. Warum nimmt dich das überhaupt so mit?«

»Weil ... also ... ich hab den Roth im April persönlich erlebt.«

Peter verscheuchte eine Wespe, die vom Zuckerwasser angelockt worden war. »Wie das denn?«

»Du kennst doch den Jan-Silas Zerber.«

»Klar, wer kennt den nicht?« JSZ, wie sie ihn gerne abkürzten, hatte sich binnen weniger Wochen zum »Star« der Berufsschule gemausert. Erstens, weil er durch permanente Abwesenheit glänzte, in der Schule ebenso wie in der Werkstatt, in der er zum Autoglaser ausgebildet wurde. Und wenn er dann doch mal erschien, wurde er unflätig oder gar gewalttätig. Mehrfach waren Stühle durch das Klassenzimmer geflogen, vom Schreiben der Wochenberichte hielt der 17-Jährige offenbar nichts. Der Lehrbetrieb hatte nach nicht mal einem Jahr angekündigt, den jungen Mann nicht weiterbeschäftigen zu wollen.

»Ich war dann mit ihm bei der Agentur«, erzählte Bernd.

Es war wohl der Tag der regelmäßigen Supervision gewesen, dem sich die Angestellten der Agentur regelmäßig unterziehen mussten. Bernd und sein Schützling hatten das Büro der Sachbearbeiterin pünktlich betreten. Aber nicht nur die schwarzhaarige Frau, an deren Namen er sich nicht mehr erinnerte, war im Raum gewesen – auch Enno Roth persönlich. Er hatte in der Ecke gesessen, ein selbstgefälliges Grinsen auf den Lippen und ein Klemmbrett auf dem Schoß. Die Mitarbeiterin hatte sichtlich nervös gewirkt.

Ganz anders als Jan-Silas, dem das alles buchstäblich am Allerwertesten vorbeiging. Seinem glasigen Blick nach schlussfolgerte Bernd, dass der Schüler Hasch statt Haferflocken zum Frühstück konsumiert hatte.

Es war ein Gespräch nach dem üblichen Muster. Die Vermittlerin stellte Fragen, machte sich Notizen und dem jungen Mann Vorschläge. Bernd musste sich kaum einschalten, denn JSZ zeigte tatsächlich so etwas wie Einsicht. Doch als Lehrer und Schüler das Büro verlassen hatten und einen Moment im muffigen Gang innehielten, polterte Roth los. Trotz der verschlossenen Tür war seine Stimme deutlich zu hören gewesen. Ob die Vermittlerin denn von allen guten Geistern verlassen sei, diesen lethargischen Psycho auch noch zu unterstützen? Der gehöre in eine geschlossene Einrichtung und sie umgehend vom Dienst suspendiert. Den Rest hatte Bernd nicht mitbekommen, aus Sorge um Jan-Silas hatte er diesen mit sich gezogen und quasi fluchtartig das kantige Gebäude verlassen.

»Dieser Roth war echt ein Kotzbrocken«, beendete Bernd seinen Bericht. »Wer den gekillt hat, hat eigentlich einen Orden und keine Gefängnisstrafe verdient.«

»Vorsicht mit solchen Äußerungen, Herr Kollege«, erinnerte ihn Peter. »Nicht, dass das wer für bare Münze nimmt und dir Gewaltverherrlichung vorwirft. Wenn es im Sommer keine Schlagzeilen gibt, machen die Medien selbst aus so einer Mücke einen Elefanten.«

»Glaub ich nicht. Die haben jetzt erst mal genug damit zu tun, Roths Berufs- und Privatleben auseinanderzunehmen. Da liegt bestimmt so Einiges im Argen.«

»Wie kommst du denn darauf?«

Bernd zuckte mit den Schultern. »Nur ein Schuss ins Blaue. So, wie der Typ mit seiner Mitarbeiterin umgegangen ist, hat der bestimmt noch ganz andere Sachen auf dem Kerbholz. Wahrscheinlich wird sich Lotte vor möglichen Verdächtigen kaum retten können.« Er hielt kurz inne, bevor er mit einem frechen Grinsen fortfuhr: »Wer weiß: Vielleicht melden sich demnächst sogar zig Leute und behaupten, es getan zu haben. Das wäre doch mal was: Ein Fall, bei dem die Verdächtigen Schlange stehen. Jeder behauptet, es getan zu haben, um den Ruhm dafür einzuheimsen.«

»Manchmal hast du eine echt komische Sicht der Dinge. Immerhin geht es um ein Menschenleben!«

Bernd nahm einen Schluck von seinem alkoholfreien Radler. »Geschenkt. In der Theorie sind selbstverständlich alle Menschen gleich. Aber wenn du genauer hinschaust, ist es um Einige nicht besonders schade.«

Darauf erwiderte Peter nichts. Er wusste, dass sein Kollege damit Recht hatte. Leider.

Einige Sekunden schwiegen sie und verfolgten das Gewusel rund um den Brunnen auf dem Marktplatz. Zwei picklige Teenager-Jungs mit Skateboards versuchten, zwei gleichaltrige Mädchen in ein Gespräch zu verwickeln, ernteten jedoch bloß abschätzige Blicke und kurze, vermutlich wenig schmeichelhafte Kommentare. Die Jungen ließen sich davon nicht entmutigen und schauten sich wenig später nach anderen Mädchen um. Weil die Sonne schien und Ferien waren, wurden sie auch gleich darauf fündig. Peter faszinierte ihre Unbeschwertheit und Energie. Vor gefühlten tausend Jahren war er auch mal so gewesen. Die Balz hatte er Gott sei Dank nicht mehr nötig, aber ein bisschen was von ihrer Vitalität und Lebensfreude könnten die Jugendlichen ihm gerne abgeben. Die gingen mit zunehmendem Alter nämlich etwas im Alltagsstress verloren.

»Hast du schon den neuen Marvel-Film gesehen?«, fragte Bernd in dem Moment, so als wären sie ebenfalls noch Teenager und nichts wäre wichtiger als Mädchen, Filme und eine gute Zeit. »Der soll echt klasse sein. Nicht nur Effekte, sondern auch eine coole Story.«

»Nein, noch nicht. Ich weiß schon gar nicht mehr, wann ich das letzte Mal im Kino war.«

»Dann wird es höchste Zeit. Wenn Lotte diese Woche mit ihrem Fall beschäftigt ist, können wir zusammen losziehen. Ist allemal besser, als daheim sitzen und Trübsal blasen.«

»Ach, ich wüsste schon, wie ich mich beschäftigen könnte.« Peter klopfte auf den Bücherkauf in seinem Rucksack. »Langweilig wird mir so schnell nicht.«

»Lesen kannst du in Schweden genug. Lass uns in der Zeit, in der du hier bist, lieber noch was unternehmen.«

In der Hinsicht hatte Bernd deutlich leichter reden. Seit seiner Scheidung vor ein paar Jahren war er – wie er stets gern betonte – frei, unabhängig und machte den lieben langen Tag ausschließlich das, was er für richtig hielt. Technisch gesehen konnte auch Peter tun und lassen, was er wollte. Dennoch war es etwas völlig anderes, wenn man einen Ring am Finger trug. Nicht, dass er in der Hinsicht etwas vermisste. Peter genoss die Vorzüge und Annehmlichkeiten, die eine Ehe mit sich brachte, obgleich das bedeutete, nicht immer sofort Zeit zu haben, wenn einem Freund mal danach war. »Ich schau mal«, sagte er daher diplomatisch. Das war weder eine Ab- noch eine Zusage. Wenn er ehrlich zu sich war, hatte er noch nicht die geringste Ahnung, was er die Woche über alles machen wollte. Mit Ausschlafen und Lesen konnte man schließlich keinen ganzen Tag ausfüllen. Eigentlich hatte er ja auf etwas gemeinsame Zeit mit Lotte gehofft, während sie Bereitschaft hatte. Sie selbst hatte natürlich ebenfalls davon geträumt, diese Woche alles ein bisschen gemächlicher angehen zu lassen. Aber der Plan dürfte mit dem jüngsten Mordfall wohl Makulatur geworden sein.

»Tu das. Aber schau nicht zu lange. Nicht, dass die besten Plätze schon weg sind. In der ersten Reihe möchte ich nicht sitzen. Da kriegt man Genickstarre.«

Die Vorstellung brachte Peter zum Schmunzeln. Sie schwatzten noch einige Zeit über Gott und die Welt, während sie nebenbei ihre Gläser leerten. Als sie sich verabschiedeten, schien das Thema Enno Roth bereits in weite Ferne gerückt zu sein.

Charlotte Wachmann

In den ersten Minuten der Fahrt schwiegen sie, worüber Charlotte alles andere als unglücklich war. Die Nacht war lang und anstrengend gewesen. Erst die Zeit am Tatort, dann die erkennungsdienstliche Erfassung und ersten Überprüfungsschritte, die zu Beginn jeder Todesfallermittlung anstanden. Üblicherweise zählte dazu auch, die Angehörigen des oder der Verstorbenen so bald wie möglich zu kontaktieren. Aber auf ausdrücklichen Wunsch des Dienstgruppenleiters hatten Lotte und ihr Assistent diesen Schritt von der Nacht auf den frühen Vormittag verschoben. »Gönnen wir der armen Frau noch eine letzte ruhige Nacht«, hatte ihr Chef dazu gesagt.

Lotte war es recht gewesen; sie hatte genug anderes zu tun. An ihrem Schreibtisch hatte sie bei Roths Mobilfunkbetreiber eine Funkzellenortung und Verbindungsnachweise angefordert. Anschließend hatte sie mit den Kollegen vom KDD und der Spurensicherung telefoniert und erste Erkenntnisse zusammengetragen. Parallel dazu hatte

Kai eine erste Personenüberprüfung vorgenommen (sowohl Enno als auch seine Frau Annette waren polizeilich bisher nicht auffällig geworden), bis irgendwann selbst pechschwarzer Kaffee den Schafmangel nur noch unzureichend ausgleichen konnte. Ihr selbst war es ähnlich gegangen. Und da Übermüdung zu Unkonzentriertheit und Fehlern führte, hatte Lotte in den früheren Morgenstunden den einzig richtigen Schluss gezogen und sich auf der Klappcouch in ihrem Büro ausgestreckt. Das lag nicht ganz vier Stunden zurück, und Lotte fühlte sich, als hätte sie ihre Augen höchstens für einen Moment geschlossen. Kai war wohl ähnlich fit. Er starrte geistesabwesend aus dem halb geöffneten Fenster und ließ sich durch den Fahrtwind Frischluft ins Gesicht blasen. Wahrscheinlich wäre er sonst längst wieder eingeschlafen.

Obwohl sich die Kommissarin gut in der Großstadt auskannte und ungefähr wusste, wo im Außenbereich sich das Haus der Familie Roth befand, hatte sie die Adresse vorsichtshalber ins Navi ihres Dienstwagens eingegeben. So konnte sie stumpf den Fahranweisungen der immer freundlichen Computerstimme folgen und musste sich nicht den Kopf darüber zerbrechen, welche Route um diese Zeit die optimale und stauärmste war. Zudem hatte sie so Gelegenheit, noch ein wenig über die vorhin erfahrenen Falldetails nachzugrübeln.

In gewisser Hinsicht freute sie sich bereits auf den Zeitpunkt in der nahen Zukunft, wenn das autonome Fahren zum Verkehrsalltag gehörte und sich die Fahrzeuge selbstständig ihren Weg durch das Wirrwarr aus Straßen und Abzweigen bahnten. Ob sie selbst wiederum in der Lage sein würde, die Fahrkontrolle komplett aufzugeben und eine Maschine für sie lenken und entscheiden zu lassen, stand auf einem ganz anderen Blatt. Lotte war sich selbst unschlüssig, ob sie das tatsächlich tun könnte. In der Regel war sie es, die gern die Kontrolle behielt und anderen Befehle erteilte. Wenn sie bei längeren Autofahrten mal Peter ans Steuer ließ, kostete es sie enorme Überwindung, nicht ständig mitzubremsen oder Gas zu geben, wann immer sie der Meinung war, dass ein höheres Tempo angemessener wäre. Aber noch war autonomes Fahren Zukunftsmusik und nichts, womit sie sich derzeit beschäftigen musste.

Den Innenstadtbereich hatten sie längst hinter sich gebracht, und auch das Verkehrsaufkommen hatte spürbar nachgelassen. Laut der Anzeige in ihrem Navi trennten sie noch rund zwei Kilometer vom Zielgebiet. Schon jetzt hatte sich das Stadtbild erheblich verändert. Statt mehrstöckiger Mietskasernen, Graffitis und Billigläden nahm die Zahl der Grünflächen und Eigenheime mit Gartengrundstück stetig zu. Große Geschäfte wurden durch kleinere Läden und Boutiquen ersetzt. Alles wirkte irgendwie gemächlicher, kultivierter und … nun ja: zivilisierter.

»Willkommen in der Welt der Schönen und Reichen«, sagte Kai, als sie wenig später in einer Nebenstraße an einem breitflächigen Eigenheim mit opulentem Eingangsbereich und jeder Menge Solarpanels auf dem Dach vorbeifuhren. Passend dazu war das gesamte Grundstück von einem massiven Metallzaun umgeben, der an mehreren Stellen mit Kameras überwacht wurde.

»Ich weiß nicht, ob man unbedingt schön sein muss«, überlegte Charlotte. »Reich zu sein genügt völlig. Geld macht sexy. Je vermögender, desto mehr.«

»Aber wie passt da unser Toter ins Bild? Besonders hübsch war er ja nicht. Und was die Kohle anbelangt: Ich habe sein Bankkonto zwar noch nicht überprüft, aber als Beamter dürfte sein Einkommen eigentlich nicht dermaßen üppig ausfallen.«

»Sag das nicht. Als Chef der Arbeitsagentur verdient er bestimmt nicht schlecht. Außerdem kriegt ein Staatsdiener deutlich schneller einen Kredit als ein Normalsterblicher. Das Risiko liegt ja auch praktisch bei Null.«

»Außer, man wird ermordet. Dann bleibt die Bank trotzdem auf ihren Kosten sitzen.«

»Das ist aber zum Glück eher die Ausnahme als die Regel. Außerdem schließt man bei solchen Krediten normalerweise eine Lebensversicherung ab, die einen solchen Ausfall abdeckt.«

Charlotte drosselte die Geschwindigkeit, als sie sich laut Navi der Zieladresse näherten. Die richtige Straße hatten sie bereits erreicht, und gerade mal 200 Meter weiter stand auch schon das Haus. Ganz so luxuriös wie vorhin sah es hier zwar nicht aus, aber allein die Tatsache, dass sich um sie herum ausschließlich Einfamilienhäuser und Doppelhaushälften befanden, unterstrich deutlich, dass hier keine armen Schlucker wohnten, die von der Hand in den Mund lebten. Selbst die am Straßenrand geparkten Fahrzeuge waren fast ausschließlich Oberklasselimousinen.

»Sie haben Ihr Ziel erreicht. Das Ziel liegt links«, verkündete die Stimme aus dem Navigationsgerät in dieser

Sekunde. Automatisch drehten die Polizisten ihre Köpfe in die erwähnte Richtung und erblickten ein quaderförmiges Gebäude mit anthrazitfarbenem Anstrich. Im Glanz der Morgensonne schien die zweistöckige Fassade förmlich zu funkeln. Als besonderes Schmankerl gab es oben auf dem Dach offenbar eine breite Terrasse. Ein Sonnenschirm und das obere Ende einer weißen Plastikstuhllehne, die hinter der Mauerkante hervorblitzten, ließen kaum einen anderen Schluss zu.

»Nicht schlecht«, bescheinigte Kai. »Ich sollte auch in die Arbeitsvermittlung wechseln.«

Lotte verkniff sich den spitzen Kommentar, der ihr dazu auf der Zunge lag, und parkte ihren Dienst-VW direkt hinter einem knallroten Audi Q7.

»Was schätzt du, was so eine Hütte kostet?«, fragte Kai beim Aussteigen. »Bestimmt mindestens achthunderttausend Euro. Wenn nicht gar eine Million.«

»Ich habe keine Ahnung, wo die aktuellen Immobilienpreise liegen. Vielleicht haben die Roths das Haus schon seit zwanzig Jahren. Damals war der Bauboom noch nicht so stark.«

»Teuer war es auch damals schon«, behauptete Kai. Dabei konnte er mit seinen noch nicht mal dreißig Jahren davon eigentlich gar keine genaue Vorstellung haben. »Junge, Junge, ich glaube, ich rufe nachher gleich mal bei der Bausparkasse an. Je früher man mit so was anfängt, desto besser.«

»Viel Glück«, sagte Lotte kurz angebunden. Sie hoffte, dass das Thema damit vom Tisch war. Immobilienpreise interessierten sie derzeit nicht im Geringsten. Sie waren hier, um zu arbeiten. Und das Thema ihres Besuchs war absolut kein angenehmes.

Das hölzerne Gartentürchen war versperrt, doch auf ihr Klingeln hin wurde beinahe sofort der Türsummer betätigt. Sie folgten einem schmalen Steinplattenweg durch eine perfekt gestutzte Rasenfläche. Einmal pro Woche Mähen war da Minimum. Charlotte kannte Fußballplätze, bei denen der Rasen nicht so akkurat aussah. Am Gebäude öffnete sich bereits eine breite weiße Haustür, und eine schlanke kleine Frau mit kastanienbrauner Bubikopf-Frisur erschien am Eingang. Aus den Daten des Einwohneramtes wusste Charlotte, dass Annette Roth bereits dreiundfünfzig Jahre alt war. Danach sah sie jedoch absolut nicht aus. Auf den ersten Blick hätte sie sie zehn Jahre jünger geschätzt. Erst nachdem sie sie erreicht hatten, bemerkte sie die dünnen Fältchen um die Augen, auf der Stirn und am Hals. Dennoch: Was auch immer diese Frau für teure Beauty-Produkte verwendete, sie waren ihr Geld eindeutig wert. Charlotte fühlte sich bei dem Anblick fast ein bisschen neidisch. Der Grund ihres Hierseins erinnerte sie allerdings augenblicklich daran, dass sie absolut nicht mit der Frau tauschen wollte.

»Ist was mit Enno?«, fragte die Gattin mit hörbarer Sorge in der Stimme. Ihre dunklen Augen musterten die Polizisten nervös.

»Wie kommen Sie darauf?«

»Er war gestern Nacht nicht zu Hause. Übers Handy erreiche ich ihn auch nicht. Ich habe es bestimmt zwanzig Mal probiert. Was ist mit ihm? Was ist mit meinem Mann?«

Ihr Blick war ängstlich und fordernd zugleich. Diese Frau war es gewohnt, dass man ihr zuhörte und sich nach ihren Worten richtete. Gleichzeitig jedoch schien sie sich vor der Antwort zu fürchten.

»Wir haben leider schlechte Nachrichten«, sagte Charlotte. »Ihr Mann wurde ermordet.«

»Allmächtiger!« Annette Roth schlug die Hände vor den Mund. »Was ist denn um Gottes willen passiert?«

»Jemand hat ihn von hinten niedergeschossen.«

Die Witwe riss erschrocken die Augen auf. »Aber … Wie kann das sein?«

»Wäre es möglich, dass wir drinnen darüber sprechen?«, fragte Charlotte. »Dies ist kein Gespräch, das man zwischen Tür und Angel führen sollte.«

»Natürlich.« Annette Roth trat mit der Türklinke in der Hand einen Schritt zurück und gab so den Weg frei in den Flur. Die Kommissare betraten den weiß gefliesten breiten Flur und folgten ihr zu einem sonnendurchfluteten Raum auf der Südseite des Hauses. Dank der großen Fenster des angrenzenden Wintergartens explodierte das Wohnzimmer förmlich in Licht. Der Nachteil an so viel Helligkeit war allerdings, dass man auf den dunklen Echtholzmöbeln praktisch jedes einzelne Staubkorn sah. Selbst auf den Rändern der breiten Ledercouch tanzten die winzigen Staubpartikel auf jedem einzelnen Sonnenstrahl.

Nachdem Annette Roth sich in einen wuchtigen Ledersessel gesetzt hatte, nahmen die Polizisten ihr gegenüber auf der Couch Platz. Zwischen ihnen stand lediglich ein länglicher Beistelltisch mit geschwungenen Beinen und blauem Stoffdeckchen darauf.

»Was ist ihm denn nun genau zugestoßen?«, fragte die Witwe mit brüchiger Stimme.

»Die exakten Umstände untersuchen wir noch«, erwiderte Kai diplomatisch. Vermutlich, um überhaupt mal etwas sagen zu können.

»Allem Anschein nach hat ihm jemand in der Tiefgarage aufgelauert«, fügte Lotte hinzu. Auch sie verzichtete darauf, zu viele Einzelheiten preiszugeben. Mit allzu blutigen Details tat man den Angehörigen alles andere als einen Gefallen. Meist machte es die ohnehin schreckliche Situation nur noch albtraumhafter. »Wir sind noch dabei, den genauen Tathergang zu rekonstruieren. Und um damit möglichst zügig voranzukommen, haben wir einige Fragen an Sie.«

»Jetzt?«

Lotte nickte. »Bedauerlicherweise können wir uns hier keinen Aufschub leisten. Je eher wir die benötigten Informationen bekommen, desto früher können wir mit unseren Ermittlungen beginnen.«

»Also gut. Was möchten Sie wissen?« Von der vitalen Frau, die sie an der Haustür empfangen hatte, war nicht mehr viel übrig. Binnen weniger Minuten schien sie um Jahre gealtert zu sein. Nun wirkte sie nicht mehr wie Anfang vierzig, sondern wie jemand, der seit geraumer Zeit die Sechs am Anfang der Jahreszahl hatte. Diesen Effekt hatte Lotte beim Überbringen schlechter Nachrichten schon mehrfach erlebt. Jedes Mal fühlte sie mit den Angehörigen, deren Leben von einem Atemzug zum nächsten komplett auf links gedreht worden war.

»Wann haben Sie Enno das letzte Mal gesehen?«, fragte

sie möglichst einfühlsam. Ihr Assistent zog Notizbuch und Kugelschreiber hervor, um die wichtigsten Fakten mitzuschreiben.

»Gestern Morgen. Wir haben zusammen gefrühstückt. So wie jeden Tag. So gegen acht ist er dann zur Arbeit gefahren, und ich habe mich ebenfalls fertig gemacht. Ich arbeite halbtags in einer Kanzlei.«

»Haben Sie den Tag über etwas von ihm gehört oder gelesen?«

Die Witwe dachte kurz nach und schüttelte dann den Kopf. »Nein, gestern nicht.«

»Wann kommt er für gewöhnlich am Abend heim?«

»Das kann man so pauschal nicht sagen. Als Direktor hat er immer viel zu tun. Manchmal ist er schon gegen sechs daheim, manchmal wird es neun oder zehn. In der Regel gibt er mir Bescheid, wenn es länger dauert oder er noch Termine hat. Damit ich nicht unnötig lange mit dem Essen auf ihn warte. Gestern hatte er eine Sitzung des Stadtrats. Aber dort war er nicht. Eine Kollegin von dort hat mich angerufen und gefragt, ob ich weiß, wo er steckt.«

»Wer und wann genau war das?«

»Es war Dagmar Weintraub, die Frau von Roland Weintraub, dem Aktienhändler. Wir kennen uns vom Yoga.«

Die Polizisten warfen sich einen überraschten Blick zu. Jeder in der Stadt kannte die Weintraubs, sowohl ihn als auch sie. Beide waren schillernde Persönlichkeiten, die auf keiner High-Society-Veranstaltung fehlten.

»Ich habe dann gleich versucht, ihn anzurufen. Erst im Büro, dann auf dem Handy. Aber er ist nicht rangegangen.« Die Mundwinkel zuckten unkontrolliert, und ihre

Augen füllten sich mit Tränen. »Vielleicht war er da schon tot …«

»Hatte Ihr Mann irgendwelche Feinde?«, fragte Charlotte schnell. Wichtig war jetzt, die Frau aus ihrer Trauer zu reißen, bevor sie vollständig darin versank.

»In seiner Position macht man sich die zwangsweise«, erwiderte die Witwe leise. »Aber jemand Speziellen kann ich Ihnen so auf die Schnelle nicht nennen.«

»Hat Enno Drohungen erhalten? Oder gab es irgendwelche Vorfälle, von denen er erzählt hat?«

»Nein, nichts dergleichen.«

»Hat sich Ihr Mann in den vergangenen Tagen anders als sonst verhalten?«

Annette Roth schüttelte traurig den Kopf. »Er war wie immer. Keine besonderen Vorkommnisse.«

»Ihnen selbst ist auch nichts Ungewöhnliches aufgefallen?«, erkundigte sich Kai. Nebenbei schrieb er weiter und schaute nur kurz auf.

»Sie meinen, an meinem Mann?«

»Zum einen das. Aber auch ganz allgemein betrachtet. Ist etwas Merkwürdiges passiert in der letzten Zeit?«

Annette Roth legte die Stirn in Falten. »Nicht, dass ich wüsste.«

»Hat Ihr Mann etwas von Sorgen oder Problemen bei der Arbeit erzählt?«, fragte Kai.

»Eigentlich nicht. Er hat sich gelegentlich über zu viele Besprechungen und Statistiken beschwert. Dass vieles Augenwischerei und viel zu ineffektiv sei. Aber diese Beschwerden hat er über die Jahre hinweg immer wieder mal angebracht. Ich hab da gar nicht mehr so genau zugehört.«

»Wie kam er mit seinen Kollegen klar?«

Frau Roth zuckte mit den Schultern. »So weit ganz gut. Mit den einen besser, mit den anderen schlechter. Letztendlich war er der Chef und hat bestimmt, wo es langgeht.«

»Kennen Sie einige seiner Kollegen?«

»Nicht wirklich.«

»Mit wem hat sich Ihr Mann privat so getroffen?«

Hier zögerte die Witwe länger. »Er ist beruflich sehr eingespannt gewesen. Da blieb nicht viel Zeit für Freunde. Er hatte seine Tenniskumpels, mit denen er sich manchmal am Wochenende getroffen hat. Und mit Leuten vom Fußballverein. Dann gibt es ein paar alte Freunde aus Uni-Zeiten, die er ein oder zwei Mal im Jahr gesehen hat. Ansonsten war da nicht viel. Meist war er froh, wenn er daheim seine Ruhe hatte und zu niemandem gehen musste. Wenn man den ganzen Tag über mit Menschen zu tun hat, läuft es wahrscheinlich zwangsläufig darauf hinaus.«

»Wie verstand sich Enno mit den Nachbarn?«, erkundigte sich Charlotte. Es war eine weitere der Standardfragen, die sie bei solchen Gelegenheiten immer stellen mussten.

»Ebenfalls ohne Probleme. Wir sind hier eine recht gediegene Nachbarschaft in der Straße. Wir wissen die Vorzüge unserer Siedlung zu schätzen. Da gibt es keine Extravaganzen oder jemanden, der querschießt.«

Diese Antwort ließ tief blicken. »Mit wem hat er denn am Wochenende gerne mal ein Bier am Gartenzaun getrunken?«

Annette Roth lächelte milde. »Mein Mann war nicht so der Biertrinker.«

Auch diese Antwort stand für sich.

»Was für ein Typ Mensch war Ihr Mann?«

»Ein guter. Er war zielorientiert und wusste genau, was er wollte. Das war die eine Seite von ihm. Auf der anderen war er nett und aufmerksam. Kein einziges Mal hat er unseren Hochzeitstag vergessen. Zweiundzwanzig Jahre wären es nächste Woche geworden. Wir hatten zwar unsere Höhen und Tiefen – wo gibt es die nicht –, doch am Ende des Tages konnten wir uns immer aufeinander verlassen. Und darauf kommt es doch an.«

Ihre Mundwinkel zuckten erneut unkontrolliert, und sie zog rasch ein Taschentuch aus der Hosentasche, um sich die feuchten Augen damit abzutupfen.

»Sollen wir jemanden für Sie verständigen?«, fragte Charlotte. »Es gibt Notfallseelsorger, die speziell für Momente wie diesen geschult sind. Die wissen genau, was im Trauerfall zu tun ist.«

Die Witwe winkte ab, ohne Charlotte dabei anzuschauen. »Nein, danke. Es geht schon. Ich muss das bloß erst mal verdauen. Mit solch einer Nachricht hatte ich nicht gerechnet. Müssen wir denn noch viel besprechen? Ich kann langsam nicht mehr …«

»Nein, wir dürften fürs Erste durch sein«, versicherte Kai schnell. Zu schnell.

»Eine Sache noch«, widersprach seine Vorgesetzte daher. »Hat Ihr Gatte manchmal von daheim aus gearbeitet?«

»Gelegentlich. Warum fragen Sie?«

»Wäre es möglich, sein Arbeitszimmer zu sehen?«

Annette Roth gab ein zustimmendes Geräusch von sich und stand auf. Mit gemächlichen Schritten verließ sie das

Wohnzimmer und begab sich zu einer geschwungenen Metalltreppe mit Holzstufen. Die Ermittler folgten ihr in die Etage darüber und nutzten die Gelegenheit, sich ein wenig umzusehen. Der Flur im ersten Stock war komplett in Weiß gehalten, mit einem länglichen Spiegel und zahlreichen gerahmten Bildern an der einen Wand. Manches waren Schnappschüsse von Familienfeiern, Wohltätigkeitsveranstaltungen und Urlaubsreisen. Dazwischen hingen drei Gemälde, von denen Charlotte nicht sicher war, ob es sich um Originale oder Kopien handelte. Sie gingen an zwei Töpfen mit Palmlilien vorbei zu einem Raum mit zahlreichen Regalschränken und einem breiten Mahagonitisch in der Zimmermitte. Dahinter erstreckte sich eine breite Fensterfront mit Blick auf den ebenfalls nicht gerade kleinen Garten. Entsprechend neidisch war auch die Miene, mit der Kai alles begutachtete. Vermutlich wäre er ohne viel Zögern sofort hier eingezogen.

Charlotte ließ sich von derlei Dingen wenig beeindrucken. Sie war viel zu bodenständig, um in einer solchen Umgebung neidisch zu werden. Sicher wäre es schön, in so einem Haus zu leben oder generell haufenweise Geld zur Verfügung zu haben. Einfacher machte all dies das Leben trotzdem nicht. Und vor Tragödien schützte es einen ebenso wenig, wie man an Annette Roths Beispiel deutlich sah. Sie schaute zu der Witwe, die am Türrahmen stehen geblieben war und von dort aus das Treiben der Polizisten beobachtete. Die Frau wirkte verloren und mit den Gedanken weit weg.

Was in diesem Moment eindeutig ein Vorteil für die Ermittlungen war. Im Vorbeigehen scannte Lotte kurz die

Aktenordner und Bücher in den Regalen. Es war bloß der übliche Mix aus persönlichen Unterlagen, Sach- und Fachliteratur sowie einigen Romanen, die, nach der Staubschicht darauf zu urteilen, schon länger niemand mehr hervorgezogen hatte. Für den späteren Verlauf ihrer Arbeit dürfte es nicht schaden, einen Blick in die persönlichen Unterlagen zu werfen. Doch ohne zuvor die Hintergrundrecherchen abgeschlossen zu haben, würden sie wenig Ahnung haben, worauf sie dabei überhaupt achten sollten. Das machte also kaum Sinn. Überdies würde die Witwe sie die Dokumente sicher nicht einfach so mitnehmen oder hier stundenlang durchschauen lassen. In der Regel benötigte man für derartige Eingriffe ins Privatleben nicht nur einen hinreichenden Verdacht, sondern einen richterlichen Durchsuchungsbeschluss. Selbst die Besichtigung des Arbeitszimmers basierte auf rein freiwilliger Basis. Da das Gebäude kein Tatort war, hätte die Hausbewohnerin ihnen das ebenso untersagen können, und sie hätten absolut nichts dagegen tun können. Daher war es ratsam, den guten Willen und die Geduld der Witwe nicht zu sehr zu strapazieren.

Lotte trat an den wuchtigen Holzschreibtisch. Darauf befanden sich ein neuwertiges, zugeklapptes Notebook, ein Organizer-Set aus gebürstetem Aluminium sowie drei Ablagefächer, die allerdings bloß Werbebroschüren der Arbeitsagentur enthielten. Für die Ermittlungen relevant erschien ihr nichts davon. Mehr Glück würden sie hoffentlich beim Inhalt der Tischschubladen haben. Im obersten Fach fand sie lediglich Büroklammern, Textmarker und die Überreste eines halb verrosteten Heftklammerers. Das

Fach darunter beherbergte weitere amtliche Broschüren, dazu Formblätter und eine Reihe von Werbematerialien, wie sie gern bei Jobbörsen verteilt wurden. Die unterste Etage war, abgesehen von einer zerknitterten Zigarettenpackung und einem Aschenbecher aus Keramik, vollständig leer. Beides sah aus, als wäre es schon länger nicht in Gebrauch gewesen.

So viel zu dieser Idee, dachte sich Charlotte. Sie wollte sich gerade enttäuscht abwenden, als ihr Blick den metallenen Papierkorb streifte. Darin befanden sich einige zu Kugeln zusammengeknüllte Papierblätter, Süßigkeitenverpackungen und vier Bierdeckel. Erstere könnten interessant sein. In einer fließenden Bewegung kniete Lotte sich nieder und schnappte sich die Papiere. Eins war der Ausdruck eines Formblattes, bei zwei weiteren handelte es sich um Richtlinien zur Arbeitsvermittlung, die sich so spannend lasen, dass Lotte die Seiten nach den ersten Zeilen in den Abfalleimer zurückfallen ließ. Interessant war ausschließlich ein einziges Blatt. Es enthielt nur wenige Worte, aber diese hatten es in sich: *Ich habe dich durchschaut, du Mistkerl.*

Charlotte hob überrascht die Brauen. Sie las die Zeilen erneut und drehte dann das Blatt, um auf der Rückseite nach weiteren Anhaltspunkten zu suchen. Es gab keine. Weder ein Empfänger noch ein Verfasser war genannt. Möglicherweise war das Schreiben lediglich ein Scherz. Doch in Anbetracht der Ereignisse gestern Abend, kam etwas anderes genauso infrage.

Ohne zu zögern, holte Lotte eine Beweismitteltüte aus ihrer Jackentasche und verstaute das Dokument darin. Mit etwas Glück hatte der Autor der Zeilen ja einen Fingerabdruck hinterlassen.

»Sagt Ihnen das etwas?«, fragte sie und zeigte das Schreiben der Witwe.

Dieser fiel vor Entsetzen die Kinnlade herunter. Was eigentlich Aussage genug sein durfte. »Nein, das sehe ich zum ersten Mal. Was ist das?«

»Sieht ganz nach einem Drohbrief aus.«

»Meinen Sie, dass jemand deswegen …?«

»Wir werden das überprüfen. Haben Sie eine Ahnung, wann Ihr Mann dieses Schreiben erhalten haben könnte?«

Frau Roth schüttelte nachdenklich den Kopf. »Nein. Das Arbeitszimmer ist sein persönliches Reich. Vor heute war ich wochenlang nicht darin.«

Diese Information war bedauerlich und wenig hilfreich. Enttäuscht reichte Charlotte die Beweismitteltüte an ihren Assistenten weiter. Sie überprüften den Raum nach weiteren fallrelevanten Dingen, leider erfolglos.

Bald darauf verabschiedeten sie sich und verließen das Grundstück. Charlotte überlegte kurz, ob es Sinn machte, die Nachbarn nach dem Verstorbenen zu befragen. Wenn sie allerdings der Aussage der Witwe glaubte, würde das wenig bringen, weil Enno Roth nicht unbedingt der geselligste Mensch war. Außerdem gab es aktuell erheblich lohnendere Anlaufstellen. Also kehrten sie zu ihrem hinter dem roten Audi geparkten Dienstwagen zurück. Auf den Fußwegen war keine einzige Menschenseele unterwegs.

»Ziemlich nette Hütte haben die Roths da«, begann Kai, kaum dass sie die Türen hinter sich geschlossen hatten. »Und auch ganz schön weitläufig.«

Lotte war nicht überrascht und verdrehte die Augen. »Wahrscheinlich groß genug, dass man sich mühelos aus dem Weg gehen kann, wenn mal dicke Luft herrscht.«

»Das Geheimnis einer langen Ehe: Am besten geht man sich aus dem Weg. Da geht doch jedem Romantiker das Herz auf.«

»Es muss ja nicht überall so laufen. Wenn man sich auf seinen Partner einlässt und sich aktiv für dessen Leben interessiert, kann das sehr hilfreich sein.«

»Den Eindruck hatte ich bei den zweien eher nicht. Da machte jeder sein eigenes Ding, und man traf sich nur zum Frühstücken und Abendessen.«

Der Punkt war Lotte ebenfalls aufgefallen. »Die Frau scheint generell nicht viel über ihren Mann gewusst zu haben. Wahrscheinlich war nach so vielen Ehejahren alles dermaßen eingespielt, dass es kaum mehr irgendwelche Abweichungen gab, weder in positiver noch in negativer Hinsicht.«

»Klingt ziemlich öde.«

»Das Leben ist immer das, was man draus macht.«

Bei diesen Worten musste sie zwangsläufig an Peter und sich denken. Auch sie waren bereits seit vielen Jahren zusammen. Und ja, eine gewisse Routine hatte sich bei ihnen ebenfalls eingeschlichen. Langweilig war es trotzdem nie gewesen, das hatten sie beide auf verschiedenste Arten zu verhindern gewusst. Ihre jeweiligen Jobs hatten sie ebenfalls immer ziemlich auf Trab gehalten. Zu manchen Zeiten hatten sie sich regelrecht nach etwas mehr Monotonie gesehnt. Bekommen hatten sie die nie, bei ihnen war immer was los. Aus dem Grund freuten sie sich beide ja auch so sehr auf den Schwedenurlaub: Endlich wieder etwas Zeit, die nur ihnen allein gehörte!

Sie machte den Mund auf, um ihrem vorherigen Satz noch etwas hinzufügen, als sie das Vibrieren ihres Diensttelefons spürte. Ein Anruf war es nicht, sondern lediglich eine Nachricht. Eine Freundin von der Spurensicherung hatte ihr geschrieben: *Überprüfung von Roths Wagen abgeschlossen. Bericht folgt.*

Lotte beeilte sich, zurückzuschreiben, solange die Kollegin das Smartphone noch in den Händen hielt: *Was Interessantes gefunden?*

Die Nachricht wurde als gelesen angezeigt, und die Rückantwort ließ auch nicht lange auf sich warten: *Ja, eine Art »Notfallset«.*

Bevor sie nachhaken konnte, was genau damit gemeint war, folgte ein Foto, das keine Fragen offenließ. Das Bild zeigte ein kleines längliches Etui mit einer Packung Papiertaschentüchern, einem Parfümfläschchen und zahlreichen Kondomen darin. Das legte ziemlich nahe, um was für eine Art von Notfall es sich handeln könnte, und entlockte Charlotte ein kleines Lächeln, das ihrem Assistenten nicht verborgen blieb.

»Was ist?«, fragte er.

Wortlos drehte sie den Handybildschirm in seine Richtung.

Kai stieß einen überraschten Pfiff aus. »Alle Achtung. Da weiß offenbar jemand, wie man sich amüsiert. Sind auch Drogen dabei?«

»Zu sehen ist nichts. Mal abwarten, was die SpuSi alles in ihren Bericht schreibt.«

Kai nickte. »Wohin geht es als nächstes?«

»Offenbar haben wir noch kein vollständiges Bild von unserem Mordopfer. Ich schätze, es wird Zeit, mit denjenigen zu sprechen, die den Mann wirklich kannten.«

»Und wer soll das sein?«

»Liegt das nicht auf der Hand? Natürlich diejenigen, die tagsüber mit ihm zu tun hatten.«

Sie startete den Motor und lenkte den Dienstwagen auf die Straße zurück.

Peter Wachmann

Der Vorteil an seiner Lieblingsbuchhandlung war, dass ihn die Verkäufer dort längst so gut kannten, dass sie genau wussten, welche Art von Literatur ihn interessierte. Aus dem Grund hatten sie ihm zwischen die Reiseführer und die beiden englischsprachigen Krimis vorhin gleich die Leseprobe des neuen Robert-Krauss-Romans gesteckt. Was eigentlich eine ziemlich hinterlistige Aktion war, weil es ihn sofort neugierig machte.

Also hatte sich Peter daheim gleich die gerade mal zehn Seiten vorgenommen und war danach drauf und dran gewesen, sich erneut auf seinen Drahtesel zu schwingen. Wie konnte der Text ausgerechnet an solch einer spannenden Stelle aufhören? Er ahnte natürlich, dass dies kein Zufall, sondern pure Verkaufsmasche war. Für einige Sekunden wog er das Für und Wider ab, dann siegte die Bequemlichkeit, und er beschloss, den nächsten Ausflug zu seiner Lieblingsbuchhandlung auf die kommenden Tage zu verschieben. Immerhin war er vorhin erst dort gewesen und hatte sich mit neuem Lesefutter eingedeckt.

Er griff nach den beiden neuen Krimis und entschied sich für den Greg-Iles-Roman. Robert Galbraith würde sich trotz der interessanten Prämisse gedulden müssen. Eine Zeitlang klappte diese Ablenkung ganz gut. Schließlich war ihm das Lesen aber doch zu wenig, unabhängig davon, wie spannend die Geschichte war.

Außerdem machte sich bei ihm ein latentes Hungergefühl bemerkbar. Kurz spielte er mit dem Gedanken, die Gelegenheit zu nutzen, um ein imposantes Mahl für Lottchen und sich zuzubereiten. Die Idee war gut. Dagegen sprach allerdings, dass Peter zu der Sorte Hobbykoch gehörte, der es trotz genauestem Befolgen der Instruktionen stets gelang, das Gericht zu verhunzen. Nicht nur geschmacklich: Meist sahen seine Küchenergebnisse so aus, als hätte sich ein Einarmiger mit verbundenen Augen daran versucht. Ein weiteres Gegenargument war, dass er nicht mal wusste, wann seine Frau heimkommen würde. Es könnte heute Mittag sein (extrem unwahrscheinlich), genauso gut aber erst am späten Nachmittag (ebenfalls unwahrscheinlich) oder irgendwann am Abend (darauf tippte er). Möglicherweise würde er sie sogar erst morgen wiedersehen, wenn der Fall sie zu sehr in Anspruch nahm. Daher entschied er sich für ein paar belegte Scheiben vom nicht mehr ganz so frischen Brot. Es war nicht besonders lecker, genügte aber zumindest, um das Loch in seinem Magen zu füllen.

Seine Langeweile befriedigte es hingegen nicht. Aufs Fernsehen verzichtete er absichtlich, dort lief ohnehin nur hirnverblödender Unsinn. Meist ertrug er nur ein sehr geringes Quantum TV, bevor es ihn anödete. Auf eine neue Serie bei einem der Streaming-Anbieter verspürte er ebenfalls keine Lust. Nicht, wenn draußen das schönste Wetter lockte! Er wollte etwas Aktives unternehmen. Sich körperlich betätigen. Was hätte er denn getan, wenn Lotte freigehabt hätte? Bestimmt wären sie ins Freibad gegangen.

Freibad. Das wäre was!

Die Vorstellung bescherte ihm ein Lächeln.

Das gleich darauf wieder verschwand. Allein dorthin zu gehen, war genauso prickelnd, wie solo ins Kino oder zu einem Konzert zu gehen. Man konnte es zwar tun, aber in Gesellschaft war es unzweifelhaft besser.

Beim Stichwort »Kino« kam ihm sein Freund Bernd in den Sinn. Der würde heute Nachmittag vermutlich nicht viel zu tun haben. Zudem hatte er ihm vorhin gesagt, dass Ausgehen allemal besser wäre, als daheim zu sitzen und Trübsal zu blasen. Kurzentschlossen wählte er Bernds Handynummer, und schon zehn Minuten später radelte er mit seinem hastig gepackten Rucksack Richtung Schwimmbad.

Obwohl es gerade mal Mittagszeit war, herrschte dort ein enormer Andrang. Logisch: Es waren Ferien. Unweigerlich scannte er die Gesichter der Mädchen und Jungen – eine alte Lehrerkrankheit. Es war immer möglich, auf jemanden zu treffen, den man schon mal unterrichtet hatte. Peinlich war in solchen Momenten bloß, wenn man sich nicht an den dazugehörigen Namen erinnerte. Was bei mehreren Hundert Schülerinnen und Schülern, die er im Laufe seiner Lehrtätigkeit bereits getroffen hatte, ohnehin ein Ding der Unmöglichkeit war. Dennoch warf es irgendwie ein schlechtes Licht auf ihn, wann immer es passierte.

Heute hatte er Glück: Abgesehen von Bernd war weit und breit niemand in Sicht, den er kannte. Überhaupt war die Zahl der Kinder und Jugendlichen bei näherer Betrachtung doch nicht ganz so hoch, wie anfangs angenommen. Erwachsene waren beinahe genauso viele anwesend. Bei strahlendem Sonnenschein und Temperaturen von knapp 30 Grad zog es eben jeden ins Freie.

»Meine Güte, die liegen hier ja wie die Ölsardinen!«, bescheinigte sein ehemaliger Kommilitone sogleich.

Peter wies auf einen leeren Platz auf der Wiese. »Da drüben ist was frei.«

»Mit direkter Sicht auf die Sprungtürme? Juhu, ich kann es kaum erwarten.«

Sie legten ihre Sachen an der freien Stelle auf der Wiese ab. Groß war der Fleck nicht, aber mehr als Rucksäcke und eine alte Campingdecke hatten sie ohnehin nicht dabei. Links von ihnen lagen vier Teenager, die sie skeptisch musterten. Was wollen die alten Säcke hier, schienen ihre Blicke zu sagen. Rechts hatte sich eine Familie mit vier Kindern ausgebreitet. Zwei der Kinder waren Babys. Auch das bot nicht unbedingt Anlass zu übermäßiger Freude.

Peter sah darüber hinweg und entledigte sich seiner Jeansshorts und seines T-Shirts. Seine Badehose hatte er sich daheim überzogen, um sogleich bereit für das kühle Nass zu sein. Bernd war ebenso clever gewesen, sodass sie wenig später bereits bis zur Hüfte im Wasser standen. Nass war es definitiv, kühl eher weniger. Um sie herum tummelten sich dermaßen viele Leute, dass sie sich wie in einer

Menschensuppe vorkamen. Es wurde geschubst und gedrängelt. Immer wieder bekamen sie einen Ellbogen ab, oder jemand spritzte ihnen Wasser ins Gesicht. *Freude und Entspannung* … Leicht angenervt kehrten sie zu ihrer Liegefläche zurück.

»Meine Güte, das ist ja wie zur Rush Hour in der Londoner U-Bahn!«, beschwerte sich Peter. »So macht das aber keinen Spaß.«

»Da kommt man sich vor wie bei einem von diesen Aquafitness-Kursen. Ich hab da von einem Hotel an der Ostsee gelesen, in dem sie so was anbieten.«

»Danke, ich muss noch fahren«, erwiderte Peter schnell. Auf Wassergymnastik verspürte er überhaupt keine Lust. »Ich brauch das nicht unbedingt.«

»Mann, wie viele Leute das hier sind!«

»Vielleicht ist es wegen diesem Enno Roth. Kaum ist die Arbeitsamtskatze weg, tanzen die arbeitslosen Mäuse auf dem Tisch. Oder in unserem Fall: im Freibad.«

Bernd war noch nie für seine feinfühlige Art bekannt gewesen. Er sprach alles direkt und unverblümt aus. Deshalb hatte sein erster Kommentar auf Peters Schwimmbadvorschlag vorhin auch »Ah, willst du Schnecken checken?« gelautet. Meist konnte man die Bemerkungen mit einem Lächeln oder Kopfschütteln abtun. Ab und zu schoss er mit seiner nonchalanten Art aber doch weit über das Ziel hinaus. Jetzt war einer dieser Momente. »Ich glaube nicht, dass die Leute deswegen hier sind. Die meisten von ihnen wissen wahrscheinlich nicht einmal, wer der Mann überhaupt war. Mit gewöhnlichem Fußvolk hat sich der Direktor sicher nicht abgegeben.«

»Weiß man's? Zum Drangsalieren seiner Untergebenen hat es jedenfalls gereicht.«

»Selbst wenn, sieht es nicht danach aus, als würde hier deswegen jemand ne Party feiern. Wär ja auch ziemlich makaber.«

»Eben. Wenn das Amt das mitkriegt, werden gleich die Leistungen gekürzt. Oder erhöht – je nachdem, ob der oder die Verantwortliche den Roth leiden konnte.«

Bernd grinste schief, während Peter nur den Kopf schütteln konnte. »Auf was für Ideen du manchmal kommst! Da frage ich mich echt, was in deinem Kopf vorgeht.«

»Viel zu viel und doch zu wenig.« Bernds Lächeln wurde breiter und zwang seinen Freund, mit einzustimmen. Bernd war schon immer der Durchgeknallte und er der eher Bodenständige gewesen. Wahrscheinlich hatten sie sich deshalb vom ersten Moment an so gut verstanden. Sie waren wie Yin und Yang. Oder Stan und Olli. Auf jeden Fall ein gutes Team, wie sie schon bei Dutzenden Schulveranstaltungen bewiesen hatten. Mit Bernd an der Seite wurde es nie langweilig.

Wie aufs Stichwort stöhnte einer der Jugendlichen neben ihnen: »Ist voll boring hier. Lass mal woanders gehen.«

Aus dem Deutsch-Leistungskurs stammte dieser Junge anscheinend nicht. Peter kannte diese auf jedwede Grammatik und Ausdruck pfeifende Jugendsprache, doch obwohl ihm allein beim Anhören ein kalter Schauer über den Rücken jagte, widerstand er dem Drang, die Sätze zu korrigieren. Es hätte ohnehin nicht viel gebracht. Den Kindern war es jetzt schon zu langweilig, da brauchte er nicht noch anzufangen, ihnen Nachhilfe in der deutschen Sprache zu erteilen. Dennoch konnte er nicht anders, als den Kopf zu drehen und zu schauen, welches Musterbeispiel einer strahlenden Zukunft da diese Weisheiten von sich gegeben hatte.

Es war ein pickliger Bursche von vielleicht fünfzehn Jahren, mit schwarzen Locken und kurz rasierten Seiten. Ohne die Antwort seiner Freunde abzuwarten, stand er auf und zog sich eine grüne Trainingsjacke vom *FC Lauengraben* über, einer der hiesigen Fußballmannschaften. Seine Altersgenossen schauten zuerst unschlüssig, folgten dann jedoch seinem Beispiel.

»Ja, lass mal Spielhalle gehen«, schlug ein Mädchen mit blondem Pferdeschwanz in genau dem gleichen Deutsch vor. War es nur Mode, heutzutage so zu sprechen, oder hatte es tatsächlich mit mangelnder Bildung zu tun? Er als Lehrer hatte sich das schon oft gefragt – und war sich über die Antwort noch immer unschlüssig. Eventuell war es eine Mischung aus beidem.

Das Mädchen schlüpfte in eine gelbe Bluse und warf sich dann einen grünen Stoffrucksack über die Schulter, der in exakt dem gleichen Farbton wie die Jacke ihres Freundes gehalten war. Als sie sich umdrehte, war auf dem Rucksack deutlich der Schriftzug *FC Lauengraben* zu lesen. Die anderen zwei Teenies waren offenbar weniger sportaffin und begnügten sich mit weiter Hiphop-Kleidung.

Nachdem sie gegangen waren, sprang Bernd wie vom Affen gebissen auf und zog ihre eigene Decke weiter nach links. »Endlich haben wir mehr Platz!«, kommentierte er das Ganze. Als wenn die Decke nun auf einmal breiter geworden wäre. Aber zumindest kamen sie sich nicht mehr ganz so sehr eingepfercht vor.

»Ja, lass mal breit machen, Digga.« Peter folgte dem Beispiel seines Kumpels. Keinen Moment zu spät, denn die Babys der Familie nebenan begannen eins nach dem anderen erst zu weinen und dann lauthals zu brüllen. Die Eltern hatten alle Hände voll zu tun, um so schnell wie möglich Fläschchen in die Münder zu stopfen und nebenbei noch die beiden älteren Kinder davon abzuhalten, sich gegenseitig mit klebriger, halb geschmolzener Eiscreme zu bewerfen.

»Das ist wieder einer der Momente …«, begann Peter.

»… in denen Kinderlosigkeit großgeschrieben wird«, ergänzte Bernd. Beide Männer grinsten und lagen eine Weile schweigend nebeneinander. Peter wurde heiß, und nach einer halben Stunde befand er, dass seine Badehose trocken genug war. Er setzte sich auf. Die Familie war alle Mann hoch zum Kinderbecken gegangen. Bernd döste vor sich hin, eventuell schlief er sogar. Peter sah keinen Anlass, seinen Kumpel zu wecken. Er schnappte sich seinen Geldbeutel und machte sich auf den Weg zum Kiosk. Schon von Weitem waberte der herrliche Duft der Freibad-Pommes in seine Nase. Es gab keinen Ort auf der Welt, an dem Fritten besser schmeckten, als in Freibädern. Die Duftmischung aus Chlor, Sonnencreme und Frittieröl versetzte ihn zurück in seine Kindheit. Er stellte sich in der nicht allzu langen Schlange an. An vorderster Front orderte ein Knirps ein Vanilleeis. Danach bestellte ein ziemlich runder Mann Currywurst »mit alles, weißte Bescheid, Chef«. Es folgte ein langer Dialog mit einer Zehnjährigen, wie viele

Gummibären mit Cola- oder Kirschgeschmack wohl für zwei Euro drin seien. Peter bemerkte grinsend, dass die Dame hinter dem Kioskfenster großzügig aufrundete. Dann war er an der Reihe und orderte Pommes mit Ketchup und eine Cola.

Kaum hatte er die Bestellung aufgegeben, fühlte er sich, als wäre er vierzehn Jahre alt und mit seinem Schwarm Beate im Freibad. Damals hatte er sein ganzes Geld zusammengekratzt, um sie auf eine Portion Pommes einzuladen. Das Herzklopfen jener seligen Zeiten spürte er nun wieder. Und auch die Enttäuschung, als Beate, trotz aller Bemühungen seinerseits, drei Tage später mit Lars aus der 9b geknutscht hatte. Peter grinste. Die beiden waren tatsächlich noch immer ein Paar. Sie hatten mittlerweile vier Kinder, und Beate hatte den Umfang eines Kleintransporters angenommen, wohingegen Lars alle Haare, die er damals zur wilden blonden Tolle geföhnt trug, verloren hatte.

Mit der Pappschale in der einen und der Dose in der anderen Hand steuerte er einen der wenigen freien Tische an und setzte sich auf einen Plastikstuhl. Umgehend bereute er, kein Handtuch mitgenommen zu haben, denn schon nach wenigen Momenten pappten seine Schenkel fest.

»Egal!«, sagte er zu sich selbst und steckte sich die erste Pommes in den Mund. Und ja, so wollte es nun mal das Gesetz, Freibadfritten waren die weltbesten. Er grunzte zufrieden.

»Ist hier noch frei?«

Peter blickte auf. Zwei Frauen, beide um die Fünfzig, gewickelt in bunte Pareos und jeweils mit einer Tüte Vanilleeis in der Hand, sahen ihn fragend an.

»Natürlich«, sagte er generös und piekte mit der Holzgabel eine knusprige Fritte auf.

Die Damen setzten sich und schleckten schweigend an ihrem Eis. Weil Peter nicht der Sinn nach Unterhaltung stand und er sich voll und ganz auf seine Kartoffelstreifen konzentrieren wollte, war ihm das gerade recht. Er beobachtete die Menschen, die Kinder, die kreischend Fangen spielten, die betont cool vorbeistelzenden Teenager mit ihren noch bartlosen Gesichtern und die beiden Bademeister, die lustlos am übervollen Becken auf und ab marschierten.

»Zum Glück haben wir Urlaub«, unterbrach schließlich die korpulentere der beiden Frauen die Stille. »Ich kann mir vorstellen, wie das jetzt in der Agentur abgeht.«

Peter horchte auf.

»Ich kann das noch gar nicht glauben. Wer sollte denn den Chef umbringen? Ich bin echt geschockt.«

»Heike, du bist ja auch erst seit zwei Monaten hier. Da kannst du das noch nicht wissen. Glaub mir, unser werter Herr Direktor war nicht gerade der beliebteste Mensch in der Behörde.«

»Ja, Bine, das hab ich schon läuten gehört. Ich hatte ja nie persönlich mit ihm zu tun, außer bei der Einstellung. Aber das ging ratzfatz, ich hab den Dienstvertrag unterschrieben, den Eid geleistet und war nach ein paar Minuten wieder aus dem Büro raus.«

»Das ist mir schon klar, dass du keine Blumen zum Einstand bekommen hast …«

»Hatte ich auch nicht erwartet. Blöd fand ich nur, dass ich meine Hand auf die Bibel legen sollte. Na ja, längst vorbei.« Sie schleckte am Eis und sagte dann: »Ich frag mich, ob das einer von den Kollegen war.«

»Heike, du spinnst!«

Peter grinste und tunkte eine Fritte in den Ketchup. Majo kam ihm grundsätzlich nicht auf die Pappschale.

»Na ja, es muss doch jemand gewesen sein, der Zugang zur Tiefgarage hatte.«

»Da kann Hinz und Kunz reinfahren, weil die Schranke meistens defekt ist und oben steht. Da stellt doch jeder Idiot seine Karre ab, der zu faul ist, in die Innenstadt zu laufen. Und wir und unsere Klienten müssen ewig nach einem Platz suchen.«

»Auch wieder wahr.«

Eine Weile schleckten die Frauen, die offensichtlich Kolleginnen waren, an ihrem Eis. Peter stippte den letzten Pommes auf und wollte schon aufstehen, um zurück zur Liegewiese zu gehen, als die Frau namens Bine ins Sinnieren kam. Heike hörte gebannt zu – ebenso wie Peter, der unauffällig in eine ganz andere Richtung starrte. Doch seine Lauscher waren gespitzt.

Bine war seit über fünfundzwanzig Jahren bei der hiesigen Agentur angestellt, die bei ihrem Dienstantritt noch Arbeitsamt geheißen hatte. Der Ermordete hatte kurz nach ihr angefangen. Während sie als Sachbearbeiterin zunächst die normalen Fälle und dann Personen mit Behinderung betreut hatte, fräste Roth sich laut ihrer Erzählung wie ein Bulldozer durch die Abteilungen und schließlich bis an die Spitze des Amtes.

»Der hatte Ellbogen aus Stahl«, vertraute sie Heike an.

Peter musste an den Film *Magnolien aus Stahl* denken –

warum auch immer. Sollte es einen Regentag geben, wäre es eine gute Idee, sich diesen Streifen ein wiederholtes Mal anzuschauen. Am liebsten mit Lotte im Arm, die immer weinen musste, der er Taschentücher reichen und die er später körperlich trösten musste. Ihm wurde noch heißer, als es eh schon war, denn die Sonne war weitergewandert, und er saß mittlerweile nur noch zur Hälfte im Schatten unter dem Sonnenschirm mit dem Logo eines Eisherstellers. Seine linke Schulter begann zu brennen, denn natürlich hatte er keinen Sonnenschutz aufgetragen. Er hasste das klebrige Gefühl an den Händen, das die Creme immer hinterließ. Dies war der eine Grund. Der andere lautete: Hautkrebs oder sonst eine diabolische Krankheit bekamen immer nur die anderen. Überdies war es viel zu spannend, was Bine zu erzählen hatte. Es waren kleine Begebenheiten aus der Agentur, die im Ganzen ein ziemlich interessantes Bild lieferten. Peters Ohren wurden groß wie Rhabarberblätter, Heike lauschte mit weit aufgerissenen Augen und offenem Mund.

In einer Erzählung ging es um den Betriebsausflug der Agentur vor einigen Jahren. Man hatte einen Sonderzug gemietet, der die Belegschaft zu einem Nudelhersteller gekarrt hatte. Unter dem Vorwand, diese Firma zwecks neuer Arbeitsplätze durch den geplanten Neubau besichtigen zu wollen, hatte Vater Staat den Trip genehmigt. Das eigentliche Highlight aber war das Besäufnis auf der Hin- und noch mehr auf der Rückfahrt gewesen.

Roth wurde nach der Ankunft am Hauptbahnhof erwartet. Da er nicht mehr ganz geradeaus laufen konnte, wurde er von einer Auszubildenden untergehakt und marschierte samt Begleitung schnurstracks an seiner Gattin vorbei. Beide verschwanden in der Nacht, und Annette Roth blieb mit vielen Fragezeichen im Gesicht auf dem zugigen Bahnsteig zurück.

»Gibt's ja nicht!«, kommentierte Heike.

»Warte, es kommt noch besser«, sagte Sabine. Und sie versprach nicht zu viel: Der Vorfall lag ebenfalls ein paar Jahre zurück. Die jährliche Supervision durch das Landesarbeitsamt stand an. Was genau der Chef den lieben langen Tag machte, wusste niemand so genau. Jedenfalls habe Roth seine Sekretärin angewiesen, Aktenstapel auf seinem sonst immer quasi klinisch reinen Schreibtisch zu stapeln.

»Dem war egal, woher sie die geholt hat, er wollte nur, dass es nach ganz viel Arbeit aussieht.«

»Krass.« Heike schüttelte den Kopf.

»Du sagst es. Kaum waren die aus dem Landesarbeitsamt weg, waren die Akten wieder verschwunden.«

Richtig hellhörig wurde Peter, als Bine vom Dienstwagen des Toten berichtete. Selbstverständlich verfügte die Agentur über Fahrzeuge, die dienstlich genutzt werden konnten, wenn Außentermine anstanden. Vier oder fünf Autos deutschen Fabrikats standen den Mitarbeitern zur Verfügung und mussten jeweils einige Tage oder gar Wochen im Voraus gebucht werden. Für den Chef, der gelegentlich Vorträge an 200 Kilometer entfernten Orten halten musste, gab es sogar die Möglichkeit, einen dieser Wagen samt Fahrer zu reservieren.

»Das sind aber halt nur Mittelklassewagen«, erläuterte Sabine. »Und die waren dem Roth zu popelig.«

Eines Tages sei eine Limousine aus einem hiesigen Autohaus in der Tiefgarage gestanden. Und nur Roth hätte einen Schlüssel zu dem Schlitten besessen.

»Aber das kann der doch unmöglich über das Bundesland beantragt haben?« Heike schüttelte den Kopf.

»Hat er ja auch nicht. Das war ein Deal mit dem Autohaus Dörner.«

»Oh, da hab ich mein Auto gekauft. Leasing.«

»Heike, sei mir nicht böse, ich sollte langsam raus aus der Sonne.« Bine stand auf.

»Kein Thema, ich muss sowieso nach Hause.«

Die beiden Frauen entfernten sich. Peter stand ebenfalls auf, stellte sich erneut vor dem Kiosk an und orderte zwei Dosen alkoholfreies Bier. Sein eigenes Getränk schüttete er noch an Ort und Stelle in sich hinein. Die zweite Dose trug er zu Bernd. Der hatte die Flüssigkeit auch dringend nötig, wie Peter ein Blick auf dessen hummerroten Bauch verriet.

Charlotte Wachmann

»Kriminalpolizei. Wachmann, das ist mein Kollege …« Weiter kam Charlotte nicht. Der Mann am Empfangstresen sah nicht mal auf, ehe er seine wohl übliche Ansage herunterleierte.

»Haben Sie einen Termin?«

»Äh. Nein.«

»Dann müssen Sie sich zuerst online registrieren.«

»Das glaube ich kaum.« Lotte wurde lauter.

»Persönliche Gespräche gibt es nur mit Termin.«

»Guter Mann, heben Sie mal Ihren Kopf.« Lotte war die Ungeduld anzuhören. Dies kam auch beim Rezeptionisten an. Der Mann schaute tatsächlich auf. Erstaunt glitt sein Blick von ihrem Dienstausweis zu ihr, dann zu Kai und wieder zurück.

»Ach so«, sagte er lahm. »Sie kommen wegen Herrn Roth.«

»Ganz genau. Wo finden wir sein Büro?«

»Im vierten Stock, den Gang nach links abbiegen, und dann ist es die letzte Tür auf der rechten Seite. Zimmer vier-zwölf.«

»Danke.« Die beiden Kriminalpolizisten wandten sich zum Gehen.

»Darf ich fragen, was …«

»Nein.«

Kai drückte den Rufknopf. Augenblicklich öffneten sich die Aufzugstüren, und das Duo betrat die Kabine.

»Beamte.« Kai stöhnte, während der Lift mit einem leichten Ruckeln nach oben glitt.

»Selber einer«, frotzelte Lotte.

»Aber doch nicht in so einem Job für Schnarchnasen«, gab Kai empört zurück.

Einer Antwort wurde Kommissarin Wachmann enthoben, denn der Aufzug hatte die vierte und damit oberste Etage des Gebäudes erreicht. Dank der Schilderung des Pförtners fanden die beiden das Vorzimmer zu Roths Büro auf Anhieb. Sie traten ein, ohne anzuklopfen.

»Huch!« Die Dame hinter dem Schreibtisch zuckte zusammen und wischte hastig eine immense Menge an Papiertaschentüchern fort. Nicht einmal die Hälfte davon landete im Papierkorb.

»Was kann ich für Sie tun?« Die Frau, die Lotte auf Mitte vierzig schätzte, setzte ein gekünsteltes professionelles Lächeln auf. Doch der verschmierte Lippenstift und die rot geweinten Augen straften sie Lügen. Die Dame strich sich das zu einem strengen Pferdeschwanz gebundene brünette Haar zurück und zupfte am Kragen ihrer blütenweißen Bluse. Vom Schild an der Tür wusste Lotte, wie die Frau hieß: Yvonne Blechmann. Sie zückte, ebenso wie Kai, den Dienstausweis.

Frau Blechmann schluchzte auf. »Das ist so furchtbar!« Sie griff zur Packung mit den Taschentüchern und schnäuzte sich. »Entschuldigung, aber ich …«

»Schon gut.« Lotte hob beschwichtigend die Hände und setzte sich neben Kai auf einen der beiden Besucherstühle. »Das muss ein Schock für Sie gewesen sein.«

»Ja.« Yvonne Blechmann warf das Taschentuch von sich. Sie verfehlte den Papierkorb um wenige Zentimeter. »Ich kann das noch immer nicht fassen.«

»Brauchen Sie psychologische Hilfe?« Frau Blechmann tat Charlotte leid. »Ich könnte Ihnen einen Termin beim psychologischen Dienst organisieren. Die Kollegen sind rund um die Uhr im Einsatz.«

»Nein, nein, es geht schon.« Die Vorzimmerdame atmete tief ein. Ihr Gesichtsausdruck wurde professioneller. »Kann ich Ihnen etwas anbieten? Kaffee? Wasser?«

»Nein, danke«, sagte Lotte und bemerkte, dass Kai die Augen verdrehte. Wie sie ihren Partner kannte, hätte der nichts gegen ein Getränk einzuwenden gehabt. Aber so lange wollte und konnte Lotte nicht bleiben. Sie nahmen die Personalien auf. Roths rechte Hand war achtundvierzig

Jahre alt, ledig, kinderlos und seit über zwanzig Jahren in Diensten der Agentur. Über zehn Jahre davon als Assistentin für den Ermordeten.

»Wie war Herr Roth denn so als Chef?«

Yvonne Blechmann musste nicht lange nachdenken. »Geradlinig. Viele hielten ihn für streng. Aber ich kam ganz gut damit klar, dass er dezidierte Anweisungen erteilt hat. Und ja, ich fand es gut, dass er dem Schlendrian an manchen Stellen ein Ende gesetzt hat.«

Kai schnaubte leise. Lotte warf ihm einen bösen Blick zu. Erneut verdrehte ihr Assistent die Augen.

»Schlendrian. Sie meinen müßiges Arbeiten?«

»Ganz genau.«

Frau Blechmann nickte heftig. »Wir sind ja hier kein Ponyhof.«

Lotte vermutete, dass die Frau ihren verblichenen Chef zitierte.

»Können Sie mir dazu ein Beispiel geben, damit ich das einordnen kann?« Die Kommissarin lächelte aufmunternd.

»Oh, da gibt es viele. Lassen Sie mich mal überlegen, was mir aktuell präsent ist.«

»Nur zu.«

Yvonne Blechmann dachte nach. Kai ließ seinen Stift über dem Notizbuch kreisen. Als die Assistentin zu sprechen begann, machte er eine hastige Mitschrift in einer derartigen Sauklaue, dass Lotte nur hoffen konnte, alles korrekt im Protokoll wiederzufinden.

»Das war gestern«, erinnerte Yvonne Blechmann sich. »Der Chef hatte eine Supervision mit Frank Mayer.«

»Was ist denn eine Supervision?«, erkundigte sich Lotte.

»Das ist ein Routinevorgang. Ein Vorgesetzter schaut einem bei der Arbeit zu. Im Anschluss wird bewertet und geschaut, was der Mitarbeiter verbessern könnte. Jedenfalls kam Enn… also Herr Roth ziemlich sauer wieder.«

»Und warum war er wütend?«

»Na ja, nach dem, was ich heraushören konnte, hat der Kollege Mayer einem Kriegsflüchtling aus der Ukraine Gelder ausbezahlt, die dem nicht zustehen.«

»Könnten Sie das genauer erläutern?«, hakte Kai nach.

»Ja, also das ist so: Dieser Klientenkreis hat Anspruch auf Leistungen nach dem Sozialgesetzbuch. Seit geraumer Zeit ist die Agentur auch dafür zuständig.«

»Das wusste ich nicht«, musste Charlotte zugeben. »Um was ging es denn genau?«

»Na ja, der Mann ist mit drei Kindern gekommen. Also, er durfte das. Drei Kinder und so.«

»Das wiederum ist mir bekannt.«

»Nun hat die Familie eine Wohnung gefunden. Die eigentlich viel zu groß ist und natürlich zu teuer. Herr Mayer hat aber dem Antrag stattgegeben und zusätzlich noch die Zahlung der Mietkaution veranlasst.«

»Kann man denn in so einem Fall nicht mal beide Augen zudrücken?«, gab Lotte sich naiv.

»Natürlich nicht! Wo kämen wir denn da hin!«

»Aber ist es nicht besser, in einer richtigen Wohnung zu leben, statt in einer Sammelunterkunft? Gerade auch für die Kinder?«

»Das interessiert den Gesetzgeber nicht.« Yvonne Blechmann reckte trotzig das Kinn. Innerlich ballte Lotte die Hände zu Fäusten. Deutschland, Sozialstaat. Von wegen. Sie selbst hatte sich das Studium mit BAföG finanziert und lange, lange Jahre den Betrag zurückzahlen müssen. In der Ausbildung hatte sie abends gekellnert, war übermüdet in der Polizeihochschule aufgeschlagen und hatte seit ihrem Amtsantritt fünf Jahre lang gefühlt die Hälfte ihres Gehalts für den Studienkredit abrackern müssen – wiederum durch Kellnern. Nein, natürlich war sie sich nicht zu schade dafür, und nein, natürlich wollte sie nichts geschenkt. Aber als Kind von Eltern, deren Einkommen eher bescheiden gewesen war, hätte sie doch ein wenig mehr Unterstützung erwartet von dem Staat, dem sie ein Berufsleben lang dienen sollte.

»Ist Herr Mayer denn zu sprechen?«

»Moment.« Frau Blechmann wandte sich dem PC zu und tippte hastig. »Tut mir leid«, sagte sie schließlich. »Er hat sich heute Morgen krankgemeldet.«

Kai erfragte die Adresse des Mannes. Nachdem er diese notiert hatte, erkundigte Lotte sich nach den Folgeterminen des Toten. Frau Blechmann griff zum Terminkalender.

»Gestern stand eine Stadtratssitzung an. Und heute hätte er einen Termin bei seiner Physiotherapeutin, aber den …« Yvonne Blechmann schluchzte. Lotte hatte Mitleid und stand auf. Kai folgte ihrem Beispiel und steckte das Notizbuch ein.

»Wie gesagt, wenn Sie Hilfe brauchen …« Lotte legte eine Visitenkarte auf den Schreibtisch.

Aus menschlicher Sicht hätte sie die gute Frau jetzt gerne allein gelassen. Aber sie war nicht als Lotte hier, sondern als Kommissarin Wachmann.

»Frau Blechmann, wir würden uns gerne in Herrn Roths Büro umsehen.«

»Natürlich.« Die Empfangsdame stand auf, umrundete den Schreibtisch und öffnete eine Tür. »Bitte schön.«

Kai und Lotte traten nacheinander ein. Lotte wandte sich um. Die Sekretärin verstand und schloss die Tür hinter den beiden Beamten.

»Leck mich!« Kai stand der Mund offen. Auch Charlotte staunte. Ein solches Büro mit bodentiefen Fenstern und einer eigenen Dachterrasse hätte sie eher im Kanzleramt vermutet als in einer Arbeitsagentur. Der Raum wurde dominiert von einem massigen Schreibtisch, hinter dem ein lederner Chefsessel stand. An den Wänden hingen ausgewählte Kunstwerke namhafter Maler.

»Wie konnte der sich das leisten?«

»Die Bilder gehören ihm nicht«, klärte Charlotte ihren Partner auf. »Jede Behörde in Deutschland kauft regelmäßig Bilder und Skulpturen, um die Kunstszene zu unterstützen. Die Mitarbeiter können sich dann, je nach Rang, in den behördeneigenen Lagern aussuchen, was ihnen gefällt.«

»Großartig. Und bei uns hängen verblasste Poster von den Muppets.«

»Du vergisst das trabende Pferd.«

Beide mussten grinsen. In einem Verhörraum des Präsidiums hing tatsächlich ein Poster von einem braunen Ross, das in den Sonnenuntergang trabte. Das Teil war verblasst und kitschig, aber niemand hatte sich aufraffen können, es von der Wand zu klauben.

Die beiden sahen sich um. Roths Schreibtisch war penibel aufgeräumt. Neben der ledernen Schreibunterlage stand ein ebenfalls mit Leder bezogener Stiftehalter, in dem sich ein Kugelschreiber, ein gelber Textmarker und ein Bleistift befanden. Lotte wollte die beiden Schubladen öffnen, doch sie waren verschlossen. Ähnlich erging es ihr mit dem zweiten Schrank. Im ersten fand sie belanglose Mitteilungen der obersten Behörde, sauber in Ordner abgeheftet. Ansonsten gab es, außer einer Ledercouch, nichts von Belang.

Sie trat ins Vorzimmer. »Könnten Sie uns bitte die Schubladen und den Schrank öffnen?«, fragte sie Yvonne Blechmann, die sich allmählich fasste. Zumindest war der Taschentuchberg auf dem Tisch kleiner geworden.

»Das tut mir leid, ich habe weder die Befugnis noch einen Schlüssel.«

Scheiße, dachte Lotte. Laut sagte sie: »Trotzdem danke.« Sie hätte große Lust gehabt, alles aufzubrechen. Doch ohne das Okay vom zuständigen Richter wäre das keine gute Idee. Sie nickte Kai zu. Der zuckte mit den Schultern. Sie verabschiedeten sich und gingen schweigend zu den Fahrstühlen zurück.

Im Aufzug checkte Lotte zum ersten Mal seit Längerem Ihren privaten WhatsApp-Account. Wie erwartet, stammten alle Nachrichten von Peter.

Gestern, 22.43 Uhr: Im nächsten Leben heirate ich eine Buchhändlerin! Bibliotheken und Buchläden machen pünktlich zu! :-)

Heute, 9.32 Uhr: Guten Morgen, Frau Sherlock. Ich kenne dich und habe nur ein Brötchen gekauft. Sei tapfer und löse den Fall. Schweden wartet.

Heute, 10.26 Uhr: Bämm! Ich bin arm, die Buchhandlung reich und du wirst dich herrlich entspannen am See! Wann kommst du?

Heute, 13.17 Uhr: Bin mit Bernd im Freibad. Kommst du? Büdde, büdde … nein? Also gut, dann verhafte den Mörder und ich massiere dir nachher den Rücken. Und wenn du magst auch noch mehr.

Heute, 15.14 Uhr: Lust auf Pasta nachher?

Lotte seufzte. Die letzte Nachricht war gerade mal ein paar Minuten alt. Sie sah auf die Uhr. Würde sie es mit der SOKO Tiefgarage pünktlich nach Hause schaffen? Wohl kaum.

Sie tippe eine hastige Antwort.

Charlotte. Heute. 15.27 Uhr: Ich hab dich lieb. <3 Sehr. Und ich liebe dein Basilikumpesto. Aber … du ahnst es … vor dem Seeufer liegt eine Leiche und die will ich vom Tisch haben. Lies mir vor. In Schweden. Halt mich, lieb mich …

Hastig suchte sie auf YouTube den Link zum Lied aus *Aschenbrödel.* Sie fügte ihn ein, drückte auf *Senden.* Dann schickte sie noch drei knallrote Herzchen hinterher. Als sie aufschaute, bemerkte sie, dass Kai ihrem Beispiel gefolgt war und ebenfalls auf seinem Smartphone herumtippte. Einziger Unterschied zwischen ihnen beiden: Die Kommissarin beherrschte das Multitasking deutlich besser als ihr Assistent, der um ein Haar gegen einen Mülleimer gekracht wäre. Erst im allerletzten Augenblick fiel es ihm auf. Bei dem Versuch auszuweichen, hätte er beinahe einen anderen Besucher der Arbeitsagentur über den Haufen gerannt.

Der rundliche Mann fluchte, Charlotte schmunzelte. Kai war es offenbar in erster Linie peinlich. Er schwieg, bis das klobige Gebäude hinter ihnen lag.

»Findest du nicht auch, dass das mit diesem Fred Mayer komisch klingt? Er wird von seinem Chef zusammengefaltet, der Chef stirbt, und der Mann taucht ab.«

»Erstens heißt er Frank und zweitens: Ja. Und drittens wissen wir nicht, ob er abgetaucht ist. Vielleicht ist er wirklich krank.«

»Durchfall, nach dem gestrigen Einlauf? Das wäre mal was.«

»Unterschätze nicht die psychische Komponente. Manch einer nimmt sich die Kritik seines Vorgesetzten sehr zu Herzen. Nicht so wie du.«

Sie erreichten den Dienstwagen und stiegen ein.

»Ich nehme mir jede Kritik zu Herzen. Solange sie konstruktiv ist.«

Darauf konnte sich Charlotte ein Lächeln nicht verkneifen. »Das wäre mir neu.«

Den Einwand schien Kai bewusst zu überhören. »Ich nehme an, als Nächstes geht es zu Fred, äh … ich meine: Frank Mayer?«

Lotte dachte kurz nach. »Nein, lass uns vorher zum Präsidium fahren und schauen, was es da für neue Erkenntnisse gibt. Den Mayer würde ich mir gerne erst vornehmen, nachdem wir ihn gründlich durchleuchtet haben. Nur für den Fall, dass er tatsächlich was mit der Sache zu tun hat.«

Mit diesen Worten gab sie Gas und lenkte den schwarzen Passat in den Stadtverkehr. Um kurz nach halb vier war die Rush Hour natürlich voll im Gange, und die Straßen waren voll wie Kneipen bei Freibier. Der Vergleich brachte Lotte zum Schmunzeln. Gegen ein kaltes Getränk hätte sie jetzt nichts einzuwenden gehabt, gerne auch in einer Kneipe. In Präsidiumsnähe gab es einige, die oft von Polizisten besucht wurden. Allerdings nicht so früh am Nachmittag. Außerdem hatte sie zu arbeiten.

Deshalb steuerte sie den Dienst-VW brav zum Innenstadtrand, wo die Kripo-Zentrale in einem wuchtigen alten Backsteinbau untergebracht war. Von außen strahlte das mehrstöckige Gebäude eine gewisse ehrwürdige Ruhe aus, von innen wirkte es alt und heruntergekommen. Im Sommer war es in den Räumen meist zu warm, während im Winter, selbst bei aufgedrehter Heizung, selten mehr als zwanzig Grad Zimmertemperatur erreicht wurden. Das Modernste in den Räumen war sicherlich die Computerhardware – und selbst die hatte in vielen Fällen bereits etliche Jahre auf dem Buckel. Aber solange die alten Kisten liefen und ihren Zweck erfüllten, würde kein Budget für deren Erneuerung verwendet werden. In der Regel brauchte man die High-End-Powermaschinen eh nur für Multimedia und grafikintensive Games. Nichts davon hatte etwas auf einem Dienst-PC zu suchen. Und für derlei Dinge während der Arbeit fand ohnehin keiner die Zeit.

Der Vorteil an dem Behörden-Altbau war allerdings, dass jeder leitende Ermittler sein eigenes Büro besaß. Lotte kannte die Berichte von Kollegen, die sich in ihrem Präsidium Großraumbüros mit zig Leuten teilen mussten. Selbst wenn sich dort jeder bemühte, leise zu sein, dürfte der Geräuschpegel dennoch unheimlich hoch sein. Wie sich da jemand konzentrieren sollte, war ihr ein Rätsel. Bei Lotte kam erschwerend hinzu, dass sie buchstäblich ihren Freiraum brauchte. Ein fotografisches Gedächtnis war zwar gut und schön. Dennoch benötigte sie ihre eigenen vier Wände, in denen sie Überlegungen auch mal bedenkenlos laut aussprechen konnte, ohne Angst haben zu müssen, dass sie damit einen der anderen Ermittler in seiner konzentrierten Arbeit störte.

In ebendieses Büro zog sie sich nach ihrer Ankunft im Präsidium auch zurück. Es war ein quadratisches Zimmer mit breiter Fensterfront, einem Schreibtisch, mehreren Aktenschränken sowie der alten Schlafcouch, auf der sie heute Morgen einige Stunden genächtigt hatte. Jetzt war die Couch wieder eingeklappt und hätte die Möglichkeit zum Hinsetzen geboten. Von da aus hätte man einen einwandfreien Blick auf die gegenüberliegende Wand, an der Lotte eine Korkpinnwand sowie ein metallenes Whiteboard für wichtige Bescheide und Notizen befestigt hatte. Doch die interessierten sie derzeit wenig. Gleich auf den ersten Blick war ihr nämlich aufgefallen, dass der Ablagestapel auf ihrem Schreibtisch seit dem Aufbruch heute Morgen um mehrere Zentimeter angewachsen war.

Schuld daran war der Bericht der Spurensicherung, den ihre Freundin vorhin bereits per Textnachricht angekündigt hatte. In der Aktenmappe befanden sich hochauflösende Fotos vom *Notfallset* aus Roths Wagen. Obwohl das Etui von allen möglichen Winkeln und Seiten abgelichtet worden war, verriet es ihr nicht mehr als das, was Lotte bereits wusste. Offenbar hatte das Lederbehältnis tatsächlich bloß Taschentücher, Parfüm und Präservative enthalten. Das bestätigte auch die dazugehörige Stelle im mehrseitigen Bericht inklusive genauer Informationen über die jeweiligen Fabrikate. Da es sich bei allen drei Dingen um handelsübliche Artikel handelte, die es in jedem Drogeriemarkt zu kaufen gab, würde ihr das nicht weiterhelfen. Fingerabdrücke hatten die Kollegen auf dem Etui mehrere sichergestellt, allerdings ausschließlich von Enno Roth selbst.

In seinem Dienst-Daimler waren neben seinen eigenen noch mehrere andere Fingerabdrücke sowie DNS-Spuren in Form von Haaren und Hautpartikeln gefunden worden. Die diesbezügliche Untersuchung dauerte noch an und würde – genau wie die Laboruntersuchungen der Rechtsmedizin – einige Tage auf sich warten lassen. Ähnlich stand es um die Ergebnisse von Roths Kleidung. Die gesicherten Faserspuren müssten erst noch eindeutig überprüft werden. Besondere Auffälligkeiten waren jedoch keine festgestellt worden. Rund um den Tatort waren zahlreiche Kratz- und Schleifspuren gefunden worden, die allerdings den normalen Nutzungserscheinungen einer Tiefgarage entsprachen und nicht notwendigerweise etwas mit dem Mord zu tun haben mussten. Zum Verbleib der Tatwaffe gab es keinen Hinweis. Auch Indizien, die mit einiger Sicherheit auf den Täter hindeuteten, konnten nicht sichergestellt werden. Überwachungskameras gab es im Untergeschoss keine.

Seufzend blätterte Charlotte auf die nächste Seite des Berichts, wo sich die Kollegen mit dem braunen Lederkoffer beschäftigt hatten, den Roth kurz vor seinem Ableben auf dem Wagendach abgestellt hatte. Sie bestätigten ihren Eindruck, dass es sich um ein ziemlich neuwertiges Modell aus dem hochpreisigen Sortiment handelte. Eine stichprobenartige Prüfung hatte zudem ergeben, dass der Koffer lediglich von einer Handvoll exquisiter Boutiquen in der Region verkauft wurde. Lotte fragte sich unweigerlich, wie man als Staatsbeamter an ein solch teures Stück kam. Verdiente man als Arbeitsamtsdirektor so viel besser als eine Kriminalkommissarin? Überhaupt schien der Mann förmlich in Luxus geschwommen zu sein. Eine teure Limousine aus einem Stuttgarter Autohaus, ein großzügiges Eigenheim in bester Lage, selbst in Sachen Büroinventar lagen zwischen ihnen beiden Welten.

Es wurde höchste Zeit, sich genauer mit den Finanzen des feinen Herrn Roth zu befassen. Deshalb nahm sich Lotte, gleich nachdem sie den Spurensicherungsbericht zu Ende gelesen hatte, die Bankkonten der Roths vor. Drei waren es an der Zahl, jeweils eines für Enno und eines für Annette plus ein Gemeinschaftskonto, auf das beide scheinbar gleichermaßen oft zugriffen. Zumindest war es das Konto mit den meisten Transaktionen und Abbuchungen. Viel Geld wanderte an allerlei Online-Shops, nicht zuletzt dem mit dem Namen eines großen südamerikanischen Flusses, dazu kamen die üblichen Posten wie Energie, Wasser, Mobilfunkanbieter, Eintrittsgelder für Veranstaltungen und Einkäufe in Läden des täglichen Bedarfs. Einzahlungen fanden erheblich weniger häufig statt, dafür aber in deutlich höheren Beträgen: Knapp dreitausend Euro von ihm sowie fünfhundert Euro von ihr. Damit ließ sich ordentlich haushalten, und meist blieb am Monatsende auch ein sattes Plus zurück.

Daher schenkte Charlotte dem Gemeinschaftskonto die wenigste Beachtung. Obwohl sie am meisten Ennos Privatkonto interessierte, nahm sie sich zuerst das seiner Gattin vor. Sie ahnte, dass deren Überprüfung deutlich schneller vonstattengehen würde, und behielt recht. In Sachen Einzahlungen floss lediglich das Gehalt von Annettes Teilzeitstelle auf das Konto. Der Rest waren regelmäßige Abbuchungen für einen Fitnessclub, einen Kurs an der Volkshochschule sowie allerlei Kleinkram. Nichts davon schien von Belang zu sein.

Anders sah es bei Ennos privatem Bankkonto aus. Allein bei dem Betrag, den der Direktor der Arbeitsagentur monatlich als Gehalt überwiesen bekam, schnalzte Lotte beeindruckt mit der Zunge. Hinzu kamen allerdings weitere Zahlungseingänge von einer Firma namens Tiercy GmbH sowie Ertragsgutschriften und Dividenden aus Aktiendepots. Lotte notierte sich diese Posten für später und studierte weiter die Anzeigen auf dem Bildschirm.

Fast genauso interessant wie Ennos viele Einkünfte waren seine Abbuchungen. Jeden Monat ging ein höherer dreistelliger Betrag an das Girokonto einer Frau namens Gabriele Jagiela. Der Verwendungszweck lautete stets *Unterhalt* und ließ Lotte überrascht die Augenbrauen heben. War Roth schon einmal verheiratet gewesen? Gab es Kinder aus einer früheren Beziehung? Diese Überlegungen waren ihr sofort noch eine Notiz wert. Weitere regelmäßige Überweisungen gingen an diverse lokale Clubs und Vereine. Ob es sich lohnte, da ebenfalls mal genauer hinzuschauen? Schaden würde es definitiv nicht.

Zwar nicht regelmäßig, aber schon recht häufig folgten Abbuchungen von teureren Restaurants, von denen Charlotte einige erst einmal googeln musste, um zu erfahren, worum es sich handelte. Ein letzter hochpreisiger Punkt waren Zahlungen an eine gewisse Ina Sorgus, angeblich für Webhosting-Dienste. Merkwürdig daran war nur, dass man die in der Regel für Homepages, Domains und Server zahlte, im Internet jedoch beim besten Willen keine Enno-Roth-Website zu finden war. Okay, vielleicht präsentierte er unter einem Pseudonym eine geheime Teddybären-Sammlung. Möglicherweise steckten jedoch auch andere Online-Dienste dahinter, von denen im weltweiten Netz auch zahlreiche fernab der Legalität existierten. Mit etwas Glück könnte die IT-Abteilung hier Genaueres herausfinden.

Ein elektronisches *Pling*-Geräusch informierte sie über den Eingang einer neuen E-Mail. Lotte wechselte in ihr Postfach und sah, dass die Rechtsmedizin ihr geschrieben hatte. Der Betreff der Nachricht lautete *Vorläufiger Untersuchungsbericht*. Das klang interessant, sodass Lotte nicht zögerte, das beigefügte Attachment zu öffnen.

Eine gewisse Vorfreude setzte ein, wurde jedoch sehr rasch von Ernüchterung eingeholt. Am Körper des Ermordeten hatte es keinerlei Anzeichen für Abwehrverletzungen gegeben. Wie zuvor von der Spurensicherung erwähnt, hatte es weder fremde Haare noch fremde Hautschuppen gegeben, die konkrete Hinweise auf den Täter liefern könnten. Der Angriff auf Enno Roth war von hinten und ohne Vorwarnung erfolgt. Es gab keinerlei Anzeichen dafür, dass Roth noch versucht hatte, sich zu wehren oder wegzudrehen. Gestorben war der Direktor durch den Schuss einer kleinkalibrigen Waffe aus nächster Nähe. Die Pistolenkugel war über das zentrale Element der Kopfgelenke in den Hinterkopf eingedrungen und hatte das Gehirn durchschlagen, bevor es auf der Kopfvorderseite knapp unterhalb der Stirn wieder ausgetreten war. Roth war auf der Stelle tot gewesen. Die Prellungen auf der Vorderseite seines Körpers bewiesen, dass er keine Möglichkeit mehr gehabt hatte, den darauf folgenden Sturz abzufangen. Aufgrund des Schusswinkels war entweder von einem Schützen mit körperlich kleinerer Statur oder einer Person auszugehen, die die Waffe absichtlich niedriger gehalten hatte, um genau diesen Eindruck zu erwecken. Hinweise auf übermäßigen Alkoholgenuss oder BTM-Missbrauch waren im Körper des Verstorbenen nicht festzustellen gewesen. Die toxikologische Untersuchung stand noch aus.

Enttäuscht lehnte Lotte sich in ihrem Stuhl zurück. Der vorläufige Bericht hatte nur das bestätigt, was sie bereits am Tatort vermutet hatte. Das war der Nachteil, wenn man über ein fotografisches Gedächtnis und etliche Jahre Berufserfahrung verfügte: Überraschungen kamen da nur noch selten vor. Weiter brachten sie diese Informationen jedenfalls nicht. Da hatten sich die Bankdaten um einiges aufschlussreicher gelesen.

In dem Moment klopfte Kai zaghaft am Türrahmen, wartete jedoch keine Antwort ab, sondern marschierte weiter, bis ihn der Schreibtisch zum Anhalten zwang.

»Ich habe mir mal diesen Frank Mayer angeschaut. Der ist in unseren Aufzeichnungen kein Unbekannter.«

Diese Information ließ Lotte aufblicken. »Ach, schau an. Womit ist er denn aufgefallen?«

Ein aufgeregtes Grinsen erschien im Gesicht des Assistenten. »Er ist zwei Mal wegen Gewaltdelikten festgenommen worden. In beiden Fällen hat man später allerdings auf eine Anklage verzichtet.«

»Was für Gewaltdelikte sind das genau?«

»Einmal eine Prügelei in einer Bar und einmal ein Ausraster auf einem Sportplatz. Der Mann scheint eine ziemlich kurze Zündschnur zu haben. Meinst du, er könnte von Schlägereien auf Waffengewalt umgestiegen sein? Sozusagen ein Update?«

»Streng genommen wäre das ein Upgrade, aber seien wir mal nicht päpstlicher als der Papst. Ein gewisses Gewaltpotenzial scheint bei Mayer jedenfalls vorhanden zu sein.«

»Und da wir ja praktischerweise ein Gewaltverbrechen untersuchen …«

»… muss er nicht zwangsläufig unser Täter sein. Aber er kann. Wir sollten uns auf jeden Fall mal mit ihm unterhalten. Wie steht es um die restlichen Backgroundchecks?«

»Äh … was meinst du?«

»Na, Mayers Finanzen, Schufa-Einträge, der Lebenslauf, et cetera p.p.«

»Ach so, die … Ja, die habe ich noch nicht überprüft. Ich bin gleich nach den Treffern in der Datenbank zu dir gekommen, weil ich dachte, dass dich das interessieren könnte.«

»Tut es auch. Aber wie wir wissen, sind Strafakten ja bloß die halbe Miete. Da geht noch mehr, wie es so schön heißt. Wenn du das zeitlich nicht schaffst, gib es an die Kollegen vom KDD weiter.«

»N-natürlich. Ich war ja noch nicht fertig …«

»Dann hol das doch bitte nach. Und schau mal, ob unser Mann in den sozialen Medien aktiv war. Heutzutage ist ja jeder bei Twitter oder Instagram.«

»So alt wie der war, war der vermutlich eher bei Facebook. Wenn überhaupt …«

Charlotte überhörte die Spitze ebenso, wie sie es sich verkniff, darauf hinzuweisen, dass sie ebenfalls einen Facebook-Account besaß. Aus Zeitgründen nutzte sie den zwar kaum, aber angemeldet hieß trotzdem angemeldet. Außerdem dachte sie, dass sie durch dieses Konto zumindest noch halbwegs zum angesagten Teil der Bevölkerung zählte. Oder war dieser Zug längst abgefahren? Die Vorstellung war so deprimierend, dass sie sie schnell beiseiteschob.

»Wenn er nicht selbst irgendwo angemeldet ist, dann haben sich vielleicht andere über ihn im Netz unterhalten. In unserer digitalen Welt ist schließlich niemand mehr unsichtbar.«

Kai nickte zustimmend, machte zunächst jedoch keine Anstalten zu gehen. Hatte er noch etwas auf dem Herzen? Erwartete er weitere Anweisungen? Lotte wollte ihn gerade danach fragen, als der Assistent auf dem Absatz kehrt machte und das Büro verließ.

Manchmal war er wirklich merkwürdig. Selbst nach über einem halben Jahr Zusammenarbeit war Charlotte nach wie vor unschlüssig, ob sie ihn wirklich kannte oder einschätzen konnte. Manchmal, so wie heute Vormittag, als er von den Immobilienpreisen und Reichtum im Allgemeinen beeindruckt gewesen war, verhielt er sich wie ein typischer Mittzwanziger. Dann wiederum kam er an manchen Tagen mit Knutschflecken oder verpeilt wie ein Teenager daher. Wie das zusammenpasste, hatte sie noch nicht so ganz raus. Ebenso wie seine Faibles für schlechte Actionfilme, noch schlechtere Comedy und scheinbar alles, was süß und klebrig war. Es gab Momente, da schienen sie auf zwei völlig verschiedenen Planeten zu leben. Gleichzeitig bewunderte sie seinen Enthusiasmus und seine Begeisterung für die Polizeiarbeit. Er war so voller Energie und Tatendrang! Da konnte Charlotte trotz allem Pflichtgefühl nicht mithalten. Oder besser: Nicht mehr.

Ein weiteres Mal fühlte sie sich alt und ausgelaugt. Aber wahrscheinlich war sie einfach nur urlaubsreif. Sie schaute einige Sekunden lang in die Richtung, in die Kai verschwunden war, und widmete sich dann wieder ihrer eigenen Ermittlungsarbeit.

Auf ihrem Notizblock hatte sie sich die Namen Gabriele Jagiela und Ina Sorgus notiert. Beides Frauen, beide wohnhaft in dieser Stadt. Die eine war Ende vierzig, die andere Anfang dreißig. Lotte entschied sich für Alter vor Schönheit und nahm sich zuerst Gabriele Jagiela vor. Die gelernte Gesundheitsmanagerin wohnte in der Agavenstraße, nicht weit vom Hauptbahnhof entfernt. Polizeilich auffällig geworden war sie bisher nicht, wenn man von einer lange zurückliegenden und noch dazu harmlosen Sachbeschädigung einmal absah. In ihren Zwanzigern hatte sie mal das Auto eines Nachbarn mutwillig zerkratzt. Seither war sie immer brav gewesen. Ihr Familienstand war ledig, frühere Beziehungen waren keine eingetragen. Bei ihr lebte der dreizehnjährige Marlon.

Bei dieser Information strich sich die Kommissarin neugierig mit der Zungenspitze über die Lippen. Konnte es sei, dass Enno sein Vater war? Neugierig nahm sie sich das Geburtsregister vor. Und war anschließend genauso klug wie vorher. In Marlons Geburtsurkunde war das Feld mit der Vaterschaft nämlich leer geblieben. Dies konnte alles und nichts bedeuten. Eventuell war Gabriele selbst nicht klar gewesen, wer als Erzeuger infrage kam. Genauso gut konnte es aber auch sein, dass sich der frischgebackene Papa vor dreizehn Jahren geweigert hatte, die neue Verantwortung zu übernehmen. Doch wieso überwies er dann allmonatlich eine feste Summe an die Kindsmutter? Dass der Betrag exakt dem Unterhaltsbetrag entsprach, den er gemäß der Düsseldorfer Tabelle für ein dreizehnjähriges Kind bezahlen musste, war sicherlich kein Zufall. Oder doch? Möglichkeiten gab es trotz allem viele, und Lotte hütete sich davor, vorschnell etwas als gegeben anzunehmen. Ein Gespräch mit der Gesundheitsmanagerin dürfte da weitaus mehr Aufschluss liefern.

Weder Marlon noch andere Kinder waren bei Roth als leibliche Nachkommen angegeben. Allerdings erinnerten die Recherchen über potenzielle Vaterschaften Lotte daran, sich noch einmal genauer mit Ennos Familiengeschichte zu befassen.

Verheiratet war er vor seiner Ehe mit Annette nicht gewesen, wie die Aufzeichnungen des Einwohneramtes bestätigten. Seine Eltern Hartmut und Lieselotte waren beide bereits vor Jahren bei einem Verkehrsunfall verstorben. Die nächste Blutsverwandte war seine drei Jahre jüngere Schwester Maren Grimpe, verheiratet mit Ronald Grimpe. Sie führte einen kleinen Laden für Bastel- und Kreativbedarf in der Innenstadt. Die Internetseite des Geschäfts war relativ schlicht und listete praktisch alles auf, was für Tüftler und Hobbykünstler relevant sein könnte. Von Glitzersternchen aus Plastik über Makramee-Garn bis hin zu Acrylfarben gab es praktisch nichts, was es nicht gab. Selbst künstliche Blumengestecke befanden sich im Sortiment.

»Was es nicht alles gibt!«, murmelte Lotte kopfschüttelnd und wandte sich dem nächsten Namen auf ihrer Liste zu: Ina Sorgus und ihre angeblichen Webhosting-Dienste. Wobei sie das *angeblich* offenbar streichen konnte. Ihrem Lebenslauf zufolge besaß Ina Sorgus tatsächlich einen Bachelor-Abschluss in Informatik und arbeitete hauptberuflich bei einem lokalen IT-Dienstleister namens *DataTec*. Polizeiliche Aktenvermerke über sie gab es keine. Dies klärte jedoch nicht die Frage, was für Webhosting-Dienste sie für Roth übernommen hatte und wofür genau diese überhaupt benötigt wurden. Bei der Firma deswegen nachzuhaken, *könnte* weiterhelfen. Aus Datenschutzgründen war das Unternehmen allerdings nicht verpflichtet, ihnen das mitzuteilen. Selbst mit einem richtigen Beschluss könnte das schwierig werden. Aktuell stand der aber gar nicht zur Debatte, da sie nicht einmal den Hauch eines Verdachtes hatten. Es war gut möglich, wenn nicht gar wahrscheinlich, dass die Webhosting-Dienste mit dem Mordfall überhaupt nichts zu tun hatten. Im Zuge einer gründlichen Ermittlung würden sie dennoch alles genau durchleuchten müssen. Noch hatten sie keine Ahnung, wohin dieser Fall steuern würde.

Ein weiterer Punkt in Lottes Notizbuch waren die Ausschüttungen aus Enno Roths Aktiendepot. Bei Ertragsgutschriften im vierstelligen Bereich lagen vermutlich nicht irgendwelche unwichtigen Rohrkrepierer in diesem Depot, sondern Aktien und Fonds im hochpreisigen Sortiment. Und wirklich: Selbst bei schlechten Kurswerten lag der Wert seiner Investitionen weit über dem, was Lotte pro Jahr im Staatsdienst als Gehalt verdiente.

Das waren Werte, bei denen man glatt neidisch werden könnte. Hatte Enno hier bloß ein glückliches Händchen beim Spekulieren besessen oder ergaben sich die Gewinne allein durch die große Menge von Aktien und Fonds? Lotte durchstöberte sein Portfolio im Detail, war danach aber weiterhin unschlüssig. Für eine genaue Auskunft fehlte ihr das nötige Fachwissen. Fest stand für sie als Laiin jedenfalls, dass der Verstorbene zu Lebzeiten alles andere als ein armer Schlucker gewesen war. Sie musste im Zuge ihrer Ermittlungen nur noch herausfinden, woher all dieser Reichtum gekommen war. Und wie viel seine Ehefrau davon wusste.

Sie wechselte in ihr E-Mail-Postfach zurück, um zu schauen, ob die heute Morgen angeforderte Funkzellenortung samt Verbindungsnachweisen bereits eingetroffen war. Die Rückmeldung des Mobilfunkanbieters ließ leider noch auf sich warten. Also telefonierte sie kurz mit der IT-Abteilung und leitete den Kollegen die spärlichen Details über Ina Sorgus und den Webhosting-Service weiter. Bei der Gelegenheit erkundigte sie sich, ob sich die EDV bereits mit den Daten auf Roths Smartphone beschäftigt hatte. Ein heiseres Kichern war zu hören. Dazu der dezente Hinweis, dass die Spurensicherung das Handy erst vor zwei Stunden weitergegeben hatte. So viel dazu. Lotte wies noch einmal auf möglicherweise gelöschte Nachrichten und Dateien hin und beendete das Gespräch.

Kaum hatte sie das erledigt, betrat Kai ihr Büro. Erneut ohne Klopfen oder gemäßigtes Tempo. »So, nun habe ich alles gecheckt.«

Es klang fast wie eine Frage.

»Okay, dann lass mal hören«, bat die Kommissarin, nachdem der Assistent nicht von sich aus loslegte. Als Zeichen ihrer vollen Aufmerksamkeit lehnte sie sich in ihrem Stuhl zurück und verschränkte die Hände im Schoß.

»Ich habe mir noch mal den Hintergrund von Fred … Frank Mayer vorgenommen«, fasste er unnötigerweise zusammen. Dabei sollte das ja eigentlich völlig klar sein. Immerhin war es die einzige Sache, worum sie ihn gebeten hatte. »Auf seinem Bankkonto sieht es nicht so gut aus. Er verdient bei der Arbeitsagentur zwar nicht schlecht, aber genauso schnell, wie das Geld reinkommt, geht es wieder raus. In Bars und Clubs, für Sportvereine, einen Motorradclub, Ratenzahlungen bei Möbelhäusern und Elektronikgeschäften. Dazu die monatlichen Gebühren für – Pass auf, halt dich fest! – acht verschiedene Streamingportale. Ich habe gar nicht gewusst, dass es so viele gibt. Jeden zweiten Tag geht er in den Supermarkt und lässt dort zwischen zwanzig und vierzig Euro. Da kommt ganz schön was zusammen.«

»Das Leben in Deutschland ist teuer.«

»Nicht *so* teuer. Die restliche Kohle gibt er für Reisen und das Abzahlen seiner Eigentumswohnung aus.«

»Gut. Er genießt das Leben also in vollen Zügen. Was gibt es sonst noch?«

»Vor der Arbeitsagentur hat er sich als Speditionskaufmann und Personalsachbearbeiter versucht. Beim gleichen Brötchengeber wie Roth ist er seit knapp vier Jahren. Ob er in der ganzen Zeit die gleiche Jobposition innehatte, lässt sich aus den Steuerunterlagen nicht herauslesen, dürfte aber auch nicht so wichtig sein. In den sozialen Medien ist er sehr aktiv. Twitter, Insta, Snapchat, Facebook, TikTok: Der Mann ist überall angemeldet.«

»Das muss ja nichts zu sagen haben. Ist er auf den Accounts aktiv?«

»Auf den einen mehr, auf den andere weniger. Auf Insta postet er haargenau das Gleiche wie auf Facebook. Da hat er bestimmt beide Konten miteinander verknüpft.«

»Hat er sich dort mal über die Arbeit oder seinen Chef ausgelassen?«

Der Assistent schüttelte den Kopf. »Fehlanzeige. Meistens postet er Poserbilder oder Urlaubsschnappschüsse. Und wenn er mal wieder im Kino war. Zuletzt hat er einen Film mit Robert Pattinson angeschaut.«

»Auch das noch.« Ihr lag eine spitze Bemerkung auf der Zunge. Das Läuten ihres Festnetztelefons hielt sie davon ab. Im Display las sie, dass es ihr Dienstgruppenleiter war, der sie erreichen wollte. Das bedeutete selten etwas Gutes. Eigentlich nie.

Zögernd nahm sie den Hörer ab und durfte sogleich eine Zusammenfassung der spärlichen bisherigen Ermittlungsergebnisse geben. Natürlich wusste der Chef, dass seit dem Mord noch nicht einmal ein Tag vergangen war. Dafür hatte er durchaus Verständnis. Gleichzeitig saß ihm der Polizeipräsident im Nacken, der vermutlich Druck vom Bürgermeister bekam. Wenn in der Stadt ein hochrangiger Bürger ums Leben kam, musste alles schneller vonstattengehen. Von Misserfolgen und Rückschlägen wollte da keiner etwas hören. Um die Obrigkeit auf den neuesten Stand zu bringen, ordnete der Dienstgruppenleiter daher eine Besprechung der gesamten *SOKO Tiefgarage* für morgen früh, neun Uhr an.

Wenigstens nicht mehr heute, freute sich Charlotte. Das gab ihr und den anderen ein bisschen mehr Vorlaufzeit.

»Die gesamte SOKO« bedeutete, dass bei dem Treffen, neben Kai und ihr, auch die Kollegen vom Kriminaldauerdienst, von der Spurensicherung, Rechtsmedizin und IT-Abteilung anwesend sein würden. Mindestens. Eventuell weitere Ermittler, die Lotte bei den Nachforschungen unterstützen sollten.

Gerade als sie dabei war, ihrem Assistenten von dem angekündigten Meeting zu berichten, flatterte per E-Mail bereits die elektronische Einladung dazu ins Postfach. Obwohl der Chef das angekündigt hatte, fühlte sich Charlotte dennoch unter Druck gesetzt.

Der Ärger vertrieb sogleich die Müdigkeit und Erschöpfung, die ihr nach dem langen Arbeitstag zusetzten. Entschlossen stand sie auf und gab Kai ein Zeichen, ihr zu folgen. Bevor sie an Feierabend auch nur denken konnte, galt es noch ein bisschen was abzuklären. Wer brauchte schon eine Pause, wenn er stattdessen wichtige Sachen erledigen konnte?

Die Fahrt führte sie einmal quer durch die ganze Stadt. Es war eine Strecke von gut acht Kilometern, und dank der vorgerückten Stunde hatte das Verkehrsaufkommen so weit nachgelassen, dass sie rasch vorankamen. Genau wie bei ihrem Aufbruch vom Präsidium heute Morgen erwies sich der Assistent als ziemlich maulfaul. Genau wie heute Morgen war vermutlich die Müdigkeit der Grund dafür.

Lotte spürte, wie ihr linkes Augenlid zuckte und dass sich ein leichtes Schädeldrücken eingestellt hatte. Untrügliche Zeichen dafür, dass ihr Körper allmählich die weiße Fahne schwenkte. Da half es auch nicht, das Gähnen zu unterdrücken und über den Kauf von Energydrinks und Kaffeeprodukten nachzudenken. Sie spürte, wie ihr privates Smartphone in der Hosentasche kurz vibrierte. Vermutlich war es Peter, der sich nach dem Stand der Dinge erkundigte.

Peter.

Der Gedanke an ihn schenkte ihr ein kleines Lächeln. Der Gute. Die treue Seele von Mann, der sie immer unterstützte und Verständnis für sie und ihren Job hatte. Sicher war es nicht einfach, mit jemandem zusammenzuleben, der ständig auf Abruf und ohne regelmäßige Arbeitszeiten arbeitete. Wenn sie sich etwas vornahmen, konnten sie nie zu hundert Prozent sicher sein, dass sie es tatsächlich gemeinsam tun oder besuchen konnten.

Trotzdem hatte er sich nie ernsthaft darüber beschwert. Klar verzog er die Miene, wenn aus dem erhofften gemeinsamen Kino- oder Konzertbesuch plötzlich eine Solonummer wurde oder er daheim mit dem stundenlang zubereiteten Festessen sitzengelassen wurde. Wirklich sauer war er bloß das eine Mal gewesen, als sie zur Hochzeit seiner Schwester eingeladen waren und Lotte buchstäblich auf halbem Weg zur Kirche plötzlich einen Anruf von der Zentrale erhalten hatte. Aber da waren das Brautpaar und der Rest der Familie ebenfalls *not amused* gewesen. Zu Recht, wie Lotte fand.

»Sie nähern sich dem Zielgebiet«, informierte sie die freundliche Stimme aus dem Navigationsgerät und riss die Kommissarin damit aus den Gedanken. Augenblicklich erhielt auch Kais Aufmerksamkeit neuen Schwung. Er richtete sich auf dem Beifahrersitz auf und schaute sich in dem Wohngebiet nach der gesuchten Adresse um. Zahlreiche neu errichtete vier- bis fünfstöckige Häuserblocks säumten ihren Weg. Die Farbpalette der Fassaden reichte von himmelblau bis zitronengelb. Jeder Block erstrahlte in einer anderen Farbe, sodass eine kunterbunte Umgebung entstand. Am Straßenrand wechselten sich Laubbäume und Parkbuchten ab.

Sie parkten den Dienstwagen auf einem freien Platz direkt vor einer Reihe rundlicher Glascontainer, von denen ebenfalls jeder eine andere Farbe besaß. Auf dem Bürgersteig neben ihnen spazierte eine Frau mit zwei Kindern auf Laufrädern. Lotte ließ ihnen bereitwillig den Vortritt, um die mobilen Frechdachse nicht hinter sich zu haben und zu riskieren, dass einer von ihnen ihr in die Hacken fuhr.

Nachdem der Sicherheitsabstand groß genug war, setzten sie ihren Weg fort und bogen zu einem mintgrünen Mehrfamilienhaus mit strahlend weißen Eingangstüren ab. Gemäß der Anordnung der Namensschilder lag Frank Mayers Wohnung im dritten Stock.

Als Lotte den entsprechenden Klingelknopf betätigen wollte, vernahm sie Schritte aus dem Treppenhaus. Ein Schatten kam die Treppenstufen hinabgelaufen und entpuppte sich als Vorankündigung eines vielleicht zwölfjährigen Mädchens mit viel zu weitem Oberteil und Bluetooth-Earbuds in beiden Ohren. Sie musterte die Polizisten eine Sekunde lang und verlor danach unverzüglich das Interesse. Kaum hatte sie die Haustür geöffnet, zückte sie ihr Mobiltelefon.

Die Kommissare enterten das Treppenhaus und stapften hinauf zum dritten Stock. Oben angekommen, erlebten sie einen kurzen Moment der Enttäuschung, als auf ihr erstes Klingeln niemand reagierte. Nach dem zweiten Anlauf vernahmen sie auf der anderen Türseite ein träges Schlurfen, das sich langsam der Tür näherte. Gleich darauf öffnete ihnen ein Mann im grauen Jogginganzug mit spärlichem Kopfhaar und Bartstoppeln an Kinn und Wangen.

»Ja?«, fragte er und entblößte dabei eine kleine Zahnlücke zwischen den vorderen Schneidezähnen. »Kann ich Ihnen helfen?«

»Das hoffen wir.« Charlotte zückte ihre Dienstmarke und hielt sie dem Mann vor die Nase. »Sind Sie Frank Mayer?«

»Ja.« Der Angesprochene zog die Tür ein Stückchen zu, wie Lotte registrierte. »Warum?«

Die beiden Beamten zückten ihre Dienstausweise. Diese Geste war so ziemlich die Einzige, die Fernsehkommissare mit dem echten Dienst zu tun hatten. Irgendwann einmal hatte Lotte sich bei einer Party, sie wusste nicht mehr wann und bei wem, mit einer Anästhesistin unterhalten, und sie hatten gemeinsam sämtliche Krimi- und Arztserien durch den Kakao gezogen. Beide hatten Spaß gehabt und anschließend ziemlich angeschickert beschlossen, einen Netflix-Marathon einzulegen und dann den Job der jeweils anderen zu übernehmen.

»Können wir reinkommen?«

»Äh. Also. Ja.« Mayer trat zwei Schritte zurück und ließ seine ungebetenen Gäste eintreten. Im Flur roch es muffig. Sowohl Lotte und auch Kai waren dankbar, dass Mayer sie ins Wohnzimmer führte. Die Tür zum Balkon stand offen. Es war zwar heiß im Raum, aber es roch nicht wie im Gang nach Exkrementen aus dem Klo.

»Und? Was wollen Sie?« Mayer stand etwas ratlos in der Mitte des Raumes.

»Setzen wir uns doch erst einmal«, schlug Lotte vor. Der Hausherr platzierte sich mittig auf einem abgewetzten Sofa. Sie und ihr Kollege nahmen auf den beiden Sesseln Platz, wobei Kai erst einmal ein paar getragene Socken zur Seite schieben musste. Lotte scannte den Raum. Auf dem Couchtisch aus billigen Spanplatten standen drei leere Kaffeetassen, der Aschenbecher war übervoll. Der niedrige Tisch war übersät mit Tabakkrümeln. Mayer griff zum Stopfgerät. In Windeseile hatte er eine Zigarette gebastelt. Zu ihrer Erleichterung zündete er die Kippe nicht an, sondern legte sie zu gut drei Dutzend weiteren in eine Tupperdose.

»Sie haben sicher schon gehört, dass …«

»… mein Chef ermordet wurde. Ja. Aber was wollen Sie von mir?«

»Sie waren der Letzte, mit dem Herr Roth in der Agentur Kontakt hatte.« Kai zückte sein Notizbuch.

»Ich?« Mayer riss die Augen auf.

»So sagt es zumindest seine Assistentin«, meinte Lotte. »Warum sind Sie heute nicht zur Arbeit gegangen?«

»Ich könnte Ihnen jetzt erzählen, dass ich Migräne habe. Oder Noro. Oder sonst was.«

»Das könnten Sie.«

»Aber Sie werden das wohl recherchieren. Also bin ich ehrlich.«

»Das hören wir selten«, knurrte Kai, woraufhin er einen Seitenblick von Lotte kassierte.

»Kann ich mir vorstellen. In meinem Job geht es mir ähnlich. Sie ahnen ja nicht, mit welchen hanebüchenen Storys die Klienten aufschlagen.«

»Und wie lautet *ihre* Story?«, wollte Kai wissen.

»Sechs Flaschen Bier und Streaming. Das können Sie in meinem Account überprüfen.« Er langte hinter sich und hielt den Kommissaren sein Handy hin. Lotte schüttelte den Kopf. Ob Mayer die abgerufenen Serien tatsächlich geschaut hatte oder ob das Mobiltelefon gelaufen war, während er das Haus verlassen hatte, konnte niemand überprüfen.

»Danke. Unsere Frage wäre, wann Sie gestern die Agentur verlassen haben.«

Mayer nannte die Uhrzeit. Auf die Minute genau. Das musste, grinste Lotte innerlich, an den Beamtengenen liegen. Jedenfalls lagen der Mord und die, wie Mayer betonte, mit der digitalen Stempelkarte registrierte Uhrzeit weit auseinander. Der Sachbearbeiter hatte das Gebäude gut eine Stunde vor dem tragischen Ereignis verlassen. Kai notierte alles – mit einem Fragezeichen dahinter. Nichts und niemand hätte den Mitarbeiter daran gehindert, an der Schranke zum Parkhaus vorbeizugehen und seinem Vorgesetzten aufzulauern.

»Wo sind Sie dann hingegangen?«

»Ich habe ja kein Auto.«

»Das wissen wir.« Mayer horchte bei Kais Einlassung auf. Schweißperlen traten auf seine Stirn. Es mochte an der Hitze im Raum liegen – oder an seiner Erkenntnis, dass die Kripo bereits über ihn recherchiert hatte. Er räusperte sich.

»Ja, also, ich bin zur Bushaltestelle und von da wie immer mit dem Neunzehner gefahren. Am Bäuerle-Platz bin ich ausgestiegen.«

»Um was zu tun?« Lotte beugte sich vor.

»Ich hab mir beim Discounter zwei Sixpacks und eine Spinatpizza gekauft. Und, ach ja, Tabak und Filter. Blättchen hatte ich noch.«

»Gibt es dafür Zeugen?«

»Bestimmt. Oder den Kassenzettel. Moment!« Mayer stand auf und verschwand Richtung Küche. Die Kommissare tauschten einen vielsagenden Blick, kamen aber nicht zum Tuscheln, denn Mayer kehrte bereits zurück und hielt ihnen einen ramponierten Zettel hin. Lotte kontrollierte ihn. Die Waren stimmten – und die Uhrzeit des Einkaufs passte auch ins Bild. In Sekundenschnelle ging sie den Stadtplan durch. Wenn Mayer tatsächlich mit dem Bus gefahren war – auf Nachfrage erklärte er, ein Jahresticket zu haben, das nicht gestempelt wurde und mit dem ergo keine Uhrzeit ermittelt werden konnte –, hätte er den Einkauf tätigen können. Er oder sonst wer. Genauso hätte er auch ein Taxi nehmen können. Oder besaß er ein Fahrrad? Die Frage darauf verneinte Mayer.

»Ich hatte ein E-Bike. Das habe ich aber kürzlich verkauft.«

Wieder tauschten Kai und Lotte einen Blick, der besagte: *Du hast es verkaufen müssen, weil dein Konto öfters mal kurz vor dem Ende des Dispos steht.*

»Erinnern Sie sich an die letzte Begegnung mit Enno Roth?« Lotte spitzte die Ohren und behielt dabei den vielleicht Verdächtigen exakt im Blick. Zuckte er zusammen? Rollten seine Augen unkontrolliert, wurde er fahrig? Nichts dergleichen war der Fall.

»Haargenau!«, gab Mayer mit fester Stimme bekannt. »Wir hatten einen Mords-Kokolores.« Dann erzählte er die Geschichte mit dem ukrainischen Vater und der Wohnung exakt so, wie die beiden Beamten sie schon von Roths Sekretärin zu hören bekommen hatten.

»Für mich als Laie … War das denn korrekt?«

»Ja, das war es. Um es Ihnen zu verdeutlichen, klar gibt es Richtlinien. Aber es gibt auch Spielräume und persönliches Ermessen.«

»Und was war das in diesem Fall?«

»Erstens war der Mann Witwer. Seine Frau ist bei einem Brückenabsturz nach einem Bombeneinschlag nahe Dniepro ums Leben gekommen.«

»Wie furchtbar!«

»Zweitens ist eines der Kinder behindert. Down-Syndrom.«

»Fließt so was denn in die Berechnungen ein?«, wollte Kai wissen. Lotte verdrehte innerlich die Augen. Wie sie ihren Kompagnon kannte, rechnete sich der Single gerade aus, ob sich ein Kind mit Handicap für ihn lohnen würde. Dazu allerdings würde Kai erst einmal eine feste Freundin benötigen, mit der es über kurzzeitiges Geknutsche und Gefummel hinausging.

»Ja und nein. Soll ich Ihnen das aufschlüsseln?«

»Nicht nötig«, winkte Lotte ab. »Sagen Sie uns einfach, warum Sie alles genehmigt haben.«

»Weil der Mann in drei Wochen in einem Autohaus als Mechaniker anfangen kann. Dann fällt er sowieso aus der Maßnahme. Aber wenn ich nicht zugestimmt hätte, wäre die Wohnung weg gewesen.«

»Nett von Ihnen«, meinte Lotte.

»Haben Sie damit nicht den Staat und Steuerzahler betrogen?«, fragte Kai. Lotte ballte die Hände zu Fäusten. Am liebsten hätte sie Kai einen Klaps auf den Hinterkopf verpasst. Durften Beamte denn nicht auch mal Menschlichkeit zeigen?

»Betrogen?« Mayer lachte auf. »Wenn Sie wüssten, was in der Agentur alles abgeht. Aber nein. Kommenden Monat ist der Mann ebenfalls Steuerzahler und wird seiner neuen Heimat alles zurückgeben.«

Ein paar Momente lang herrschte Schweigen. Dann fragte Lotte: »Wie war denn Ihr Verhältnis zu Enno Roth?«

»Boah.« Nun griff Mayer doch zu einer Selbstgestopften. Ohne zu fragen, zündete er die Zigarette an. Kai schaute pikiert, Lotte lehnte sich zurück. Sollte der Mann sich doch entspannen, erstens, und zweitens war er hier zu Hause in seinen vier Wänden.

»Auf gut Deutsch, Sie wollen wissen, ob ich ihm eine Kugel durch den Kopf jagen wollte?«

»So in etwa.«

»Ja.«

Kai malte ein fettes Ausrufezeichen in sein Notizbuch. Im Geiste strich Lotte es durch. Sie würde später mit Kai darüber reden.

»Tatsächlich habe ich manchmal davon geträumt, ihm ein Messer in den Hals zu rammen. Messer hab ich ja im Haus. Auf eine Pistole wäre ich nicht gekommen.«

»Können Sie mir das anhand von Beispielen schildern?«

»Wie viel Zeit haben Sie?« Mayer lachte und nahm einen tiefen Zug aus seiner Kippe.

»So viel Zeit, wie Sie benötigen.«

»Ist das eigentlich ein Verhör?« Mayer schnippte die Asche ab. Die Hälfte davon landete auf der schmierigen Tischplatte.

»Nein«, sagte Kai und Lotte konnte das *Leider nicht!* darin deutlich hören.

»Wir führen ein informatives Gespräch«, sagte sie und verschränkte, um Mayer zu beruhigen, die Hände im Schoß. Mit gebeugtem Kopf sah sie ihn an.

»Okay, ja dann …«

Er zog an der Zigarette und fabrizierte zwei perfekte Rauchkringel. Kai hüstelte gekünstelt, was ihm einen böse-genervten Blick seiner Vorgesetzten einbrachte.

»Herr Mayer, Sie waren der letzte Mitarbeiter, mit dem Herr Roth laut seinem Terminkalender Kontakt hatte.«

»Ach, war ich das? Dann macht der Herr Direktor ja früh Feierabend.« Mayer schnippte die Asche ab. Die Hälfte davon landete wieder neben dem Aschenbecher. Hätte Lotte es nicht besser gewusst, sie hätte gemeint, einen Hartz-IV-Empfänger aus einer billigen Nachmittagsdoku vor sich zu haben. Dagegen sprach allerdings der ansonsten ordentliche Zustand der Wohnung. Und Mayers Job. Es war wohl kaum möglich, dass ein Mensch, der Tag für Tag mit abgestürzten Existenzen zu tun hatte, ebenso am Boden lag. Oder vielleicht doch?

»Bevor Sie was Blödes denken, meine Freundin hat vorgestern Schluss gemacht, und ja, auch ein Staatsdiener hat dann das Recht auf einen Systemabsturz.«

Kai und Lotte tauschten einen hastigen Blick. Das war eindeutig ein Männerding. Kai legte den Notizblock zur Seite und beugte sich vor.

»Waren Sie lange zusammen?«

»Ja. Nein.« Mayer zog noch mal an der Kippe, dann drückte er sie aus. »Ist aber auch egal.«

»Vielleicht. Vielleicht auch nicht.« Lotte legte den Kopf schief. Wollte Empathie zeigen. Und mehr herausbekommen. »Wo haben Sie und Ihre Partnerin sich denn kennengelernt?«

»In der Agentur. Sie hatte Fragen wegen eines Jobs.«

Lotte wurde hellhörig, und auch Kai beugte sich vor.

»Wann war das denn?«

»Vor elf Wochen und vier Tagen. Und sechs Stunden plus zweiunddreißig Minuten.« Mayer blinzelte heftig.

»Welche Art Arbeit hat sie denn gesucht?«

»Gar keine. Sie hat schon eine. Aber mit der ist sie nicht so ganz zufrieden. Deshalb wollte sie sich erkundigen, wie sie sich arbeitslos melden kann. Da habe ich ihr erklärt, dass sie sich zunächst arbeitssuchend melden muss, am besten über das Onlineportal.«

»Aber die Frau saß doch schon in Ihrem Büro?«, hakte Lotte nach. Obgleich sie selbst bei Vater Staat angestellt war, verwunderte sie der deutsche Behörden-Irrsinn immer wieder.

»Ja, schon, aber online können die Kunden gleich ihre Zeugnisse und so hochladen und selbst nach Jobs suchen und die in die Suchmaske eingeben.«

»Deutschland, einig Kompliziertland, Freude schöner Götterfaxe …«, murmelte Kai.

»Kommt es öfter vor, dass Sie sich mit Klientinnen treffen?«, wollte Lotte wissen.

»Nein!« Mayer wirkte empört. Lotte kaufte es ihm ab.

»Aber?«, hakte sie nach.

»Nun ja, nach unserem Termin hatte ich Feierabend. Sie stand vor der Agentur und wirkte ratlos. Ich habe ihr eine Zigarette angeboten und dann …«

»… ergab eins das andere«, ergänzte die Kommissarin.

»Es war wirklich eine tolle Zeit. Wir hatten viel Spaß miteinander. Mit ihrem Job hat sie sich versöhnt und das mit der Kündigung aufgegeben. Glaube ich zumindest. Sie ist dann direkt zu Herrn Roth gegangen. Ich wusste das nicht. Ina hat es mir erst später erzählt.«

»Ina?« Die beiden Beamten setzten sich aufrecht hin.

»Ja, so heißt sie.«

»Und mit Nachnamen?«, erkundigte sich Charlotte.

»Sorgus. Warum?«

Kai und Lotte tauschten einen hastigen Blick aus. Lottes Blutdruck schnellte nach oben.

»Nur so«, sagte sie lapidar. »Konnte Herr Roth ihr denn helfen?«

»Was weiß denn ich? Sie hat mich abserviert und auf allen Kanälen blockiert.« Mayer griff zur nächsten Kippe und blinzelte ein paar Tränen weg.

Lotte zählte innerlich.

Eins.

Zwei.

Drei.

Mehr Zeit konnte und wollte sie dem Mann nicht geben.

»Um noch mal auf die Supervision mit Herrn Roth zurückzukommen …«

»Das? Eigentlich war das Routine.« Mayer zündete seine Kippe an und nahm einen tiefen Zug. »Aber dem Roth konnte es niemand recht machen, und natürlich hatte ich bei der Besprechung völlig versagt, er wollte einen Akteneintrag und eine Meldung ans Landesamt für Besoldung und Versorgung machen.«

»Wieso das denn?«

»Um mich zu nerven! Das war nicht das erste Mal. Ständig hat er damit gedroht, mich in eine niedrige Besoldungsstufe zu packen. Mir und eigentlich jedem in der Agentur.«

»Hat Sie das wütend gemacht?«, hakte Lotte nach.

»Pah. Wie gesagt, das hat der dauernd gemacht, und am Ende ist nichts rausgekommen als heiße Luft. So ein Direx hat eben auch nur menschliche Kräfte.«

»Okay.« Alle drei schwiegen einen Moment lang. Dann stand Lotte auf.

»Danke, Herr Mayer, für Ihre Zeit«, sagte sie und nickte Kai zu, der ebenfalls aufstand. »Sie hören vermutlich wieder von uns.«

»Ich befürchte das.« Mayer wirkte abgeschlagen. Seine ungebetenen Gäste ließ er allein den Weg zum Ausgang finden.

»Und jetzt? Auf zu Ina Sorgus?« Kai war eindeutig jünger als Charlotte und verfügte eindeutig über mehr Energie. Sie selbst atmete ein heftiges Gähnen weg.

»Morgen. Für heute ist Feierabend auf Tara.«

»Tara?«

»Ach Gottchen, Kai«, lachte Lotte, als sie am Wagen ankamen. »Vom Winde verweht.«

»Was?«

»Ein Film.«

»Auf Netflix?«

Plötzlich fühlte Lotte sich sehr, sehr alt. Sie drückte dem Kollegen den Schlüssel in die Hand und ließ sich von ihm nach Hause fahren.

Peter Wachmann

Peter war in seinen Greg-Iles-Roman vertieft und hörte nicht, wie sich Schritte näherten. Im Buch untersuchte der Held Penn Cage, ein ehemaliger Bezirksstaatsanwalt, ein Verbrechen in seiner Heimatstadt Natchez im US-Bundesstaat Mississippi und stieß bei den Nachforschungen mal wieder in ein Wespennest. Die Handlung war verzwickt, und obwohl Peter gerne und oft englischsprachige Bücher las, musste er sich konzentrieren, um die ausgefallenen Vokabeln in den richtigen Kontext zu bringen.

Das Letzte, womit er daher gerechnet hatte, waren zwei Arme, die sich plötzlich um seinen Hals legten. Er stieß einen spitzen, äußerst unmännlichen Schrei aus, bevor er mit dem Buch in der Hand vom Sofa rutschte und hart mit dem Hintern auf den Boden knallte.

»Ah! Was tust du denn hier?«, entfuhr es ihm, nachdem er gesehen hatte, von wem der Angriff ausging.

»Was denn? Ich wohne hier!« Lottes Lachen erfüllte das Wohnzimmer.

»Aber doch nicht um die Uhrzeit!« Peter rappelte sich mühsam auf. Dann umarmte er seine Gattin. Schon bei der ersten Berührung spürte er, wie müde Lotte war. Dass sie nicht ganz frisch roch – okay, Berufsrisiko. Er hatte sie schon in ganz anderen Lebenslagen erlebt und war sich sicher, dass er nie wieder mit einem anderen Menschen das erste Magendarmvirus, die erste heftige Grippe oder den ersten Vollrausch erleben wollen würde. Sie hatten ausreichend miteinander erbrochen, im Fieberwahn Blödsinn gelabert und strunzbesoffen Quatsch gefaselt, dass es für zwei oder drei Leben reichen würde.

»Badewanne?«, fragte er. Lotte nickte. Er ließ seine Frau los, hastete ins Bad und stellte das Wasser an. Er wusste, wie heiß Lotte es liebte, kippte ihren Lieblingsbadeschaum ins gemächlich ansteigende Wasser, sauste in die Küche, toastete zwei Scheiben, belegte sie hastig mit Ziegenkäse, legte ein paar schwarze Oliven daneben und erschien eben rechtzeitig, um Charlottes schlanken Körper im Schaumberg versinken zu sehen. Er stellte den Teller auf dem Wannenrand ab.

»Rot oder weiß?«, fragte er.

»Egal. Hauptsache Alkohol.« Peter grinste, ging erneut los und war wenige Momente später zurück mit zwei Gläsern tief dunklem spanischem Wein, in denen Eiswürfel klimperten. Weinkenner hätten das Paar vermutlich gesteinigt. Den beiden war es egal. Sie pfiffen auf Konventionen und prosteten sich lächelnd zu.

»Wie war dein Tag?«, fragte Peter, nachdem seine Angetraute das erste Toastbrot hastig hinuntergeschlungen hatte. Er kannte die Antwort.

»Frag nicht.«

Er fragte nicht. Lotte sprach quasi nie über ihre Arbeit. Im Gegensatz zu ihr hätte er etwas zu erzählen gehabt. Aber auf ihre Frage zuckte er nur mit den Schultern. Was er gehört hatte, waren Irrungen, Verwirrungen, gar keine zu validierenden Fakten. Damit konnte und wollte er Charlotte nicht zuballern.

»Ich war im Freibad.«

»Ich beneide dich.« Lotte schloss die Augen. Einen Moment lang befürchtete Peter, sie würde einschlafen. Dann aber sah sie ihn unverwandt an.

»Reiserücktrittsversicherung«, sagte sie, und das klang in diesem Moment in etwa so romantisch wie *Wurzelbehandlung* oder *Wasserschaden*.

»Ja? Äh. Was?«

»Na ja, nur für den Fall, dass wir verschieben müssten …«

Herrje. War es denn so ernst? Peter sehnte sich nach all den langen, lärmenden Tagen im Klassenzimmer nach der absoluten Ruhe, nach unendlichen Tagen voller Schweigen, danach, die Angel ins sanft plätschernde Wasser zu halten und am Abend vor dem rot gestrichenen Holzhäuschen zu sitzen. Von Mücken umschwärmt, ja, aber: fernab jeglicher hormongesteuerter Halbwüchsiger, weit weg von seinem zu ehrgeizigen Direktor und Welten entfernt vom strengen Korsett des Schulalltags mit all den Lehrplänen, Klassenarbeiten und sinnlosen Exkursionen in irgendwelche Museen. Ganz zu schweigen vom lauwarmen Kaffee im Lehrerzimmer und den ewig gleichen Dialogen der Kolleginnen über unmotivierte Jungs, zu stark parfümierte Mädels und deren heimlich auf den Toiletten gerauchte Kippen.

»Verschieben?« Er sah seine Frau mit großen Augen an.

»Na ja. Ja. Nein. Vielleicht.« Lotte schluckte trocken. »Man hat mir nun mal nicht nur einen simplen Toten serviert.«

»Ich weiß«, sagte Peter.

Lotte horchte auf. »Was weißt du?«

Sofort fühlte er sich schuldig. »Dein Toter war Leiter der Agentur für Arbeit. Das weiß ich.« Er zuckte mit den Schultern. Lotte kniff die Augen zusammen. Er wusste genau, dass sie wusste, dass er neugierig war. Er hingegen wusste, dass sie hundemüde war. Wie auf ein Stichwort hin gähnte sie herzhaft.

Peter verstand und holte das watteweiche Handtuch, das er über der Wandheizung aufgewärmt hatte. Lotte wickelte sich darin ein und hauchte ihm einen Kuss auf die Wange. Dann verschwand sie im Schlafzimmer. Peter wusste, dass sie sofort einschlafen würde.

Er ging ins Wohnzimmer und wollte eben das Geschirr in die Küche bringen, als Lottes Diensttelefon klingelte. Er griff danach und rollte mit den Augen.

»Vergiss es!«, knurrte er und drückte die Nummer mit der Textnachricht *Ich kann gerade nicht sprechen* weg. Machte der Staatsanwalt denn niemals Feierabend? Sekunden später ging mit einem *Pling* eine SMS-Nachricht ein: *Erwarte Bericht morgen!*

»Dann erwarte mal schön. Meine Frau schläft«, sagte Peter und machte sich auf den Weg in die Küche. Er hatte eben erst die Klappe der Geschirrspülmaschine geöffnet, als Charlottes Diensthandy erneut vibrierte.

»O Mann!« Peter stellte das Geschirr auf der Arbeitsfläche ab und hastete zum Apparat. Ihm wurde eine Handynummer angezeigt. Ohne Namen. Also rief jemand an, den Lotte nicht in den Kontakten gespeichert hatte. Er zögerte, bevor er das Gespräch annahm. Womöglich war es ja ein alter Nachbar, der von irgendwoher diese Nummer recherchiert hatte, und etwas war mit Lottes recht betagten Eltern, die einige Hundert Kilometer entfernt wohnten.

»Ja?«, meldete er sich knapp, für den Fall, dass ihm ein Callcenter aus Myanmar vorgaukeln wollte, im Namen von Bill Gates Passwörter zu sichern. Natürlich gegen Gebühr.

»Mit wem spreche ich?«

Die Stimme am anderen Ende war eindeutig deutsch. Und sie gehörte einer Frau.

»Wer will das wissen?« Die Frau klang gehetzt.

»Derjenige, den Sie angerufen haben.«

»Ich … also … ist das nicht die Nummer von Frau Wachmann?«

»Doch.«

»Aber …«

»Die Kommissarin ist im Einsatz«, sagte Peter. Um keinen Preis hätte er seine Liebste aus dem wohlverdienten und sehr notwendigen Schlaf gerissen für etwas, was er auch selbst regeln konnte. Falls er das konnte.

»Und Sie sind wer?«

Peter antwortete mit: »Sie sind schon richtig verbunden.«

»Okay. Ja. Also.« Die Dame schwieg und schien nachzudenken. »Also gut. Ist Frau Wachmann wirklich nicht zu sprechen?«

»Wie ich bereits sagte …«

Am anderen Ende der Leitung wurde geseufzt. Sehr lange und sehr tief.

»Ich habe mir extra Mut angetrunken.«

Davon höre ich nichts, die Frau muss gut geeicht sein, dachte Peter. Laut sagte er: »Sie können ganz vertraulich mit mir sprechen. Ich werde Frau Wachmann informieren.«

»Aber Sie sind ein Mann.«

»Das ist richtig. In erster Linie aber bin ich …« Er brach ab. Was oder wer war er in diesem Moment? Ein Ehemann, der seine Frau davor schützte, sich zu übernehmen? Ein neugieriger Kerl? Ein zu wissbegieriger und vom Ferienstart gelangweilter Lehrer? Die Dame schien es nicht zu interessieren.

»Also gut.« Sie schien, dem Geräusch nach, noch etwas Mut-Wasser zu trinken. Peter hatte große Lust auf ein Glas Rotwein, verkniff es sich aber. Dafür wäre später noch Zeit.

»Wie heißen Sie?«

»Blechmann. Yvonne Blechmann.« Die Worte klangen ein wenig verwaschen.

»Ich bin … also war … also … die Assistentin von Herrn Roth.«

Peter sog die Luft ein und suchte hektisch nach Papier und einem Schreibgerät. Er fand einen Kugelschreiber mit dem Aufdruck der örtlichen Apotheke und einen aufgerissenen Briefumschlag der Sparkasse. Hastig notierte er den Namen, die Uhrzeit des Anrufs und das Datum.

»Eigentlich wollte ich mit einer Frau sprechen.«

»Stellen Sie sich einfach vor, dass ich eine bin.«

»Dann müssen Sie aber die Klappe halten. Oh, sorry. So wollte ich das nicht sagen. Das ist sonst gar nicht meine Art.«

»Kein Thema. Ich werde schweigen.«

Und das tat er dann auch. Er stellte das Telefonat auf Lautsprecher und schrieb eifrig mit. Wie er den ersten Ausführungen entnahm, war seine Gesprächspartnerin die direkte Assistentin des Toten gewesen. Lotte und Kai hatten ihr, wie Peter schon vermutet hatte, am Vormittag einen Besuch abgestattet. Die Rufnummer hatte Yvonne Blechmann von Charlottes Visitenkarte. Er linste auf die Armbanduhr. Es war kurz nach 21 Uhr. Rief man da noch jemanden an, wenn es unwichtig war? Vermutlich nicht.

Mit ein paar hohlen Phrasen munterte er Yvonne Blechmann auf, sich alles von der Seele zu reden. Nebenbei füllte er sein Rotweinglas neu, dieses Mal ohne Eiswürfel. Er lauschte in die Wohnung und musste unwillkürlich lächeln, denn Charlotte schnarchte leise, aber beharrlich vor sich hin. Die allermeisten Menschen hätte das gestört, er aber konnte ohne das Schnorcheln seiner Frau gar nicht mehr schlafen. Für Peter waren die Atemgeräusche seiner Gattin Balsam und Baldrian zugleich.

»Also, das war so …«, setzte die Anruferin an. »Ich konnte das heute nicht erzählen, weil der Mann dabei war. Peter nickte und besann sich. Yvonne Blechmann konnte ihn ja nicht sehen. Also gab er ein möglichst hohes und damit möglichst weiblich klingendes »Hmmh« von sich.

Die Frau am anderen Ende der Leitung sprang darauf an. Er hörte, wie sie sich nachschenkte. Als das Blubbern verklungen war, sprach sie endlich.

Und was sie sagte, ließ Peter Wachmann aufhorchen. Als Mann, als Gatte der ermittelnden Kommissarin und als neugierigen Lehrer sowieso.

Er hörte zu.

Er notierte.

Und fasste nach gut anderthalb Stunden, in denen Yvonne Blechmann geredet, geschwiegen und geweint hatte, für Lotte alles in ein paar wenigen Notizen zusammen.

Es ging zurück in die Anfangszeit, als Yvonne Blechmann in der Agentur für Arbeit angefangen hatte. Vor über zehn Jahren.

Sie war quasi frisch vom dualen Studium bei einer Organisation für Menschen mit Behinderungen in den Dienst bei Vater Staat geschlittert. Ein sicherer Job, auf Lebenszeit, gutes Gehalt, ihre Eltern hatten sie darin bestätigt, obwohl sie lieber in einer Einrichtung für Erwachsene mit psychischen Problemen gearbeitet hätte.

Peter notierte alles. Es war ein wenig zäh, bis Frau Blechmann zum Punkt kam. Mit Amtsantritt von Enno Roth vor vier Jahren hatte sich die Stimmung im Jobcenter geändert. Erst waren es nur kleine Dinge gewesen, wie der Wegfall der gemeinsamen Weihnachtsfeier aller Abteilungen oder die Streichung der plakatgroßen Wandkalender in den Büros. Später wurde der Wasserspender im Foyer abgeschafft, an dem sich Kunden wie Mitarbeitende kostenlos bedienen durften. Und so ging es in einem fort.

»Die Kollegen sind natürlich nicht zum Chef gegangen, den Frust habe ich abbekommen, als ob ich was dafürkönnte. Ich habe nur die E-Mails verschickt!« Yvonne Blechmann schnäuzte sich.

»Sie kennen doch das Sprichwort, dass der Bote mit der schlechten Nachricht … Also, weiter weiß ich das jetzt auch nicht.«

»Ich weiß, was Sie meinen.« Peter hörte, wie die Anruferin drei Schlucke trank. Er vermutete, dass es sich nicht um Wasser oder Tee handelte.

Ihm war es egal. Er wusste aus unzähligen mündlichen Abschlussprüfungen der gerade erst volljährig gewordenen Schüler, dass gerade die etwas Verschlosseneren davon profitierten, am Morgen an der Bushaltestelle schon den ersten Wodka oder das erste Bier gekippt zu haben. Sie standen dann zwar mit deutlicher Fahne und leicht schwankend vor den externen Prüfern, ratterten aber Dinge herunter, von denen er glaubte, sie hätten sie niemals in seinem Unterricht mitbekommen. Irgendwas ging also immer. Bei Yvonne Blechmann war es genauso.

Verschwommen sprach sie weiter. Aber immerhin: Sie sprach. Beste Voraussetzungen, um die virtuelle Prüfung zu bestehen.

Oder, um einen neugierigen Hobbydetektiv mit Informationen auszustatten. Ob diese für den Fall relevant waren? Das würde Lotte entscheiden müssen. Des Donnerwetters war er sich gewiss. Aber erstens war seine Neugier übermächtig, und zweitens: Was war schon ein Anschiss seiner Frau gegen einen gelösten Fall und die Fahrt nach Schweden?

Er imaginierte das rote Holzhäuschen. Den See. Die Felsen und das Wasser. Die Mückenschwärme und die Sonnenbrände blendete er aus. Unwissentlich half ihm die Staatsbedienstete dabei, sich zu konzentrieren, indem sie weitererzählte.

Zunächst hatten die Kollegen sich über den neuen Chef lustig gemacht. Dann aber hatte der Unmut gesiegt, auch über die ungerechtfertigten Abmahnungen und vor allem über Roths Wutausbrüche bei oder nach Gesprächen mit Klienten. Frau Blechmann hatte ihren Job gemacht, dazu wurde sie schließlich von der Bundesrepublik bezahlt. Sie tippte die von Roth diktierten E-Mails ab und sandte sie an die Empfänger.

»Das war manchmal schon echt peinlich. Aber was hätte ich denn tun sollen?« Erneut schnäuzte sie sich.

Die Kollegen distanzierten sich mehr und mehr von Yvonne Blechmann. In den Pausen mieden sie den Tisch, an dem sie in der hauseigenen Kantine saß. Wenn sie sich einen Kaffee holte, schwiegen die anderen beharrlich und starrten die Kacheln in der Teeküche an. Zum Feierabendbier wurde sie nicht mehr eingeladen und auch nicht zu den Geburtstagen der Kolleginnen, wie es jahrelang Usus gewesen war.

»Ich war so scheiße einsam«, brach es aus ihr heraus. Peter konnte sie verstehen.

»Was hat Herr Roth deswegen gemacht?«, hakte er nach.

Ein falsches Lachen drang durch den Hörer. »Der? Der fand das witzig. Für den waren wir alle doch nur Marionetten. Und ich war das Kasperle.«

»Hätten Sie denn nicht zum Krokodil werden können?« Die Frage meinte Peter ernst.

»Was? Ich? Im höchsten Fall die Gretel. Oder wie auch immer die heißt.«

»Das weiß ich auch nicht«, musste Peter gestehen. Das letzte Mal hatte er ein Puppentheater besucht, als er sechs, höchstens sieben Jahre alt gewesen war. Seine Eltern hatten Wert auf humanistische Bildung gelegt – er hingegen hatte die sonntäglichen Visiten der Kunstmuseen gehasst. Viel lieber hätte er wie seine Klassenkameraden die sonnigen Tage auf dem Bolzplatz verbracht. Erst jetzt, viele Jahre später, ging ihm auf, dass ein zufälliger Elfmeter weniger wert war als das Betrachten eines Saurierskeletts.

Und auch Yvonne Blechmann schien etwas aufzugehen. »Der Roth war'n Arschloch!«, nuschelte sie. Doch ehe Peter sie fragen konnte, ob sie ihn deswegen erschossen haben könnte, brach die Verbindung ab.

Er seufzte. Dann griff er zum lilafarbenen Textmarker, kennzeichnete die wichtigsten Stellen und legte die drei eng beschriebenen Blätter neben die Kaffeemaschine. Dort würde Lotte sie bestimmt finden.

Hastig kritzelte er noch ein *Sorry … ich konnte nicht anders* hin. Dann schlich er sich ins Schlafzimmer.

Charlotte Wachmann

»Du lieber Mistkerl!!!«

Lotte malte die Ausrufezeichen unter die Notizen ihres Mannes, grinste und zeichnete einen lachenden Smiley mit Herzchen-Augen dazu. Dann kippte sie den letzten Rest Kaffee hastig hinunter, schnappte sich ihr Mobiltelefon und die Schlüssel und hastete aus der Wohnung. Vor dem Haus wartete Kai bereits auf sie.

»Guten Morgen«, sagte der Assistent und gähnte.

»Ob der so gut wird, wage ich zu bezweifeln.« Lotte stieg ein. Kai fädelte sich in den Verkehr ein und steuerte das Präsidium an. Wie sie in einer gestern Abend eingegangenen Textnachricht gelesen hatte, würde sie als Leiterin der *SOKO Tiefgarage* in weniger als einer halben Stunde in einem kurzfristig anberaumten Meeting nicht nur dem Polizeichef, sondern auch dem Staatsanwalt und dem Innenminister Rede und Antwort stehen dürfen. Sie bereute, kein Jackett zu tragen. Nun gut, die blau gemusterte Bluse musste seriös genug sein. Und eventuell trugen die Jeans und die Sneaker dazu bei, die Herren Repräsentanten glauben zu lassen, sie sei mehr als dynamisch und habe alles im Griff. Sie fingerte ein Haargummi aus der Hosentasche und band sich blind einen hoch angesetzten Pferdeschwanz.

»Ich könnte auf der Stelle zurück ins Bett«, sagte Kai, als sie an einer roten Ampel standen.

»Nicht nur du«, sagte Lotte und musste lachen. Im Auto auf der Abbiegespur saß ein Kleinkind auf der Rückbank, das hingebungsvoll in der Nase popelte. Ob der Junge seinen Fang in den Mund steckte oder nicht, bekam sie nicht mit, denn ihre Spur bekam Grün, und Kai gab Gas. Charlotte brachte ihn auf den neuesten Stand in Sachen Yvonne Blechmann. Dass nicht sie, sondern Peter diese Informationen zusammengetragen hatte, verschwieg sie wohlweislich. Kai grunzte nur. Kurz darauf erreichten sie das Präsidium.

Im gemeinsamen Büro angekommen, warf Kai als erstes die Kapselmaschine an, die Lotte auf eigene Kosten zu Weihnachten vor drei Jahren gekauft hatte. Sie selbst fuhr den PC hoch, der quälend langsam war, und rief ihre Mails ab. Die Spurensicherung hatte nichts Neues, aus der Pathologie erfuhr sie, dass Roth erhöhte Leberwerte gehabt hatte, verkalkte Arterien im Halsbereich und dass seine letzte Mahlzeit offenbar aus einer Pizza Funghi bestanden hatte, zu der er mutmaßlich Barolo konsumiert hatte.

Interessanter fand sie die Mitteilung der Sonderkommission, die sich mit der Rekonstruktion von Tathergängen mittels Computersimulationen befasste. Die Kollegen hatten zwar noch nicht jegliches Szenario durchgespielt, aber mit den ersten Berechnungen würde sie hoffentlich beim Innenminister punkten können.

Sie sah auf die Uhr. Fünf Minuten bis zum Rapport. Kai stellte ihr einen Espresso vor die Nase.

»Zwei Stück Zucker«, sagte er und kippte seinen eigenen Koffeinkick hinunter.

»Danke.« Lotte folgte seinem Beispiel und stand auf. Sie glättete ihre Bluse. »Sag mal, Kai, wie heißt der Minister?«

»Was weiß denn ich? Die wechseln doch alle paar Wochen.«

»Dann frag Google!«

Kai tippte auf seinem Smartphone herum.

»Ah. Was? Heißt der echt so?«

Er giggelte und reichte Lotte sein Smartphone.

»Scheiße, ich befürchte, ja!«

»Helmar Witz. Das muss ein Witz sein!« Lotte lachte schallend. Dann sah sie auf die Uhr. Mist. Ihr und Kai würde keine Zeit bleiben, um noch ein schnelles Meeting mit der *SOKO Tiefgarage* zu vereinbaren. Sie checkte rasch ihre Mails. Von den Kollegen hatte keiner sie angeschrieben. Was entweder bedeutete, dass es keine neuen Erkenntnisse gab. Oder, dass es eben doch welche gab, diese aber so relevant waren, dass die Kriminalen sie persönlich vorstellen wollten und mussten.

»Auf in den Kampf«, sagte sie und stand auf. Kai folgte ihr wie ein junger Hund. Weder sie noch er hatte Lust auf das Meeting mit Herrn Witz und dem Staatsanwalt. Reinhold Plaumann hatte die Angewohnheit, sich wie ein Pfau aufzuplustern. Im Gerichtssaal genauso wie im Präsidium gegenüber den Ermittlern. Heimlich nannte Lotte ihn *Flaumann.* Der Name erschien ihr passend zu seiner hageren Statur, dem verkniffenen Gesicht und dem Eindruck von ihm, dass er ständig aufs Klo rennen musste. Die Gesichtsfarbe des Staatsdieners changierte zwischen grau und grün. Gesund sah definitiv anders aus.

Witz, Plaumann und Polizeipräsident Frank Gänssler hatten sich bereits im kleinen Besprechungsraum des Präsidiums versammelt, als die Leiterin der *SOKO Tiefgarage* und ihr Adjutant eintraten. Der Raum war schmucklos. In der Mitte standen vier aneinandergereihte Besprechungstische. Die Stühle waren abgewetzt und schienen, dem fahlen Blau nach, aus den 1980ern zu stammen. Die weißen Wände waren kahl. Vor den Fenstern hingen senkrechte ausgeblichene Rollos. Das Einzige, was nach Leben aussah, waren die winzigen Flaschen mit lauwarmem Sprudel und die viel zu kleinen Gläser in der Mitte der Tische.

»Sie kommen spät«, konstatierte Gänssler, als Lotte und Kai den Raum betraten.

Der Minister war der Einzige, der sich erhob. Er war in den Fünfzigern und von hagerer Gestalt. Sein Haar war schwarz mit erstem Grauschimmer darin, seine Gesichtszüge waren kantig und die Wangen etwas eingefallen. Der Politiker ging auf die Kriminaloberkommissarin zu und schüttelte erst ihr, dann Kai die Hand. Sein Händedruck war überraschend fest, wie Lotte feststellte.

»Guten Morgen, Herr Witz«, sagte sie. Plaumann und Gänssler nickten ihr wortlos zu, und Lotte setzte sich. Sie öffnete eine lauwarme Flasche Wasser. Auf ein Glas verzichtete sie. Sollten die noblen Herren gerne merken, dass sie keinerlei Zeit für Konventionen hatte. Kai tat es ihr nach. Gänssler verdrehte die Augen, Plaumann starrte an die Decke. Einzig Minister Witz nickte und griff ebenfalls zur Flasche. Auch er verzichtete auf ein Glas. Lotte notierte einen Sympathiepunkt für den Innenminister. Und einen weiteren, als er sich über den Tisch beugte und fragte, wie es Lotte ging.

»Ich bin hundemüde«, sagte sie frank und frei. Der Minister nickte. Gänssler verdrehte schon wieder die Augen.

Der hat gut reden, dachte Lotte. In seiner Position muss er keine Nachtschichten mehr schieben. Es sei denn, er musste sein üppiges Salär zählen.

»Wir haben ein Problem.« Plaumann räusperte sich, und sowohl Lotte, als auch Kai fragten sich, wen er mit *Wir* meinte. Der Staatsanwalt würde am Nachmittag locker ins Freibad gehen können. Sie und Kai ganz bestimmt nicht.

»Ich höre?« Der Minister lockerte seine hellgrüne Krawatte, die er zum blauen Anzug und einem gelben Hemd trug. Eine gewagte Kombination für einen Staatsdiener, fand Lotte. Ihr gefiel das etwas unkonventionelle Auftreten des Ministers.

»Vor dem Ministerium und vor dem Jobcenter haben sich die Journalisten eingefunden. Hunderte. Aus ganz Deutschland. Sogar NTV ist dabei.« Plaumann klang nervös, fast ein wenig weinerlich. Lotte und Kai tauschten einen kurzen Blick miteinander. Was irgendwelche windigen Journalisten dort taten, konnte ja wohl kaum fallrelevant sein. Die Kommissarin ahnte, worum es ging. Und richtig: Helmar Witz wandte sich mit einem Lächeln an die beiden Ermittler. Ein Lächeln, dass er sicher auch im Schlaf beherrschte, wie Lotte unweigerlich denken musste. Es war das Lächeln eines Politikers. Irgendwie, fand sie, sahen diese Volksvertreter mimisch alle ziemlich gleich aus. Vielleicht gab es im Bundestag eine Schule für Mimik und Gestik, in der man Kurse belegen konnte, wie *Lächeln nach einer Schmiergeld-Affäre* oder *Die richtige Handhaltung, wenn man als Abgeordneter keine Ahnung hat.*

»Frau Wachmann, wir sind alle Profis«, begann Witz. Kai hüstelte. Lotte hätte ihm gern gegen das Schienbein getreten.

Lotte sah den Innenminister möglichst ungerührt an.

Jeder andere an ihrer Stelle wäre vermutlich nervös geworden. Sie aber hatte sich zeitlebens an den Spruch ihrer Oma gehalten: »Auch ein hohes Tier hat nur eine Unterhose an und muss zum Kacken auf den Pott.«

Das *hohe Tier* ihr gegenüber war also auch nur ein Mensch, wie jeder andere, und als genau solchen betrachtete sie ihn erst einmal. Neutral, unvoreingenommen und alles andere als beeindruckt von seiner gesellschaftlichen Position. Witz schien das zu spüren.

»Das Problem ist, liebe Frau Wachmann, dass wir in gut einer halben Stunde eine Pressekonferenz im Konferenzsaal der Stadthalle einberufen haben.«

»Das ist in der Tat ein Problem«, sagte Kai so leise, dass nur seine Vorgesetzte es hören konnte. Lotte ahnte, worauf der Abgeordnete hinauswollte, und sie behielt Recht.

»Enno Roth war nun mal kein, verzeihen Sie den hinkenden Vergleich, einfacher Bürger. Er war in der Öffentlichkeit präsent, und diese Öffentlichkeit hat natürlich ein gesteigertes Interesse an der Aufklärung der Umstände.«

Und es stehen in ein paar Wochen Neuwahlen an, dachte Lotte, nickte aber nur. »Sie möchten also am liebsten einen abgeschlossenen Fall präsentieren«, sagte sie frei heraus.

Witz nahm es ihr nicht übel. »So in etwa. Ich möchte nicht mit leeren Händen vor die Presse treten.«

Lotte atmete tief durch. Dann legte sie den Kopf schief. »So leid es mir tut, Herr Minister, Sie werden mit ziemlich leeren Händen dastehen.«

Witz sah sie unverwandt an. Was in seinem Politikerschädel vorging, konnte sie unmöglich abschätzen.

»Aber Kollegin Wachmann, es muss doch Erkenntnisse geben!« Staatsanwalt Plaumann klang genervt.

Gänssler blies in dasselbe Horn. »Wir haben die besten Leute in der *SOKO Tiefgarage,* da müsste es doch längst etwas Handfestes geben!«, rief er.

»Das Handfeste haben wir, stimmt, alle Kollegen sind die besten ihres Fachs. Und ja, es gibt neue Erkenntnisse.« Diese fasste sie für ihren Vorgesetzten und die beiden anderen möglichst knapp zusammen. Was Peter vergangene Nacht notiert hatte, ließ sie freilich aus. All das musste sie erst kriminalistisch verifizieren.

»Aber das ist doch schon etwas!«, freute sich der Minister. Auch Gänssler und Plaumann nickten zufrieden. Lotte beugte sich vor und sah einen Mann nach dem anderen an.

»Ich bin kein Medienprofi«, gab sie zu. »Aber ich weiß, wie Ermittlungsarbeit funktioniert und dass wir an diesem frühen Punkt keinerlei relevante Fakten an die Öffentlichkeit geben sollten.«

Gänssler rollte mit den Augen. Der Staatsanwalt ebenso. Einzig Witz nickte. »Ich verstehe. Was also halten Sie für angebracht, Frau Wachmann?«

Sie dachte einen kurzen Moment lang nach. Einzig und allein an den Innenminister gewandt, sprach sie weiter: »Sie können der Presse erklären, dass es sich nicht um einen terroristisch motivierten Mord handelt. Und dass wir es mit einem Einzeltäter oder einer Einzeltäterin zu tun haben. In dem Zusammenhang können sie den Presse-Fuzzis als Futter hinwerfen, dass der Täter oder die Täterin sehr wahrscheinlich unter eins achtzig groß ist. Das hat zumindest die vorläufige ballistische Rekonstruktion ergeben.«

»Aber das ist zu wenig!«, lamentierte Plaumann.

»Dann sagen Sie, dass wir in alle Richtungen ermitteln. Besonders im beruflichen und privaten Umfeld von Enno Roth.«

»Okay«, sagte Witz.

»Und für Ihre Wähler sollten Sie betonen, dass es zu keiner Zeit eine Gefahr für die Bevölkerung gab oder geben wird.« Diese Spitze Richtung Wahlkampf konnte sie sich nicht verkneifen. Der Minister überhörte es oder nahm es nicht wahr.

»Ich danke Ihnen sehr, Frau Wachmann.«

»Gerne. Und jetzt entschuldigen Sie uns, das Meeting mit den Kollegen hätte vor zehn Minuten beginnen sollen.«

Lotte erhob sich. Kai folgte ihr. Als sie den Flur betreten hatten, blieb Lotte einen Moment stehen.

»Was ist?«, fragte Kai.

»Ich glaube, wir haben es hier mit Scheiße auf höchster Ebene zu tun.«

»Wie meinst du das?«

»Das kann ich dir nicht sagen. Bauchgefühl.«

»Ach, Kollegin. Nicht schon wieder.«

»Hat mich mein Instinkt jemals getäuscht?«

Kai schüttelte stumm den Kopf. Dann machten die beiden sich auf zum Hörsaal, in dem sonst die Polizeianwärter Recht und Ordnung paukten und der seit gestern zum Stützpunkt der Sonderkommission umgewandelt worden war.

Die anderen aus dem Team erwarteten sie bereits. Lotte zählte elf Personen, darunter Kollegen vom KDD, von der Spurensicherung, der Rechtsmedizin und der EDV-Abteilung. Sie standen alle lautstark diskutierend im Halbkreis um einen wuchtigen Holztisch, ein weiteres Relikt aus den Achtzigern. Jeder von ihnen kehrte ihnen den Rücken zu, weil auf dem Computer vor ihnen offenbar etwas Interessanteres zu sehen war.

Das änderte sich, als Charlotte absichtlich so geräuschvoll wie möglich die Hörsaalstufen hinabstapfte. Zuerst drehte sich eine junge Frau mit kurzen platinblonden Haaren und einem silbernen Piercingring in der Unterlippe nach ihr um. Das war Ronja von der IT. Mit ihr hatte Lotte erst gestern Nachmittag telefoniert. Ronja gab den anderen Team-Mitgliedern Bescheid, und bevor die Teamleiterin und ihr Assistent die Gruppe erreichten, herrschte Ruhe im Saal.

»Guten Tag«, begrüßte Lotte die Kollegen. »Was habt ihr denn da Schönes?«

»Wir spielen gerade verschiedene Szenarien des Tathergangs durch«, sagte Jeanne Louise, eine sechsundzwanzigjährige Mitarbeiterin vom KDD mit schulterlangen brünetten Haaren, die im dualen System parallel zu ihrem Job noch Jura studierte. »Und sind uns uneinig darüber, inwieweit ein flackerndes Licht den Schützen beeinflusst haben könnte. Ich finde, dass Roth bei ausreichender Helligkeit seinen Mörder bestimmt noch rechtzeitig bemerkt hätte.«

»Bemerkt vielleicht schon, aber abgehalten ganz sicher nicht«, widersprach ein rundlicher Kollege mit spärlichem

Haarwuchs von der Rechtsmedizin. »Der Killer – respektive: die Killerin – dürfte fest entschlossen gewesen sein. Die Person war bestens vorbereitet und hat nicht eine Sekunde gezögert. Nichts und niemand hätte sie von der Tat abhalten können.«

Obwohl Lotte diese Meinung teilte, beschloss sie, nicht weiter auf die Diskussion einzugehen, die ohnehin zu nichts führen würde. In ihren Augen waren das unwichtige Details, die nichts an den Tatsachen änderten.

Da wandte sie sich lieber an Ronja von der IT und erkundigte sich, wie es um die Arbeiten und Erkundigungen stand, mit denen sie sie gestern betraut hatte.

Die platinblonde Computerspezialistin nickte sofort. »Wir haben die Daten auf Roths Smartphone ausgelesen und auf den Server kopiert. Handyfotos, E-Mails, Textnachrichten und was es sonst noch gab. Sonderlich aufschlussreich war es nicht. Deshalb lassen wir gerade noch mal ein Programm nach eventuell gelöschten Dateien und SMS suchen. Das dauert aber, weil die Software wirklich *jeden* Speichersektor ausliest.«

»Gute Idee.« Lotte nickte anerkennend. »Gib mir bitte Bescheid, falls ihr was finden solltet. Gibt es schon was zu der Webhosting-Firma, für die Ina Sorgus arbeitet?«

Ronja gab ein zustimmendes Geräusch von sich. »Das war sehr viel einfacher. Die Infos stehen ja praktisch alle im Netz. Eines vorweg: Die Firma DataTec existiert tatsächlich, und sie ist gar nicht mal so unbedeutend. Man könnte sogar sagen, dass sie einer der Platzhirsche in der Region ist, wenn es um IT-Sicherheit und Webhosting-Dienste geht. Zig lokale Firmen zählen zu ihren Kunden, darunter einige recht große. Bei der Arbeitsagentur waren sie auch mindestens im Gespräch.«

Beim letzten Satz hob Lotte neugierig die Augenbrauen. »Was heißt das genau?«

»Wenn eine staatliche Behörde wie die Jobagentur einen neuen IT-Support sucht, kann sie sich nicht einfach so für einen entscheiden. Vor allem nicht, wenn es um so etwas wie Datensicherheit geht. Da werden offizielle Ausschreibungen gestartet, bei denen man sich als Computerfirma dann mit Preisangebot, Referenzen und allem Kladderadatsch bewerben kann. Ein Gremium entscheidet dann, mit wem man zukünftig zusammenarbeiten will.«

»Wie weit ist DataTec mit seiner Bewerbung gekommen?«

»Das steht im Netz leider nicht. Ich weiß nicht mal, ob das Bewerbungsprozedere schon vorüber ist. Du weißt ja, Behördenmühlen mahlen bisweilen ziiiiemlich langsam.«

»Echt? Wo hast du das denn her?« Lotte zwinkerte ihr zu. »Das habe ich ja noch nie gehört.«

»Keine Ahnung. War vielleicht ne Fehleinschätzung. Auf jeden Fall scheint DataTec schon jetzt recht gut aufgestellt zu sein. Die haben nicht nur ordentlich was drauf, sondern verfügen auch über mächtig viel Vitamin B.«

»Klingt so, als wolltest du demnächst abwandern.«

»Nicht wirklich. Aber wenn ich irgendwann die Nase voll habe vom Polizeidienst, wäre das eine der ersten Adressen, bei denen ich anklopfen würde. Das heißt, sofern die keinen Dreck am Stecken haben. Ich habe dazu zwar nichts gefunden, aber eventuell wisst ihr dazu ja mehr. Haben die denn Dreck am Stecken?«

»Nicht, dass ich wüsste. Der Name der Firma ist bloß auf Roths Überweisungen aufgetaucht. Beziehungsweise gar nicht sie direkt, sondern eine Mitarbeiterin. Meinst du, deren Leute dürfen auch IT-Support auf eigene Rechnung machen?«

»Unwahrscheinlich, aber nicht ausgeschlossen. Um was für einen Support geht es denn da?«

»Webhosting.«

Ronja nickte wissend. »Kann sein, dass sie für Roth oder einen Bekannten eine Homepage eingerichtet hat. Oder sie betreibt für ihn irgendwelche Social-Media-Kanäle. Das zählt ja im weitesten Sinne ebenfalls dazu. Ist gar nicht mal so selten, dass die Leute zwar einen Account bei Instagram oder Twitter haben wollen, dann aber keinen Bock haben, dort regelmäßig was zu posten. Für so was engagiert man sich dann ein paar Leute, die, was auch immer, für dich veröffentlichen.«

»Lustige Hunde- und Katzenvideos?«

»Wenn du magst, klar. Beliebt sind auch irgendwelche Kommentare zum aktuellen Politik- und Weltgeschehen.«

»Und das will jemand lesen?« Einmal mehr kam sich Lotte ziemlich alt vor. »Was interessiert mich denn die Meinung fremder Leute zu Politik und Weltgeschehen? Die haben davon doch genauso wenig Ahnung wie ich. Vielleicht sogar noch weniger.«

»Ich glaube, da geht es weniger um Inhalte, als eher darum, im Gespräch zu bleiben. Wer nicht mindestens einmal in der Woche was veröffentlicht, gerät in Vergessenheit. Es müssen auch gar keine Alltagsweisheiten sein. Genauso beliebt sind Schnappschüsse von allen möglichen

Alltagssituationen. Bei irgendwelchen lokalen Events zum Beispiel. Da kommt alles infrage. Wichtig ist nur, dass du was postest, um im Gespräch zu bleiben.«

»Klingt ganz schön anstrengend.«

»Siehst du. Und genau dafür gibt es solche Dienstleister. Die machen den ganzen lieben langen Tag nichts anderes als so was.«

In Charlottes Ohren klang das nicht unbedingt nach einem Traumberuf. Skeptisch schaute sie von Ronja zu Kai, doch der Assistent wirkte wenig beeindruckt. Für ihn waren derlei Themen offenbar selbstverständlich.

»Das Problem an der ganzen Sache ist nur«, sagte Kai, der sich durch den Blick seiner Chefin offenbar angesprochen fühlte, »dass wir von Enno Roth keine Website oder nennenswerte Social-Media-Accounts gefunden haben. Er war zwar bei Facebook und Twitter angemeldet, hat dort aber nie was gepostet.«

»Vielleicht wollte er das künftig ändern? Oder es war für jemand anderen? Fragt so was nicht mich, sondern diese Mitarbeiterin, von der ihr erzählt habt.«

»Genau das haben wir vor.«

Für Ronja war das scheinbar das Stichwort, hinter sich zu greifen und ein bedrucktes DIN-A4-Blatt vom Schreibtisch zu nehmen. »Ich habe euch hier mal ein kurzes Handout zusammengeschrieben. Inklusive Anschrift und Telefonnummer von der Firma.«

»Ah, cool. Vielen Dank.« Kai nahm die beidseitig bedruckte Seite an sich.

Lotte quittierte es mit einem weiteren Nicken und wandte sich dem restlichen Team zu, um ihre Kollegen über das Meeting mit dem Innenminister auf den neuesten Stand zu bringen.

Kaum war das erledigt, verließen Kai und sie den Hörsaal. Als sie die Treppen hinaufgingen, waren die anderen schon wieder mit einer neuen Simulation des Tathergangs beschäftigt.

Peter Wachmann

Obwohl Lotte wie üblich so leise wie möglich gewesen war, hatte er natürlich mitbekommen, wie sie aus dem Schlafzimmer geschlichen war und sich im Bad für die Arbeit fertiggemacht hatte. Irgendwo ganz hinten in seinem Hirn hatte er kurz überlegt, ebenfalls aufzustehen. Doch seine Glieder waren schwer wie Blei gewesen, und als die Wohnungstür ins Schloss fiel, hatte Peter bereits wieder kurz vor der Tiefschlafphase gestanden.

Beim nächsten Augenöffnen war es nach halb zehn und der Tag längst in vollem Gange. Immer noch müde schleppte er sich ins Bad und stellte die Wassertemperatur beim Duschen bewusst einige Grad kälter, um so die heute besonders hartnäckige Schläfrigkeit abzuschütteln. Das klappte ganz gut und besaß den Vorteil, dass er dank des kühleren Wassers recht gut akklimatisiert war: Als ihm auf dem Weg zum Bäcker die Sonne brütend heiß ins Gesicht knallte, begann er nicht gleich zu schwitzen, sondern empfand die warmen Strahlen als recht angenehm. Lange würde das sicher nicht anhalten, das war ihm klar. Deshalb beeilte er sich, die nur drei Straßenecken entfernt liegende Bäckerei zu erreichen.

Unterwegs überlegte er, was er heute tun könnte. So spannend, wie der Greg-Iles-Krimi war, den Tag komplett mit Lesen zu verbringen, war ihm entschieden zu passiv. Deshalb verschob er auch den erneuten Besuch im Buchladen, wo er nach dem neuen Robert-Krauss-Buch fragen wollte.

Nein, er wollte irgendwas *richtig* Aktives unternehmen. Auf einen erneuten Schwimmbadbesuch verspürte er wenig Lust. Erstens wegen der Menschensuppe im Wasser, zweitens weil ihn sein Kumpel Bernd aufgrund seines krebsroten Oberkörpers bestimmt nicht begleiten würde. Gestern Nachmittag hatten die Schultern und der Rücken seines Freundes dermaßen bedenklich ausgesehen, dass dieser sich wahrscheinlich in die hinterste Ecke seiner vier Wände verzogen hatte. Bei heruntergelassenen Jalousien und mit nassen Handtüchern auf der glühenden Haut. Aus dem Grund fiel heute wohl genauso ein Kinobesuch flach (der aber ebenfalls viel zu passiv gewesen wäre). Außer, er hätte Lust, sich während des Films Bernds ständiges Gestöhne und Gejammer anzutun. Nein, da gab es weitaus prickelndere Dinge. Eine Wurzelbehandlung beim Zahnarzt beispielsweise.

Du könntest die Chance nutzen und endlich mal den Roman schreiben, von dem du schon seit Jahren träumst, schlug ihm eine innere Stimme vor. Recht hatte sie. Die Einsamkeit der Wohnung wäre ideal, um zumindest die ersten Zeilen zu Papier zu bringen.

In Gedanken hatte er das bereits tausend Mal getan. Im wahren Leben hatte ihn vor dem Computerbildschirm ebenso wie mit dem Stift in der Hand jedes Mal eine merkwürdige Blockade überfallen. Auch bekannt als *Innerer Schweinehund.*

Und dieser innere Schweinehund hatte es in sich. Jedes Mal, wenn er sich ans Werk machen wollte, fand er tausend Gründe dagegen. Dinge, die er noch nicht recherchiert hatte. Dinge, die er stattdessen noch im Haushalt erledigen wollte. Dinge, wie die richtige Stimmung oder die kreative Muse, die ihn erst mal küssen musste. Im Grunde genommen waren es wohl nichts als faule Ausreden. Er fragte sich, wie professionelle Schriftsteller damit umgingen. Wie schafften sie es, sich nicht ablenken zu lassen und eisern am Ball zu bleiben? Woher nahmen sie die große Überwindung, um die ersten Zeilen zu Papier zu bringen?

Statt einer Antwort auf diese Frage, fand er die Tageszeitung auf dem Verkaufstresen der Bäckerei liegen. Eine weitere, herzlich willkommene Ablenkung. Er kaufte sie zusammen mit zwei Mohn- und zwei Kürbiskernbrötchen und machte sich auf den Heimweg.

Beim Frühstück blätterte er die Gazette durch, während ihm der Duft frisch gebrühten Kaffees in die Nase stieg und er genüsslich in eine mit Käse belegte Semmel biss. Kurz überflog er die Artikel zum aktuellen Politik- und Weltgeschehen. Irgendein Minister stand mal wieder unter dem Verdacht der Vetternwirtschaft, während eine andere private Reisen mit dem Dienstwagen unternommen hatte. Es war der übliche Mist, auf den sich die Journalisten stürzten, wenn sie nichts Besseres fanden. Peter blätterte weiter zu Berichten über neue Unruhen im Nahen Osten und der Meldung, dass die USA ihre selbst festgelegten

Umweltschutzziele mal wieder nicht erreichen würden. Das war ebenfalls nicht besser.

Verzweifelt wechselte er zum Lokalteil, wo er einen Nachruf auf Enno Roth vorfand. Das weckte schon eher sein Interesse. Insbesondere, weil sich der zweispaltige Text so grundlegend von dem unterschied, was er in den vergangenen Tagen über den Chef der Arbeitsagentur gehört hatte.

Im Gegensatz zu den Untergebenen, die ihren Chef offenbar alle als Arschloch betrachteten, waren die Worte in der Zeitung voll des Lobes. Ennos Arbeit für das Jobcenter und sein Engagement für die Stadtverwaltung wurden hervorgehoben. Danach ging es um Roths Leidenschaft für Sport im Allgemeinen und den Lokalsport im Speziellen. Von seiner Tätigkeit im Vereinsvorstand des *FC Lauengraben* war die Rede und dass es ihm zu verdanken sei, dass die Agentur für Arbeit bei regionalen Sportveranstaltungen als Sponsor aufgetreten war. Man konnte tatsächlich meinen, der Verstorbene hätte kurz davor gestanden, für seine Verdienste vom Oberbürgermeister den Schlüssel zur Stadt überreicht zu bekommen. Kein einziges negatives Wort stand in dem Artikel. Auch die *Ellbogen aus Stahl*, von denen die eine Mitarbeiterin im Schwimmbad gesprochen hatte, wurden mit keiner Silbe erwähnt. Nicht mal angedeutet.

»Solch einen Nachruf hätte ich auch gerne«, staunte Peter und ließ die Zeitung sinken. Wie kam es, dass die einen dermaßen abschätzig über Roth sprachen, während andere ihn über den grünen Klee lobten? War es lediglich ein Akt der Höflichkeit, weil man bekanntlich nicht schlecht über Tote reden sollte, oder steckte mehr dahinter? Hatte Roth eventuell Freunde in hohen Positionen besessen, die auf diese Weise sein Andenken bewahren wollten? Vielleicht war der Artikelverfasser – respektive sein Chefredakteur – ja der Meinung gewesen, er wäre Enno Roth etwas schuldig. Eine Sekunde lang spielte Peter mit der Idee, den Journalisten anzurufen und deswegen nachzuhaken.

Das war natürlich Quatsch. Außerdem sagte ein solcher Abgesang absolut nichts über den tatsächlichen Wahrheitsgehalt aus. Was für eine Art Mensch der Verstorbene gewesen war, wussten diejenigen, die tagtäglich mit ihm im Kontakt gestanden hatten, zweifellos besser. Dennoch könnte selbst dies ein etwas schiefes Bild abliefern. Möglicherweise lag die Wahrheit einfach irgendwo dazwischen.

Dies war der Moment.

Peter könnte das Thema damit auf sich beruhen lassen. Was scherte ihn irgendein ermordeter Arbeitsamtsfuzzi? Zumal die Kripo längst in dem Fall ermittelte.

Doch nachdem die Alternative aus Langeweile oder dem mühsamen Anfang seines eigenen Romans bestanden hatten, entschied er lieber, sich weiter mit dem Thema zu beschäftigen. Zumal ihm auf Anhieb ein Ort einfiel, an dem er sich über den Verstorbenen erkundigen konnte. So kam er gleich noch an die frische Luft. Das war ohnehin besser, als in der stickigen Bude rumzulungern und dort Zeit totzuschlagen. Irgendeine plausible Ausrede fand sich eben immer.

Die Stadt war groß genug für mehrere Sportvereine, und Peter vermutete den *FC Lauengraben* blöderweise an der falschen Stelle. Erst als ihm die rotblauen Fahnen vom *SV Grünfeld* im lauen Sommerwind zuwinkten, wurde ihm der Irrtum bewusst.

Mit schweißnassem Gesicht stieg er von seinem Fahrrad und unterdrückte den lautstarken *Scheiße*!-Ruf, der ihm auf der Zunge lag. Die jahrelange Arbeit mit aufmüpfigen Berufsschülern hatte ihn zur Genüge gelehrt, wie man mit Wut, Frust und Enttäuschung umgehen musste, ohne dass es jemandem auffiel: Die Hände zu Fäusten geballt, atmete er mehrere Male tief durch und spürte, wie die Anspannung von ihm wich. Anschließend zückte er sein Smartphone und tat das, was er von Anfang an hätte tun sollen: Im Internet nachschauen, wo sich der vermaledeite Fußballclub überhaupt befand.

Er lag zwei Komma drei Kilometer weiter nördlich von seiner aktuellen Position entfernt.

Das war zwar kein Weltuntergang, aber auch nicht besonders angenehm. Vor allem bei Temperaturen kurz vor dem Schmelzpunkt.

Peter atmete ein weiteres Mal tief durch und trat in die Pedale. Als er unterwegs an einer Eisdiele vorbeikam, konnte er nicht anders, als sich eine Waffel mit jeweils einer Kugel Vanille- und einer Kugel Schokoladeneis zu kaufen. Etwas Fruchtiges wäre ihm zwar lieber gewesen, aber mit Erdbeere und Apfel konnte dieser Softeisstand nicht dienen. Egal. Hauptsache, er bekam eine Abkühlung.

Als Frustkompensation funktionierte das Softeis tadellos. Dennoch war es nicht unbedingt die klügste Idee, das

Eis während der Fahrradfahrt zu schlecken. Das wurde Peter spätestens in dem Moment bewusst, als er mitten im schönsten Eislecken über ein Schlagloch im Boden fuhr und das Eis auf einmal im Gesicht stecken hatte. Insbesondere seine Nase und der Bereich zwischen Oberlippe und Nase erlebten ein höchst unerwartetes Kältegefühl. Dadurch zusätzlich aus dem Konzept gebracht, hätte nicht viel gefehlt, und er wäre gestürzt. Irgendwie – er wusste selbst nicht, wie – gelang ihm jedoch das Kunststück, die Balance zu halten – und das Eis in der Hand. Noch im Trudeln versuchte er, mit den Füßen zu bremsen, und schaffte es nach wenigen Metern. Wenngleich nicht ohne gewisse Blessuren davonzutragen.

Seine Schuhsohlen verloren bestimmt die Hälfte ihres Belags. Zwar nicht ganz die Hälfte, aber schon ein erheblicher Teil des Softeises klebte danach auf seinem Poloshirt.

Verdammte Axt!

Bei den Versuchen, das Malheur zu beseitigen, machte er alles nur noch schlimmer. Nach der Reinigungsaktion sah sein Shirt wie das Oberteil eines Malermeisters oder Kleinkindes aus, je nach Betrachtungsweise.

Hätte er nicht bereits mehr als die Hälfte der Fahrtstrecke hinter sich gebracht, wahrscheinlich wäre Peter umgedreht und nach Hause geradelt. Viel gefehlt hätte nicht. So jedoch vertilgte er an Ort und Stelle das restliche Eis und fuhr anschließend im deutlich gemäßigteren Tempo weiter. Er hoffte darauf, an einem Springbrunnen vorbeizukommen. Und wenn schon nicht das, dann dass es im Vereinshaus vom *FC Lauengraben* eine Auswahl an Sportkleidung zu kaufen gab. Ein Trikot oder eine Trainingsjacke mit dem Vereinslogo vorzugsweise.

Er fand weder noch.

Dafür erlebte er die nächste Enttäuschung: Das zweistöckige, rechteckige Vereinsgebäude war abgeschlossen und verwaist. Gleiches traf auf die Turnhalle daneben zu. Lediglich in der Sportgaststätte sah er einige Leute im Außenbereich sitzen. Allerdings erweckte keiner von ihnen den Eindruck, als würde er sich gerne mit einem Wildfremden über ein kürzlich verstorbenes Vereinsmitglied unterhalten wollen. Zumal ein Großteil von ihnen bereits mit dem Mittagessen beschäftigt war. Erfahrungsgemäß wollten die wenigsten Menschen dabei gestört werden.

Also spazierte Peter an der alten Turnhalle vorbei, warf einen uninteressierten Blick auf die Spieler- und Punktetabellen in den gläsernen Wandkästen und ging weiter zu den dahinter befindlichen Sportplätzen.

Vier waren es an der Zahl, wobei einer relativ klein und von einem hohen Maschendrahtzaun umgeben war (vermutlich für die jüngsten der Spieler, die noch über keine gute Ballkontrolle verfügten) und ein weiterer nicht viel mehr war als eine staubige Erdfläche mit weißen Markierungsstreifen. Auf Letzterem trainierte vermutlich niemand wirklich gerne.

Links von sich hörte Peter ein leises Tuckern und nahm nur eine Sekunde darauf eine schleichende Bewegung wahr. Sie stammte von einem weißhaarigen Mann in kurzer Hose, T-Shirt und grüner Schirmmütze, der einen klobigen alten Rasentraktor steuerte. Im selben Moment, als Peter ihn bemerkte, bemerkte ihn der Weißkopfadler ebenso und ließ ihn von da an nicht mehr aus den Augen. Seine Rasenmährunde fuhr er dennoch ordnungsgemäß weiter, bis er wieder auf Peters Seite angekommen war.

»Rumlungern is hier nich!«, rief er ihm aus zwanzig Metern Entfernung zu. Er musste brüllen, um gegen das nun recht laute Tuckern des Motors anzukommen.

»Ich lungere gar nicht rum!«, brüllte Peter zurück und trat an die Bandenwand heran.

Der Alte stellte den Motor ab und schlurfte auf ihn zu. Er hatte ein sonnengegerbtes Gesicht mit mehr Falten als glatten Hautstellen. Hinter dem Ohr steckte eine ungerauchte Zigarette. »Sondern?«

»Ich … äh … wollte mich nur umsehen.«

Schon im Gehen musterte ihn der weißhaarige Mann skeptisch. Der Anblick des eisbeschmierten Oberteils schien ihm Fragezeichen in beide Augen zu zeichnen. Mit drei Metern Abstand zu ihm blieb er stehen und stemmte die Hände in die Hüften.

»Umsehen, so so. Das ist ein Ort, an dem sich öfters mal Kinder aufhalten. Nur nicht jetzt, weil ich hier gerade am Machen bin. Die kennen mich. Aber kaum bin ich weg, schleichen sich die Bengel immer heimlich hierher.«

»Wieso denn heimlich? Das ist doch ein öffentlicher Platz.«

Der Alte beäugte ihn noch argwöhnischer. »Hier ist der Zutritt nur in Begleitung von Trainern und zu den offiziellen Spielzeiten erlaubt. Wenn jemand bloß rumkicken will, soll er auf'n Spielplatz gehen.«

»Das … äh … ich werde es mir merken. Aber ich bin ja nicht hier, um zu kicken. Ich habe hier früher mal gespielt. Als Kind meine ich.«

Das war zwar eine dreiste Lüge, doch der grantige Rasenwart konnte unmöglich jeden kennen, der hier vor zwanzig Jahren und mehr mal trainiert hatte. Oder etwa doch?

»Gespielt, so so. Und was suchen Sie dann *jetzt* hier?«

»Ich habe den Nachruf von Enno Roth in der Zeitung gelesen. In dem Artikel wurde der Sportverein erwähnt. Da wollte ich einfach mal vorbeischauen.«

Die Gesichtszüge des Alten entkrampften sich. »Wegen dem Enno. Schlimme Sache, die da passiert ist. Einfach so aus'm Leben gerissen. Echt tragisch, so was.« Er griff nach der Zigarette hinter seinem Ohr und führte sie zum Mund. Anschließend tastete er seine Hosentaschen nach einem Feuerzeug ab. Als er nicht gleich eines fand, blickte er fragend zu Peter.

Dieser schüttelte den Kopf. »Sorry, ich rauche nicht.«

Das trug nicht unbedingt zur Völkerverständigung bei. Die Entspannung folgte erst, nachdem der Rasenwart doch noch in der Hosentasche fündig geworden war. »Is'n großer Verlust für'n Verein. Der Enno war ne gewaltige Stütze. Hatte immer was übrig für uns. Besonders für die Kleinen. Ne Zeitlang sah es so aus, als würde er das Training der D-Jugend übernehmen. Hat dann aber zeitlich nicht so ganz hingehauen.«

»Wie war er denn so als Mensch?«

»Eigentlich'n ganz netter. Vor allem, wenn er schon ein paar Pils intus hatte. Er hat sich in die Vereinssachen ordentlich reingekniet. Vor allem in den letzten zwei, drei Jahren. Er wollte, dass der *FCL* vor allen anderen Vereinen glänzt. Speziell vor den *Grünfeldern*. Die haben zwar den besseren Platz, aber das sind alles Arschkrempen und Streber. Denen geht Gewinnen über alles. Da staucht der Trainer auch schon mal seine Jungs direkt am Feld zusammen, wenn sie nicht die gewünschte Leistung bringen.«

Das klang eigentlich genau nach der Art Mentalität, die Roth bei seinem Brotjob an den Tag legte. »Und so war der Enno nicht?«

»Nee, nicht wirklich. Klar konnte der auch schon mal laut werden. Aber nicht zu den Kindern! Eher, wenn ihm bei der Vereinsführung was nicht in den Kram passte.«

»Zum Beispiel?«

»Was weiß ich! Wie viele Mannschaften es bei uns geben darf. Wer alles spielen darf. An welchen Auswärtsspielen wir teilnehmen. Solche Sachen. Ist aber nicht meine Baustelle. Deshalb hab ich schön die Schnauze gehalten und meine Arbeit gemacht. In dem Sinne: Ich muss dann mal wieder. Und Sie sollten zusehen, dass Sie sich was Sauberes anziehen, bevor noch einer auf falsche Ideen kommt. Diese weißen und braunen Flecken sehen schon komisch aus.«

Peter spürte, wie er rot wurde. »Das ist bloß Eiscreme!«

»Mir brauchen Sie das nicht zu erklären. Ich mach hier bloß meine Arbeit.«

Er zog noch einmal an seiner Kippe, drückte den Stummel an dem Metallrohr der Bandenabsperrung aus und warf den Filterrest in die Büsche. Peter beobachtete, wie er zu seinem Traktor stapfte, und wandte sich ab. Er ging in Richtung Turnhalle zurück und hielt sich die Arme vor den Oberkörper, um das schmutzige Shirt zu kaschieren. Zum Glück kam ihm niemand entgegen. Dafür fiel sein Blick erneut auf die gläsernen Anzeigekästen an der Außenwand des Gebäudes. Eine Kopie des Nachrufs aus der Zeitung hing nicht darin. Vermutlich war es dafür zu früh. Sofern das Vereinsmitglied an dieser Stelle überhaupt geehrt werden würde. Peter fragte sich, ob und wo Enno Roths Name überhaupt auftauchen würde.

Die Antwort darauf lautete: Gar nicht.

Der Vereinsvorstand wurde genau ein einziges Mal erwähnt. Am unteren Ende der Vereinsvorschriften, die mit *Vereinsvorstand 1. FC Lauengraben* unterzeichnet waren. Namentlich wurde niemand genannt. Dafür bemerkte Peter zwischen den Punktetabellen die Mannschaftsaufstellungen der zurückliegenden Turniere. Unter anderem die der D-Jugend. Was der Unterschied zur C- und zur E-Jugend war, erschloss sich ihm nicht recht. Wahrscheinlich hatte es etwas mit dem Alter der Spieler zu tun. Oder mit ihrer Spielerfahrung.

Da der Platzwart die D-Jugend erwähnt hatte, überflog Peter die Namensliste in der Hoffnung, auf irgendjemand Bekanntes zu stoßen. Es gab Namen wie Yannik Schönleben, Marlon Jagiela und Yasin Aydogan. Dazu zwei Timos, drei Finns und zwei Alis. Also die typischen Namen von Jungen, die jetzt zwischen zehn und fünfzehn sein dürften. Aktuell sagte ihm keiner der Vor- und Zunamen etwas. In fünf Jahren könnte das völlig anders aussehen. Manch einer zählte dann vielleicht zu den Schülern bei ihm in der Berufsschule.

Der Vollständigkeit halber überflog er die anderen ausgehängten Listen und Tabellen. Danach war er im Grunde genommen genauso klug wie vorher.

Er war drauf und dran, zu seinem Drahtesel zurückzukehren, als er zwei Männerstimmen hörte. Die dazugehörigen Personen kamen offenbar die Treppen eines Kellerzugangs der Turnhalle hinauf. Einem Impuls folgend, huschte Peter hinter die nächste Hausecke und verfolgte von dort aus, wer sich ihm da näherte. Es waren zwei schmerbäuchige Männer um die Fünfzig. Der eine in schwarzen Shorts und einem grünen *Lauengraben*-Trikot, der andere in schwarzen Dreiviertelhosen und einem T-Shirt, das eine Kuh mit einem Maßkrug in der Hand zeigte. Darunter stand der tief philosophische Spruch: *Wer Bier trinkt, hilft der Landwirtschaft.*

Das ließ vermuten, dass das nächste Ziel die Sportgaststätte sein würde. Doch weit gefehlt: Noch immer in ihre Unterhaltung vertieft, schlenderten die beiden Männer auf den Parkplatz vor der Turnhalle zu. Peter zögerte nicht lange, sondern folgte ihnen im Sichtschatten der geparkten Autos. Vor dem Kofferraum eines schwarzen Opel Insignia blieben sie stehen. Ihr Gespräch hingegen ging weiter.

»Ich sag's dir«, war das Erste, was Peter verstehen konnte, gesprochen von dem Landwirtschaftsphilosophen. »Das verstehe, wer will, aber ich nicht.«

»Musst du auch nicht«, pflichtete der Shortsträger ihm bei. »Wer Frauen versteht, kann Feuer mit Benzin löschen.«

Darüber mussten sie beide lachen. Nach einigen Sekunden erhielt die gute Laune dann einen gehörigen Dämpfer.

»Wer weiß, was Enno dazu gemeint hätte«, sagte der Philosoph.

»Wahrscheinlich hätte er sich die Trulla am Schlafittchen gepackt und gefragt, ob sie noch alle Latten am Zaun hat. Er wird mir fehlen, der Mann.«

»Wem sagst du das? Die Vereinsfeiern mit ihm waren der Hammer. Enno war zwar nicht der Erste, der da war, aber meistens der Letzte, der ging.«

»Und der dann auch noch aufrecht stehen konnte.«

»Ich frag mich echt, wie das jetzt mit dem Verein weitergehen soll.«

»Es wird auch in Zukunft Partys geben. Anfang September steht das große Grillen an, schon vergessen?«

Der Shortsmann schüttelte den Kopf. »Das meine ich nicht. Enno hatte ja echt große Pläne für den FCL. Die Turnhalle wollte er modernisieren lassen. Und er hat Geld für den Neubau des Vereinsheims gesammelt. Damit wir uns nicht immer in der Kneipe treffen müssen.«

»Stimmt, da war was. Über die Turnhalle haben wir uns neulich noch unterhalten. Da hat er mir unten bei den Duschen ein paar echt eklige Sachen gezeigt.«

Die Zweideutigkeit schien dem Mann gar nicht aufzufallen. Peter hingegen grinste diebisch in sich hinein.

»Ja, die sind ziemlich marode«, stimmte der Shortsmann zu. Er klang im Moment ebenfalls ziemlich humorbefreit. »Sei froh, dass du da unten kein Büro hast. Aber so schnell wird das trotzdem nix mit dem Neubau.«

»Jetzt sowieso nicht.«

»Ich mein nicht nur wegen Enno. Nach dem blöden Streit mit Birgit …«

Peter spitzte die Ohren und wurde gleich noch interessierter.

»Ich dachte, das wär bloß ein Missverständnis gewesen?«, überlegte der Philosoph.

»War es auch. Aber was die da an Gift verspritzt haben! Ein paar Minuten lang sah es so aus, als würden sie gleich aufeinander losgehen. Die gingen ab wie Schmitz' Katze.«

»Haha, dabei hat der bloß Meerschweine daheim. Aber ich weiß, was du meinst. Ich hab Birgit dann später hier auf'm Parkplatz getroffen. Da ist sie fast ausgeflippt, als ich den Namen Enno Roth erwähnt habe. Dabei war ich schon äußerst behutsam. Kennst mich ja. Trotzdem fing die sofort an zu poltern. ›Der hat keinen ehrlichen Knochen im Leib. Der lacht dir vorne ins Gesicht, während er dir von hinten das Messer in den Rücken rammt. Doch der wird schon sehen, was er davon hat.‹ Dann hat sie noch was Komisches gesagt. ›Wer mit dem Säbel rasselt, macht Lärm. Wer ihn zieht, nicht.‹«

»Hä? Was hat sie denn damit gemeint?«

»Was fragst du mich das? Ich war schon froh, dass sie mir nicht den Kopf abgerissen hat. Glaub mir, mit der Birgit will man es sich nicht verscherzen. Als die gehört hat, dass der Enno tot ist, hat die wahrscheinlich nen Stepptanz aufgeführt. Würde mich nicht wundern, wenn die jetzt alles rückgängig macht, was Enno angestoßen hat. Bin mal gespannt, wie die nächste Vorstandssitzung wird.«

Der Shortsträger nickte zustimmend und öffnete den Kofferraum des Insignia. Im Inneren lagen mehrere zusammengeklappte Plastiksteigen. Einen Teil davon reichte er seinem Kumpel, den Rest davon schnappte er sich selbst. Nachdem er den Kofferraum wieder verschlossen hatte, marschierten die zwei zum Kellereingang zurück. Unschlüssig schaute Peter ihnen nach. Einige Sekunden wog er das Für und Wider ab. Dann siegte die Neugierde, und er schlich ihnen hinterher.

Wohin die Reise ging, war schwer zu sagen. Je tiefer ihn die Stufen führten, desto düsterer wurde es. Unten erwarteten ihn einige steinerne Waschbecken und ein muffiger Korridor, der lediglich von gelblichen Leuchtstoffröhren erhellt wurde. Links und rechts gab es jede Menge verschlossene Türen, von denen bemerkenswert viele die Bezeichnung *Umkleide* trugen. Einziger Unterschied waren aufsteigend nummerierte Zahlen und gelegentlich Zeichen, die auf Männer- und Frauen-WCs hinwiesen. Vermutlich warteten hinter den Türen zusätzlich geflieste Mannschaftsduschen, wie Peter sie noch aus seiner lange zurückliegenden Schulzeit kannte. Sein Interesse reichte nicht so weit, dass er sich die Räume genauer anschauen wollte. Im Grunde genommen waren Umkleideräume und sanitäre Einrichtungen eh alle gleich.

Er folgte den Männerstimmen um eine Kurve zu einer Art Lagerraum. Durch die offen stehende Tür erspähte er Regale voll mit Mannschaftstrikots, Netze mit Fußbällen sowie mehrere Mini-Tore, über denen ein Schild mit der Bezeichnung *Funino* hing. Was immer damit gemeint war.

Das Thema Birgit schien inzwischen erledigt zu sein. Stattdessen schwatzten die Herren über einige offenbar ziemlich debile Geschlechtsgenossen.

»Manche Menschen sind so dumm«, beschwerte sich der Shortsträger gerade. »Würde man denen Gehirn spritzen, würden sie sofort Antikörper bilden.«

Wen genau er damit meinte, ließ sich nicht eruieren. Der Philosoph grinste nickend, während er einen Stapel Sportkleidung in eine der Plastikboxen fallen ließ. Eine rücksichtsvolle Behandlung der Klamotten war scheinbar nicht wichtig. Ein weiterer Stapel wurde dazugestopft, bevor es zum nächsten Regal ging. Hier lagen weitere Trikots, diesmal in den Farben Blau und Schwarz. Dazu Stutzen und Schienbeinschoner, von denen ebenfalls welche unsanft in den Boxen landeten.

»Ich mache auch immer nen großen Bogen um den Typen. Bin echt froh, dass er nicht mehr bei uns ist. Jetzt sehen wir ihn nur noch, wenn er mit seiner angeblichen Elitemannschaft gegen uns antritt.«

»Wenn das die Elite ist, bin ich der Kaiser von China.«

Die Männer stapelten jeweils drei gefüllte Boxen übereinander und machten Anstalten, den Raum zu verlassen. Für Peter das Zeichen, sich schleunigst zu verdünnisieren. Er rannte los und sah sich in Gedanken schon die Steintreppe hinaufeilen.

Die Idee war gut, die Umsetzung leider mangelhaft. Ein langer Schatten kam die Stufen hinab und rief lautstark: »Seid ihr hier unten? Was macht ihr da?«

Der Platzwart war es nicht, sondern irgendein anderer Kerl. Peter wollte nicht bleiben, um weitere Details herauszufinden. Er drückte die nächstbeste Türklinke hinab und seufzte erleichtert, dass die Tür nicht abgesperrt war. Also stürmte er hinein und drückte die Tür leise hinter sich ins Schloss. Um ihn herum war es stockdunkel. Es roch muffig nach Erde und altem Holz. Wie in einem Grab.

»Wir kommen gleich«, rief der Shortsmann in deutlich gedämpfter Lautstärke.

»Das sagst du immer«, erwiderte der Neuankömmling. Offenbar glaubte er ihm nicht, denn seine Stimme näherte sich weiterhin. Sekunden verstrichen. Scheinbar direkt vor Peters Versteck trafen die Männer aufeinander. Peter rührte sich keinen Millimeter, wagte nicht mal zu atmen.

»Ich hab doch gesagt, dass ich euch helfe!«

»Ach, bis du da bist, sind wir doch lange fertig«, erwiderte der Philosoph.

»Ja, ja, und dann wieder jammern, wenn'de Rücken hast«, widersprach der Neuankömmling. Er klang angesäuert.

Ein kurzes Rascheln, dicht gefolgt von einem Stöhnen, war zu hören. Einige gefüllte Plastikboxen wechselten wohl den Besitzer.

»Haha, Weisheit verbal kundgetan – und später dann gnadenlos selbst ignoriert«, kommentierte der Shortsmann das Ganze. Welche Weisheit gemeint war, war nicht herauszuhören. Dafür entfernten sich die Stimmen allmählich.

Das allein war gut. Dass gleich darauf eine Tür polternd ins Schloss fiel und ein Schlüssel herumgedreht wurde, eher weniger.

»Scheiße«, flüsterte Peter. Er hegte keinen Zweifel daran, dass er sich gerade selbst in eine Falle gelockt hatte.

Einen Augenblick lang harrte er in der Dunkelheit aus. Als keine weiteren Geräusche folgten, öffnete er die Tür seines Verstecks und linste auf den Flur hinaus. Niemand war zu sehen, das Licht war ausgeschaltet. Peter trat auf den Korridor hinaus und tastete nach dem Lichtschalter. Er fand ihn unweit des Türrahmens. Die Leuchtstoffröhren erwachten brummend zu neuem Leben und bedachten den Gang ein weiteres Mal mit ihrem gelblichen Schein. Das verbesserte Peters Lage aber nur marginal.

Unschlüssig blickte er in den Raum hinein, in den er geflüchtet war. Durch die zusätzliche Helligkeit sah er, dass es sich offenbar um einen weiteren Aufbewahrungsort handelte. In dem muffigen Zimmer lagerten etliche übereinandergestellte Biertischgarnituren. Ihrem Zustand nach zu urteilen anscheinend steinalt und häufig benutzt. Zumindest war es keine Grabkammer.

Ich könnte eine der Bänke als Rammbock benutzen, überlegte Peter. Vor seinem geistigen Auge lief sogleich der dazu passende Film ab – und endete äußerst schmerzhaft mit Schürf- und Platzwunden vom Aufprall. Nein, das wollte er lieber nicht ausprobieren.

Peter zog die Tür zu und durchsuchte die anderen Räume auf dem Flur, vorwiegend Umkleiden und Duschen. Die besaßen zumindest den Vorteil, dass in die Wände schmale Fenster zum Dunstabzug eingelassen waren.

Mehr jedoch nicht.

Noch war Peter nicht so weit, diese Möglichkeit in Betracht zu ziehen. Er durchsuchte jedes einzelne Zimmer auf dem Flur und bemühte anschließend seine nicht vorhandenen Einbrecherkenntnisse, um das Türschloss am Ende des Korridors zu knacken. Mit einem gefundenen Plastikstiel von einem aufgebrauchten Brauselutscher sowie einem alten Schraubendreher war das allerdings nicht zu bewerkstelligen. Ein beherztes Dagegenstemmen führte ebenfalls nicht zum gewünschten Erfolg.

Immer noch Scheiße. Große sogar.

Schließlich sah Peter ein, dass sein einziger Weg hinaus durch eines der schmalen Fenster führte. Alternativ könnte er bloß um Hilfe rufen und abwarten, bis jemand auf ihn aufmerksam wurde. Aber mit einem undefinierbar beschmutzten T-Shirt in den Räumen eines Kinderfußballclubs eingesperrt, wollte er lieber nicht erwischt werden. Selbst wenn sich alles lückenlos und vor allem harmlos aufklären ließ, könnte die Sache weitreichende Folgen haben, die er sich gar nicht erst ausmalen wollte. »Es hilft alles nichts«, versicherte Peter sich selbst, bevor er sich ans Werk machte.

Das Fenster zu erreichen, war vergleichsweise einfach. Er musste bloß von einer Sitzbank auf die Spindreihe an der Wand klettern und hoffen, dass die Materialien seine knapp 80 Kilo Lebendgewicht aushielten. Das Holz und das Metall ächzten zwar – aber sie hielten der plötzlichen Gewichtszunahme stand. Deutlich schwieriger wurde es, die bereits eingerostete Sicherung zu lösen, um das Fenster ganz öffnen zu können. Mit Muskelkraft, Geduld und einigen beherzten Flüchen gelang ihm das endlich.

Die Königsdisziplin war es, sich durch die enge Öffnung zu zwängen. Obwohl Peter von der Statur nicht unbedingt besonders kräftig gebaut war, schien das Fenster einige wenige Zentimeter zu schmal für ihn zu sein.

Mist.

Ein Grund zum Aufgeben war es trotzdem nicht. Peter schob sich vorwärts, biss die Zähne zusammen, als der

Metallrahmen schmerzhaft über seine Schultern und die Oberarme schliff und sich ein Haken in seinen Rücken bohrte. Als er sich nach vorn bewegte, fühlte es sich an, als würde ihm jemand mit einer Klinge die Haut aufschlitzen. In seiner Fantasie sah Peter, wie ihm ein rostiger Nagel das Fleisch entlang der Wirbelsäule aufriss. Sein erster Gedanke dazu lautete: *Habe ich eine noch gültige Tetanus-Impfung?*

Er wusste es nicht, nahm sich aber fest vor, es später zu überprüfen. Eventuell gleich nachher, bevor er zur Notaufnahme fuhr, um seine zahlreichen Schnittwunden verarzten zu lassen.

Mehrere Male waren die Schmerzen so heftig, dass er fast aufgegeben hätte. Tränen schossen ihm in die Augen. Er biss weiter die Zähne zusammen und rief sich selbst stumme innerliche Mutmachparolen zu. *Nur noch ein kleines Stück! Gleich hast du es geschafft.*

Und schließlich hatte er es tatsächlich geschafft. Nachdem der Oberkörper und sein Hintern das Fenster passiert hatten, war der Rest ein Kinderspiel.

Endlich befand er sich wieder unter freiem Himmel. Schweißgebadet und mit den Knien auf dem Kieselsteinboden hockte er da und sog gierig die frische Luft ein. Er hatte das Gefühl, dass die Außentemperatur in den vergangenen Minuten deutlich zugelegt hatte. Er schien jedenfalls zu glühen. Das Wasser lief ihm in Strömen den Körper hinab. Parallel dazu tat ihm jeder einzelne Knochen und der gesamte Rücken weh. Er traute sich kaum, nach hinten zu fassen.

Als er es doch tat, war er überrascht. Das T-Shirt hing

wider Erwarten nicht in Fetzen an ihm, und auch die Fingerkuppen waren nicht voller Blut. Lediglich ein dünner roter Film klebte an der Haut.

Mit Sicherheit würde sein Rücken aussehen wie nach dem Besuch bei einer Domina. Aber wie es schien, war er, davon abgesehen, ziemlich glimpflich davongekommen. Was beinahe genauso schön war: Niemand schien seine mühselige Selbstbefreiungsaktion mitbekommen zu haben. Außer ihm hielt sich niemand in der Nähe auf. Sirenen näherten sich ebenfalls keine.

Zufrieden griff Peter noch einmal in die Öffnung zum Umkleideraum und zog das Fenster heran. Nicht, dass sich auf diesem Wege irgendein Unbefugter Zutritt verschaffte …

Charlotte Wachmann

Mit einem Seufzen stieg Charlotte aus dem klimatisierten Dienstwagen. Es fühlte sich an, wie gegen eine Wand aus Feuer zu laufen. Noch dazu war es viel zu hell. Keine einzige Wolke am Himmel. Emsig zu arbeiten, kam fast einem Verbrechen gleich. Vor allem, wenn sie die Kinder in ihren kurzen Hosen und mit einem Eis in den Händen herumtollen sah. Die Vorstellung, nächste Woche ebenfalls frei zu haben, fühlte sich fremd und falsch an. Im Augenblick befand sie sich noch kilometerweit davon entfernt. So weit, dass es schier unerreichbar schien.

»Meinst du, dieses Webhosting hat was mit Hostessen zu tun?«, fragte Kai in dem Moment. Er strich sich durch seine verstrubbelten Haare – aber vermutlich nicht, um sich die Frisur zu richten. Danach standen die Haare nämlich teilweise ab, die anderen klebten schweißnass an seiner Kopfhaut. Definitiv kein schöner Anblick. Auch keiner, der dabei half, ihn ernst zu nehmen. Den Rest erledigten seine skurrilen Fragen. »Die haben ja beide das Wort Host im Namen.«

»Wenn ich mich richtig an meinen Englischunterricht entsinne, bedeutet *Host* etwas in der Art von *betreuen* oder *veranstalten*. Es gibt im Englischen auch den *Talk Show Host*. Das ist einfach der Gastgeber. Der hat auch nichts mit Hostessen zu tun. Jedenfalls nicht beruflich.«

»Sollte man meinen«, sagte Kai mit diebischem Grinsen. Sie folgten dem gepflasterten Fußweg an einer Reihe mehrstöckiger Businessgebäude entlang. Auf Metallschildern an den Wänden wurden zahlreiche Firmen genannt, DataTec war bisher nicht darunter. »Aber so weit liegen *betreuen* und *veranstalten* gar nicht von Hostessendiensten entfernt. Da kann es schon sein, dass …«

»Worauf willst du eigentlich hinaus?«, unterbrach ihn Charlotte. Der Tag war einfach zu heiß und zu blau für derartige Diskussionen.

»Dass der Roth vielleicht irgendeine Schmuddelsache am Laufen hatte. Vielleicht das Abo für eine Sexseite im Web, die er über die Firma hier abrechnet. Wäre ja viel zu auffällig, wenn er regelmäßig Geld an *Wild and Horny* oder *geilehintern.com* schicken würde.«

»Du scheinst dich recht gut mit der Materie auszukennen.«

»Die Namen sind bloß Beispiele. Die habe ich mir ausgedacht.«

»Selbstverständlich.« Lotte bedachte ihn mit einem süffisanten Grinsen. »Wie kommst du immer nur auf solche Sachen?«

»Ich … äh …«

Lotte unterbrach ihn erneut, indem sie auf ein dreistöckiges Haus mit grauweißem Spezialanstrich zeigte. Im grellen Sonnenlicht funkelte die Fassade wie tausend verstreute Diamantensplitter. In dicken Lettern stand *DataTec* auf einem breiten Türschild. »Du kannst ja drinnen mal nach Hostessen fragen. Ist bestimmt ein super Gesprächsanfang.«

»Haha.«

Sie öffneten eine gläserne Doppeltür und betraten das Gebäude. Es kam einem weiteren Temperaturschock gleich. Von Bullenhitze zu einem frischen Novembermorgen – und das innerhalb eines Atemzugs. Die Klimaanlagen hier leisteten ganze Arbeit. Charlotte genoss die Abkühlung und ging bewusst langsam auf den Empfangsbereich zu. Eine Frau Mitte zwanzig und eine schätzungsweise Ende vierzig saßen dort und machten beide einen höchst beschäftigten Eindruck. Dennoch setzte die jüngere der beiden bei ihrem Anblick sofort ein sicherlich tausendfach geübtes Begrüßungslächeln auf. »Willkommen bei DataTec. Wie können wir Ihnen behilflich sein?«

»Wir würden uns gerne mit einer Ihrer Mitarbeiterinnen unterhalten. Ihr Name ist Ina Sorgus.« In einer perfekt aufeinander abgestimmten Bewegung präsentierten die Polizisten ihre Dienstausweise.

Das beeindruckte sogar die Empfangsdame. Auf einschüchternde Weise. Die Fröhlichkeit schrumpfte, und ihre Hand wanderte zum Telefon. Während sie mit leiser Stimme in den Hörer sprach, fragte sich Lotte, was der Frau wohl gerade durch den Kopf ging. Bestimmt malte sie sich die schlimmsten Geschichten aus, in die ihre Kollegin verwickelt sein könnte. Drogen, Prostitution, Mord und Menschenhandel: Alles schien möglich, wenn auf einmal die Ordnungshüter auf der Matte standen. Widersprechen wollte und konnte Charlotte nicht. Da sie im Bereich der Todesfallermittlungen arbeitete, hatten ihre Besuche in der Regel keinen besonders angenehmen Anlass. Wobei nicht zwangsläufig jeder und jede, die sie befragten, mit dem Verbrechen direkt zu tun hatte. Bei den meisten Leuten handelte es sich um unbescholtene Bürger, deren Namen lediglich irgendwo im falschen Zusammenhang geschrieben oder genannt worden waren. Darüber, ob es bei Ina Sorgus genauso aussah, vermied sie bewusst jedwede Spekulation.

Inzwischen war das Telefonat beendet, und wenig später kam eine knapp eins siebzig große Mittzwanzigerin mit schulterlangen brünetten Haaren und rundem Gesicht auf sie zu. Mit ihren weichen Gesichtszügen erinnerte sie an eine Puppe, wie jene, mit denen kleine Mädchen gerne spielten. Eine zugegebenermaßen recht attraktive Puppe. Lotte konnte nachvollziehen, welche optischen Argumente Frank Mayer an ihr gefunden hatte.

Ina Sorgus wirkte nicht nervös, eher beunruhigt. Offenbar ahnte sie bereits, weswegen die Ermittler gekommen waren. Sie führte ihre Besucher in ein längliches Büro im ersten Stock, das, abgesehen von der teuer aussehenden Computerhardware, eher spartanisch eingerichtet war. Die

Regalschränke an den Wänden sahen relativ neu aus und waren nur zur Hälfte mit Aktenordnern und IT-Magazinen gefüllt. Das einzig Grüne im Zimmer war ein halbtoter Kaktus auf dem hüfthohen Schrank am Fenster.

»Was kann ich für Sie tun?«, fragte sie mit leichtem osteuropäischem Akzent. Nebenbei setzte sie sich und schlug die Beine lasziv übereinander.

Das schien Kai sehr zu imponieren. Bestimmt dachte er an ihre Unterhaltung von vorhin. Rot genug dafür wurde sein Gesicht jedenfalls. »Kennen Sie einen Frank Mayer?«, fragte er mit brüchiger Stimme. Danach musste er sich erst einmal räuspern.

»Ja. Er ist bei Arbeitsagentur. Netter Mann.«

Sie lächelte auf eine Weise, die Lotte nicht recht zu deuten wusste.

»Wann haben Sie ihn das letzte Mal gesehen?«, fuhr Kai fort.

»Vor zwei Monaten. Vielleicht länger. Warum Sie wollen das wissen?«

»Als wir ihn befragt haben, fiel Ihr Name«, beantwortete Lotte die Frage. »Kennen Sie auch einen Enno Roth?«

»Ja. Das ist der Chef von Frank. Auch ein netter Mann.«

Die Kommissare warfen sich einen unmerklichen Blick zu.

»Wann haben Sie *ihn* zuletzt gesehen?«, wollte Kai wissen.

»Das ist auch lange her. Keine Ahnung, wie lange.«

»Was heißt *lange*? Monate? Oder eher Jahre?«

»Eher Monate. Ich habe ihn getroffen in Jobcenter. Er mir hat geholfen viel.«

»Wobei?«

»Ich war am Überlegen zu kündigen Job. Er nicht fand das gut. Hat gesagt, IT seien immer gute *Bronsche.*«

»Was genau machen Sie denn bei DataTec?«

Frau Sorgus zuckte mit den Schultern. »Das Übliche: Cloud Hosting. Virtuelle dedizierte Server. SSL-Zertifikate. Content Management Systeme. Solche Sachen.«

»Aha.« Lotte hatte keinen blassen Schimmer, wovon die Rede war. Sie war nicht einmal sicher, welche Sprache gesprochen wurde. »Zählen Webhosting-Dienste auch dazu?«, wagte sie einen Vorstoß ins Blaue. Sie hatte keine Ahnung, ob dieser Punkt bereits unter einer anderen Bezeichnung genannt worden war.

»Natürlich. Um was genau geht es Ihnen?«

»Das wüssten wir gerne von Ihnen. Auf Enno Roths Bankbelegen taucht der Punkt *Webhosting-Dienste* auf. Wir haben uns gefragt, was in dem Fall gemeint ist.«

»Ich habe ihm geholfen. Bei Internet und so. Er hat überlegt, neue Homepage für Fußballverein machen zu lassen. Irgendwas mit einem Abgrund. Oder Graben in Namen.«

Die Erklärung klang zumindest einleuchtend. Vermutlich meinte sie den *FC Lauengraben.*

»Warum hat er das aus der eigenen Tasche bezahlen wollen?«, fragte Kai irritiert.

»Ich glaube, Verein nicht hatte genug Geld für richtige Webauftritt. Wenn professionell, dann teuer.«

»Ist die neue Page schon online?« Kai setzte eine Miene auf, als wäre er ein IT-Profi, der tagtäglich über derartige Dinge fachsimpeln würde.

»Noch nicht. Wir waren uneinig über die Menüs und was alles drauf soll. Enno wollte so was wie ein Gästebuch. Das ist total Oldschool. Niemand hat mehr so was heute auf Internetseite! Auch nicht Animated GIFs!«

»Äh … genau. Warum hat er das Geld für die neue Homepage an Sie privat bezahlt, und nicht an DataTec?«

»Das war rein private Angelegenheit. Die Firma damit hat nichts zu tun. DataTec normalerweise nicht erstellt Fußballwebseiten.«

»Wie häufig haben Sie sich deswegen *privat* getroffen?«, wollte Charlotte wissen.

»Nicht oft. Herr Roth schwer beschäftigter Mann.«

»Nicht oft heißt was genau?«, insistierte Kai.

»Kann ich nicht mehr sagen, ist lange her.«

»Aber Sie haben doch bestimmt einen Terminkalender oder eine App, in der Sie Termine notieren?«

Ina Sorgus lächelte und tippte sich mit dem Zeigefinger an den Kopf. »Habe ich da drin.«

Lotte ahnte, dass sie an diesem Punkt nicht weiterkommen würden. Sie nickte Kai zu. »Das wars fürs Erste«, sagte sie, wobei sie die letzten beiden Worte betonte. Ina Sorgus schien das nicht zu stören. Stattdessen wandte sie sich mit einer Frage an die Beamten: »Wann ist Beerdigung von Herr Roth?«

»Das wissen wir noch nicht«, sagte Lotte wahrheitsgemäß. Insgeheim aber fragte sie sich, warum die Frau das wissen wollte. Und warum plötzlich Tränen in deren Augen schimmerten.

»Die ist doch nicht ganz koscher«, sprach Kai aus, was Lotte dachte, kaum dass die beiden sich angeschnallt hatten.

»Da denke ich wie du«, antwortete die Kommissarin. »Aber kannst du das auch begründen?«

Kai setzte den Blinker und biss die Zähne zusammen, als er kurz vor Rot doch noch an einer Ampel stoppen musste. »Nein, Chefin. Kann ich nicht. Ich würde mal so sagen: Bauchgefühl. Das berühmte Bauchgefühl von Kommissarin Wachmann.«

»Ach, da schau einer an, hast du vielleicht doch etwas bei mir gelernt?«

»Ha!« Kai lachte auf und trat das Gaspedal durch, als die Ampel umschaltete.

»Also ja?«

»Glasklar. Und zwar, wo es den besten Coffee to go gibt!« Zielsicher steuerte Kai das kleine Café in einer Seitenstraße an. Dafür war Lotte ihm dankbar. Immerhin das hatte sie ihm beigebracht.

Und auch, dass sie zwei Stück Zucker wollte. Aber selbst die konnten ihre Gedanken an Ina Sorgus nicht wegzaubern. Irgendetwas stimmte mit der Frau nicht, das ahnte sie. Nein, sie wusste es. Nur: Das allein würde ihr gar nichts nützen.

»Chefin, schalt ab!«, sagte Kai, platzierte seinen Becher im dafür vorgesehenen Halter und startete den Motor. Lotte bemerkte dankbar, dass er einen Umweg einschlug. Dies würde ihr sieben, acht Minuten mehr Zeit geben. Zeit, in der sie ihren Kopf auf Reset setzen konnte.

Peter Wachmann

Während seine Frau sich in Gedanken versunken von Kai zum Präsidium zurückchauffieren ließ, schwitzte Peter Blut und Wasser. Und das buchstäblich. Ihm lief der Schweiß aus allen Poren, als er nach Hause radelte. Er konnte noch immer kaum glauben, dass er sich bei seiner Fensteraktion lediglich ein paar Blessuren zugezogen hatte. Es blutete nicht sehr, aber doch genug, um ein oder zwei Heftpflaster zu benötigen. Und eine kalte Dusche, unter die er sich stellte, kaum dass er die Wohnung betreten und die dreckigen Klamotten von sich gerissen hatte.

Sein Rücken brannte an den Stellen, an denen die Haut aufgeschürft war. Peter biss die Zähne zusammen. Das kühle Wasser belebte ihn, und er schloss die Augen. So verharrte er reglos einige Minuten, ließ sich das Wasser auf den Kopf regnen und tat sonst nichts, außer zu atmen. Und sich vorzustellen, nicht hier, sondern bereits in Schweden zu sein und unter der solarbeheizten Außendusche hinter dem Ferienhäuschen zu stehen. Doch er war nun mal eben hier, und so stellte er irgendwann den Hahn ab. Einen kurzen Moment lang blieb er noch reglos stehen und spürte, wie die Wassertropfen von seinem Körper flossen. Dann verließ er die Kabine und wickelte sich ein Handtuch um die Lenden.

Im Klappspiegel begutachtete er seinen noch feuchten Rücken. Und befand: »So schlimm ist das gar nicht.« Er beschloss, auf Pflaster zu verzichten, zumal es kaum noch blutete. Abgesehen davon würde er ohne fremde Hilfe sowieso nicht an die Stellen kommen. Er schlüpfte in eine leichte Shorts. Auf die Unterhose verzichtete er ebenso wie auf ein Shirt. »Da muss Luft dran, Peterchen!«, hatte seine Oma immer gesagt, wenn er sich als Kind beim Spielen die Knie aufgeschürft hatte.

Als er mit einem Glas Apfelsaftschorle auf dem zum Glück schattigen Balkon saß, schalt er sich selbst einen Deppen. Mit seiner Aktion beim Sportclub hatte er definitiv nicht dazu beigetragen, dass der Skandinavienurlaub in Reichweite blieb. Nichts, was er gehört hatte, war fallrelevant. Zumindest würde seine Frau das alles nicht in die Ermittlungen einbeziehen können. Er zuckte mit den Schultern. Rückgängig machen konnte er die Aktion nicht mehr, und wer wusste schon, ob hinter den Kulissen des Vereins nicht doch erheblich gemauschelt wurde? Wie sollte ein so kleiner Verein zeitgleich die Turnhalle sanieren, ein neues Vereinsheim bauen und dann womöglich noch Spieler aus einer höheren Liga abwerben?

Von der deutschen Vereinsmeierei hatte Peter keine Ahnung. Er hatte sich seit seiner Jugend erfolgreich davor gedrückt, Mitglied in welchem Verein auch immer zu werden. Einzig in der Gewerkschaft war er Mitglied. Aber da musste er nicht viel mehr tun, als die Zahlungen auf seinem Konto zu bemerken.

Konto.

Der Verein besaß mit Sicherheit ein Konto. Das konnte er als Privatmann kaum einsehen, aber ihm kam ein Gedanke. Er holte den Laptop, und während das alte Brett hochfuhr, füllte er sein Glas nach. Als die Technik schließlich so weit war, rief er die Homepage des Vereins auf.

»Ach du Scheiße!«, entfuhr es ihm. Und dann musste er schallend lachen. Denn wer auch immer diese Homepage in den Anfangstagen des Internets erstellt haben mochte, war ein Fan von bunt gemischten Schriftarten, billigen Grafiken und sehr, sehr vielen Farben gewesen. Ein wenig erinnerte ihn das Erscheinungsbild an die in einem Hinterzimmer zusammengeschusterte Speisekarte eines asiatischen Lieferdienstes. Immerhin schien hier die Orthografie zu stimmen.

Nun ja, abgesehen von einigen Deppenapostrophen, aber die fielen angesichts der grafischen Kakophonie nicht auf. Er klickte sich durch die Seiten. Dort fand er die Namen und Handynummern der Trainer von der A-Klasse an. Dazu die jeweiligen Trainingszeiten. Uninteressant. Er hatte schließlich keinen Sohn, den er hätte anmelden können, und er selbst hatte sich noch nie etwas aus Fußball gemacht. Klar, dann und wann hatte er als Schüler mal auf dem Bolzplatz gekickt, aber wer aktuell deutscher Meister war, ging ihm am Allerwertesten vorbei. Einzig und allein die WM-Spiele schaute er. Aber auch nur die, in denen die deutsche Mannschaft antrat.

Die Vereinsgeschichte schien interessanter zu sein. Der FC war vor 69 Jahren gegründet worden. In knallroten Großbuchstaben wurde *Die Überraschung für das 70-jährige Jubiläum* angekündigt. Nun denn, der Vorsitzende würde dies nicht mehr feiern können. Es folgte die Aufzählung sämtlicher Vorstände und Cheftrainer. Peter gähnte. Und klickte weiter zum Tab *Öffentlichkeitsarbeit*.

»Herrje!«, sagte er zu sich selbst und überlegte, seiner Schorle einen Schuss Schnaps hinzuzufügen. Er scrollte sich durch eine elend lange Latte an schlecht eingescannten Berichten aus der Lokalpresse über die Turniere und Spiele der Mannschaften, Heimspiele und auswärts. Manche waren so laienhaft kopiert, dass er gerade mal die Überschriften entziffern konnte.

»Das war nix, Satz mit X«, beschloss er nach einer Viertelstunde und wechselte erneut den Tab. *Vereinsinformationen.*

Ah! Hier kam er der Sache schon näher. Er fand die Protokolle längst vergangener Sitzungen. So weit, so langweilig. Was ihn dann aber doch interessierte, war der Geschäftsbericht des vergangenen Jahres. Er hatte gar nicht gewusst, dass Vereine so etwas öffentlich machen mussten. Vielleicht mussten sie es auch nicht. Die Sportler jedenfalls hatten es getan. Er klickte die PDF-Datei an, und während seine alte Mühle die Daten lud, ging er erneut in die Küche. Dieses Mal kehrte er mit einem Glas Weißwein, in dem Eiswürfel klimperten, auf den Balkon zurück.

Peter überflog die meisten Zeilen. Es ging um die Einnahmen aus der jährlichen Tombola, zu denen jeder Banker *Peanuts* gesagt hätte. Für die Bambini-Mannschaft hatten neue Trikots angeschafft werden müssen, wobei die Hauptsumme bei den Eltern gelegen hatte. Der Platzwart hatte um neue Scherblätter für seinen Aufsitzmäher gebeten. Die 258,39 € hatte das Gremium genehmigt. Peter gähnte. Und war dann mit einem Mal hellwach, als er zu der Stelle mit dem neuen Vereinsheim kam. Wort für Wort schrieb er auf den Block, den er eilig geholt hatte, die Zeilen aus dem Protokoll ab und verfluchte sich selbst währenddessen, dass er nicht längst einen neuen Drucker gekauft hatte. Der alte war seit über einem halben Jahr trotz sündhaft teurer neuer Patronen nur noch Elektroschrott, und was er ausdrucken musste, erledigte er sonst in der Schule.

TOP 14: Neubau:

Vorsitzender Roth präsentiert den Anwesenden die Baupläne für das neue Vereinsheim. Er nutzt dafür eine eigens vom Platzwart organisierte Stellwand.

VS erläutert den Mitgliedern die Planung (ein Foto des Bauplans wird nachgereicht).

Zusammenfassung: Das alte Vereinsheim und die ebenso alte Sporthalle sollten abgerissen werden. Da bei dessen Bau Asbest verwendet wurde, kommen Landesmittel zum Abbruch zur Verwendung. Nach Reinigung des Grundstückes (geschätzt 150.000 Euro).

Kosten für den Architekten: 300.000 Euro.

An dieser Stelle schluckte Peter. Ein Architekt sollte mehr kosten als der Abriss? Er und Lotte träumten seit Langem von einem Häuschen im Grünen. Freilich, es waren Träume und Luftschlösser – aber bei den Preisen? Da würde all das wie eine Seifenblase zerplatzen. Tapfer las und notierte er weiter.

Angesichts der globalen Verteuerungen kann VS Roth keine konkreten Zahlen für den Neubau benennen. Seinen Schätzungen zufolge liegt der Betrag bei über 700.000 Euro. Diese seien, so VS Roth, aber gut investiert in die Zukunft des Vereins an sich und die Zukunft der sportlichen Erfolge, die er weiterhin nicht mehr in der Regional-, sondern in der Bundesliga sieht. In diesem Sinn regt er Transferverhandlungen an und bringt scherzhaft Namen wie Mbappé und Haaland ins Gespräch. Die Versammlung applaudiert.

Der Antrag wird mit 49 Ja-Stimmen und 1 Gegenstimme angenommen.

Peters Hand schmerzte vom vielen Abschreiben; er fragte sich, von wem wohl die Gegenstimme gekommen sein konnte. Das Protokoll verriet nichts darüber. Und auch die weiteren stümperhaften Internetseiten halfen ihm nicht weiter. Schließlich schaltete er den Laptop ab und schmierte sich zwei Käsebrote. Während des Essens dachte er unablässig an Lotte. An Schweden. An das rote Häuschen und die Außendusche.

Lotte Wachmann

Lotte setzte sich auf ihren Schreibtischstuhl. Wie seit Jahren drückte die durchgesessene Feder ihr ins Steißbein. Angenehm war das nicht, doch nach all der langen Zeit hatte sie sich längst daran gewöhnt. Außerdem hatte etwas anderes ihre Aufmerksamkeit geweckt.

Ihre SOKO-Kollegen hatten die Nachweise der Telefonverbindungen des Toten ausgewertet und ihr das Ergebnis per E-Mail zukommen lassen.

Es war schwer, da nicht aufgeregt und gespannt zu sein.

Die Kommissarin winkte ihren Assistenten heran und öffnete die beigefügte Datei. Kai trat neben sie, und gemeinsam überflogen sie die zahllosen Rufnummern und dazugehörigen Gesprächsteilnehmer. Viele der Namen kamen ihr bekannt vor.

»Das ist wie ein Treffen mit alten Bekannten«, pflichtete Kai ihr bei.

Lotte nickte. »Leider ist es ziemlich übersichtlich. Lass uns das Ganze mal nach der Anrufhäufigkeit ordnen. So wird vielleicht eher ein Schuh draus.«

»Was denn für ein Schuh?«

»Das sagt man so. Kriegst du das mit dem Ordnen hin?«

»Eine meiner leichtesten Übungen.« Er klatschte pantomimisch in die Hände und zog den Laptop zu sich heran. Mit der einen Hand klickte er mit dem Cursor herum, mit der anderen tippte er Ziffern und Buchstaben ein.

Seine Vorgesetzte war beeindruckt, wie behände er bei der Arbeit vorging. Sie selbst hätte das Sortieren und Filtern zwar ebenfalls hinbekommen, vermutlich aber mit erheblich mehr Aufwand.

Es dauerte nicht lange, bis ihr Kollege sich zufrieden aufrichtete. Kai streckte den Rücken durch, wobei er ein gequältes Geräusch machte. »Fertig.«

»Streber«, bescheinigte ihm Lotte. Sie dachte kurz an das Klischee, dass Kriminalkommissare den lieben langen Tag mit der Knarre in der Hand draußen an der frischen Luft Bösewichte jagen. In Augenblicken wie diesen waren sie weit entfernt davon.

Wissbegierig starrten sie auf den Bildschirm und gingen die Liste durch, welche Personen mit dem Toten den meisten Kontakt gehabt hatten. In aufsteigender Reihenfolge waren dies:

10. seine Ehefrau – Was Kai mit »immerhin in die Top Ten hat sie es geschafft« kommentierte.

9. Birgit Grauer, die laut Internet Schatzmeisterin des Fußballvereins war.

8. Jens-Uwe Klein, stellvertretender Vereinsvorsitzender, wie Lotte sogleich gegoogelt hatte.

7. Horst Wenzel, Mitarbeiter bei der Bauverwaltungsbehörde.

6. Florian Goldinger, stellvertretender Bürgermeister.

5. Hans Weinfeld, Roths Fraktionskollege im Gemeinderat und dortiger Sprecher.

4. Der Pizza-Lieferdienst Pronto Italia, *der, wie Kai und Lotte wussten, die beste Carbonara der Stadt lieferte.*

3. Der asiatische Lieferdienst Asia Wok, *bei dem keiner der beiden jemals bestellt hatte.*

2. Das Pflegeheim Am Waldesrand, *wo, mutmaßte Lotte, Mutter oder Vater Roth untergebracht war.*

1. Ina Sorgus.

»Da schau an. So ein Webhosting scheint ja betreuungsintensiv zu sein«, sagte Lotte.

»Kommt vermutlich drauf an, was genau da gehostet wurde.« Kai grinste.

»Denkst du, Mayer … also … nachdem die Sorgus und er nicht mehr zusammen waren …«

»Alles ist möglich, Lotte, das sagst du selbst doch immer.«

»Für meinen Geschmack sind hundertvierundzwanzig Telefonate binnen vier Wochen wegen einer Homepage für einen Fußballverein etwas zu viel des Üblichen.«

»Nicht nur für deinen«, stimmte Kai zu. Das Pflegeheim brachte es auf 16 Anrufe, also einen knapp alle zwei Tage. Mit der Gattin hatte Roth im vergangenen Monat nur dreimal telefonischen Kontakt gehabt.

»Interessant ist auch die Dauer der Anrufe«, bemerkte Kai. »Zu Hause hat er immer weit unter einer Minute angerufen. Das reicht, um zu sagen, dass es später wird.«

»Stimmt. Guter Punkt.« Lotte schaute noch einmal auf die Liste. Die Anrufe im Pflegeheim waren im Schnitt drei Minuten lang, die mit den Ratskollegen und dem Bürgermeister acht Minuten. Essenbestellungen hatten im Schnitt dreieinhalb Minuten gedauert. Die Gespräche mit den Kollegen vom Verein Lauengraben lagen ebenfalls in diesem zeitlichen Rahmen. Mit durchschnittlich einer Viertelstunde Anrufzeit landete Ina Sorgus erneut auf Platz eins.

»Da schau guck!« Kai nickte. »Ich denke, wir sollten uns die Dame noch einmal vornehmen.« Lotte stimmte mit einem Brummeln zu und fragte: »Wer ist denn eigentlich auf Platz elf dieser merkwürdigen Hitparade?«

»Uno Momento.« Kai ging die Listen durch. »Ah. Hier. Ein oder eine G. Jagiela.«

Lotte schloss für einen Moment die Augen. Innerlich ging sie zurück zu den Kontoauszügen von Enno Roths Bankkonto. Und zack! Die imaginäre Kamera machte Klick in Charlotte Wachmanns Kopf. Monat für Monat war der Name Gabriele Jagiela auf den Auszügen aufgetaucht. Mit dem immer selben Betrag: 939 Euro. Verwendungszweck: Unterhalt.

»Bingo!« Lotte zog den Computer zu sich heran und tippte hastig.

Kai hob neugierig die Brauen. »Düsseldorfer Tabelle?«

»Japp. Kennst du nicht?«

»Doch. Brauche ich aber nicht.«

»Na, dann sei froh, dass du keiner Frau Unterhalt schuldig bist.«

»Ich kann aufpassen, Chefin.«

»Das hoffe ich mal für dich. Gemessen an Roths Einkommen als Geschäftsführer bei der Arbeitsagentur dürfte das der Betrag für ein Kind von zwölf bis siebzehn Jahren sein. Das deckt sich mit dem, was ich neulich überprüft habe.« Erneut zog sie ihr fotografisches Gedächtnis zurate. »Gabriele Jagiela hat einen dreizehnjährigen Sohn namens Marlon, der mit ihr zusammen in der Agavenstraße wohnt.«

»Ich habe so das Gefühl, dass wir dort wahrscheinlich gleich mal vorbeischauen werden.« Kai blickte auf seine Armbanduhr. »Meinst du, sie ist um kurz vor vier schon zu Hause?«

»Es gibt nur einen Weg, das herauszufinden.«

Lotte erhob sich und griff nach ihrer Tasche. Wie üblich folgte der Assistent ihr, ohne zu zögern.

Bei der Agavenstraße handelte es sich um eine schmale Seitenstraße, nicht weit vom Hauptbahnhof entfernt. Unzählige Male hatte Charlotte sie bereits durchquert, angehalten hatte sie hier noch nie. Bisher hatte es dafür auch nie einen Grund gegeben.

Als sie den Wagen nun ein weiteres Mal in die schlecht asphaltierte Straße lenkte, warf sie den Altbauten, von denen viele sanierungsbedürftig aussahen, lediglich einen kurzen Blick zu. Links und rechts am Straßenrand parkte ein Auto am nächsten. Da eine Lücke zu finden, die groß genug für ihren Dienstwagen war, dürfte schwierig werden. Sie fuhr an einer Änderungsschneiderei, einem Pizzaservice und einem Ein-Euro-Geschäft vorbei. Einmal glaubte sie, eine freie Parkbucht entdeckt zu haben, musste dann jedoch feststellen, dass es sich lediglich um eine freigelassene Ausfahrt handelte.

Fündig wurde sie erst zwei Querstraßen entfernt. Auf dem Rückweg kam sie wieder an dem Pizzaservice vorbei. Ein verführerisch leckerer Duft nach frisch gebackenem Teig, nach Tomatensoße und allerlei anderen Zutaten stieg ihr in die Nase und erinnerte sie daran, dass ihre letzte Mahlzeit recht lange zurücklag. Zu lange.

Kai reckte ebenfalls sehnsüchtig die Nase in die Luft und warf seiner Chefin einen fragenden Blick zu. Den diese absichtlich ignorierte. Fürs Essen würden sie später immer noch Zeit haben.

Gabriele Jagiela und ihr Sohn Marlon wohnten in einem dreistöckigen Mehrfamilienhaus mit rötlichgrauer Fassade und zahlreichen Kratzern im Mauerwerk. Die Tür zum Treppenhaus stand sperrangelweit offen, vermutlich um den darin wahrnehmbaren säuerlichen Geruch zu vertreiben. Es roch nach eingekochten Obst- oder Gemüsesachen. Möglicherweise versuchte sich auch jemand an verrückten chemischen Experimenten.

Die gesuchte Wohnung befand sich in der zweiten Etage. Auf ihr erstes Klingeln tat sich gar nichts. Beim zweiten Anlauf näherten sich schwere Schritte, sodass Lotte von einem sehr gewichtigen respektive ziemlich großen Bewohner ausging. Umso erstaunter war sie, als ihnen eine Frau mit ziemlich normaler Figur und von durchschnittlicher Größe öffnete. Sie trug ein gelbes Sommerkleid mit Blumenmuster und war barfuß. Aus ihrer Akte wusste Lotte, dass die Frau Ende vierzig war. Sie hatte schwarz gelockte Haare mit vereinzeltem Grauansatz und zahlreiche Fältchen um die Augenpartien herum. Ihre Schönheit schien allmählich zu verblassen. Mit etwas Schminke könnte sie die Abwärtsspirale zwar nicht aufhalten, aber zumindest deutlich ausbremsen.

»Frau Gabriele Jagiela?«, erkundigte sich die Kommissarin, obwohl sie das Foto aus den Unterlagen des Einwohneramtes kannte.

Die Frau mit den Locken nickte entspannt. Ihre Mimik änderte sich erst, als die Polizisten ihre Dienstausweise vorzeigten.

»Dürften wir bitte reinkommen?«

»Ist was mit Marlon?«, fragte sie sofort.

»Dem dürfte es gut gehen. Ist er nicht daheim?«

»Nein, er wollte sich mit ein paar Freunden zum Fußballspielen treffen. Hat er was angestellt?«

»Nicht, dass wir wüssten. Wir sind auch nicht seinetwegen hier. Dürften wir bitte eintreten?«

Sie nickte kaum merklich und gab ihnen ein Zeichen, ihr zu folgen. Frau Jagiela führte sie durch einen länglichen dunklen Flur und trat bei jedem ihrer Schritte betont mit der Ferse auf. Daher also stammte das dumpfe Poltern.

Ihr Ziel war ein schmales Wohnzimmer mit jeder Menge Naturholzmöbeln und einem in die Jahre gekommenen Sofa. Statt eines Fernsehers gab es drei zum Bersten gefüllte Buchregale mit allerlei Romanen und Sachbüchern darin. Mehrere ältere Robert-Krauss-Krimis standen neben Pädagogik-Leitfäden und Werken über Heilfasten und die Kunst der Selbsthypnose. Auf den Schränken und dem Boden standen mehrere geschnitzte Holzfiguren.

Frau Jagiela ließ sich rückwärts auf das Sofa plumpsen. Als sie die Arme auf der Lehne ausstreckte, bemerkte Lotte, dass die Frau keinen BH trug. Auch Kai schien das aufgefallen zu sein. Er räusperte sich schüchtern.

»Kennen Sie einen Herrn Enno Roth?«

»Ja, der ist mir bekannt. Von früher.«

»Von wann genau?«, hakte Kai nach.

»Wir haben uns mal bei einer Veranstaltung im Gesundheitszentrum kennengelernt. Das ist aber schon fünfzehn Jahre her.«

»Danach hatten Sie keinen Kontakt mehr?«

»Das kann man so nicht sagen. Worum geht es denn genau?«

Offenbar wusste sie noch gar nichts von den Ereignissen der vergangenen Tage. Die Kommissare warfen sich einen kurzen Blick zu.

»Wir müssen Ihnen leider mitteilen, dass Herr Roth verstorben ist«, erklärte Lotte mit leiser Stimme.

Frau Jagiela starrte sie ungläubig an. Sie schien nach den Anzeichen für einen makabren Scherz zu suchen. Als sie die nicht fand, tastete sie blind die Sofaritzen ab, bis sie nach wenigen Sekunden auf eine Zigarettenpackung stieß. Die Schachtel war halbvoll und enthielt neben den Fluppen ein grünes Plastikfeuerzeug. Als sie sich nach vorn beugte und einen der Sargnägel anzündete, hielt sie beide Arme angewinkelt und bescherte so an den Stoffträgern ihres Kleides vorbei ungehinderte Blicke auf ihren Busen: kleine apfelförmige Brüste mit großen roten Brustwarzen.

Kai blieb für einige Sekunden der Mund offenstehen. Dann schien ihm zu dämmern, wie unhöflich seine Blicke waren, und er schaute pikiert zur Seite. Eine Sekunde darauf war das Schauspiel ohnehin vorüber. Frau Jagiela hingegen schien sich keiner Schuld bewusst zu sein.

Obwohl die Neuigkeit sie sicherlich überrascht hatte, wirkte sie dennoch recht gefasst.

»Wie ist er denn gestorben?«

»Jemand hat auf ihn geschossen. In der Tiefgarage der Arbeitsagentur«, verriet Lotte. Dies waren keine vertraulichen Informationen, sondern Details, die jeder in der Tageszeitung nachlesen konnte. Oder aus den Fernsehnachrichten erfahren hätte, sofern man denn ein TV-Gerät besaß.

»Wann haben Sie ihn das letzte Mal gesehen?«

Ihr Gegenüber nahm einen tiefen Zug von ihrer Zigarette, bevor sie antwortete. »Vor anderthalb, zwei Jahren. Gelegentlich haben wir miteinander telefoniert. Wenn es wegen Marlon was zu besprechen gab.«

Eingenebelt von einer grauen Tabakwolke schaute Frau Jagiela zu den Kommissaren. Als sie deren fragende Blicke bemerkte, sprach sie das aus, was ohnehin ungesagt im Raum stand: »Enno und ich hatten früher mal eine kleine Affäre. Es ging nicht lange, vielleicht anderthalb Jahre oder so. Die Affäre endete, als ich mit Marlon schwanger wurde. Eine Familie passte nicht so ganz in Ennos Lebensplanung.

Da hat er lieber monatlich den Unterhalt abgedrückt und sich ansonsten aus der Erziehung rausgehalten.«

»Er hat sie mit dem Kind sitzenlassen?«, fragte Lotte. Sie spürte Zorn in sich aufsteigen. Es machte sie jedes Mal wütend, wenn sich Leute einfach so aus ihrer Verantwortung stahlen.

Die Kindsmutter schien da erheblich weniger verbittert zu sein. »Wir wussten beide, dass es bloß eine Affäre war und er niemals seine Frau verlassen würde. Es hätte so oder so irgendwann geendet. Als ich ihm das mit der Schwangerschaft gesagt habe, war ich schon im vierten Monat, und für eine Abtreibung war es längst zu spät. Das hätte ich auch nie gewollt. Ich bin nur froh, dass Enno ohne Zögern für den Unterhalt aufgekommen ist.«

Das ist ja wohl das Mindeste, lag es Lotte auf der Zunge. »Hat er sich denn nie nach seinem Sohn erkundigt?«

»Doch, das hat er. Ich habe ihm regelmäßig Fotos geschickt. Ein paarmal hat er uns auch besucht. Aber ich durfte Marlon nicht sagen, wer er ist. Für ihn war er immer bloß ein Freund von mir.«

»Unglaublich«, platzte es aus Lotte heraus.

»Vor zwei, drei Jahren hat sich allerdings der Wind gedreht. Als ich ihm sagte, dass sich Marlon für Fußball interessiert und jetzt in einem Verein spielen würde, hat Enno das offenbar als Chance gesehen. Er ist Mitglied beim FC Lauengraben geworden und hat den Verein so gut wie möglich unterstützt. Er hat sogar mal versucht, Trainer von Marlons Mannschaft zu werden. Hat dann zwar nicht geklappt, aber er war bei vielen seiner Spiele und hat so immer genau gewusst, wie es ihm geht. Ich glaube, er war mächtig stolz auf ihn. Vereinzelt habe ich Enno auch bei den Turnieren getroffen. Da haben wir uns dann manchmal unterhalten. Ansonsten gab es, wie gesagt, bloß den Kontakt per Telefon. Keiner von uns war da an einem Liebesrevival interessiert.«

Sie blies eine weitere Rauchfontäne aus. »Ob ich es bedauere, dass er tot ist? Sicherlich. Aber nicht von der emotionalen Seite her. Damit habe ich vor langer Zeit abgeschlossen. Leid tut es mir eher um Marlon, der jetzt wohl nie erfahren wird, wer sein Vater ist. Und um den Unterhalt. Ich glaube nicht, dass Ennos Frau den weiterhin zahlen wird. Na ja, mal schauen, wie lange der Dauerauftrag noch läuft. Ich freue mich über jede Zahlung, die ich noch kriege. Kindererziehung ist teuer. Vor allem, wenn sie in Marlons Alter sind. Da wachsen sie schneller aus ihren Klamotten raus, als man mit dem Kaufen hinterherkommt.«

»Haben Sie eine Ahnung, wer Enno Roth ermordet haben könnte?«, holte Lotte das Gespräch zum ursprünglichen Thema zurück.

»Ich? Woher denn? Ich habe keinen Plan, was in seinem Leben los war. Davon habe ich schon früher nicht viel erfahren. Wir hatten bloß unsere kleinen privaten Treffen in meiner Wohnung. Wenn er die verließ, führte jeder von uns sein eigenes Leben weiter.«

Lotte sah ein, dass sie an dieser Stelle nicht weiterkamen, und zog eine Visitenkarte aus der Hosentasche. »Falls Ihnen noch etwas Relevantes zu Enno Roth einfallen sollte, melden Sie sich bitte.«

Obwohl Frau Jagiela nickte, wussten sie beide, dass dieser Anruf nie erfolgen würde.

Die Kommissare verließen die Wohnung und kehrten zu ihrem Wagen zurück. Viel zu besprechen gab es nicht. Keiner von ihnen beiden glaubte, dass Marlon Jagiela oder seine Mutter Gabriele etwas mit dem Fall zu tun haben könnte. Es war so, wie die Gesundheitsmanagerin es ihnen erklärt hatte: Jeder führte sein eigenes Leben weiter. So klar und einfach war das.

Diese Spur konnten sie also eindeutig abhaken. Charlotte hoffte, dass ein zweites Treffen mit Ina Sorgus aufschlussreicher sein würde. Es ärgerte sie, dass sie noch immer völlig im Dunkeln tappten.

Peter Wachmann

Eigentlich war er nach anderthalb Käsebroten schon pappsatt gewesen, aber den Rest übrigzulassen oder gar wegzuschmeißen, kam nicht infrage. In seiner Kindheit hatte er jede Mahlzeit aufessen müssen, und diese Manier war fest in sein Wesen übergegangen. Wann immer er auch nur ansatzweise daran dachte, Essensreste zurückzulassen, hatte er sofort die Stimme seiner Mutter im Ohr: »Andere Kinder wären froh, wenn sie was zum Essen hätten.« Entweder das, oder die schon krassere Drohung: »Und in Afrika verhungern die Kinder!«

Keine der beiden Varianten war besonders erbauend.

Also stopfte er die letzten Brotstücke in den Mund und spülte anschließend mit seiner Schorle nach. Danach kam er sich frisch gestärkt vor und beschloss, sich noch einmal mit dem FC Laugengraben zu beschäftigen.

Hatten die zwei Typen auf dem Parkplatz nicht eine gewisse Birgit erwähnt, mit der sich Enno unlängst heftig in den Haaren gehabt hatte? Als *Die gingen ab wie Schmitz' Katze* hatte es der Bierphilosoph bezeichnet.

Peter wurde bewusst, dass er den Namen Birgit bei seinem Homepage-Check vorhin nicht gelesen hatte. Sonderlich darauf geachtet hatte er nicht. Was bedeutete, dass er ihren Namen durchaus übersehen haben könnte.

Sofort kam der penible Pauker bei ihm wieder durch, und er klickte sich noch einmal durch die furchtbar gestaltete Internetpräsenz des Vereins. Die müsste dringend mal aktualisiert werden, ging es ihm beim Betrachten der grellbunten Schriftarten und animierten Grafiken durch den Kopf. Kaum zu glauben, dass ein solcher Look jemals aktuell und angesagt gewesen war.

Widerstrebend klickte er noch einmal die Seite mit dem Vereinsaufbau an. Die Übersicht der jeweiligen Trainer und Co-Trainer überflog er lediglich. Hier gab es zwar eine Frau mit dem Vornamen Brigitte und einen Mann mit dem Nachnamen Birkan, die gewünschte Person fand er trotzdem nicht.

Anders sah es beim Vereinsvorstand aus. Enno Roth war nach wie vor als Vereinsvorsitzender genannt, gefolgt vom stellvertretenden Vereinsvorsitzenden Jens-Uwe Klein sowie drei Beisitzern. Danach erblickte er sie: Birgit Grauer, Schatzmeisterin des Fußballvereins FC Lauengraben.

»Hallo Birgit, schön dich zu treffen«, begrüßte er das kreisrunde Foto, das eine füllige Mittdreißigerin mit blondgefärbtem Pony zeigte. So alt wie die Homepage war, wollte Peter nicht ausschließen, dass die Schatzmeisterin inzwischen Anfang bis Mitte Fünfzig war. Unter ihrem Bild standen eine Festnetznummer und eine E-Mail-Adresse.

Er notierte sich beides, ehe er ihren Namen in die Suchmaschine eingab. Wie erwartet, spuckte das Internet sogleich haufenweise Treffer aus. 853°000 Ergebnisse, um genau zu sein. Peter beschloss, sich zuerst an den Bildern zu orientieren, doch auch das war leichter gedacht als getan.

Aufgrund des Nachnamens zeigten die meisten Fotos mehr oder minder prominente Frauen, deren Haarpracht in den vergangenen Jahren deutlich *grauer* geworden war. Peter erkannte die Moderatorin Birgit Schrowange und zahlreiche andere Gesichter, die er aus Politik und Fernsehen kannte.

Eine Kandidatin, die der Schatzmeisterin des Fußballvereins Lauengraben ähnlich war, entdeckte er nicht.

Dann eben anders.

Zuerst probierte er es mit weiteren Suchbegriffen wie dem Vereinsnamen und ihrer dortigen Funktion. Dies förderte zwar eine Handvoll richtige Ergebnisse zutage, letzten Endes landete er jedoch bloß bei Lokalfußballseiten und Presseberichten über Vereinsaktivitäten. Leider ohne ein aktuelles Bild der Dame, geschweige denn andere relevante Informationen.

Erfolgreich war hingegen die Rückwärtssuche bei ihrer Festnetznummer, die ihm sogleich die Anschrift der Frau ausspuckte: Schnackenbeckstraße 41. Für alle Fälle suchte er nach Birgit Grauers Namen im örtlichen digitalen Telefonbuch. Dort gab es insgesamt drei Einträge zu diesem Nachnamen, hinter zweien davon stand ein B. Eine der beiden Personen wohnte in der zuvor recherchierten Adresse.

»Scheint, als würde ich heute noch einen kleinen Ausflug machen«, sprach Peter zu sich selbst. Diesmal war er klug genug, gleich den richtigen Straßennamen in die Navi-App seines Smartphones einzugeben. Man lernte ja schließlich aus Fehlern.

Etwas deprimierend war eine halbe Stunde später die Erkenntnis, dass Birgit Grauer lediglich vier Querstraßen vom Sportgelände des FC Lauengraben entfernt wohnte. Hätte er seine Online-Recherche vorhin gleich vor Ort erledigt, dann hätte er sich die zweite Anreise sparen können.

Aber gut, heute Mittag war er durchgeschwitzt, körperlich stark angeschlagen und erschöpft gewesen. Da war eine Rückkehr in die vertraute heimische Umgebung durchaus legitim. Außerdem war es ja nicht so, als hätte er etliche andere Termine, die ihn unter Zeitdruck setzten. Seinen Roman konnte er genauso gut irgendwann anders schreiben.

Das Mobiltelefon lotste ihn in ein Wohngebiet mit zahlreichen Doppelhaushälften, Gärten und Grünanlagen. Im Vorbeifahren fragte Peter sich, was Birgit wohl hauptberuflich machte, wenn sie sich hier ein Haus leisten konnte. Soweit er wusste, war ihr Posten als Schatzmeisterin eine ehrenamtliche Tätigkeit. Daher dürfte das benötigte Geld nicht stammen.

Als er das Zielgebiet erreichte, sah er, dass er sich von den ersten Eindrücken hatte blenden lassen. Zwar war dies nicht unbedingt ein Wohnviertel für Geringverdiener, aber dass jeder mindestens seine eigene Doppelhaushälfte besaß, war eindeutig übertrieben. Weiter hinten in der Straße kamen mehrere vier- bis fünfstöckige Mehrfamilienhäuser, und in genau solch einer Sardinenbüchse lebte Frau Grauer offenbar.

Ihr Wohnhaus hatte fünf Etagen, ein braunes Flachdach und eine blassrosa Fassade, die erst vor wenigen Jahren erneuert worden zu sein schien. Direkt vor dem Eingang gab es zwar einen Fahrradständer, doch bedauerlicherweise ohne freie Abstellmöglichkeit für seinen Drahtesel.

Peter schaute sich um. Gegen die Sträucher lehnen wollte er sein Trekkingbike ebenso wenig, wie er es einfach mit dem Fahrradständer auf dem Gehweg abstellen mochte. Zu oft hatte er Fahrräder gesehen, die jemand daraufhin achtlos umgestoßen hatte. Er entschied sich für den Metallpfahl eines Halteverbotsschilds ein Stück die Straße hinauf und schloss sein Rad dort an.

Auf dem Rückweg zum Wohnhaus beendete er die Navigations-App und stellte sein Telefon auf stumm. Nicht, dass es ausgerechnet im Gespräch mit der Schatzmeisterin bimmelte, wenn diese ihm gerade etwas Entscheidendes verraten wollte!

Das erinnerte ihn sogleich wieder daran, dass er nach wie vor nicht wusste, wie er sich der guten Frau überhaupt vorstellen wollte. Mit »Guten Tag, ich möchte mit Ihnen über Ihren ermordeten Vorstandskollegen sprechen«, würde er bestimmt nicht weit kommen. Während der Fahrt hierher hatte er bereits über diesen Punkt nachgegrübelt, bisher ohne Ergebnis.

Auf dem Weg durchs Treppenhaus beschloss er, es auf eine eher mitfühlende Weise zu versuchen. Sich behutsam vorzutasten dürfte die beste Vorgehensweise sein.

Dachte er.

Birgit Grauer bewohnte eine Dachgeschosswohnung im fünften Stock. Als Peter oben ankam, schwitzte er und war ziemlich außer Atem. Er brauchte einen Moment, um wieder zu Luft zu kommen und vor der Schatzmeisterin nicht wie ein lüsterner Triebtäter zu wirken.

Während sich Lunge und Temperaturempfinden allmählich beruhigten, fiel ihm etwas auf: Die Tür zur Wohnung war nicht abgesperrt, sondern lediglich angelehnt.

Das machte ihn zuerst stutzig und einen Herzschlag später neugierig.

Behutsam drückte er die Tür ins Wohnungsinnere, gefasst darauf, im Flur gleich einen reglosen Frauenkörper vorzufinden. In Krimis war dies stets der Augenblick, in dem genau solche Sachen passierten.

Doch zu seiner kolossalen Erleichterung war der Korridor verwaist. Keine Leiche und ebenso keine Anzeichen für einen Mordversuch. Dennoch erhöhte sich Peters Herzschlag beim Eintreten merklich.

»Frau Grauer?«, rief er in die Stille ihrer vier Wände. »Alles in Ordnung bei Ihnen?«

Niemand reagierte darauf. Unter seinen Schuhsohlen knarrte der Dielenboden.

»Ich komme jetzt rein«, warnte er überflüssigerweise. Dabei befand er sich längst in der Wohnung. Er linste in die Küche, wo ein Toaster und ein Wasserkocher auf der Schrankzeile standen. Auf der Herdfläche warteten zwei

Metalltöpfe darauf, gereinigt oder benutzt zu werden. Im Spülbecken waren mehrere Teller und Tassen übereinandergestapelt. Offenbar besaß die Bewohnerin einen gewissen Hang zur Unordnung. Bei Peter daheim hätte es das nicht gegeben. Zwar waren Lotte und er nicht unbedingt Reinlichkeitsfanatiker, aber ein gewisses Maß an Grundordentlichkeit hielten sie dennoch für wichtig. Keiner von ihnen mochte es, wenn Sachen achtlos herumlagen oder -standen, die niemand mehr brauchte.

Rechts gegenüber der Küche führte eine Tür ins Badezimmer, wo es ebenfalls nicht so aussah, als würde Birgit Grauer demnächst Besuch erwarten.

Aber das war nichts im Vergleich zum Anblick des Wohnzimmers. Die Türen ihrer Schrankwand standen offen, der Inhalt quer über den Boden verteilt. Aktenordner, Bücher, Prospekte, alles lag quer durcheinander. Weiter hinten hatte jemand ein Regal mit DVDs und Blu-Rays umgeworfen. Einer der zwei Ledersessel stand auf dem Kopf. Der Unterboden war zerfetzt. Genauso stand es um die Kissen und die Couch, die an mehreren Stellen lange Schnittspuren zeigten. Ein Blumentopf stand noch auf der Fensterbank in der Dachschräge. Zwei weitere Töpfe lagen inmitten eines Bergs voll schwarzer Erde zerbrochen am Boden.

»Was ist denn hier passiert?«, fragte Peter leise, bevor er ein weiteres Mal lautstark den Namen der Bewohnerin rief.

Auch diesmal erhielt er keine Antwort.

Vorsichtig ging er weiter in den Raum hinein und versuchte, einen Sinn in all dem Chaos zu erkennen. Ganz offensichtlich hatte hier jemand etwas gesucht und war dabei nicht besonders zimperlich vorgegangen. Oder handelte es sich um eine Drohung?

Vor seinem geistigen Auge sah er zwei bullige Schläger mit Stiernacken und Baseballschlägern, die die Wohnung aufbrachen und alles verwüsteten, weil die Bewohnerin irgendeinem Mafioso Geld schuldete. Es gab Dutzende Krimis, in denen es so zuging.

Es gibt aber auch zig Krimis, in denen jemand umgebracht wurde, dämmerte es ihm in der gleichen Sekunde. Das wiederum bedeutete, dass dies der Tatort eines Mordes wäre.

Bei der Vorstellung öffnete jemand ein Eisfach in seinem Magen. Peter wich zurück und achtete darauf, mit seinen Schuhen auf nichts zu treten, was kaputtgehen oder Spuren hinterlassen könnte. Was in all dem Durcheinander gar nicht so leicht war.

Nach einer halben Ewigkeit hatte er den Flur erreicht. Ein Zimmer hatte er noch nicht überprüft: das Schlafzimmer. Mit dem Ellbogen stieß er sachte die Tür auf, ein weiteres Mal darauf gefasst, gleich einen blutüberströmten Körper zu erblicken.

Den erblickte er nicht.

Sondern nur jede Menge weitere Unordnung. Ein zerwühltes Bett mit aufgeschlitzten Bettbezügen. Offene Schränke, die Klamotten auf den Teppichvorlegern ausgebreitet.

Peter wagte einen Schritt in den Raum hinein. Im selben Moment hörte er ein leises Geräusch. Zuerst dachte er, es wäre eine Alarmanlage hier in der Wohnung. Doch er täuschte sich: Es war keine Alarmanlage, und es stammte auch nicht von hier, sondern von draußen.

Es handelte sich um leises Sirenengeheul, das schnell näherzukommen schien.

Scheiße.

Peter begriff sofort und zog die richtigen Schlüsse. Sein Blick wirbelte durch das Zimmer, um noch irgendeinen entscheidenden Hinweis zu entdecken. Als dies nicht der Fall war, drehte er sich schnell um und stürmte durch den Flur ins Treppenhaus zurück.

Dort blieb er zögernd stehen und fragte sich, ob er es rechtzeitig von ganz oben nach ganz unten schaffen würde. Er war unschlüssig. Andererseits: Welche Alternative gab es? Weiter hinauf ging es nicht. An einer anderen Wohnungstür zu klingeln, kam nicht infrage.

Peter hörte auf, über seine Möglichkeiten nachzudenken, und stürmte die Stufen hinab. Seine Schritte hallten laut wie Donnerschläge, doch das war ihm egal. Er war genug damit beschäftigt, bei der hastigen Flucht nicht zu stolpern und hinzufallen. Nur mühsam widerstand er dem Drang, sich am Treppengeländer oder den Wänden abzustützen. Dabei hätte er Fingerabdrücke hinterlassen, und das wollte er nicht riskieren.

Die Stockwerke flogen an ihm vorbei. Vierte Etage. Dritte Etage. Zweite. Erste. Dann endlich das Erdgeschoss. Er rechnete fest damit, dass ihn an der Haustür zwei uniformierte Polizisten mit gezogenen Dienstwaffen in Empfang nehmen würden.

Doch der Eingangsbereich war leer, und selbst auf der Straße erwartete ihn keine Blaulichtarmada. Gleichzeitig klangen die Sirenen bedrohlich nah. Peter schaute sich um und sah, wie flackernde grellblaue Lichter in die Schnackenbeckstraße einbogen.

Sein erster Impuls war es, hinter einem geparkten Auto in Deckung zu gehen. Doch das hätte ihn sehr verdächtig wirken lassen. Also zwang er sich, in normaler Geschwindigkeit und möglichst harmlos wirkend weiterzugehen.

Er erreichte sein abgesperrtes Fahrrad. Als er mit zitternden Händen das Schloss löste, raste der blaue Streifenwagen an ihm vorbei. Nach wenigen Metern kam das Fahrzeug mit quietschenden Reifen auf dem Bürgersteig zum Stehen.

Gleich haben sie mich, hämmerte es durch Peters Kopf. Sein Puls raste, und er schwitzte wie in einer finnischen Dampfsauna. Er rechnete fest damit, dass jemand »Keine Bewegung!« brüllen würde.

Zwei uniformierte Beamte stiegen eilig aus dem Wagen. Einen Sekundenbruchteil lang schienen sie auf Peter zuzukommen. Dann stürmten sie auf den Hauseingang zu, aus dem er gerade eben geflüchtet war. Auf den Mann mit dem Fahrrad ein Stück die Straße hinauf achteten sie überhaupt nicht.

Doch Peter traute dem Frieden noch immer nicht. Nervös bestieg er sein Trekkingbike und trat in die Pedale. Er wagte kein einziges Mal, sich umzudrehen, sondern sah zu, dass er sich möglichst weit entfernte.

Nicht weit von der Agavenstraße entfernt gab es einen leckeren persischen Imbiss, bei dem nicht viel Andrang herrschte. Als sich obendrein noch direkt davor eine freie Parklücke auftat, konnte Charlotte nicht anders, als den Dienst-VW darin abzustellen.

Fünf Minuten später mampften sie Hackspieße vom Grill und kämpften beide gegen den mächtigen Drang, vor lauter Hunger alles in sich hineinzuschlingen. Selbst mehrfaches Kauen wurde da zur Geduldsprobe.

Nach dem ausgiebigen Mahl ging die Fahrt weiter zu DataTec. Sie betraten das dreistöckige Bürogebäude mit dem grauweißen Glitzeranstrich und freuten sich einmal mehr über den kleinen Temperaturschock. Dadurch merkte Lotte erst, wie warm es draußen nach wie vor war.

Von den zwei Frauen im Empfangsbereich war nur noch eine anwesend, und auch diese wirkte, als hätte sie innerlich längst Feierabend gemacht. Es war die jüngere der beiden, und ihr Lächeln wirkte noch aufgesetzter als beim ersten Besuch der beiden Beamten.

»Wir würden uns gerne noch einmal mit Frau Sorgus unterhalten«, erklärte Kai den Grund für ihr nochmaliges Auftauchen.

Die Empfangsdame flitzte zu ihrem Computer, klickte dreimal mit ihrer Maus herum und schüttelte bedauernd den Kopf. »Die Kollegin ist heute leider nicht mehr im Haus.«

Lotte blickte auf ihre Armbanduhr. Kurz nach fünf. Sie war fast ein bisschen neidisch auf die Webdesignerin und deren Job.

»Morgen früh ab neun Uhr dürfte sie wieder zu sprechen sein.«

Das ist zu spät!, schrie Lotte innerlich. Nach außen hin sagte sie: »Vielen Dank.« Danach machte sie auf dem Absatz kehrt und verließ die Firmenzentrale.

»Also, wenn das kein Grund ist, für heute ebenfalls Schluss zu machen«, schlug der Assistent draußen mit fröhlichem Grinsen vor. Scheinbar dachte er ernsthaft, dass sie sich so leicht abschrecken lassen würden.

»Das glaube ich nicht, Tim«, zitierte Lotte einen alten Comedy-Klassiker. »Falls du es vergessen haben solltest: Wir ermitteln hier in einem heiklen Mordfall. Nicht nur der Polizeipräsident und der Staatsanwalt, sondern sogar der Innenminister verlangen hier schnellstmöglich Resultate. Da kann es auch sein, dass wir heute wieder eine Nachtschicht einlegen müssen. Wenn du einen Job mit geregelten Arbeitszeiten willst, solltest du dir einen Büroposten suchen.«

»Schon gut, Chefin. Einen Versuch war es wert. Wohin also als Nächstes?«

Für die Antwort musste sie nur kurz auf ihr fotografisches Gedächtnis zurückgreifen. Binnen eines Moments sah sie die persönlichen Daten der gelernten Informatikerin vor sich. »Auf zum Martin-Luther-King-Ring, dort wohnt die gute Frau nämlich.«

»Und wenn sie dort nicht ist?«

»Dann suchen wir sie eben. Irgendwer wird schon wissen, wo sie steckt. Und selbst wenn nicht, gibt es genug anderes zu tun. Oder musst du heim ins Bettchen? Bis zum Sandmann ist noch ein bisschen Zeit.«

»Haha, sehr witzig …«

Sie stiegen in ihren Wagen und schnallten sich an. Als Charlotte den Motor anlassen wollte, begann ihr Diensthandy zu klingeln. Eine etwas verwaschen klingende Frauenstimme meldete sich. »Hallo, hier ist Yvonne Blechmann. Ich bin … war … die Vorzimmerdame von Enno Roth. Spreche ich diesmal mit der Kommissarin?«

»Ich schätze schon. Auch wenn es bei uns im Präsidium mehr als eine Kommissarin gibt. Ich bin Kriminaloberkommissarin Charlotte Wachmann. Wir haben uns gestern kennengelernt.«

»Ja, stimmt. Genau. Sie waren bei mir und haben sich das Büro von Herrn Roth angeschaut. Und ich habe am Abend mit einem Ihrer Kollegen telefoniert.«

So weit so bekannt, dachte Lotte, hütete sich aber davor, ihre Gesprächspartnerin zu unterbrechen. Sie hatte den Eindruck, die Frau könnte mal wieder ein bisschen was über den Durst getrunken haben. Dies musste nicht zwangsläufig etwas Schlechtes bedeuten. Sie war gespannt, wohin das Telefonat noch führen würde.

»Die Sache ist die«, fuhr Yvonne Blechmann mit einem leichten Lallen fort. »Ich habe mich vorhin noch mal im Zimmer vom Boss umgesehen. Und ich habe die Schubladen seines Schreibtischs aufgemacht.«

»Einfach so?«

»Na ja, nicht einfach so. Ich weiß ja, wo er den Schlüssel aufbewahrt hat. In den Schubladen habe ich was gefunden, was Sie sich ansehen sollten.«

»Worum handelt es sich?«

»Das ist am Telefon schwer zu erklären. Es sind Unterlagen. Etliche Unterlagen. Und es geht um viel Geld. Könnten Sie bitte gleich vorbeikommen?«

Natürlich konnten die Beamten vorbeikommen. Das klang für den Moment sinnvoller, als sich auf die Suche nach Frau Sorgus zu machen. Sie betraten das Jobcenter, wie mit Yvonne Blechmann vereinbart, durch einen hinteren Eingang, denn um diese Uhrzeit war die Behörde längst geschlossen. Die Sekretärin erwartete die beiden hinter der Glastür. Sie wirkte etwas derangiert. Der Kajal unter den Augen war zerlaufen und hinterließ einen gräulichen Schatten. Das Gesicht der Frau glänzte, und unter den Achseln zeichneten sich deutliche Schweißflecken ab.

Lotte und Kai folgten Yvonne Blechmann durch das menschenleere Foyer. Gemütlich sah definitiv anders aus, die Behörde verströmte den Charme einer Bahnhofshalle. Aus den 1970ern. Da halfen auch die Gummibäume nicht, die vereinzelt in großen Kübeln aufgestellt waren. Welche Schicksale die Pflanzen hier wohl Tag für Tag mitbekamen? Lotte wollte gar nicht daran denken.

Das Trio betrat den Aufzug. Als der Lift sich in Bewegung setzte, ging ein ziemliches Ruckeln durch die Kabine. Lotte riss erschrocken die Augen auf. »Ist das normal?«

Hier stecken zu bleiben, wäre alles andere als ein Vergnügen, zumal ihre Gastgeberin nicht nur eine deutliche Fahne hatte, sondern zudem Frau Blechmanns Deodorant den Dienst versagte.

»Das ist schon länger so.« Yvonne Blechmann blieb ganz entspannt, als die Kabine nach oben glitt. »Der Chef hat mich mehrfach gebeten, den Wartungsdienst kommen zu lassen, aber die hatten bislang keine Zeit.«

»Na dann.« Lotte war froh, als der Aufzug in der obersten Etage ankam, und auch Kai holte erst einmal Luft. Dann gingen sie hinter der Sekretärin erst ins Empfangszimmer und weiter in Roths Büro. Lotte scannte den Raum und glich alles mit ihren inneren Bildern ab. Tatsächlich hatte sich seit gestern nichts verändert, außer, dass die Schubladen des Rollcontainers offen standen. Auf dem Schreibtisch lag eine Mappe, wie sie auch im Präsidium benutzt wurde und in der Papiere nach Datum oder Alphabet einsortiert werden konnten.

»Was haben Sie denn gesucht?«, wollte Lotte wissen. Yvonne Blechmann sah zu Boden.

»Das ist mir jetzt ein bisschen peinlich«, sagte sie sehr leise und schluckte trocken.

»Das muss Ihnen nicht peinlich sein, wir ermitteln hier schließlich in einem Mordfall«, meinte Kai forsch. Ein wenig zu forsch für Lottes Geschmack. Sie legte den Kopf schief und lächelte. Von Frau zu Frau.

»Kai, sei so lieb, ich habe Durst. Holst du mir vom Automaten ein Wasser?« Im Vorbeigehen hatte die Kommissarin gesehen, dass im Flur ein Wasserspender stand. Das Schild *Sponsor des FC Lauengraben* darauf war ihr nicht entgangen.

»Ja, aber …«

Lotte zog die Augenbrauen hoch. Kai seufzte, dann trollte er sich. Lotte hoffte, ihr Assistent würde sich Zeit lassen, um den Pappbecher zu füllen.

Yvonne Blechmann schwankte leicht. Charlotte führte

sie zu dem zweisitzigen schwarzen Ledersofa und bugsierte Roths Assistentin auf das edle Nappa, ehe sie selbst in einem der beiden Sessel Platz nahm.

»Geht es?«, fragte sie.

Frau Blechmann nickte. »Es ist mir wirklich peinlich.«

»Frau Blechmann, noch einmal: Wir ermitteln hier in einem Tötungsdelikt. Da darf es keine Peinlichkeiten geben.«

»Aber wenn das jemand erfährt …« Nun traten der Mittvierzigerin Tränen in die Augen.

»Wenn es nichts mit dem Fall zu tun hat, dann werde ich schweigen. Das verspreche ich Ihnen.«

Kai erschien im Türrahmen hinter Yvonne Blechmann. Lotte machte eine Geste, als würde sie eine lästige Fliege verscheuchen. Kai verstand und zog sich zurück, doch Lotte wusste genau, dass er hinter der Wand auf Lauschposition gegangen war. Egal. Hauptsache, die angeschickerte Assistentin rückte endlich mit der Sprache heraus.

»Ach, Frau Bachmann …«

»Wachmann.«

»Ach so. Ja.«

»Also? Wie kann ich Ihnen helfen?« Lotte beugte sich vor. Nähe schaffen, das war wichtig. Das Gegenüber spiegeln. Sie legte die Stirn kraus wie ihr Gegenüber. Yvonne Blechmann schniefte. Sah sich um. Schniefte erneut.

»Hilft ja nix«, sagte die Vorzimmerdame und straffte die Schultern. Sie wischte sich über das schweißnasse Gesicht, was den Kajal nur noch mehr verschmierte.

»Enno und ich, wir waren … Also hatten … Es war ein Betriebsausflug.«

Lotte nickte. »Ich verstehe.« Sie erinnerte sich an rauschende Weihnachtsfeiern im Präsidium, an den Alkohol, daran, dass so mancher Kollege vergaß, dass er vergeben war. Und an ein Baby, das im September von einer Polizeischülerin geboren worden war. Es menschelte eben überall.

»Wirklich nur einmal. Das war mir so peinlich.«

»Das muss Ihnen doch nicht peinlich sein«, sagte Lotte und meinte es auch so.

»Professionell war das jedenfalls nicht.« Wieder schniefte Yvonne Blechmann. Ein Rotztropfen machte sich auf den Weg aus ihrer Nase. Ganz undamenhaft zog sie den Schnodder hoch.

»Jedenfalls«, fuhr die Assistentin danach fort, »hatte ich Enno einen Brief geschrieben. Einen sehr persönlichen. Und einen … nun ja …«

… *besoffen verfassten*, ergänzte Lotte im Geiste. Laut sagte sie: »Und den wollten Sie haben, um ihn zu vernichten?«

»Ja.« Yvonne Blechmann nickte vehement.

»Lassen Sie mich raten«, antwortete Lotte. »Der Brief war nicht da.«

Roths Assistentin nickte.

»Dafür aber weitere Dokumente.«

»Genau. Haufenweise. Das meiste sind Personenakten. Aber nicht von den Angestellten, sondern von unseren Kunden, also den Arbeitssuchenden. Die dürften eigentlich nicht hier sein. Genauso wenig wie die Leistungsabrechnungen. Keine Ahnung, was das Zeug da zu suchen hat. Ich habe nichts davon gewusst. Ich …« Sie bekam

Schluckauf. »Also … Damit möchte ich nichts zu tun haben.«

»Ist gut, Frau Blechmann. Wir schauen alles durch und kümmern uns um das Weitere.«

»Danke. Falls Sie den Brief doch noch finden sollten …«

»… werden wir ihn vernichten. Versprochen.«

»Danke.«

Lotte machte ein Zeichen Richtung Tür. Kai verstand, trat ein, reichte seiner Chefin das lauwarme Wasser.

»Die Tür nach draußen lässt sich jederzeit von innen öffnen, Frau Blechmann?«

»Ja, warum? Brandschutz und so.«

»Dann kommen wir ja jederzeit aus dem Gebäude. Sie können Feierabend machen«, sagte Charlotte zu Yvonne Blechmann, die sich daraufhin ihre Handtasche schnappte und aus dem Büro schwankte.

»Die wird ja hoffentlich die Öffis nehmen?«, rief Kai.

»Das, Kollege, ist unser kleinstes Problem.«

Es war in der Tat das kleinste Problem, wie die persönliche Assistentin des Toten nach Hause kam. Kaum war Yvonne Blechmann verschwunden, zogen die beiden Kriminalen sich Handschuhe über und machten sich an die Durchsicht der Akten. Wieder einmal war Lotte erstaunt, wie viel Zeugs in eine Schublade passte. Das war hier nicht anders als in der Gerümpel-Lade in ihrer heimischen Küche. Dort hinein wurde alles geworfen, wofür im Moment keine Verwendung war. Gummibänder, Kugelschreiber, Streichholzschachteln, kostenlose Heftpflaster aus der Apotheke. Irgendwann quoll das Fach über, und entweder sie oder

Peter leerte den Inhalt aus, der sich zu einem veritablen Haufen auftürmte, bei dessen Anblick kein Mensch gedacht hätte, dass sich dieses Konglomerat aus leeren Batterien, halb vollen Zahnstocher-Büchsen und Erfrischungstüchern jemals so kompakt hätte verpacken können.

»Wie viel kommt denn da noch?« Kai stöhnte.

»Mehr, als du glaubst«, sagte Lotte in weiser Voraussicht und wischte Büroklammern, Textmarker und Werbekulis in den Mülleimer. Ihr Interesse galt einzig und allein den Papieren, die nach gut zehn Minuten fein säuberlich, von allem Büromüll befreit, auf dem Schreibtisch des Toten lagen.

»Let's go!«, rief sie.

»Noch ein Wasser?«, fragte Kai. Sie wusste genau, dass das nur eine Ausrede war, und verneinte vehement. Kai seufzte. Leise, aber deutlich genug, dass seine Chefin ihn hören konnte. Sie beschloss, es zu ignorieren.

»Lesen. Markieren. Berichten!«, rief sie. Anscheinend mit Erfolg, denn die folgende halbe Stunde waren die beiden Beamten völlig in ihre Arbeit vertieft.

Peter Wachmann

Es wird später. Vielleicht zu spät. Warte nicht auf mich. Jag älskar dig.

Peter seufzte. Dann schickte er ein *Okay. Schade. Ich liebe dich auch!* an seine Frau. Das blaue Häkchen blieb aus. Lotte würde die Nachricht, wenn überhaupt, wohl erst in Stunden lesen.

Peter kannte das, seit er Charlotte kannte. Er hatte gewusst, worauf er sich einließ, als er sich in sie verliebte. Oder doch nicht?

Seine Gedanken kehrten zurück zu ihrer ersten Begegnung. Fast dreizehn Jahre lag es zurück, in seinen Augen nichts und doch eine Ewigkeit. Er hatte seine vierte Woche als Referendar an einer Gesamtschule hinter sich. Pöbelnde Teenager, nach billigem Parfum müffelnde Mädchen in viel zu kurzen Röcken, unmotivierte Kollegen und bitteren Kaffee im Lehrerzimmer inklusive. Ihm war klar: Lehrer, ja, das wollte er sein, sein Wissen weitergeben, jungen Menschen in die Spur helfen. Aber sich Tag für Tag über umgeworfene Tische, an die Decke geschmissene Pausenbrote oder Kommentare unter der Gürtellinie aufzuregen, daran würde er sich nie gewöhnen können. Damals hatte er sich Bernd anvertraut, und der hatte nach vier Bier in einer Studentenkneipe die Lösung aller Probleme parat: »Unterrichte Erwachsene. Azubis. Die wollen das, denke ich mal, oder aber sie müssen es, weil sie sonst ihren Job los sind.« Wäre es nicht zu unmännlich gewesen, hätte Peter seinen Kumpel geknutscht. Stattdessen hatten die beiden ein High Five ausgetauscht, die Zeche bezahlt, und Peter war zu seinem an einer flirrenden Laterne angebundenen Fahrrad gegangen, während Bernd sich noch an einen Tisch mit gackernden Blondinen gezwängt hatte.

Sein Fahrrad.

Es war weg.

Samt Schloss.

»Verdammte Scheiße!« Drei Monate Lohn vom Job in der Küche des Italieners um die Ecke hatte ihn das Rad gekostet. Ja, es war gebraucht. Und nein, er hatte es nicht versichert. Wovon denn auch, als Student?

Peter war an Ort und Stelle auf den Boden gesunken, hatte sich mit dem Rücken an die Laterne gelehnt und mit Tränen in den Augen in den diesigen Nachthimmel gestarrt. Vielleicht hatte er auch geweint, er wusste es nicht mehr. Doch eines wusste er ganz genau: Irgendwann hatte ein Streifenwagen neben ihm gehalten, und eine Beamtin war ausgestiegen.

»Geht es Ihnen nicht gut?«, hatte sie ihn gefragt – mit einer Stimme, die er seit Ewigkeiten zu kennen meinte. Er sah auf und erblickte zum ersten Mal Lotte. Charlotte. Seine Frau. Sein Seelenmensch.

Er brachte keinen Ton heraus, so sehr gefangen war er von ihrem Anblick. Hätte er an Wiedergeburt geglaubt, dann hätte er mit Bestimmtheit in diesem Moment versichert, dass er und sie sich seit Jahrhunderten kannten.

Lotte war in die Knie gegangen. Er spürte ihren warmen Atem, als sie ihre Frage wiederholte.

»Brauchen Sie ärztliche Hilfe?«

Peter hatte nur den Kopf schütteln können. Irrsinniger Weise hatte er dann genickt, denn er sah sich selbst und diese ihm völlig unbekannte Polizistin vor dem Standesbeamten stehen. Das Blut rauschte in seinen Adern in einer Geschwindigkeit, die er nie zuvor gespürt hatte. Gleichzeitig war er vollkommen ruhig, denn er wusste, er war angekommen.

»Ich … ich …«, hatte er gestammelt. Lotte war aufgestanden und hatte dem im Wagen wartenden Kollegen zugerufen, dass alles okay war. Dann hatte sie ihm eine Visitenkarte gereicht und damit den Schlüssel zu seinem und ihrer beider neuem Leben.

Das Fahrrad hatte er nie wieder gesehen.

Tja.

Lotte hingegen schon, zufällig, beim Einkaufen. Er hatte eine Wagenladung Bier und Knabberzeug für seine Geburtstagsparty am Abend besorgt. Sie war mit einer Wassermelone unter dem Arm zur Kasse marschiert. Zufällig kam er hinter ihr zu stehen. Als sie die Wassermelone auf das Kassenband gelegt hatte, drehte sie sich um, um einen Warentrenner zu nehmen. Peters Herz hatte einen Hüpfer gemacht.

»Ich habe eine Wassermelone getragen«, hatte sie grinsend aus dem Film *Dirty Dancing* zitiert. Peter hatte nichts erwidert. Ihm wäre nichts Kluges eingefallen.

»Sieht nach Party aus«, hatte Lotte gesagt, als er die Sixpacks und Chips-Packungen aus dem Einkaufswagen gehoben hatte.

»Ich … Also … Ja, ich habe Geburtstag.«

»Herzlichen Glückwunsch.« Wie sie das sagte, so hatte das noch nie jemand zu ihm gesagt. Ehrlich, erfreut und aus tiefstem Herzen. Und dann traute er sich und lud sie spontan für den Abend ein. Sie brachte die Wassermelone mit, und als im Morgengrauen die letzten Gäste gegangen waren, hatten sie die Melone aufgeschnitten und sich gegenseitig damit gefüttert. Als beide satt waren, waren sie hungrig. Hungrig aufeinander. So hungrig, dass Charlotte erst zwei Tage später gegangen war. Und das auch nur, weil sie zum Dienst musste.

Und nun saß er hier, kilometerweit getrennt von der Liebe seines Lebens und vermutlich auch vom gemeinsamen Urlaub in Schweden.

»Quatsch! Die Stechmücken werden uns pünktlich kriegen!«, rief er in die leere Wohnung und startete seinen Laptop. Das altersschwache Gerät brauchte eine gefühlte Ewigkeit, um betriebsbereit zu sein. Peter nutzte diese Zeit, um sich ein alkoholfreies Radler aus dem Kühlschrank zu holen und den Inhalt eines halbvollen Glases kernloser schwarzer Oliven in eine Schüssel zu kippen. Schließlich war die Technik betriebsbereit. Mit einem Zahnstocher piekte er die erste Olive auf. Dann rief er die Suchmaschine auf und gab einmal mehr den Namen *Birgit Grauer* ein. Die Ergebnisse von vorhin übersprang er ganz bewusst, die kannte er schon. Seine Hoffnung war, auf irgendetwas zu stoßen, was ihm bei der Recherche am Nachmittag entgangen war. Etwas, was unter Umständen eine Erklärung für Birgits verwüstete Wohnung liefern würde.

Auf den späteren Seiten der Suchmaschine stieß er auf ein Foto, auf dem er die Frau beinahe nicht erkannt hatte. Sie trug raspelkurze, knallrot gefärbte Haare, die Augen waren mit hellgrünem Lidschatten geschminkt und die Lippen oben orange, unten pink angemalt. Alles in allem hätte man meinen können, dass dies eine Kakophonie des schlechten Make-ups war, doch ihr stand der Look, den sie mit kunterbunten Klamotten komplettierte.

Der ganze Aufzug passte nicht zu dem Amt, das sie beim FC innehatte – oder vielleicht doch? Wenn sie ein Zahlenmensch war, setzte sie mit ihrer Interpretation von Mode vielleicht einen Gegenpol zum drögen Rechenwerk?

Weitere Treffer zum Thema *Sportverein* folgten. Lustlos klickte er sie der Reihe nach an, ohne auf irgendeine neue Information zu stoßen. Er war kurz davor, die zweite Recherche als gescheitert zu erklären, da spuckte ihm die Suchmaschine den Link zu einem Autohaus aus. Er klickte ihn an und landete in der virtuellen Werkstatt eines Händlers für japanische Fahrzeuge, welcher aber auch noch eine Filiale eines schwäbischen Luxusmobilherstellers auf demselben Gelände betrieb. So weit, so unspektakulär. Aber was hatte das mit Birgit Grauer zu tun?

Irritiert scrollte er sich zuerst durch die Firmengeschichte und überprüfte, nachdem er dort nicht fündig wurde, den Punkt *Team*.

Bingo.

Birgit Grauer arbeitete als Mitarbeiterin im Back-Office und war als Ansprechpartnerin für Fragen rund um das Thema Kfz-Versicherungen und konzerninterne Finanzierungen für die Kunden gelistet.

Das klang nicht nach einem spannenden Aufgabengebiet. Geschweige denn nach etwas, womit Peter sich auskannte. Es lag ewig zurück, dass Lotte und er sich ihren Kombi-Jahreswagen gekauft hatten. Meist war seine Frau es, die mit der Kiste unterwegs war. Er selbst kam bei gutem Wetter mit dem Rad überallhin, wo er hinwollte, und wenn es eiskalt war oder wie aus Eimern schüttete, stieg er auf die Öffis um. Anders als vielen seiner Kollegen und Bekannten waren ihm PS, Hubraum oder Höchstgeschwindigkeit auf Deutsch gesagt bumsegal.

Aber das musste ja bei Dörner niemand wissen. Er notierte sich die Adresse des Autohauses und beschloss, sich gleich morgen früh ausführlich nach einem japanischen Auto zu erkundigen. Und selbstverständlich nach den verschiedenen Finanzierungsmöglichkeiten.

Er klappte seinen Laptop zu. In dem Moment spürte er, wie müde er eigentlich war. Peter gähnte herzhaft und schickte Lotte eine Nachricht. Die vorherige hatte sie noch nicht gelesen, wie ihm die beiden grauen Häkchen verrieten.

»Ich geh jetzt schlafen«, las er den getippten Text laut vor. »Weck mich gerne, wann immer du nach Hause kommst. Und denk an Schweden! Ich liebe dich.«

Dann löschte er das Licht, tappte im Dunkeln ins Schlafzimmer und zog sich bis auf die Unterhose aus. Das Zähneputzen ließ er ausfallen. Kaum hatte er sich zugedeckt, fielen ihm schon die Augen zu.

Kai Krause

Kai haderte seit Monaten. Mit sich, dem Leben, besonders aber mit seiner Berufswahl. Seit er als kleiner Junge bei einem Kindergartenfest mal in einem Streifenwagen hatte sitzen dürfen – sogar eine damals noch grüne Polizeimütze durfte er aufsetzen und das Blaulicht einschalten –, war ihm klar: Er würde Polizist werden. Er hatte es sich so schön ausgemalt. Mit der Pistole im Anschlag Verbrecher jagen. Das Blaulicht einschalten und ungestraft alle Verkehrsregeln brechen. Dazu ein Gehalt, mit dem er ein schickes Haus, einen Porsche und natürlich Fernreisen würde finanzieren können.

Er hatte hart trainiert. Nicht nur in den unzähligen Nachhilfestunden, dank derer er es schließlich mehr schlecht als recht durchs Abitur geschafft hatte. Nein, in seiner Freizeit war er stets und ständig am Trainieren gewesen. Sprint. Langstrecke. Krafttraining. Judo. Nichts hatte er ausgelassen, um zur Prüfung zugelassen zu werden und einen der raren Plätze an der Fachhochschule der Polizei zu ergattern.

Und er hatte es geschafft.

Der anfänglichen Euphorie war aber schnell die Ernüchterung gefolgt. Noch immer bezahlte er sein BAföG ab. Die Ausstattung im Präsidium mit den klemmenden Schubladen, den durchgesessenen Stühlen und den verblassten Postern hatte nichts mit der Scheinrealität aus den Polizeiserien zu tun. Mit dem bescheidenen Gehalt hatte er sich arrangiert. Und auch damit, dass er wegen seiner ungewöhnlichen Arbeitszeiten keine Frau länger als ein paar Wochen an sich binden konnte. Geschenkt, Berufsrisiko.

Was er aber gar nicht abkonnte, war die Mehrarbeit, die seine Vorgesetzte ständig von ihm verlangte. Charlotte Wachmann war bekannt – nein: eher berüchtigt – dafür, sich bis aufs buchstäbliche Blut in einen Fall zu verbeißen. Unter den Kollegen nannte man sie hinter vorgehaltener Hand *Bullterrier*. Und genau dieser hatte ihn dazu verdonnert, seinen freien Abend mit dem Wühlen durch Papiere zu verbringen, anstatt, wie geplant, mit alten Schulfreunden am Fluss zu sitzen, Würstchen auf einem Einmal-Grill halbgar zu rösten und lauwarmes Dosenbier zu trinken.

»Und?«

Kai schreckte aus seinen Überlegungen hoch. Lotte hob die Augenbrauen.

»Und was?«

»Ja, was wohl? Hast du was gefunden oder starrst du meditativ die Tischplatte an?« Sie grinste zwar, aber er nahm den Rüffel dennoch wahr.

»Noch nicht.«

»Dann sieh zu. Ich hab keinen Bock drauf, hier die ganze Nacht zu verbringen. Wir haben genug anderes zu tun.« Lotte wandte sich wieder ihrem Stapel zu, legte Papiere nach links und nach rechts. Manches schmiss sie direkt in den Papierkorb. Kai wusste dennoch, dass auch diese Blätter, Kassenbons und Notizen nicht im Altpapier, sondern in der Asservatenkammer landen würden. Er seufzte und versuchte, sich zu fokussieren. Es gelang ihm leidlich.

Seit einer Stunde arbeiteten die Kollegen schweigend.

Einmal stand Kai auf, um beiden einen Becher Wasser aus dem Automaten im Flur zu zapfen. Ein anderes Mal ging Lotte zur Toilette, wo sie sich Wasser ins Gesicht spritzte, was Kai an den Wassertropfen in ihren Haaren bemerkte. In der ganzen Zeit wechselten die beiden kein Wort.

Kai blätterte mehr oder weniger lustlos durch die Papiere. Die meisten überflog er lediglich. Stattdessen war sein Gehirn damit beschäftigt, sich die alles entscheidende Frage zu stellen: Wer hat Enno Roth umgebracht?

Er wusste, dass sein inneres Ich unprofessionell wurde. Doch er konnte nicht anders, als Theorien aufzustellen. Schon in der Schule hatte ihm seine Deutschlehrer eine immense Fantasie attestiert. In Aufsätzen hatte diese auch gewirkt, wenngleich die Rechtschreibung die Note stets um einen Punkt nach unten getrieben hatte.

Egal, das war Vergangenheit. Wenn er heute etwas schreiben musste, dann unterstützte ihn das Korrekturprogramm. Rot angestrichene Texte gehörten nicht mehr zu seinem Leben.

Im Hier und Jetzt saß er im Büro eines mutmaßlichen Mordopfers, und seine Synapsen tanzten Tango. Ihm wurde erst heiß, dann kalt. Egal, was er und Lotte finden würden – das Motiv war es vermutlich nicht. Denn sonst hätte Enno Roth alles vernichtet. Das zumindest glaubte Kai zu wissen. Wer keinen Dreck am Stecken hatte, der hatte auch nichts zu befürchten. Eigentlich. Oder war Roth einfach zu nachlässig gewesen?

Roth.

Wann war Roth seinem Mörder zum ersten Mal begegnet? Und hatte er Dreck am Stecken? Hatten die vielen Daten in den Listen irgendwas damit zu tun? Kai bezweifelte es. Verstohlen sah er sich nach Lotte um. Sie war völlig vertieft in die Papiere, hatte einen Taschenrechner neben sich liegen, tippte Zahlen ein. Zahlen, die er längst verdrängt hatte.

Wie in Trance stand Kai auf. Nichts würde dagegensprechen, wenn er zur Toilette ging. Er verließ das Büro. Durchquerte das Vorzimmer. Hastete den Gang entlang, in dem der Wasserspender stand. Der Lift brachte ihn ruckelnd nach unten. Er trat aus dem Gebäude.

Es fiel ihm ganz leicht. Nichts hielt ihn zurück. Keine Angst, keine Bedenken. Stattdessen fühlte es sich gut an. Einfach alles hinter sich lassen.

Noch stand er auf der Seite des Gesetzes. Die Frage war, wie lange noch. Spätestens in einer halben Stunde würde Lotte sein Fehlen bemerken. Er wusste genau, welche Zahnrädchen sich dann in Gang setzen würden. Schließlich war er ja nicht so blöd, wie seine Lehrerin gemeint hatte.

Selbst das hielt ihn nicht auf.

Entschlossen stapfte er auf den Busbahnhof zu. Der 42er kam genau rechtzeitig. Er sprang in den Bus, löste brav ein Ticket und vergewisserte sich, dass er auf seinem eiligen Weg den Überwachungskameras entgangen war.

Außer ihm waren nur ein knutschendes Teenagerpärchen und ein alter Herr mit seinem Dackel an Bord. Kai setzte sich auf die hinterste Bank. Starrte einfach vor sich hin. Mit einem Mal war sein Kopf vollkommen leer. Es gab nichts zu denken oder zu tun.

Regungslos saß er da. Das Blut rauschte in seinen Ohren. Er atmete mal leicht, mal schwer.

Egal.

Sein Handy vibrierte.

Charlotte.

Wie unter Autopilot nahm er das Telefon und schaltete es aus. Für den Moment war es unwichtig. Nichts aus seinem alten Leben war noch relevant. Er wollte nur weg. Weg von allem. Kai schloss die Augen und blendete die Welt um sich herum aus. Es gelang ihm ohne Probleme.

Charlotte Wachmann

»Kai! Bist du bescheuert?«, brüllte Lotte die Mailbox an. »Wo auch immer du steckst, beweg sofort deinen Arsch hierher! Und zwar zackig!«

Natürlich bekam sie keine Antwort.

Genauso wenig, wie die Aufzeichnungen und Papiere aus Enno Roths Schublade sie weiterbrachten. Abgesehen vielleicht von ein paar Tankquittungen über Diesel. Die Agentur setzte auf E10 für ihre wenigen Dienstwagen, das hatte sie vor Monaten aus der Lokalpresse erfahren. Damals hatte es einen mittleren Aufschrei gegeben. Warum nicht E-Autos? Fahrräder? Nun, wieso auch immer, Roth und seine Gattin fuhren beide große Autos, die laut Kraftfahrzeugstelle mit Diesel betrieben wurden. Wahrscheinlich bloß Zufall. Haha.

Charlotte spürte, wie ihr Zorn von Sekunde zu Sekunde wuchs und es ihr dadurch zunehmend schwerfiel, sich auf die Arbeit zu konzentrieren. Es war nicht einfach, sich professionell zu verhalten, wenn der Kollege das komplette Gegenteil davon tat.

Sie fragte sich ernsthaft, was gerade in Kais Kopf vorging. Sofern überhaupt etwas darin vorging. Hatte es vielleicht einen privaten Notfall gegeben? Nein, in dem Fall hätte er ihr doch sicher Bescheid gegeben. Sie tippte eher darauf, dass es etwas mit einer Frau zu tun hatte.

Lotte versuchte, sich zu entsinnen, wie die Weiber hießen, mit denen sich Kai in der letzten Zeit getroffen hatte. Es waren so viele gewesen, dass sie irgendwann aufgehört hatte, sich ihre Namen zu merken. Jetzt bereute sie das.

Gleichzeitig fragte sie sich, womit seine aktuelle Lebensabschnittsgefährtin ihn gelockt haben könnte. War sie einsam gewesen und hatte sich nach ihm gesehnt? Nein, für so etwas setzte doch niemand seinen Job und seine Karriere aufs Spiel oder riskierte zumindest eine gepfefferte Abmahnung. Oder doch? Lotte kannte Kollegen, die für einen Quickie während der Arbeitszeit alles gewagt hatten. So allerdings hätte sie Kai nicht eingeschätzt. Vielleicht war ja wirklich etwas Dringendes vorgefallen.

Was immer es gewesen war, der Assistent hätte seiner Chefin mindestens Bescheid geben müssen. Das gebot allein der Respekt. Von kollegialer Kameradschaftlichkeit ganz zu schweigen.

Wütend trat sie ans Fenster. Draußen war fast ausschließlich erdrückende Dunkelheit zu sehen. Ein paar Autos fuhren in der Ferne, in einigen Häusern flackerte das Licht des Fernsehers. Ansonsten war es zappenduster.

Von Kai war weit und breit nichts zu sehen. Sie wählte noch einmal seine Mobilfunknummer – mit demselben Erfolg wie vorhin.

Lottes Hände legten sich wie ein Schraubstock um ihr Diensttelefon. Es hätte nicht viel gefehlt, und sie hätte es mit den Fingern zerbröselt. Bevor es dazu kommen konnte oder sie dem Impuls nachgab, das Gerät mit Schmackes zu Boden zu pfeffern, verstaute sie es lieber wieder in ihrer Hosentasche.

»Verdammte Scheiße!«, rief sie in die Leere des verwaisten Zimmers.

Niemand reagierte darauf. Das Gebäude war ja menschenleer.

Das was gut, zumindest in der Hinsicht, dass niemand etwas von ihrem kleinen Wutanfall mitbekam. Lotte brauchte noch ein paar Minuten, um sich zu beruhigen und zu akzeptieren, dass Kai nicht wiederkommen würde.

Schließlich bewegte sich ihr Puls wieder im Normalbereich, und sie kehrte zum Schreibtisch mit den Aktenstapeln zurück. Gut die Hälfte hatten sie bereits sortiert, der Rest würde ebenfalls zu schaffen sein. Dann eben alleine.

Wie Yvonne Blechmann gesagt hatte, handelte es sich bei dem meisten Unterlagen um Computerausdrucke von Personenakten inklusive Anschrift, beruflichem Werdegang und speziellen Fähigkeiten. Lebensläufe, Zeugniskopien und all die anderen Dinge, die man für eine korrekte Bewerbung brauchte, gab es nicht. Stattdessen waren Übersichten von kontaktierten Firmen und bewilligten Förderungs- oder Weiterbildungsmaßnahmen mit all dem dazugehörigen Behördenkauderwelsch aufgeführt.

Was Lotte davon halten sollte, wusste sie noch nicht. Irgendwas störte sie an den Unterlagen, ohne dass sie genau erfassen konnte, worum es sich dabei handelte. Egal, um derlei Dinge konnten sie oder die anderen Kollegen aus der SOKO sich im Nachgang kümmern.

Für den Augenblick war es wichtig, möglichst schnell eine gewisse Grundordnung in den Papierdschungel zu bekommen. Was war wichtig, was könnte wichtig sein und was konnte sie getrost vergessen?

Charlotte ertappte sich dabei, wie sie einige Male erwartungsvoll zur Tür schielte. Doch da war kein Kai, der sich mit einer lahmen Entschuldigung zurück zum Dienst meldete. Zum Glück auch kein Nachtwächter, der nachts durch das Gebäude schlich und dem sie erklären musste, was sie zu dieser Zeit hier zu suchen hatte. Einen Durchsuchungsbeschluss besaß sie nicht. Und ob die Erklärung, dass die Vorzimmerdame sie hereingelassen hatte, genügen würde, war fraglich.

Weitere Personenakten wanderten auf den linken Stapel, weitere Fahrtkostenabrechnungen auf den rechten Stapel. Ein paar ausgeblichene, eselsohrige offizielle Agenturbroschüren wanderten direkt in den Papierkorb. Die Dinger befanden sich in keinem vorzeigbaren Zustand und waren bestimmt eh längst veraltet.

Lotte arbeitete schweigend und konzentriert. Fast wie ein Roboter, der mechanisch seinen Aufgaben nachging. Sie war dermaßen in ihre Routine vertieft, dass sie die meisten Unterlagen nur grob vorsortierte. Alles, was nur ansatzweise nach einer Personenakte aussah, wurde nach wenigen Sekunden auf den dafür vorgesehenen Stapel gelegt. In der Regel überflog sie die Namen der Arbeitssuchenden lediglich.

Deshalb lag die entsprechende Akte auch bereits auf dem Stapel, als Lotte bewusst wurde, dass sie gerade den Namen Ina Sorgus gelesen hatte. So spät am Abend brauchte sie noch einige zusätzliche Sekunden, um diese Person und ihre eventuelle Fallrelevanz in Einklang zu bringen.

Kaum hatte es in ihrem Hirn *Klick* gemacht, holte sie sich die Ausdrucke vom linken Stapel zurück.

Der bürgerliche Name, die Adresse am Martin-Luther-King-Ring und der schulische Werdegang stimmten mit den von ihr bereits recherchierten Daten überein. Auch die beruflichen Details waren nicht neu und deckten sich mit dem, was Frank Mayer ihnen gestern anvertraut hatte. Ina Sorgus hatte sich bei der Arbeitsagentur tatsächlich über die Kündigung ihrer Anstellung und etwa damit einhergehende Leistungssperren von Seiten der Arbeitsagentur erkundigt. Wieso bewahrte der Agenturchef derartige Unterlagen in seinem Schreibtisch auf? Sie dürften für ihn überhaupt nicht von Belang sein. Und selbst wenn er diesen einen Fall zur Chefsache erklärt hatte, wäre der Vorgang nach mehreren Monaten doch längst bereit für die Ablage.

Stattdessen war das komplette Gegenteil passiert, und der Akte waren einige Ausdrucke über den Leistungskatalog von DataTec beigefügt worden. Es könnte sich lediglich um die Neugestaltung der Vereinshomepage handeln, die Roth aus eigener Tasche bezahlt hatte. Genauso gut könnte es um völlig andere Dinge gehen. Lotte klebte eine gelbe Haftnotiz an den Rand der Seiten und beförderte sie auf den linken Stapel zurück.

Die nächsten zwanzig Minuten arbeitete sie erneut stoisch wie ein Roboter und schaffte es schließlich, das Ende des Aktenbergs zu erreichen. Beim letzten Papierwisch handelte es sich um drei Leasing-Angebote vom Autohaus Dörner, in dem die jeweiligen Eigenschaften der Fahrzeuge mit einem Textmarker gelb hervorgehoben worden waren. Nach kurzem Abwägen landete es auf dem *Vermutlich-irrelevant*-Stapel.

Damit war schon mal diese lästige Arbeit erledigt. Endlich. Zufrieden streckte sich Charlotte und ignorierte bewusst das Ächzen ihrer müden Knochen. Normalerweise dürfte spätestens jetzt Zeit für Feierabend sein. Zumal sie gerade buchstäblich die Arbeit für zwei erledigt hatte. Doch noch immer drängte in mehrfacher Hinsicht die Zeit. Also Dienstschluss ade und zurück ins Hamsterrad.

Mit einem leisen Seufzen legte sie die zuvor sortierten Aktenstapel quer übereinander, klemmte sie sich unter den Arm und verließ das Gebäude. Draußen hatte die Temperatur deutlich nachgelassen. Eine kühle Brise wehte. Es war angenehm. Noch dazu war es schön ruhig, weil kaum mehr jemand auf den Beinen war. Fast ein Argument dafür, öfter mal so lange zu arbeiten.

Ein weiterer Vorteil der Nacht war, dass auf den Straßen nur wenig Verkehr herrschte und sie gut vorankam. Wären noch dazu alle Ampeln auf grün gestellt oder ausgeschaltet worden, hätte sie das Präsidium wahrscheinlich in einer neuen Rekordzeit erreicht. So musste sie zwischendurch immer mal wieder einen kurzen Stopp einlegen. Es war kurz vor Mitternacht, als sie die Zentrale erreichte.

Der Empfang war rund um die Uhr besetzt, ebenso die Telefonzentrale. Anders sah es in den Räumlichkeiten im ersten und zweiten Stock aus. Eine Handvoll Kollegen leistete ihren üblichen Schichtdienst ab. Doch wer nicht unbedingt arbeiten musste, lag um diese Zeit sicher längst im Bett oder tat, wonach ihm respektive ihr stattdessen gerade zumute war.

Lotte nickte zwei Frauen vom KDD zu und war froh, als diese sie in keinen Smalltalk verwickelten. Vor allem auf Fragen zum Verbleib ihres Assistenten konnte sie getrost verzichten. Ein kleiner Teil von ihr hatte – aller Logik zum

Trotz – gehofft, dass Kai hierhergefahren sein könnte. Seinetwegen marschierte sie zur SOKO-Zentrale und zu seinem Schreibtisch im Großraumbüro. Am beiden Orten hielt sich niemand auf. Weder Kai noch sonst jemand aus ihrem Team.

Betrübt steuerte sie ihr Büro an und legte den Aktenstapel vor sich auf dem Schreibtisch ab. Bevor sie sich ans Werk machte, besorgte sie sich einen Kaffee aus der Gemeinschaftsküche. Das Gebräu wurde bestimmt schon seit Stunden von der Heizplatte warmgehalten. Zumindest schmeckte es danach. Zwei Schlucke genügten, damit Charlotte wusste, dass sie nicht hartgesotten genug für dieses Gebräu war. Sie kippte den Rest in den Ausguss und füllte ihre Tasse mit Leitungswasser auf. Das war immerhin besser als nichts.

Als Lotte in ihr Büro zurückkehrte und sich an ihrem Schreibtisch niederließ, spürte sie, wie sich der lange Arbeitstag bemerkbar machte. Obwohl sie sich eigentlich voller Tatendrang ans Werk machen wollte, starrte sie kraftlos auf den Aktenstapel vor ihr.

»Ich habe so was von keinen Bock mehr«, sprach sie so leise, dass sie es selbst kaum hörte. Wie schön hatten es all die Kollegen, die sich längst heimwärts verabschiedet hatten. Nur allzu gern wollte sie es ihnen gleichtun. Gleichzeitig wollte sie aber auch mit ihrer Arbeit fertig werden – im Idealfall in den nächsten Tagen, um nächste Woche mit ihrem Göttergatten zusammen in den wohlverdienten Urlaub fahren zu können.

Von selbst würde sich dieser verzwickte Fall nicht aufklären. Nein, wenn sie herausfinden wollte, wer für den

Mord an Enno Roth verantwortlich war, musste sie ranklotzen. Es gab keinen anderen Weg.

Um die Müdigkeit zu verscheuchen, suchte sie sich auf ihrem privaten Smartphone den Stream eines hiesigen Radiosenders, der sich auf Rockmusik spezialisiert hatte. Gerade lief *Can't Stop This Thing We Started* von Bryan Adams, eine gut abgehangene Nummer aus den frühen Neunzigern, die sie schon ewig nicht mehr gehört hatte. Damit konnte sie leben.

Die Melodie mitsummend, breitete sie den Stapel mit den Personenakten vor sich auf der Tischplatte aus. Sie starrte auf die Namen und Adressen, suchte nach Auffälligkeiten und Gemeinsamkeiten. Als das nichts brachte, versuchte sie es mit Statistik – leider ebenso vergebens. Keine Berufsgruppe stach besonders hervor, die Zahl der Männer und Frauen hielt sich ziemlich die Waage. Non-binäre Arbeitssuchende gab es gar keine.

Was war dann der Grund, weshalb Roth gerade diese Akten in seinem Büro weggesperrt hatte? Irgendeinen musste es geben. Das spürte Lotte trotz ihrer Müdigkeit deutlich.

Weil sie sich keinen anderen Rat wusste, beschloss sie, die Personen in den polizeiinternen Datenbanken zu überprüfen. Dafür gab es zwar eigentlich kein hinreichendes Verdachtsmoment, aber an irgendeinem Punkt musste sie schließlich ansetzen.

Gleich beim ersten Namen stutzte sie. Im Polizeicomputer gab es zwar mehrere Damen, die Kristin Braun hießen, doch weder wohnte eine davon in der Ohmstraße, noch stimmte eine der gelisteten Personen vom Alter her überein. Nicht einmal beim Einwohneramt wurde sie fündig.

Eventuell bloß ein Schreibfehler, überlegte Lotte und gab den nächsten Namen ein. Diesmal eine Frau namens Marie Henriksen. Das gleiche Ergebnis: Keine Übereinstimmung, weder bei der angegeben Straße noch bei anderen Personendaten.

Die Erkenntnis spornte an, und sie tippte weitere Namen in ihr Computersystem ein. Ganz bewusst entschied sie sich beim dritten Anlauf für einen männlichen Kandidaten.

Es änderte rein gar nichts: Auch bei ihm war niemand gelistet, der vom Alter oder der Adresse her ins Raster passte.

Charlotte probierte weitere Namen aus, versuchte sogar verschiedene Schreibweisen. Stets mit dem gleichen Resultat: Keine der Personen existierte unter den hinterlegten Anschriften. Die Orts- und Straßennamen waren zwar korrekt, allerdings wohnten dort laut den zuständigen Melderegistern völlig andere Bürger.

Auf die Frage, wie das sein konnte, fiel Lotte spontan nur eine einzige Erklärung ein: Irgendjemand hatte hier jede Menge Arbeitssuchende erfunden, um davon zu profitieren. Ob es lediglich um das Frisieren der Arbeitslosenstatistiken ging oder sich jemand die Arbeitslosengelder und die Zahlungen für bewilligte Fortbildungsmaßnahmen erschleichen wollte, wusste sie nicht. Es war nicht einmal gewiss, dass Enno Roth für dieses Betrugsszenario verantwortlich war. Unter Umständen war er dem Täter beziehungsweise der Täterin ja auf die Schliche gekommen. Möglichkeiten gab es viele. Fest stand nur eines: Charlotte würde herausfinden, was hier abgelaufen war.

Mit etwas Glück lieferte ihr das zugleich wichtige Erkenntnisse für die Mordermittlungen. Bei dem Gedanken daran lächelte sie hoffnungsvoll.

Um einen Fehler ihrerseits auszuschließen, überprüfte sie sämtliche Frauen- und Männernamen aus Roths Aktenstapel. Das war zeitaufwendig und mühsam – und bestätigte letztendlich nur das, was sie vorher gewusst hatte: dass keine der Personen tatsächlich existierte.

Es war kurz nach drei, als sie die Arbeit beendete. Um nach Hause zu fahren, fehlte ihr die Kraft. Also zog sie die Klappcouch in ihrem Büro aus und schlief darauf ein, kaum dass ihr Gesicht das Kissen berührte.

Peter Wachmann

In der einen Sekunde saß er noch entspannt in einer schwedischen Blockhütte und beobachtete, wie ein besonders prachtvoller Elch durch den Wald stapfte, in der nächsten Sekunde wurde er von einem elektronischen Bimmeln gestört. Während ihm das Geräusch zutiefst auf den Senkel ging, schien es den Geweihträger vollkommen kalt zu lassen. Der spazierte lieber zum Seeufer und trank dort in aller Seelenruhe von dem klaren Wasser. Peters Frust stieg mit jedem Atemzug, bis er mürrisch die Augen aufriss, um dem Störenfried gehörig die Leviten zu lesen. Sein Ärger relativierte sich nur geringfügig, als er feststellte, dass er sich gar nicht im Skandinavienurlaub, sondern im heimischen Bett aufhielt. Bei dem störenden Geräusch handelte es sich um das Klingeln seines Mobiltelefons – was die Sache nicht besser machte. Peter hätte gerne noch weitergeschlafen. Mürrisch griff er nach dem Gerät und versuchte mit schläfrigen Augen herauszufinden, wer so früh schon etwas von ihm wollte. Laut Display war es sein Freund Bernd, der anrief.

»Es sind Ferien!«, lautete daher seine wenig charmante Begrüßung. »Was ist so wichtig, dass du mich mitten in der Nacht aus dem Bett klingelst?«

»Mitten in der Nacht? Es ist schon nach neun.«

»Bei mir ticken die Uhren anders. Was gibt es denn so Dringendes?«

»Nichts. Ich wollte nur mal hören, wie es dir geht.«

»Echt jetzt?« Peter rieb sich über das Gesicht. »Für so was kann man ne Textnachricht schicken!«

»Dann hätte ich aber nicht deine nette Stimme hören können.« Der Kumpel klang so vergnügt, dass es kaum auszuhalten war. »Außerdem wollte ich dich fragen, ob du dir schon das mit dem Marvel-Film überlegt hast. Was hältst du von einem lockeren Brunch und anschließend ins Kino? Die Säle sind alle klimatisiert. Also ideal für die Mittagsvorstellung.«

»Keine Zeit. Ich will nachher zu einem Autohaus fahren.«

»Gibt der alte Kombi langsam den Geist auf?«

»Das nicht. Aber er ist alt, wie du schon so treffend sagtest.«

Eine kurze Pause trat ein, während der Freund offenbar die neuen Informationen verarbeitete. »Hast du was dagegen, wenn ich mitkomme? Von Autos verstehe ich deutlich mehr als du. Außerdem könnte das spaßig werden.«

»Du hast eine ziemlich komische Auffassung von Spaß. Aber meinetwegen, komm mit.«

Sie vereinbarten, sich vor der Buchhandlung zu treffen, weil die von ihnen beiden gleichermaßen weit weg lag, und legten auf. Peter sank auf das Bett zurück und überlegte kurz, noch einmal die Augen zu schließen. Doch aus Angst, dass aus dem kurzen Ruhen ein langer Schlaf werden würde, aus dem ihn vermutlich erneut Bernds Anruf wecken würde, schleppte er sich lieber ins Badezimmer.

Unter der Dusche dauerte es nur eine Sekunde, bis er hellwach war. In seiner morgendlichen Dusseligkeit hatte er vergessen, den Duschkopf aus der Halterung zu nehmen, und so dafür gesorgt, dass das zunächst eiskalte Wasser direkt auf ihn herabprasselte. Keuchend versuchte er, beiseite zu springen – was in einer gerade mal einen Quadratmeter großen Nasszelle mit geschlossener Tür praktisch unmöglich war. Er tastete unbeholfen und halb blind durch das herabschießende Wasser nach dem Wasserhebel, doch bis er den gefunden hatte, begann sich die Temperatur einzupendeln. Also geduldete er sich, bis das Wasser sich gleich darauf auf mollige 35 °C eingestellt hatte, und begann mit der üblichen Duschroutine.

Anschließend marschierte er in die Küche, nur um festzustellen, dass er dort nichts benötigte. Nach dem Kälteschock brauchte er keinen Kaffee mehr als Muntermacher. Essen wollte er so kurz nach dem Aufstehen auch noch nichts. Daher schnappte er sich seine Recherchenotizen und das Smartphone und verließ die Wohnung.

Er ließ sich bei seiner Fahrradfahrt bewusst Zeit, traf aber trotzdem mehrere Minuten vor dem vereinbarten Zeitpunkt ein. Er nutzte die Gelegenheit zu einem kleinen Bummel durch den Buchladen seines Vertrauens und schaffte es sogar, das Geschäft ohne neue Leselektüre zu verlassen. Und dass, obwohl ihn der Robert-Krauss-Roman von neulich in der Auslage sehr verführerisch angelächelt hatte. Beim nächsten Mal, versprach er sich selbst und trat nach draußen, als er seinen Freund herannahen sah. Gemeinsam machten sie sich auf den Weg zum Ostteil der Stadt.

Die kürzeste Route betrug laut Navi-App knapp vier Kilometer, aber sie entschieden sich für eine längere Strecke durch Parks und weniger befahrene Gebiete. Eine Fahrt im Schatten war nicht nur während der stetig steigenden Temperatur besser, sondern ebenso, weil Bernds Haut auch noch zwei Tage nach der intensiven UV-Behandlung im Freibad krebsrot aussah. Auf den ersten Blick erweckte er den Eindruck, als wäre er permanent wütend. Dagegen sprachen lediglich das häufige Lachen und sein scheinbar niemals stillstehendes Mundwerk. Praktisch die ganze Fahrt über plapperte er, als hätte er die vergangenen anderthalb Tage in Einzelhaft verbracht. Was vielleicht gar nicht so weit von der Wahrheit entfernt lag.

Zunächst hielten sie Smalltalk über die unerträglich heiße Temperatur, über die neuesten Kinofilme inklusive dem Marvel-Blockbuster, der ihnen heute bedauerlicherweise entging, und über die Frauen, die in kurzen Kleidchen an ihnen vorbeiliefen und ihre Fantasie anspornten. Die von Bernd deutlich mehr als die von Peter, wie es schien. Peter waren die Unterhaltungen ganz recht, und er hätte sie auch problemlos bis zu ihrem Ziel fortsetzen können. Doch nach einer Weile lenkte sein Kumpel das Gespräch auf das Thema Autohaus und fragte ihn, auf was für einen neuen fahrbaren Untersatz er es denn abgesehen hatte.

»Das steht noch nicht so ganz fest«, antwortete Peter bewusst vage. Er hoffte, das Thema damit abwürgen zu können. »Für den Stadtverkehr würde mir ja ein Elektro-Auto zusagen …«

»Aber?«

»Na ja, die meiste Zeit bin ich eh mit dem Rad oder den Öffis unterwegs. Es geht also mehr um die längeren Fahrten und wenn Lotte den Wagen braucht. Beides könnte mit einer batteriebetriebenen Kiste schwierig werden.«

»Bis nach Schweden wäre es eine lange Fahrt«, stimmte Bernd zu. »Mehrere Zwangspausen inklusive. Dann auch nicht bloß zehn Minuten, sondern jeweils eine Stunde. Und das nur, wenn an den Ladesäulen gleich was frei ist.«

»Ich sehe, du verstehst das Problem. Andererseits will ich ja was für die Umwelt tun. Ein Auto mit Verbrennungsmotor kann man sich da mit ruhigem Gewissen eigentlich gar nicht mehr zulegen.«

»Wieso radeln wir dann zu einem Autohaus?«

Das war eine gute Frage. Eine Sekunde lang war er drauf und dran, Bernd den wahren Grund zu nennen. Doch er entschied sich dagegen. »Ich will mich zumindest mal informieren. Man muss ja auf dem neuesten Stand bleiben.«

»Dafür fahren wir zum anderen Ende der Stadt und verzichten auf Marvel? Alter, das steht alles im Internet. Wahrscheinlich besser und kompetenter, als es dir die Autohaus-Leute erklären können. Die sind eh bloß alle auf ihre Provision scharf.«

»Trotzdem. Support your local dealer, wie es so schön heißt.« Peter freute sich, dass ihm diese Floskel eingefallen war.

Zu seiner Erleichterung überzeugte sie Bernd offenbar. Entweder das oder die Tatsache, dass sie ihr Fahrtziel so gut wie erreicht hatten. Laut Navi befanden sie sich nur noch dreihundert Meter entfernt. Es wurde Zeit, die Gespräche einzustellen und sich zwar nicht anzuschnallen, aber zumindest die Augen offen zu halten.

Letzteres erwies sich gar nicht als so zwingend nötig, denn ein Meer aus bestimmt vier Dutzend Fahrzeugen und jede Menge flackernde rot-weiße Stofffahnen wiesen unmissverständlich auf das Autohaus am Rande des Gewerbegebiets hin. Lediglich Pfeile aus grell aufleuchtenden LED-Lämpchen wären deutlicher gewesen.

Sie verzichteten bewusst darauf, die Fahrräder direkt vor dem Eingang abzustellen. Für Peters Geschmack war das scheinbar komplett aus Glasfronten bestehende Verkaufsgebäude ohnehin viel zu einsichtig. Bestimmt würde es nicht lange dauern, bis der erste Verkäufer mit professionellem Lächeln wie aus der Zahnpasta-Reklame auf sie zutrat. Das war aus Recherche-Gründen zwar nicht unbedingt schlecht; bevor er sich jedoch von einem Verkaufsgenie das Ohr abkauen ließ, wollte er erst einmal seine eigene kleine Erkundungstour starten. Aus dem Grund ließ er die Fahrzeuge im Radius von zehn Metern um das Gebäude herum vollkommen außer Acht und nahm sich das vor, was Dörner im hinteren Teil des Grundstücks zu bieten hatte.

Anfangs waren da noch die Neuwagen, doch je weiter sie sich vom Haupthaus entfernten, desto mehr nahm die Zahl der Gebrauchtwagen zu. Diese waren ebenfalls auf Hochglanz poliert, stellten aber zumindest auf den Preisschildern einen klaren Unterschied zur Neuware dar. Peter war fast ein bisschen erschrocken, wie viel man mittlerweile für ein fabrikfrisches Fahrzeug hinblätterte. Als sie vor etlichen Jahren den Kombi-Jahreswagen gekauft hatten, hatte sich der Preiszeiger noch in völlig anderen Gefilden bewegt.

Selbst Bernd wirkte überrascht. »Junge, Junge«, betonte er mehrmals und meinte damit vermutlich nicht die Ausstattungspakete oder die Lackfarbe. »Da muss ne alte Frau ziemlich lange stricken, um sich das leisten zu können.«

Peter nickte zustimmend und ließ den Blick unauffällig über die geparkten Autos schweifen. Er hoffte auf irgendeine Unregelmäßigkeit. In den Krimis stach den Ermittlern immer irgendeine Kleinigkeit ins Auge, die nicht ganz stimmte. Hier hingegen machte alles einen völlig normalen und unauffälligen Eindruck. Keine Verbindungen zum organisierten Verbrechen, Drückerkolonnen oder was sonst noch Motive für einen Mord oder wenigstens einen Wohnungseinbruch liefern könnte.

»Kann ich Ihnen helfen?«, ertönte plötzlich eine kraftvolle Frauenstimme hinter ihnen.

Erschrocken zuckte Peter zusammen. Als er sich umdrehte, war er für den Bruchteil einer Sekunde davon überzeugt, Birgit Grauer vor sich zu erblicken. Alter und Frisur stimmten durchaus überein. In Sachen Gesicht und Statur allerdings unterschied sich die Dame in dem blauen Business-Outfit deutlich von den Fotos, die Peter aus dem Internet kannte. Außerdem lächelte sie mit genau jenem perfekt einstudierten Verkäuferlächeln, das er erwartet und befürchtet hatte. Laut dem goldenen Schildchen an ihrer Brust hörte sie auf den Namen Matea Schneider.

»Wir schauen uns bloß um«, probierte er sie abzuwimmeln.

Was natürlich nicht funktionierte. »Was genau suchen Sie denn?«

Nach Hinweisen auf ein Verbrechen, lag es ihm auf der Zunge. Doch er kam nicht mal dazu, überhaupt irgendwas zu antworten, denn Bernd riss das Gespräch an sich und wiederholte in Kurzfassung das, was sie auf der Fahrt hierher diskutiert hatten. Nur, dass aus seinem Mund deutlich mehr Fachbegriffe kamen, die von vornherein ein größeres Verständnis von der Materie suggerierten. Bevor Peter sichs versah, schwatzten die zwei über PS-Zahlen, Hybridmotoren und die Laufleistung von Elektrofahrzeugen. Zumindest war es das, was er dabei heraushörte. Peter wurde zum reinen Stichwortgeber, der höchstens mal Ja oder Nein zu sagen brauchte. Es dauerte nicht lange, dann schienen Bernd und die Verkäuferin sich handelseinig, und alle drei gingen in den Glaspalast, um Broschüren zu studieren und weitere Einzelheiten zu besprechen. Ob es dabei um einen Gebraucht- oder Neuwagen ging, wusste Peter nicht mal genau. Er hatte nach der Hälfte des Gesprächs mangels Interesse aufgehört zuzuhören.

Die Verkäuferin führte sie zu einem Schreibtisch auf der linken Gebäudeseite. Hinter ihnen parkten zwei funkelnde Wagen aus dem höheren Preissegment. Bei einem standen die Türen offen, beim anderen die Motorhaube. Es war wie die Fleischbeschau beim Metzger, nur dass es hier um Kfz-Hardware ging.

»Entschuldigen Sie mich kurz«, bat die Verkäuferin und flitzte, ohne eine Antwort abzuwarten, los, um die erwähnten Prospekte zu holen.

»Ich habe nicht vor, heute ein Auto zu kaufen«, erinnerte Peter seinen Freund, sobald sie unter sich waren.

»Keine Sorge, habe ich nicht vergessen. Aber es schadet ja nicht, sich mal ein unverbindliches Angebot geben zu lassen. Wenn es ein Super-Sonderschnäppchen ist, schlage ich vielleicht zu.«

Daher wehte also der Wind!

»Na, dann mach mal, solange du mich da raushältst …«

Peter hörte, wie sich hinter ihm die Eingangstüren des Glaspalastes öffneten und drehte sich um. Leider war es nicht Verkäuferin Matea Schneider, die aus welchem Grund auch immer das Gebäude verlassen hatte, sondern ein junger Bursche Mitte zwanzig mit blondem Undercut und einem ramponierten grünen Trainingsanzug. Modisch war anders. Er bewegte sich so schnurstracks durch den Verkaufsraum, dass die Sohlen seiner weißen Turnschuhe wie im Sportunterricht leise quietschten. Wie ein Angestellter des Autohauses sah er nicht aus. Und Kunden stürmten in der Regel nicht direkt auf verschlossene Bürotüren zu. Laut den Schildern daneben war eines das Büro von Alexander Dörner, dem Chef des Autohauses, und das andere führte zur Finanzierungs- und Buchhaltungsabteilung. Das war genau die Abteilung, in der auch Birgit Grauer arbeiten müsste.

Peter war gespannt, für welche Tür sich der Bursche entscheiden würde. Hinter beidem schienen sehr interessante Möglichkeiten zu warten.

Zwei Sekunden darauf erhielt er die Antwort: Die Finanzabteilung war das Ziel. Ob er dabei direkt zu grauen Birgit wollte, blieb zunächst unklar. Es genügte allerdings, um Peter sehr, sehr neugierig zu machen. Irgendwie musste er ebenfalls in das Büro und herausfinden, was da drinnen vorging. Wer wusste schon, ob es unter Umständen nicht mit dem Mordfall zusammenhing?

»Ich habe mich umentschieden«, sagte er deshalb zu Bernd. »Ich glaube, ich möchte mich mal über Finanzierungs- und Kreditmöglichkeiten unterhalten.«

Der Freund hob überrascht die Brauen. Gelegenheit für eine Bemerkung erhielt er nicht.

»Das hört man gern«, sagte die Verkäuferin, die sich ihnen mit jeder Menge Prospekte von hinten näherte.

Ihre Schritte waren so leise gewesen, dass Peter beim Klang ihrer Stimme erschrocken zusammenzuckte.

Bernd sah ihn fragend an. Einen Moment lang bedauerte Peter, seinen Kumpel nicht eingeweiht zu haben. Doch was hätte er sagen sollen? Hey, ich will so schnell wie möglich nach Schweden und spiele deshalb Detektiv? Bernd hätte einen superben Lachanfall bekommen. So oder so: Sein Kumpel war unwissend. Und vielleicht war genau das gut, denn als Frau Schneider die Prospekte vor den beiden Männern ausbreitete, nickte Bernd wissend und griff nach einem Hochglanzheft, auf dem eine Art SUV abgebildet war.

»Wegen der Finanzierung …«, setzte Peter an.

»Nun, da sollten Sie sich zunächst für ein Modell entscheiden. Entscheidend ist auch, ob Sie einen Wagen in Zahlung geben möchten, ob Sie Ratenkauf oder Leasing bevorzugen …«

»Alles klar.« Peter wurde unruhig, während Bernd sich scheinbar gegen den Geländewagen entschied und nach dem Prospekt für eine Limousine griff. Peter schielte zu der Tür, durch die der Kerl verschwunden war. Herrschaft noch mal! Seine Neugier brachte ihn zum Schwitzen.

»Alles okay?«, fragte Bernd, der seine Augen nur schwer von den Tabellen losreißen konnte.

»Ja. Nein. Ich müsste mal zur Toilette«, stammelte Peter.

»Aber gerne, den Gang entlang und dann links« , sagte Frau Schneider. Peter schoss hoch und ging in die angewiesene Richtung. Leider führte ihn dieser Weg erst einmal weg von dem Büro, hinter dessen Tür Peter Birgt Grauer vermutete.

»Scheiße!«, fluchte er leise. Dann grinste er. Zwei Türen nach dem Herren-WC fand er eine Tür, die nach draußen führte. Sie war nicht abgeschlossen, und er fand auch schnell den Grund dafür heraus: Im schmucklosen Hinterhof stand eine Bank, daneben ein Standascher, der vor Kippen nur so überquoll. Offenbar war er im Pausenbereich der Mitarbeitenden gelandet. Er sah sich um. Weit und breit war keine Menschenseele in Sicht. Er musste sich kurz orientieren, dann bog er nach rechts um das Gebäude herum ab. Der Hinterhof war zugeparkt mit Fahrzeugen aller Art. Er schlich am Gebäude entlang und ging in die Knie. Es war weder würdevoll noch bequem, aber auf diese Art konnte er sich unter der Fensterfont entlang bewegen, ohne von innen gesehen zu werden.

Als seine untrainierten Beine bereits zitterten, erreichte er ein gekipptes Fenster. Er hielt die Luft an, als er dahinter die Stimme von Lottes Assistenten hörte.

»Verdammt noch mal, Birgit, was hat dich denn da geritten?«

Birgit? Scheinbar kannte der Undercut-Typ die Grauer näher. Peters Puls beschleunigte sich, und er spitzte die Ohren.

»Ich weiß gar nicht, wovon du redest.«

»Blödsinn!« Undercut erkannte die Floskel genauso, wie Peter. Der vernahm ein Scharren. Offensichtlich stand Birgit Grauer auf. Ein leiser Knall verriet ihm, dass ihr Bürostuhl an den Aktenschrank geprallt war. Kurz wagte er sich aus seiner Deckung. Frau Grauer und der Bursche standen sich, getrennt durch den Schreibtisch, gegenüber. Undercut wedelte mit ein paar zerknitterten Blättern vor Birgit Grauers Nase. Er selbst sah ebenfalls zerknittert aus. Außerdem schwitzte er wohl, unter seinen Achseln hatten sich dunkle Flecken gebildet. Noch interessanter war der Fakt, dass sich auf dem Trainingsanzug in Brusthöhe das Logo vom 1. FC Lauengraben befand. Daher also die Verbindung.

»Was machst du überhaupt hier? Das ist gegen unsere Absprachen«, zischte Birgit Grauer, die Peter nur von hinten sehen konnte. Er ging wieder in Deckung und tat so, als wäre er mit seinen Turnschuhen beschäftigt, nur für den Fall, dass jemand hinter die geparkten und noch nicht ausgepreisten Fahrzeuge linsen würde. Womit er nicht rechnete.

»Wer hält sich denn nicht daran?«, konterte Undercut.

»Jetzt hab dich mal nicht so. Wenn ich mich recht entsinne, hast du genauso davon profitiert.«

»Bla, bla. Und bla!« Gingen dem Kerl die Argumente aus?

»Ja, nix bla bla. Davon willste jetzt nix mehr hören, oder? Mir soll das recht sein. Dann frag ich mich bloß, wieso du hier bist?«

»Wegen Enno und den Sachen, die du mit ihm am Laufen hast! Das ist alles eine Riesenscheiße, die uns allen jederzeit um die Ohren fliegen kann.«

»Jetzt plustere dich mal nicht so auf, Kleiner! Ich weiß genau, was ich tue. Außerdem wusstest du von Anfang an Bescheid.«

»Haha. Ich hatte mal am Rande was mitgekriegt, dass ihr Gelder von der Agentur abrechnet und dass die Empfänger als großzügige Spender dieser Euronen an unseren Fußballclub aufgetreten sind.«

Peter horchte auf. Hatte er das eben richtig gehört? Hatte Enno Roth die Arbeitsagentur und damit den Steuerzahler – und letztendlich ihn – betrogen, um damit seinen Fußballverein zu finanzieren? Weshalb hätte er das tun sollen?

»Ja, und?«, fragte die Grauer. »Das tut dem Verein nicht weh.«

»Aber Roth hat neulich irgendwas ziemlich weh getan. Jetzt ist der Typ mausetot. Bestimmt gibt es irgendwelche

Unterlagen mit den Überweisungen. Von der Bank oder so. Mit Namen, Geldbeträgen und was weiß ich alles!«

»Glaube ich nicht. Aber selbst wenn; nirgendwo wirst du namentlich genannt. Du warst lediglich stiller Mitwisser. Den Verein trifft auch keine Schuld. Was kann der dafür, wenn ihm jemand was spendet?«

»Das sagst du so einfach. Hast du keine Angst, dass du in die Sache reingezogen wirst?«

»Ach, iwo. Dafür habe ich schon gesorgt. Keine Spur führt zu mir.«

»Und wenn doch? Was, wenn da mehr als bloß ein paar Spenden an den Sportclub gegangen sind? Da könnte was Großes gelaufen sein!«

»Kein Kommentar. Halte dich da am besten raus.«

»Würde ich ja gerne. Aber das ist alles verflucht dünnes Eis. Ich hab keinen Bock, deinetwegen im Kittchen zu landen!«

»Wie schon gesagt: Halt die Füße still, dann passiert nichts. Keinem von uns.«

»Ja, ja, das hast du früher auch gesagt. Sieht man ja, wohin uns das gebracht hat.«

»Es bringt auf jeden Fall nichts, wenn du jetzt die Nerven verlierst. Mach einfach alles so weiter wie bisher. Dann löst sich wahrscheinlich alles in Wohlgefallen auf. Hey, Moment mal, jetzt kommt's mir erst … warst du das in meiner Wohnung?«

»Was soll ich mit deiner Wohnung? Wovon redest du?«

Einen Moment lang schwiegen die beiden.

»Bei mir wurde eingebrochen«, sagte Birgit Grauer schließlich tonlos.

»Scheiße. Davon weiß ich nichts.«

»Du bringst es auf den Punkt, denn …«

»Peter?« Bernd riss die Tür auf und trat auf den Hof. Mist! Peter dackelte in Hockhaltung um die Fahrzeuge herum und richtete sich erst dann wieder auf, als er seinem Kumpel weismachen konnte, sich im Hinterhof für ein Fahrzeug zu interessieren. Er tat so, als würde er angestrengt ins Wageninnere linsen, indem er die Hände vor den Augen zu einem Trichter verschränkte.

»Sag mal, wo bist du denn? Ich dachte schon, du bist ins Klo gefallen!«

»Äh. Nein, Quatsch. Ich hab hier nur einen interessanten Wagen entdeckt.«

»Eine Ente?« Bernd lachte. Erst jetzt wurde Peter bewusst, dass er vor einem rostzerfressenen Oldtimer stand, der vermutlich nur noch Schrottwert hatte.

»Ach so. Nein, nicht zum Kaufen. Nur so.«

»Du bist manchmal echt speziell.« Bernd schüttelte den Kopf. »Aber ich bin schlauer als noch vorhin. Wenn du ein Auto kaufen willst, dann einen Hybrid.«

»Einen was?«

»Vergiss es. Ich hab die Unterlagen beisammen.« Bernd hielt einen Packen Schnellhefter in die Höhe. »Die schaust du dir in Ruhe an. Dann sehen wir weiter. Ein Autokauf sollte niemals überstürzt werden.« Mit diesen Worten machte er kehrt und steuerte die Räder an. Peter folgte ihm zögernd. Zwar warf er noch einen Blick in Birgit Grauers Büro, doch konnte er dort nichts mehr sehen geschweige denn hören.

Charlotte Wachmann

»Sag mal, bist du bescheuert?«

»Lotte, Chefin …«

»Leck mich am Arsch, wo warst du gestern?«

»Ich … also … ich … mein Darm. Ich hab mir … also ich hab … na ja … geschurzt.«

»Du hast was?«

»Na ja, wenn man furzen will und … ein bisschen was mitkommt …«

Nur mühsam verkniff sie sich ein Lachen. »Vergiss es. Mach so was nie wieder. Wenn du dir in die Hose machst, dann ist das so. Wechsel die Klamotten, melde dich, und alles ist gut. Von mir aus kauf dir wattierte Unterhosen.«

»Danke, Charlotte.«

»Ich hoffe, du bist wieder dicht. Wir müssen los.«

Dass Kai spürbar aufatmete, schob Lotte auf seine gestrige Unpässlichkeit. Wem wäre es nicht peinlich, als erwachsener Mensch in die Hose zu machen? Und wer erwischte nicht dann und wann ein schlechtes Essen, das unerwartet die Schleusen öffnete? Innerlich nahm sie einen Tafelschwamm und wischte den vergangenen Abend und ihren Ärger beiseite.

Schließlich war ihr Kollege stets und ständig zuverlässig und ja, in gewisser Weise auch ihr Vertrauter. Kai war der einzige Mensch, mit dem sie dann und wann über ihre Ehe sprach. Er war unaufgeregt, reflektiert und schien in Gedanken oft so weit weg zu sein, dass sie sich nicht scheute, ihm vom unerfüllten Kinderwunsch, Peters Luftschlössern oder ihren Ängsten zu berichten. In gewisser Weise war Kai wie ein Sohn für sie. Nein, eher wie eine Art Beichtvater, wenn auch ein recht junger. Ihm konnte sie vieles anvertrauen, denn sie wusste, dass er seiner Vorgesetzten niemals in den Rücken fallen würde. Das hatte er bewiesen, als er kurz nach seiner dienstlichen Zuweisung in ihren Schreibtischschubladen nach Kopierpapier gesucht und die Unterlagen über ihren Kinderwunsch und die vielen erfolglosen Hormonbehandlungen gefunden hatte.

»Ab zu Frau Sorgus!«, befahl Lotte. Die Kollegen hatten zuvor in deren Firma angerufen und erfahren, dass sie sich krankgemeldet hatte. Das Duo steuerte also ihre Privatadresse am Martin-Luther-King-Ring an.

Die Adresse entpuppte sich als Acht-Familien-Haus im Speckgürtel der Stadt. Um diese Uhrzeit schienen die meisten Bewohner bei der Arbeit zu sein, denn viele reservierte Parkplätze waren frei. Lotte parkte den Wagen auf einem gepflasterten Platz, der mit einem Blechschild gekennzeichnet war, auf dem *Wohnung drei* stand.

Auf der Fahrt hatte Lotte Kai von ihren gestrigen Ermittlungen berichtet. Ihr Kollege hatte stur aus dem Fenster gestarrt und geschwiegen. Dass er nicht wie sonst nachfragte, schob Lotte darauf, dass er sich womöglich noch immer wegen seines gestrigen Abgangs schämte.

Der Martin-Luther-King-Ring lag wie verwaist da, als die beiden Beamten ausstiegen. Außer dem Dienst-VW parkte nur ein Familienvan in einer der Parkbuchten. Und daneben stand ein Mini in sattem Rot. Den hatte Lotte schon auf dem Parkplatz bei DataTec gesehen.

»Frau Sorgus ist also zu Hause«, stellte sie fest und

drückte auf eine der acht Klingeln. Es dauerte ein wenig, dann knarzte die Sprechanlage.

»Ja?«

»Amazon Prime«, sagte Kai mit verstellter Stimme, obwohl das völlig unnötig war. Lotte tippte sich mit dem Zeigefinger an die Stirn.

»Ich hab nichts bestellt«, kam es knacksend zurück.

»Ist Paket für Nachbar.«

»Ach so.« Es knackte, als Ina Sorgus den Hörer der Sprechanlage aufknallte. Dann ertönte der Summer des Türöffners. Die Polizisten traten ein.

Neben den Briefkästen wies die Hausverwaltung darauf hin, dass es nach 22 Uhr nicht erlaubt war, zu duschen, und dass es erwünscht sei, die Mülltrennung einzuhalten. Charlotte grinste und war wieder einmal froh, in einem eher verlotterten Stadtteil zu wohnen. Dort quoll schon mal die Biotonne über, weil ein paar Studenten die Pizzakartons hineingestopft hatten, aber dort störte sich auch niemand am lautstarken Bekunden der sexuellen Befriedigung, und es war allen egal, wenn sie um zwei Uhr nachts in der Wanne planschte.

Einen Aufzug gab es hier nicht. Die Beamten stapften die Treppen hinauf, vorbei an grenzwertigen aufgeklebten Puzzlebildern des Schlosses Neuschwanstein, vertrocknenden Pflanzen auf den Fensterbänken und etlichen hässlichen Fußmatten.

Herzlich willkommen in Spießertown, schien ihnen das Ambiente zuzurufen.

Im dritten Stock lehnte eine Frau im Türrahmen, bekleidet mit einem rosa Morgenmantel, die Haare zerzaust.

In diesem Outfit erinnerte sie kaum mehr an die adrett gekleidete Person, die sie vor Kurzem *bei DataTec* getroffen hatten.

»Sie sind aber nicht von Amazon«, stellte Ina Sorgus fest.

»Gut erkannt«, sagte Lotte und zückte wie schon bei ihrem ersten Treffen den Dienstausweis. Kai tat es seiner Chefin gleich. Beide kassierten einen Blick, der zwischen Langeweile, Bosheit und Genervtsein lag.

»Ich nehme an, Sie wollen hereinkommen?«

Lotte nickte. Ina Sorgus machte den beiden Platz und lotste sie ins Wohnzimmer.

»Käffchen?«, fragte Ina Sorgus mit einem gehässigen Unterton.

»Dankchen, nein«, gab Lotte zurück. Kai grinste.

»Na, dann nehmen Sie mal Platz.« Die Hausherrin verwies die ungebetenen Besucher auf die beiden abgewetzten Ledersessel. Sie selbst nahm auf der Couch Platz, wobei sie die stoppelig rasierten Beine übereinanderschlug. Kai machte große Augen. Charlotte hätte der Frau am liebsten ein Epiliergerät empfohlen. Was aber wenig professionell gewesen wäre und vielleicht nur davon gezeugt hätte, was sie unter ihrer Jeans verbarg: Haare. Lotte nahm sich vor, bei der nächsten Gelegenheit Peters genialen Rasierer zu mopsen und damit unter der Dusche zu verschwinden.

»Was kann ich für Sie tun?« Ina Sorgus gähnte unverhohlen, aber sichtlich gespielt, und sah von Lotte zu Peter und wieder zurück.

»Wir sind noch mal wegen Enno Roth hier.«

»Warum überrascht mich das nicht?« Sie knibbelte an

der Nagelhaut ihres rechten Daumens. Beide Kommissare waren geschult genug, um zu sehen, dass es sich hierbei um eine Übersprungshandlung handelte. Frau Sorgus war nervös.

»Wahrscheinlich, weil Sie uns beim letzten Mal ein paar Informationen vorenthalten haben und deshalb genau wussten, dass wir wiederkommen würden.«

»Ich? Ihnen was vorenthalten? Was genau soll denn das sein?« Ina Sorgus riss ein Stückchen Haut ab. Ein winziger Blutstropfen trat hervor. Sie steckte die Hand in die Tasche des Morgenmantels. »Sie haben mich nach Homepage von Fußballverein gefragt. Eff Zeh Irgendwas. Dazu habe ich alles erzählt. Sie haben mich nach Enno Roth und Frank Mayer gefragt, und auch darauf ich habe geantwortet.«

»Das haben wir nicht vergessen«, antwortete Kai und tat es positionstechnisch seiner Chefin nach. Derart angestarrt zu werden war Ina Sorgus sichtlich unangenehm. Fast hatte Lotte Mitleid mit ihr. Mitleid wie mit einer jungen Schimpansin, die zum ersten Mal ihr Baby den begeisterten, neugierigen und starrenden Besuchern im Zoo zeigen darf. Oder muss. Ironischer Weise stand auf dem Tisch eine Schale, in der sich neben zwei runzeligen Mandarinen drei Bananen befanden. *Ausgerechnet Bananen*, schoss Lotte der uralte Schlager in den Kopf. Sie verfluchte sich selbst. Diesen Ohrwurm würde sie den ganzen Tag weder gegen ein belegtes Brot mit Schinken noch gegen eins mit Ei tauschen können. Und auch nicht gegen den Klassiker, *Agathe Bauer. I've got the power*. Unbewusst wippte sie im Takt des Liedes mit den Zehen.

»Sie haben neulich vergessen zu erwähnen, dass Sie einen sehr engen Kontakt zu Herrn Roth hatten«, stellte Lotte fest. »Darauf lassen zumindest die vielen Telefonate schließen.«

Ina Sorgus schluckte trocken. »Er war mein Auftraggeber für die Homepage.«

»Das waren dann aber viele Anrufe für einen doch recht mickrigen Auftrag«, warf Kai ein. Und fuhr fort, als Ina Sorgus die Augenbrauen hob: »Sie waren der Mensch, mit dem der Getötete in seinen letzten Tagen am häufigsten telefonischen Kontakt hatte.«

»War ich das?« Ina Sorgus schluckte erneut, tat aber ungerührt. Dass sie mit dem Zeigefinger am Nagelbett des rechten Daumens knibbelte, strafte sie dafür allerdings Lügen.

»Frau Sorgus.« Charlotte schlug einen vertraulichen Ton an und beugte sich vor. »Wir ermitteln in einem Mordfall. Wir sind nicht hier, weil wir mit Ihnen gemütlich Kaffee trinken wollen.«

»Das ist mir klar.« Ina Sorgus knibbelte schneller. Heftiger. So heftig, dass ein weiterer Blutstropfen austrat. Sie steckte sich den Daumen in den Mund, leckte den Körpersaft ab und versteckte die Hand dann wieder in der Tasche des Morgenmantels.

»Worum ging es in diesen Telefonaten?«, schaltete Kai sich ein.

»Um die Website.«

»Das glauben wir Ihnen. Aber worum noch?« Lotte ließ nicht nach. Ina Sorgus traten Schweißperlen auf die Stirn, dabei war es so früh am Vormittag in dem Zimmer nicht einmal sonderlich warm. »Scheiße«, sagte sie schließlich und schloss die Augen. Die beiden Kollegen tauschten einen kurzen Blick und nickten sich zu.

Sie hatten sie. Sie wussten das. Ina Sorgus offenbar auch.

»Okay.« Ina Sorgus schlug die Beine andersherum übereinander. »Sie werden es ja sowieso herausfinden.«

Beide Ermittler blieben reglos und stumm. Ja, sie würden es herausfinden. Entweder jetzt, oder später. Aber sie würden. Das schien auch Ina Sorgus klar zu sein.

»Wir haben da ein bisschen nachgeholfen.« Das klang kleinlaut.

»Nachgeholfen, inwiefern?«, fragte Lotte. Kai zückte sein Notizbuch. Obwohl sämtliche Ermittler längst mit Laptops oder Tablets ausgestattet waren, hielten sich die allermeisten noch an diese quasi antiquierte Methode, um rasch Dinge festzuhalten.

»Na ja, waren Sie mal auf Facebook-Seite von Verein?«

Ertappt. Waren sie nicht gewesen.

»Waren Sie also nicht.« Das entlockte Ina Sorgus ein Grinsen.

»Wir stehen noch am Beginn der Ermittlungen«, antwortete Lotte und ärgerte sich im selben Moment über sich selbst. Sie hatte ganz bestimmt keinen Grund, sich gegenüber dieser Frau zu rechtfertigen oder gar zu entschuldigen. Doch gesagt war gesagt.

»Ja, ja.« Ina Sorgus machte eine Handbewegung, als wollte sie eine lästige Stechmücke vertreiben. »Dann helfe ich Ihnen mal. Der Eff Zeh hat über zehntausend Follower. Also Menschen, die finden gut den Verein.«

»Wir wissen, was Follower sind«, blaffte Lotte, gleichwohl erstaunt, wie viele Zuckerberg-Fans diesen vergleichsweise winzigen Verein geliked hatten.

»Jeder Follower ist eine Rädchen, an das sich Firmen hängen, wenn es geht um Bandenwerbung oder Aufdrucke auf Trikot von Spieler«, fuhr Ina Sorgus fort. »Anders gesagt: Jeder Klick ist pures Geld wert.«

»Und woher hat dieser Verein so viele Fans?«

»Von mir.« Ina Sorgus lehnte sich zurück und lächelte süffisant.

»Sie kennen die alle?«

»Kaum. Enno hat mir Namen gesagt, ich habe in Netz nach denjenigen recherchiert, die in der Bildsuche auftauchten. Ja, macht man nicht, ist aber nicht strafbar, wenn man anlegt für diese Herrschaften Profile.«

»Ich verstehe nicht.«

»Na ja. Nehmen wir Horst Schneider. Davon gibt es viele in Deutschland. Ein Name, ein Bild, ein Profil und Profit durch die Hintertür für den Fußballclub.«

»Fallen Ihnen noch andere Namen ein?«

»Dafür ich müsste auf Facebook gehen.« Ina Sorgus blieb die Ruhe selbst.

Lotte schloss die Augen. In ihrem fotografischen Gedächtnis sah sie die Dokumente aus Roths Aktenschrank vor sich ausgebreitet.

»Ist eine Adelheid Hornung dabei? Eine Marianne Meister? Ein Frietjof Hansen?«

»Äh. Ja. Wieso?«

»Diese und vermutlich viele weitere Fans des Clubs sind tot. Manche seit Jahren.«

»Ach du Scheiße«, entfuhr es Ina Sorgus. »Das ich nicht

wusste. Enno mir hat nur Namen gesagt. Die Wohnorte. Was man so braucht. Hobbys ich habe erfunden. Oder Job. Fotos gibt es im Netz ja reichlich. Verdammt.«

»Das glaube ich Ihnen sogar«, warf Charlotte ein, während Kai sich eifrig Notizen machte. Durch das gekippte Fenster hatte eine schillernde Schmeißfliege Einlass ins Wohnzimmer gefunden. Das Insekt umkreiste die drei in einer Lautstärke, die die Polizei auf den Plan gerufen hätte. Lästig war es allemal. Kai holte mit dem Notizbuch aus und beförderte das Viech mit einem gekonnten Volley aus der Flugbahn und damit aus dem Leben. Beide Frauen wandten ihm einen dankbaren Blick zu. Ina Sorgus griff mit spitzen Fingern nach dem Kadaver, hob ihn auf und legte die platte Schmeißfliege neben die Schale mit den Bananen und den Mandarinen.

»Ich hasse diese Viecher«, sagte sie tonlos

»Enno Roth haben Sie aber nicht gehasst?« Lotte wünschte sich in diesem Moment, doch ein Käffchen gewählt zu haben – allein wegen der theatralischen Geste, mit der sie nun zur Tasse hätte greifen können.

Ina Sorgus' Wangen überzogen sich mit einem sanften Rot.

»Bingo!«, dachten Kai und Lotte unisono.

»Warum auch? Er war schließlich mein Auftraggeber. Und hat mir geholfen bei Jobfragen.«

»Nur das?« Lotte war Frau genug, um zu ahnen, dass es keine rein geschäftliche Beziehung war, die die beiden gepflegt hatten. Sie ließ den Blick schweifen. Dann stand sie auf und ging zum Sideboard, auf dem Seegras in einer grauen Vase stand. An der Wand ging ein Traumfänger, wie man ihn auf jedem Markt nachgeschmissen bekam. Die Federn waren dunkelblau und passten wunderbar zu dem Bilderrahmen, der auf dem Schränkchen stand. In diesen war ein Foto geklemmt, das ein Paar zeigte, Händchen haltend, dem Winkel nach aufgenommen mit einem Selfiestick. Die beiden standen vor einem sattgrünen Busch und hielten Händchen. Sie sahen nicht in die Kamera, sondern hatten sich im Moment der Aufnahme tief in die Augen geschaut. Beide lächelten.

»Stellen Sie sich von jedem Auftraggeber Bilder ins Wohnzimmer?« Die Ironie in Lottes Stimme war unüberhörbar. Kai wandte sich um. Ina Sorgus lief knallrot an.

»Natürlich nicht«, brachte sie hervor, wobei ihre Stimme kiekste. »Enno und ich …«

»Sie standen sich sehr nahe. Ich verstehe. Das ist ja kein Verbrechen«, sagte Lotte, der die Frau jetzt doch ein wenig leidtat. So leid sie ihr im Rahmen der Professionalität eben tun durfte. Schließlich hatte Ina Sorgus nicht nur eine Einnahmequelle, sondern auch einen vermutlich geliebten Menschen verloren.

»Es tut mir leid«, schniefte die IT-Frau.

»Was tut Ihnen leid?«

»Dass ich mit Enno … also, dass wir … zusammen waren. Ich habe gewusst, dass er verheiratet war. Ich wollte das nicht, aber … Es tut mir leid, ich wollte nie sein eine Ehebrecherin.«

»Da Sie nicht verheiratet sind, können Sie ja kaum eine Ehe gebrochen haben«, stellte Kai trocken fest.

»Frau Sorgus, wir ermitteln in einem Mordfall. Wir sind weder Moralapostel, noch dazu befugt, uns irgendein Urteil über Ihr Privatleben zu erlauben«, versuchte Lotte, die Situation zu beruhigen. Dann nickte sie Kai zu. Der verstand den Wink und erhob sich. Sie waren hier fertig. Sich die Augen aus dem Kopf heulen konnte Ina Sorgus auch alleine.

»War das jetzt eigentlich ein Verhör?«, fragte diese, als sie die Beamten zur Wohnungstür begleitete, wobei sie nur mit Mühe und Not die Tränen zurückhalten konnte.

»Nein. Das war noch nicht einmal eine Befragung. Das war nur ein Gespräch«, erläuterte Lotte. »Dennoch werden Sie in den kommenden Tagen aufs Präsidium kommen müssen, um Ihre Aussage zu machen. Die Kollegen werden sich melden.«

Ina Sorgus nickte und schloss die Tür hinter Kai und Lotte. Eine Sekunde darauf erklang ein markerschütternder Schrei, erfüllt von Schmerz und Verzweiflung.

»Na, die war es schon mal nicht«, kommentierte Kai emotionslos.

»Was macht dich da so sicher?« Die beiden stiegen die Treppenstufen hinunter.

»Würdest du den Kerl erschießen, der dich erstens bezahlt und zweitens befriedigt?«

»Eher nicht«, gab Lotte grinsend zu und fummelte ihr Mobiltelefon hervor, auf dem eine Nachricht der Kollegen der *SOKO Tiefgarage* eingegangen war. Sie las sie und sagte: »Ach!«

»Ach was?« Kai schloss den Wagen mit der Fernbedienung auf.

»Enno Roth hatte eine Schwester.«

»Das stand in den Akten. Und?«

»Offenbar hat sie den Kontakt zu ihm abgebrochen.«
»Dann nehmen wir ihn wieder auf.«
»Ganz genau das war mein Plan.«

Die Kollegen hatten die Arbeitsstelle dieser Maren Grimpe durch gegeben. Da auf dem Weg dahin ein kleiner Feinkostladen lag, bat Charlotte Kai, kurz anzuhalten. Sie erstand für teures Geld einen Plastikbecher mit Schwedenhappen. Den eingelegten Matjes würde sie Peter mitbringen, wenn sie später ganz kurz nach Hause ging, um zu duschen und sich umzuziehen. Noch teurer kam sie die Flasche *Brännvin* zu stehen, aber was sollte es, Peter mochte aus ihr unerfindlichen Gründen diesen Kartoffelschnaps, von dem sie selbst übelste Kopfschmerzen bekam. Lotte ließ sich die Einkäufe auf Eis legen, damit diese in der Hitze nicht verdarben. Den Aufpreis bezahlte sie gerne.

Nach weiteren zehn Minuten Fahrt, während beide Beamte geschwiegen und mehr oder weniger begeistert den Songs von ihnen weitgehend unbekannten Bands aus dem Radio gelauscht hatten, setzte Kai das Auto in eine Parklücke.

»Ich war noch nie in einem Bastelladen«, sagte Kai.

»Ich auch nicht«, gab Lotte zu und öffnete die Tür zu *Maren's Bastelparadies.* Allein wegen des Deppen-Apostrophs hätte sie privat den Laden nie betreten, so wie sie nie und nimmer Anbieter wie *Scarlet O'Haara!* (Friseur), *Meat and Eat* (Metzgerei) oder *Hohl-o-Gramm* (Fitnessstudio) betreten würde. Bei Facebook war sie mal Mitglied in einer Gruppe gewesen, die skurrile Geschäftsnamen sammelte. Die Friseure führten knapp, gefolgt von den Bäckereien.

Dort hatte sie mal einen wahren Lachflash bekommen bei *Pony & Clyde*, *Tick, Trick & Hack* und *Schnittstelle*. Das Schlimme war: Alle diese Läden existierten wohl tatsächlich, und die Namen ließen sie einmal mehr an der Menschheit zweifeln.

Die Beamten betraten den Laden. Außenstehende hätten meinen können, dass ein etwas ungleiches Pärchen zum Bummeln gekommen war. Genau diesen Anschein hoffte Lotte zu erwecken. Sie gingen hinein und sahen sich um. Das hieß: Lotte scannte den Laden. Kai trat von einem Bein auf das andere und schnappte sich die nächstbeste Zeitung aus dem rollierenden Ständer. Scheinbar fasziniert und konzentriert blätterte er in *Häkeln heute*. Lotte unterdrückte ein Lachen. Sich den meist recht ungeduldigen Kai mit einem bunten Wollknäuel zwischen den Beinen vorzustellen, fand sie durchaus erheiternd. Sie ließ ihn stehen und erkundete den weiteren Teil des Ladens.

Was schnell geschehen war, denn das Bastelparadies umfasste kaum mehr als vierzig Quadratmeter. Die Mitte des Ladens wurde vom Verkaufstresen dominiert, auf dem neben kostenlosen Prospekten und Bastelanleitungen in drei Körbchen Sonderangebote lagen: reduzierte Wackelaugen, Moosgummiplatten, in die Jahre gekommene Strohblumen. Links befand sich die Wollecke, in welcher alle möglichen Garne in CD-Regalen von IKEA gelagert waren. Lotte erkannte die Möbel, bei ihr zu Hause standen dieselben. Rechts tat sich ein wahres Tohuwabohu von Farben, Kleistern, Tonkartons in allen Nuancen und Acryl-, Öl- und Wasserfarben auf.

Was macht man damit, fragte sie sich insgeheim und

schickte die nächste Frage stumm hinterher: Wer war so verzweifelt oder gelangweilt vom Leben, dass er stundenlang Glückwunschkarten malte, klebte, faltete?

»Kann ich Ihnen helfen?« Unbemerkt von Lotte war eine Dame hinter einem Vorhang hervorgetreten, der vermutlich zum Lager oder zum Büro führte. Nun ja. Dame war zu viel gesagt.

»Vielleicht«, sagte Lotte und durchschritt den Laden, während Kai sich einer Zeitschrift mit dem Titel *Filzmäuse im Handumdrehen* widmete. Lotte musste ein Lachen unterdrücken, denn im ersten Moment hatte sie *Filzläuse* gelesen. Sie vertrieb das alberne Bild aus ihrem Kopf.

»Was suchen Sie denn?« Die Frau war höflich, wirkte aber auf ihre eigene Art distanziert mit dem streng gebundenen Zopf, dem ausgeleierten Shirt und den vielen vermutlich selbst geknüpften Freundschaftsbändchen um den rechten Arm. Am linken Handgelenk trug sie eine hochmoderne Smartwatch. Mit einer solchen hatte Lotte auch einmal geliebäugelt, den Kauf dann aber angesichts des Preises rasch verworfen.

»Ich suche Maren Grimpe.«

»Das bin ich.« In der Stimme der Frau lag weder Verunsicherung noch Argwohn.

»Charlotte Wachmann.« Lotte zeigte ihren Dienstausweis.

»Ist was passiert? Wurde irgendwo eingebrochen?«

»Von einem Einbruch wissen wir nichts.« Kai gesellte sich zu seiner Chefin. Maren Grimpe hob die Augenbrauen.

»Wir sind von der Mordkommission.«

Die Inhaberin wich einen winzigen Schritt zurück.

»Kennen Sie Enno Roth?«

Nun wurde Frau Grimpe blass. »Ja. Ja. Das ist mein Bruder. Was ist mit ihm?«

»Er wurde erschossen.«

Maren Grimpe starrte Lotte an. Sah von ihr zu Kai und zurück zur Kommissarin.

»W-was?«

»Ihr Bruder ist tot.«

»Okay. Ja. Okay. Enno. Ja. Oh.« Maren Grimpe drehte sich um und machte Anstalten, hinter dem Vorhang zu verschwinden. Sie taumelte. Dann sank sie zu Boden, noch ehe Lotte sie stützen konnte. Die Kommissarin eilte zu Frau Grimpe. Kai zückte sein Mobiltelefon und wählte die 112.

Peter Wachmann

Bei den Fahrrädern trödelte er absichtlich, um Zeit zu schinden. Zuerst blätterte er die erhaltenen Fahrzeugbroschüren durch, dann scrollte und tippte er auf seinem Smartphone herum. Das schien Bernd zu motivieren, es ihm gleichzutun, und zehn Minuten zogen mühelos dahin.

Aus den Augenwinkeln heraus beobachtete er, wie der Undercut-Typ das Autohaus verließ und zur nächsten Bushaltestelle lief. Ihn dabei zu verfolgen, dürfte schwierig werden, weil einerseits niemand sonst anderes an der Haltestelle wartete und sie andererseits mit ihren Drahteseln eh keine Chance haben würden, einem fahrenden Bus hinterherzukommen. Alternativ könnten sie noch probieren, ihre Räder mit in den Bus zu nehmen. Das wäre dann aber das Gegenteil von unauffällig.

Peter tat so, als wollte er den Luftdruck der Fahrradreifen und den Sitz der Kette überprüfen. Nachdem es dort nichts zu bemängeln fand, nahm er sich abermals sein Telefon vor, bis es Bernd irgendwann zu blöd wurde. »Warum genau versauern wir hier gerade? Wenn wir uns ranhalten, schaffen wir es noch zum Kino.«

»Ich bin unschlüssig wegen des Autos. Und wegen der Finanzierung. Vielleicht sollte ich noch mal mit der Buchhaltung vom Autohaus reden.«

»Steht ihr finanziell echt so knapp da? Als Lehrer verdienst du doch gar nicht so schlecht. Und Lotte als Kommissarin sicher auch nicht.«

»Das ist es nicht.«

»Was ist es dann? Habt ihr euch an der Börse verzockt? Aber ohne Kohle macht ein Autokauf eh keinen Sinn.«

»Ich … äh …« Peter begann zu schwitzen. Es lag definitiv nicht nur an der grellen Sonne über ihnen. Besser machte die es allerdings nicht. Ebenso für Bernd, der mit seiner krebsroten Haut die direkte Sonnenbestrahlung fürs Erste ohnehin meiden sollte.

»Außerdem wage ich zu bezweifeln, dass dir da die Buchhaltung vom Autohaus weiterhelfen kann. Finanzierungsangebote für Neu- oder Gebrauchtwagen macht die sicher nicht.«

Mit der Vermutung hatte er sicherlich recht. Damit war für Peter guter Rat teuer. Sollte er Bernd nun doch in seine

Pläne einweihen? Ein weiteres Mal war er hin- und hergerissen deswegen – und entschied sich für eine kleine Notlüge. »Ich bin nur unschlüssig wegen Hybrid und überhaupt. Am liebsten würde ich mich noch mal informieren. So ganz ohne Druck und so.«

Bernd zuckte mit den Schultern. »Klar, kein Thema. Dann lass uns gehen.«

Die Zustimmung war zwar gut, mehr hätte es Peter jedoch gefallen, allein losgehen zu können. Das mit Druck bezog sich ebenso auf seinen Freund, der ihm die ganze Zeit über im Nacken saß. Wie sollte er da eine vernünftige Recherche anstellen? Eine Sekunde bereute er es, Bernd nicht vorgeschlagen zu haben, schon mal vorzufahren und ihnen irgendwo ein Eis oder eine Cola zu besorgen.

Also zogen sie erneut im Zweierpack los. Vorbei an Dutzenden Autos, die Peter schnurzpiepegal waren und für die er trotzdem Interesse heucheln musste. Er umrundete die Karosserien, strich über den Lack und schaute brav in die Fahrerkabinen. Eben all die Sachen, die man auf der Suche nach einem neuen Gefährt so tut. Das vorzugeben, war nicht schwer. Die einzige Schwierigkeit bestand darin, irgendwie wieder zu dem Hinterhof zu gelangen, der an Birgit Grauers Büro angrenzte. Der direkte Weg wäre zu offensichtlich gewesen. Besser war es, sich im großen Bogen anzupirschen.

Um seine Geschichte von der Autosuche zu untermauern, ließ er gelegentlich Bemerkungen wie »Der sieht nicht schlecht aus« oder »Das Design gefällt mir ganz gut« fallen. Er hoffte, damit möglichst authentisch rüberzukommen.

Gerade wollte er einen Kommentar zu einer Innenausstattung loswerden, da hörte er, wie hinter ihm kraftvoll mehrere Autotüren zugeschlagen wurden. Neugierig drehte er sich um und erspähte drei Männer in dunkler, legerer Kleidung, die von einer schwarzen BMW-Limousine am Straßenrand unterwegs zum Autohaus waren. Alle drei Typen sahen südländisch aus und bewegten sich, als gingen sie zum Casting für einen Mafiafilm. Noch mehr als das Klischee eines Schmalspurgangsters ging kaum mehr. Aber eigentlich war das ja total alltagsrassistisch. Nur weil jemand einen südländischen Look besaß und dunkle Kleidung trug, musste er (oder sie) nicht zwangsweise ein Ganove sein. Möglicherweise wollten sich die drei bloß nach einem neuen Wagen umschauen. Oder sie holten jemanden ab.

Peter bemühte sich, sämtliche kleingeistigen Gedanken zu verwerfen. Leider funktionierte das nicht. Alles an diesen Typen schrie nach Kriminellen.

Sie liefen mit stolzgeschwellter Brust, die Arme so angewinkelt, als würden sie in den Achselhöhlen Rasierklingen schmuggeln. Als sie das Autohaus betraten, schien es nur noch eine Frage von Sekunden zu sein, bevor sie eine Vase umwerfen, eine Fensterscheibe einschlagen oder auf andere Art etwas beschädigen würden. Schutzgelderpresser im Krimi verhielten sich genauso wie diese drei Typen.

Das war kein Alltagsrassismus, das waren Klischees. Billige noch dazu.

Was nicht bedeutete, dass sie nicht wahr sein konnten.

»Schau mal, das sieht nach Ärger aus«, sprach Peter das aus, was ihm auf der Zunge lag. »Da bin ich mal gespannt.«

Ohne eine Antwort abzuwarten, schlich er näher heran. Bernd blieb keine andere Wahl, als ihm näher zum Autohaus zu folgen. Dank der vielen Glasfenster war es ein Leichtes, das Geschehen bequem von außen zu verfolgen.

Allzu lange hielten sich die drei Männer nicht im Showroom auf. Sie suchten nicht nach protzigen Neuwagen und schienen auch keinen der Verkäufer einschüchtern zu wollen. Den Mumm, sich ihnen in den Weg zu stellen, besaß niemand. Die drei Bullys marschierten einfach zielgerichtet auf die hinteren Büroräume zu. Dorthin, wo Birgit Grauer arbeitete.

»Vielleicht haben sie die Konditionen nicht überzeugt«, überlegte Bernd neben ihm. »So wie dich.«

Peter ignorierte die Bemerkung und beeilte sich, zu dem Hinterhof neben dem Buchhaltungszimmer zu gehen. Unterwegs warf er halbherzige Blicke auf die Neuwagen, an denen sie vorbeikamen. Doch weder er noch Bernd interessierte sich für die Fahrzeuge.

Sie konnten nicht länger als eine Minute bis zu ihrem Ziel gebraucht zu haben. Dennoch war die erwartete Show in Birgits Büro bei ihrer Ankunft bereits vorüber. Alles, was sie noch hörten, war das Zuschlagen der Zimmertür und dass die füllige Finanzbuchhalterin danach ein aufgebrachtes Fauchen von sich gab. Jedenfalls im ersten Moment.

Peter wagte sich aus der Deckung heraus und sah, wie die Dame nach ihrer über der Stuhllehne hängenden Handtasche griff und nach draußen stürmte.

Allerdings nicht zum offiziellen Haupteingang auf der Vorderseite, durch den auch die drei Ganoven gekommen waren. Stattdessen stieß sie mit beeindruckend viel Kraft die Tür zum Hinterhof auf. Peter und Bernd hatten gerade noch Zeit, hinter eines der abgestellten Autos zu huschen, bevor Birgit Grauer hinaustrat. Zumindest hofften sie, dass es rechtzeitig war.

Aber nachdem die rundliche Frau keinen einzigen Blick in ihre Richtung verschwendete, sondern mit flotten Schritten zwischen den Neuwagen hindurch zur Straße lief, dürfte wohl alles gut gegangen sein.

»Was nun?«, flüsterte Bernd unnötigerweise.

»Ist doch klar: Wir folgen ihr.«

Und genau das taten sie.

Die Buchhalterin überquerte auf direktem Weg die Straße und steuerte auf die am schwarzen BMW wartenden Männer zu. Obwohl das zu erwarten gewesen war, stellte es Peter vor neue Probleme. Das Auto der drei war der einzige Wagen auf der anderen Straßenseite.

Sie schlichen sich so nah wie möglich an die kleine Gruppe heran – was leider immer noch mehr als zwanzig Meter Entfernung und eine Straße zwischen ihnen bedeutete.

Das war entschieden zu weit entfernt, um viel von dem Gespräch mitzubekommen. Lippenlesen beherrschte Peter nicht, sodass er nur dann etwas aufschnappen konnte, wenn einige Wörter etwas lauter gesprochen wurden.

Es waren Begriffe, die es in sich hatten: Wohnung. Einbruch. Gestapo-Methoden. Wie eine gemütliche Unterhaltung zwischen Freunden wirkte der Plausch jedenfalls nicht. Birgit Grauer fuchtelte verärgert mit dem Zeigefinger durch die Luft. Einige Male kam sie dabei so nah an einen der Schläger heran, dass Peter befürchtete, der Kerl in der Mitte könnte ihr den ausgestreckten Finger umdrehen. Oder abbeißen. Seine zwei Kameraden sahen ebenfalls nicht besonders erfreut aus.

Peter schwankte zwischen Sorge um die Frau, Neugierde und dem Gedanken, dass es besser wäre, sich aus allem herauszuhalten.

Aber genau das konnte er nicht.

Er musste erfahren, was die vier zu besprechen hatten. Es könnte wichtig sein. Vielleicht hatte es sogar mit dem Mord an Enno Roth zu tun.

Außerdem: Dies war ein freies Land, und niemand konnte etwas dagegen haben, wenn er auf dem Fußweg an ihnen vorbei zur Bushaltestelle ging. Von dieser Idee beseelt, ging er los und überquerte ein Stück weiter hinten die Straße.

»Bist du verrückt?«, zischte Bernd hinter ihm.

Ja, vermutlich war er das.

Ähnlich schienen das auch die drei Südländer einzuschätzen. Der am nächsten zu ihm Stehende drehte sich schon nach kurzer Zeit zu ihm um. Sein Blick war geradezu bohrend. »Mach nen Abgang. Oder brauchst du einen körperlichen Hinweis?«

Das war deutlich genug.

Peter blieb kurz stehen und hob beschwichtigend die Hände. Für einen Moment hoffte er, die Schläger würden sich weiter mit Birgit unterhalten. Doch alle vier schwiegen und blickten auffordernd in seine Richtung.

Das war sogar noch deutlicher. Da hätte es die angespannten Muskeln der drei Brutalos gar nicht gebraucht.

Peter drehte sich um und schritt mit gespitzten Ohren davon. Bedauerlicherweise schnappte er dabei nicht mehr das Geringste auf.

Er ging bewusst langsam zum Ende der Straße. Bevor er auf die andere Seite wechselte, schaute er ordnungsgemäß nach links und rechts. Dass derzeit keine Fahrzeuge unterwegs waren, hatte er zwar schon vorher gehört, aber die Gelegenheit bot sich an, um einen kurzen Blick zurück zu den Schlägertypen zu werfen. Inzwischen hatten sie sich wieder ihrem Gespräch zugewandt und wahrscheinlich längst vergessen, dass er überhaupt existierte.

Dadurch beruhigt, kehrte Peter auf das Autohausgrundstück zurück und schlich zurück zu Bernd. Sein rothäutiger Freund erwartete ihn exakt an der Stelle, an der er ihn zurückgelassen hatte, und wirkte etwas angefressen. »Also, raus mit der Sprache: Was läuft hier wirklich? Und erzähl mir keinen Mist darüber, dass du nach einem neuen Auto suchst.«

»Ich bin wegen ihr hier.« Peter nickte in Birgit Grauers Richtung.

Bernd verzog das Gesicht. »Alter, was willst du denn von der Dicken? Die ist doch mindestens fünfzig! So sehr kann bei Lotte und dir gar nicht die Luft raus sein, dass …«

»Darum geht es doch überhaupt nicht«, unterbrach ihn Peter. »Die Grauer arbeitet nicht bloß für das Autohaus Dörner, sondern sitzt im Vorstand vom FC Lauengraben.«

»Na und? Seit wann interessierst du dich für Handball?«

»Die spielen Fußball.«

»Wen juckt's? Du hast mit Sport allgemein nicht viel am Hut. Und komm mir nicht mit deinem vielen Fahrradfahren.

Die Fitness dabei ist für dich höchstens ein netter Nebeneffekt.«

»Neulich ist doch dieser Enno Roth gestorben. Der war ebenfalls im Vereinsvorstand.«

»Ach, daher weht der Wind. Und du befürchtest jetzt, dass die Dicke als nächste ins Gras beißen wird?!«

»Nenn sie nicht immer *die Dicke*. Wahrscheinlich hat sie nur schwere Knochen.« Über die lahme Ausrede musste er selber lächeln. »Ich glaube auch nicht, dass sie als nächste stirbt. Höchstens an ihren Cholesterinwerten. Aber an der Sporthalle vom FCL habe ich ein Gespräch belauscht. Anscheinend hatten die Grauer und der Roth kurz vor seinem Tod einen größeren Streit. Ich wollte herausfinden, ob das irgendwie mit seiner Ermordung zusammenhängt.«

»Also machst du jetzt auf *Drei Fragezeichen*? Na, ist ja passend in den Sommerferien. Nur, dass das Schulkinder waren und du Lehrer bist.«

»Als wenn es darauf ankäme! Ich bin nur einer Spur nachgegangen. So ganz koscher ist die Grauer nicht. Sieht man ja an den Typen. Außerdem habe ich gehört, wie sie in ihrem Büro vorhin von gefälschten Abrechnungen und Steuerprüfungen gesprochen hat.«

»Deswegen warst du also im Hinterhof. Wusste ich's doch, dass du dich nicht wirklich für diese Oldtimer-Ente interessiert hast.«

»Das Auto hat mir schon gefallen. Nur war ich nicht deswegen dort. Ich wollte – und will – wissen, was die Grauer mit diesen Typen zu schaffen hat.«

Bernd schien einen Moment lang nachzudenken. Dann nickte er. »Okilly Dokilly. Dann lass es uns herausfinden.

Wir haben ja eh nichts Besseres zu tun. Wer will bei den Temperaturen schon ins klimatisierte Kino, um sich den neuesten Marvel-Film anzusehen.«

»Eben.«

Peter wollte sich umdrehen, um zu schauen, was ihre vier Verdächtigen gerade machten, als Bernd ihn am Arm festhielt: »Eine Sache müssen wir noch klären: Wenn wir jetzt hier auf Detektiv machen, bist du dann lieber Justus, Peter oder Bob? Und wer bin ich?«

Peter seufzte wie nach einem langen Schultag. »Du bist Pitje Puck, der spaßige Briefträger. Und jetzt komm, bevor uns die Verkäuferin wieder ein Ohr abkaut. Da hinten kommt sie schon.«

Er wies auf eine Stelle zwischen den ausgestellten Autos, wo Matea Schneider mit ihrem strahlenden Lächeln entlanglief. Es wirkte gruselig und bedrohlich zugleich. Und es war gleich noch ein Grund mehr, um unverzüglich in Deckung zu gehen.

Bald darauf hatten Birgit und die Rasierklingenschmuggler ihr Gespräch beendet. Die Buchhaltungsdame stolzierte deutlich gemächlicher als zuvor zum Hintereingang zurück, während die Schlägertypen wieder in ihr Auto stiegen.

Für Peter und Bernd war es das Zeichen, in geduckter Haltung zu ihren Drahtseseln zu schleichen und sich bereit zu machen. Wofür genau, schien beiden nicht unbedingt gleichermaßen klar zu sein.

»Sag mir nicht, dass du vorhast, den BMW mit unseren Rädern zu verfolgen«, sagte Bernd in gedämpfter Stimme.

»Du kannst dir gerne ein Taxi rufen, wenn du meinst, dass es noch rechtzeitig kommt.«

»Das ist doch Irrsinn. Selbst, wenn wir uns die Seele aus dem Leib strampeln, können wir da nicht mithalten.«

»Du vergisst die Ampeln und den anderen Straßenverkehr. Wie oft kann man denn zur Mittagszeit an einem Werktag durch die Stadt fahren, ohne ständig irgendwo aufgehalten zu werden?« Peter schob sein Fahrrad zum nächsten geparkten Auto und schwang sich in den Sattel. Sobald die drei Ganoven losfuhren, würde er es ihnen gleichtun.

»Im Moment sind Sommerferien. Da ist deutlich weniger los«, warf Bernd ein. »Außerdem brauchen die Typen nur einmal in den Rückspiegel zu blicken, und schon haben sie uns entdeckt.«

»Wir müssen ja nicht direkt hinter ihnen radeln. Es genügt, wenn wir auf Abstand bleiben und sie nicht aus den Augen verlieren.«

»Und wenn doch?«

»Dann haben wir es wenigstens versucht.«

»Auf was habe ich mich da bloß eingelassen? Vielleicht hättest du doch mit der Dicken flirten sollen. Das wäre einfacher gewesen. Jedenfalls für mich …« Mit einem alles andere als erfreuten Gesichtsausdruck schob Bernd sein Rad neben das seines Freundes.

Parallel dazu erwachte auf der anderen Straßenseite ein bayerischer Motor mit lautem Grollen zum Leben. Der Fahrer ließ den Motor einmal kurz aufheulen, dann beförderte er den Wagen mit einem gewaltigen Satz auf die Straße. Mit Vollgas brauste der BMW los.

Er konnte ja nicht ahnen, dass zwei Berufsschullehrer mittleren Alters in diesem Moment tief Luft holten und kräftig in die Pedale traten.

Charlotte Wachmann

Obwohl die Ohnmacht nicht lange dauerte, wollte der eilig herbeigerufene Notarzt auf Nummer Sicher gehen und ordnete an, Maren Grimpe zur Untersuchung ins Westklinikum zu bringen. Damit war die Befragung von Enno Roths Schwester beendet, bevor sie überhaupt begonnen hatte. Charlotte hakte vorsichtig nach, ab wann man die Frau wohl wieder aufsuchen könnte, und zog den Zorn des Mediziners auf sich: »Nun gönnen Sie ihr doch mal ein bisschen Ruhe. Die Gesundheit geht immer vor.«

Das stimmte zweifelsohne. Lotte verzichtete darauf, ihm zu erklären, dass sie den Fall möglichst schnell aufklären wollte, um anschließend in den Urlaub verschwinden zu können. In den Augen des Doktors wäre das sicher kein triftiger Grund gewesen. Genauso wenig wie in ihren. Außerdem war er als Notarzt ohnehin nicht für das zuständig, was seine Kollegen im Krankenhaus mit der Roth-Schwester tun würden.

Die Kommissare verließen den Bastelladen und kehrten zu ihrem Wagen zurück. Lotte überlegte, zum Präsidium zu fahren, doch da fielen ihr auf der Rückbank der Plastikbecher mit Schwedenhappen und die Flasche *Brännvin* auf, die nach wie vor darauf warteten, zu Peter nach Hause gebracht zu werden. Eine Dusche wäre ebenfalls nicht schlecht.

Doch weil sie Kai nicht so lange warten lassen wollte, entschied sie sich bloß für einen kurzen Zwischenstopp, um die Sachen daheim abzuliefern. So weit von der Innenstadt war die gemeinsame Wohnung ohnehin nicht entfernt, sie lag quasi auf dem Weg.

»Ich warte lieber unten im Wagen«, schlug Kai vor. »Dann habt ihr etwas Zeit für euch.«

Seine Chefin hob irritiert die Augenbrauen. Was dachte er denn, was sie gleich in der Wohnung tun würden? Ganz gewiss nicht das, was er sich in seiner fast noch jugendlichen Naivität ausmalte. Ein kleiner Quickie mit dem Göttergatten war so ziemlich das Letzte, wonach Lotte im Moment der Sinn stand. Da erschienen ihr ein längerer Aufenthalt unter der Dusche, ein frisch gebrühter Kaffee oder ein Mini-Nickerchen auf dem Sofa deutlich attraktiver.

Trotzdem freute sie sich darauf, ihren Liebsten wiederzusehen. Sie war gespannt, was er gestern und heute so alles getrieben hatte. Hatte er seine bestellten Bücher bereits alle ausgelesen? Oder vielleicht sogar wieder angefangen, an seinem Romanprojekt zu arbeiten, an dem er schon so viele Jahre tüftelte und aus dem wahrscheinlich nie etwas werden würde? Jedenfalls nicht bei seinem bisherigen Arbeitstempo. Schlimm wäre das nicht, schließlich brauchte Peter auch noch einen Zeitvertreib für die Zeit nach der Pensionierung.

Sie sperrte die Wohnungstür auf, und gleich im ersten Moment fiel ihr auf, wie still es drinnen war. Geradezu bedrückend still. Er war gar nicht da – damit hatte sie irgendwie nicht gerechnet. Lotte schaute in jedes Zimmer und zum Schluss auf den Balkon. Kein Peter weit und breit.

Die Erkenntnis enttäuschte sie einen Moment lang. Sie überlegte, ihn auf dem Handy anzurufen, verwarf die Idee aber wieder. Wahrscheinlich war er einkaufen oder mit Bernd unterwegs. War nicht kürzlich ein neuer Marvel-Film angelaufen? Bestimmt hatte Bernd ihn zu einem Kinobesuch überredet, obwohl sich Peter eigentlich gar nicht so viel aus Superhelden machte.

Lotte ging mit schnellen Schritten in die Küche, um die schwedischen Einkäufe im Kühlschrank zu verstauen. Nach einem kurzen Rendezvous mit ihrem Deospray im Bad war sie bereit, in den Polizeialltag zurückzukehren.

»Das ging ja schnell«, begrüßte sie Kai. »Alle Achtung. Da weiß man nicht, ob man beeindruckt oder entsetzt sein soll.«

»Am besten ist man still«, schlug seine Chefin vor und wollte den Wagen starten. In dem Augenblick klingelte ihr Mobiltelefon. Sie dachte an Peter. Es wäre eine tolle Gedankenübertragung, wenn er sich ausgerechnet jetzt melden würde. Doch leider war nicht ihr Ehemann, sondern der Polizeipräsident am Apparat.

»Gänssler hier«, polterte der Mann ins Telefon. »Ich hatte gehofft, heute Morgen Ihren Bericht auf dem Schreibtisch vorzufinden. Wie ist der aktuelle Stand der Dinge?«

»Wir gehen verschiedenen vielversprechenden Spuren nach.«

»Ersparen Sie mir solche Allgemeinplätze. Ich war lange genug im aktiven Dienst, um die in- und auswendig zu kennen. Mit solchen Floskeln habe ich schon um mich geworfen, als Sie noch in die Windeln gemacht haben. Außerdem hatten wir die gestern schon. Verraten Sie mir lieber, was denn so vielversprechend ist. Ich brauche Fakten, wenn ich nachher wieder vor die Medien treten muss. Unser Pressesprecher kommt kaum mehr hinterher bei den vielen Anfragen. Inzwischen hat sogar CNN angeklopft.«

»Das … äh … ist beeindruckend.« Charlotte räusperte sich. Insgeheim war sie froh, weder in der Haut des Polizeichefs noch des Pressesprechers zu stecken. Umgekehrt hatte vermutlich auch keiner von denen Bock, Charlottes Job zu erledigen. Nach kurzem Zögern erzählte sie ihm von den Akten in Roths Schreibtischschublade, den offenbar gefälschten Profilen und der Liebesaffäre des Mordopfers mit Ina Sorgus.

»Gute Arbeit«, bestätigte Gänssler im Anschluss. »Das könnten in der Tat interessante Ansätze sein. Das mit der Affäre wäre zwar unschön, aber noch relativ einfach. Seitensprünge kommen in den besten Familien vor. Heikler ist das mit den erfundenen Profilen. Sollte sich dazu etwas ergeben, informieren Sie mich bitte unverzüglich. Unter Umständen ist da eine besonders umsichtige Vorgehensweise gefragt. Das kann schnell politisch werden. Apropos: Ich bin nachher mit dem Innenminister zum Golf verabredet. Der fragt mich dabei sicherlich auch aus. Wenn Sie was Neues erfahren, melden Sie sich. Und geben Sie Vollgas. Die Presse wühlt bestimmt schon kräftig im Schmutz. Wäre peinlich, wenn die mehr aufdecken als wir.«

Ihre Antwort wartete er gar nicht erst ab, sondern legte unmittelbar nach dem letzten Satz auf. Charlotte merkte es erst, als das Besetztzeichen ertönte.

Verdutzt betrachtete sie das Telefon in ihrer Hand, dann brachte sie es mit einem Druck auf die rote Gesprächstaste zum Verstummen. Nebenbei brachte sie Kai auf den neuesten Stand.

»Ich frag mich, was der Typ erwartet«, meckerte dieser sofort. »Das Meeting mit ihm war doch erst gestern. Das sind gerade mal vierundzwanzig Stunden. Nicht besonders viel Zeit, um einen Mord aufzuklären.«

»Manche Ermittler sind der Meinung, dass die ersten achtundvierzig Stunden nach der Tat die wichtigsten sind. Anschließend sinkt die Chance mit jeder verstreichenden Stunde.«

»Ja, in Büchern und Filmen vielleicht. Echte Polizeiarbeit ist aber nicht so wie in den Geschichten. Manchmal dauert es Tage, bevor wir überhaupt die Berichte von der Spurensicherung und aus dem Labor kriegen. Wäre natürlich cool, wenn alles in neunzig Minuten aufgeklärt wäre. Die Realität sieht leider anders aus. Da darf man sich nicht täuschen lassen.«

Seine Worte klangen etwas wehmütig, vor allem zum Ende hin. So als würde er es bedauern, dass die Polizeiarbeit nicht so ablief wie in den Krimis. War er möglicherweise einer von denen gewesen, die sich von so etwas hatten täuschen lassen? Hatte er gedacht, dass Kommissare ständig mit der Dienstwaffe herumfuchteln und Verdächtige in rasanten Autofahrten oder über die Dächer der Stadt verfolgen? Falls ja, tat er ihr leid. Solchen Illusionen hatte Lotte sich nie hingegeben, sondern von Anfang an gewusst, dass es vorwiegend harte, manchmal auch sehr ernüchternde und deprimierende Arbeit sein würde. Trotzdem: Irgendwer musste diesen Job ja erledigen.

»Während du oben warst, haben unsere SOKO-Kollegen angerufen«, wechselte Kai zu einem neuen Thema. »Ronja von der IT hat die Überprüfung von Enno Roths Smartphone abgeschlossen. Sie und ihre Leute haben ein paar gelöschte Nachrichten wiederhergestellt. Größtenteils waren es SMS an Ina Sorgus, wie sehr er sie vermisst und sich auf sie freut. Dass er sie auf Rosen betten will, ihre Augen küssen möchte und noch mehr so schwülstigen Scheiß, bei dem man kotzen möchte.«

»An dir ist echt ein Romantiker verlorengegangen.«

»Sag das nicht. Ich kann schon auch zum Kavalier werden. Die Kunst daran ist, es nicht zu übertreiben. Wenn man zu viel macht, macht man sich zum Affen. Na ja, egal. Neben den Liebes-SMS gab es noch ein paar Texte, in denen es um Namen und Personendaten ging. Ich denke, das hat mit den Fake-Profilen für den Webauftritt zu tun.«

»Möglicherweise nicht nur damit.« Charlotte legte den Sicherheitsgurt an und startete den Motor. »Gibt es noch mehr Neuigkeiten aus dem Präsidium?«

»Für den Moment nicht.« Kai folgte ihrem Beispiel und schnallte sich ebenfalls an.

»Gut, dann können wir uns den Weg zurück ja sparen und fahren gleich zur nächsten Adresse.«

»Die da wäre?«

»Noch mal zum Arbeitsamt. Es geht mal wieder um die Akten, die Yvonne Blechmann gestern gefunden hat. Die Akten, bei denen du dir vor Angst in die Hosen gemacht hast.«

Sie grinste, und er wurde rot.

»Das war nicht vor Angst, das … ach, egal. Lass uns einfach hinfahren.«

»Bist du sicher, dass du das schaffst? Willst du dir nicht vorher eine zweite Hose holen? Nur so zur Sicherheit. Man weiß ja nie …«

»Ha ha, sehr witzig. Ich lach mich tot«, sagte Kai, wirkte dabei aber nicht im Geringsten amüsiert.

Peter Wachmann

Zu Beginn hatten die Ganoven noch Vollgas gegeben, doch wie von Peter prophezeit, hatte es nicht lang gedauert, bis vor dem BMW das erste Hindernis aufgetaucht war. Es war ein Fahrschulauto gewesen, dessen junge Fahrerin es nicht einmal schaffte, die zulässige Höchstgeschwindigkeit innerorts zu erreichen. Mit dem atemberaubenden Tempo von knapp 30 km/h schoss ihr Wagen die Straße hinauf. Einmal blinkte die Fahrschülerin links, bevor sie nach rechts abbog.

Viel Gelegenheit zum Gasgeben blieb den Schurken auch danach nicht, weil schon an der nächsten Ampel (die natürlich auf Rot umschaltete) ein Bus und mehrere Pkw vor ihnen warteten. Keiner von ihnen schien es in der Mittagszeit besonders eilig zu haben.

Die Fahrt ging dermaßen gemächlich vonstatten, dass Peter und Bernd sich gar nicht anstrengen mussten, um Schritt halten zu können. Vielmehr mussten sie zweimal in Hofeinfahrten abbiegen, damit sie aus dem nur wenige Meter vor ihnen fahrenden BMW heraus nicht entdeckt wurden.

»Wenn jede Verfolgungsjagd so wäre, könnte die Polizei auch auf Fahrräder und Elektroautos umsteigen«, schlug Peter vor. »Oder gleich im Sprint hinterherlaufen. Gibt es bei der Polizei nicht diesen Fitnesstest für jeden neuen Bewerber?«

»Das fragst du mich? Keine Ahnung, ich bin Deutsch- und Geschichtslehrer an der Berufsschule. Polizeianwärter habe ich da keine. Soweit ich weiß, haben die ihre ganz eigenen Ausbildungsschulen.«

»So was ist doch Allgemeinbildung!«, beharrte Bernd, ohne dass er offenbar selbst eine Antwort auf seine Frage kannte.

Inzwischen lag das Gewerbegebiet zwar hinter ihnen, sehr viel ansehnlicher war die Gegend deshalb trotzdem nicht geworden. Der Teerbelag auf der Straße war brüchig und mehrfach geflickt, an und auf den Gehsteigen lag Müll herum. Im dazu passenden Zustand befanden sich die sechsstöckigen Wohnblöcke, etliche mit kleinen Läden im Erdgeschoss sowie mit von Abgasen und Witterung verkommener Fassade. Alles hier besaß den Charme und die Fröhlichkeit eines Schrottplatzes. Die Suizidrate lag bestimmt doppelt so hoch wie anderswo.

Eventuell waren die Ganoven deshalb viel zu betrübt zum Weiterfahren und suchten sich aus diesem Grund schon bald eine freie Parklücke hinter einem verbeulten Opel Kadett. Eine weitere Möglichkeit war, dass sie vielleicht Durst bekommen hatten. Schräg gegenüber befand sich nämlich der Eingang zu einer schäbigen Kneipe mit dem klangvollen Namen *Wunder-Bar.* Mit Bindestrich. Der Titel hätte Lotte gefallen. Ebenso wie die beiden blauen Flamingos links und rechts des Namensschilds, die abends sicher beleuchtet waren.

Peter und Bernd warteten hinter einer Hausecke ab, bis die Rasierklingenschmuggler in dem Lokal verschwunden waren.

»Was machen wir nun?«, sagte Bernd, überflüssigerweise im Flüsterton. Außer ihnen war weit und breit niemand zu sehen. Offene Fenster gab es ebenfalls keine.

»Wenn wir reingehen, bemerken sie uns sofort.«

»Außerdem möchte ich unsere Fahrräder ungern hier zurücklassen. Sie sind zwar nicht mehr brandneu, aber heimlaufen will ich trotzdem nicht.«

»Lass uns mal schauen, ob es einen Hinterhof gibt, über den wir uns heranschleichen können. Vielleicht schnappen wir da was auf. Ansonsten musst du wohl oder übel in die Kneipe gehen.«

»Ich?« Bernd riss die Augen auf.

»Ja, du. Mich kennen die Typen bereits.«

»Das hast du doch mit Absicht gemacht, vorhin.«

»Klar, weil ich da schon wusste, dass wir hierher fahren würden …«

Manchmal kam sein Freund echt auf verrückte Ideen. Kopfschüttelnd schob Peter seinen Drahtesel über den Fußweg auf der anderen Straßenseite entlang. Im Vorbeigehen bemühte er sich, durch die Fenster etwas im Inneren der Bar zu erkennen. Doch die Sonne spiegelte sich auf den Scheiben, und alles, was er sah, war sein eigenes Antlitz. Und wie Bernd sein Rad hinter ihm herschob. Der Blick seines Freundes huschte nervös umher, so als befürchtete er jeden Moment ein Unglück oder einen Überfall. So unwahrscheinlich war das vermutlich nicht einmal. Nicht hier.

Nachdem die *Wunder-Bar* gut 50 Meter hinter ihnen lag, wechselten sie die Straßenseite und durchquerten eine enge Gasse, die zwischen den Häuserschluchten hindurchführte. Der Weg war selbst für einen Pkw zu schmal, sodass es nicht wunderte, dass die Straßenreinigung hier offenbar noch nie einen Fuß hineingesetzt hatte. Peter kickte eine Hamburgerverpackung und eine Energydrink-Dose beiseite, um nicht mit dem Reifen darüberfahren zu müssen. Vor und neben ihm war der Boden übersät mit Unrat. Außerdem roch es, als würde regelmäßig jemand seine Blase erleichtern. Wie jemand diese Wohngegend dermaßen verkommen lassen konnte, war ihm ein Rätsel. Daheim bei den Anwohnern sah es vermutlich nicht halb so schlimm aus.

Hinter dem Gebäude bogen sie nach links ab und in die nächste Straße ein. Sie lehnten die Fahrräder gegen eine schulterhohe Ziegelsteinwand, die ein Mülltonnenareal abgrenzte und mit Graffitis und Kratzern übersät war. An manchen Stellen der Fugen wuchs bereits Moos.

»Richtig behaglich«, fand Bernd. »Wir sollten öfter hierherkommen, das lohnt sich.«

Wie aufs Stichwort hörten sie jemanden in der Ferne etwas brüllen. Sie verstanden nicht einmal, ob es sich um Deutsch oder eine andere Sprache handelte. Im Moment war Peter das auch relativ egal. Je näher sie der Rückseite der Kneipe kamen, desto mehr nahm er gedämpfte Musik wahr. Ob sie direkt aus dem Schankraum oder einem der Büros kam, war schwer zu sagen. Fenster gab es zwar, aber diese waren verdunkelt und im Gegensatz zu denen vom Autohaus Dörner leider nicht angekippt. Dafür bemerkte Peter eine breite Doppeltür aus zerkratztem Holz, die vermutlich als Lieferanteneingang fungierte.

Er konnte nicht anders, als darauf zuzugehen und zu probieren, sie zu öffnen. Zu seinem eigenen Erstaunen klappte das. Es war tatsächlich nicht abgesperrt.

Peter linste vorsichtig hinein. Lediglich ein Korridor mit jeder Menge Pappkartons und Getränkekisten war zu sehen. Außerdem roch es muffig wie in einem alten Kohlenkeller. Die Musik dudelte nun ein bisschen lauter.

Nach kurzem Zögern gab er Bernd ein Zeichen, zu ihm zu kommen. Sein Freund verzog das Gesicht, als hätte er Bauchschmerzen, trottete aber brav zu ihm. »Bist du verrückt? Das ist Einbruch oder Hausfriedensbruch. Jedenfalls eine Straftat.«

»Das ist Mord auch«, widersprach Peter. Er dachte daran, wie er gestern Birgit Grauers Wohnung betreten hatte. Davon erzählte er seinem nervösen Begleiter besser nichts. »Wir sind lediglich besorgte Bürger, die die Polizei unterstützen. Außerdem glaubst du doch nicht ernsthaft, dass *hier* jemand die Bullen ruft?«

»Das tut man schon. Allerdings erst *nach* einem Mord. Dem an uns beispielsweise.«

»Unsinn. Wir werden schon nicht umgebracht.«

»Hast du vergessen, in was für einem Fall wir ermitteln?«

Darauf wusste Peter nichts Kluges zu erwidern. Deshalb schwieg er und betrat den Lieferanteneingang. Ob ihm Bernd dabei folgen würde, war nebensächlich. Peter war hergekommen, um etwas herauszufinden. Und davon würde er sich nicht einfach abbringen lassen. Zudem gab es keinerlei Anzeichen dafür, dass ihnen irgendeine Gefahr drohen würde.

»Ich sehe schon die Schlagzeile: Berufsschullehrer in dubiosem Etablissement ermordet«, murrte Bernd hinter ihm. Zumindest folgte er ihm den Korridor entlang.

»Erstens sagt niemand mehr *Etablissement*. Und zweitens wären die Leute schön blöd, wenn sie uns hier umbringen und liegen lassen würden.«

»Stimmt: Die lassen uns draußen tot über der Ziegelsteinmauer hängen. Goodbye Yellow Brick Road.«

Peter wollte schon erwidern, dass das eine ziemlich lausige Übersetzung war, da fiel ihm auf, dass es tatsächlich der alte Elton-John-Song war, der da leise in einem Nebenzimmer dudelte.

Sie ging auf die Musik zu und gelangten so zu einem Bürozimmer mit nur angelehnter Tür. Mit dem Rücken zu ihnen saß ein Kerl mit schwarzem Lockenkopf und weißer Plastiksonnenbrille an einem behelfsmäßigen Schreibtisch. Die Beine hatte er auf der Tischplatte abgelegt, die Sneaker wippten vergnügt mit der Melodie mit. Beim Refrain machte der Mann Anstalten, das *Ah-ha-ha Ah-ha-ha-ha* mitzusingen, beschränkte sich dann gnädiger Weise aber bloß aufs Summen.

Peter scannte den Schreibtisch und die Regalschränke an der Wand nach verdächtigen oder hilfreichen Dingen ab. In Krimis erhielt der Held auf derartige Weise immer einen wertvollen Fingerzeig. In diesem Raum hingegen hielt sich niemand an eine solche Vorgabe. Es klingelte auch kein Telefon, damit wichtige illegale Sachen besprochen werden konnten.

Enttäuscht schlichen sie weiter zum nächsten Eingang. Dort war die Zimmertür geschlossen, aber nicht abgesperrt. Dafür gab es an der Tür den vielsagenden Hinweis: *Nur für Personal.* Für geheime Ermittler war das praktisch *die* Einladung zum Eintreten. Deshalb zögerte er nicht, die Klinke herunterzudrücken.

Zwei Sekunden später bereute er es bereits. Er wusste nicht, ob die drei Rasierklingenschmuggler zum Personal gehörten. Auf jeden Fall standen sie zusammen mit zwei Typen mit Adidas-Trainingsanzügen und Goldkettchen im Raum und bestaunten den Inhalt eines vor ihnen aufgeklappten Kartons. An den Wänden hinter ihnen waren Aluminiumregale mit zahlreichen weiteren Kisten angebracht.

Sämtliche Blicke wanderten zu Peter und Bernd. Einen Atemzug lang herrschte auf beiden Seiten Überraschung. Anschließend machte sich Wiedererkennen breit, ebenfalls auf beiden Seiten.

»Ey, das ist doch der Typ von Autohaus.«

Der Typ von *dem* Autohaus, lag es Peter auf der Zunge. Er verzichtete darauf, weil es nicht der passende Moment für eine Grammatiklektion war.

»Da ist noch einer«, fiel es einem anderen Kerl aus der Gruppe auf. »Der ist ganz rot. Ey, Digger, bist du Indianer, oder was?«

»Indianer sagt man nicht mehr«, korrigierte ihn einer der Trainingsanzüge. »Das heißt jetzt indigene Völker.«

»Ist mir Scheiß-Wurscht«, widersprach der Schläger, ohne den Blick von den zwei Lehrern abzuwenden. »Was habt ihr hier zu suchen?«

Scheiße. Peters Pulsschlag beschleunigte schneller als eine Rennkarre auf schnurgerader Strecke. Zeitgleich nahmen seine Schweißdrüsen die Akkordarbeit auf. Sein Sprachzentrum versagte. Bernd schien es nicht besser zu gehen, im Gegenteil, er wurde noch röter, sofern das überhaupt möglich war.

»Seid ihr stumm? Oder nur saudumm?« Der Schläger reckte das Kinn. Seine Kumpane lachten höhnisch.

»Ismael, dem reimt sich!« Der Trainingsanzug grinste breit. Peter notierte, dass er im Oberkiefer neben den Eckzähnen zwei Goldzähne in der Kauleiste hatte. Er nahm nicht an, dass er diese Duplikate aus ästhetischen Gründen hatte anfertigen lassen. Billig waren die Teile sicher nicht gewesen. Er selbst war Besitzer einer Krone im Unterkiefer und erinnerte sich in diesem Moment mit Schrecken an die Rechnung des Dentisten. Für den Preis hätten er und Lotte locker eine Woche Schweden buchen können. In dem Moment wurden ihm zwei Dinge klar: Er konnte sich schlicht und einfach keine ausgeschlagenen Zähne leisten. Und er wollte um jeden Preis ohne blaues Auge oder noch Schlimmeres in den Sommerurlaub starten.

Das löste einen Knoten in ihm. »Wir suchen das Klo«, brachte er hervor und war stolz auf sich selbst, dass seine Stimme nicht zitterte.

»Das Klo, genau«, sagte Bernd und räusperte sich. So wie sein Kumpan und Kollege aussah, hatte der ein dringendes Bedürfnis, welches wohl der aktuellen Situation geschuldet war.

»Steht da *Toilette* an dem Tür?« Der Schläger zog die Nase hoch. Der Trainingsanzug lachte.

»Nein, aber wir … Wir sind zum ersten Mal hier.« Peter schwitzte noch immer. Das machte er sich nun zunutze.

»Mein Kumpel und ich haben eine Radtour gemacht. Nun ja, wir hatten Durst und wollten …«

»Erzähl kein Scheiß!« Der Schläger machte ein paar eilige Schritte. Er kam so nah an Peter heran, dass sich ihre Nasenspitzen beinahe berührten und Peter den Knoblauchatem seines Gegenübers riechen konnte. Und das sehr deutlich.

»Verarschen kann ich mich alleine.« Hinter dem Knoblauch meinte Peter, eine Spur Zigarettenrauch zu erschnuppern. Immerhin war sein Geruchssinn intakt. Doch was half das ihm und Bernd in diesem Moment?

»Jetzt glaub ich's aber nicht! Herr Wachmann!«

Sämtliche Köpfe fuhren herum, als die recht jugendliche Stimme erklang. Auch Peter wandte sich um. Vor, besser gesagt: hinter ihm stand ein junger Mann von vielleicht zwanzig Jahren, der ein Tablett mit Gläsern balancierte.

»Umut, du kennst die Pappnasen?«, fragte der Schläger.

»Klar, das ist Herr Wachmann.« Umut strahlte, schlängelte sich an den Männern vorbei, stellte das Tablett auf den chaotischen Schreibtisch und kam dann mit einem begeisterten Lächeln und ausgestreckter Hand auf Peter zu. »Total toll, dass Sie hier sind!«

Peter hatte keinen blassen Schimmer, wer der junge Mann war.

»Umut Bozkurt?« Bernd schien es zu dämmern. »Abschlussjahrgang vor drei Jahren?«

»Vier.«

»Kannst du deinen Onkel aufklären?« Der Schläger, der wohl Ismael hieß, hob neugierig die Brauen.

»Die beiden waren meine Lehrer an der Berufsschule. Nichts gegen Sie, Herr Opitz«, er nickte Bernd zu, »aber der Herr Wachmann hat mir damals den Arsch gerettet. Ohne ihn hätte ich meinen Abschluss nie geschafft.«

»*Das* ist Herr Wachmann?« Der Schläger riss die Augen auf. »*Der* Wachmann?«

»Genau der, Onkel.«

»Und warum spionieren Sie uns nach?«

»Ich hatte Sie erkannt, vorhin, auf der Straße. Ich wollte mich nach Umut erkundigen. Und dass mein Kollege und ich jetzt hier sind, das ist reiner Zufall.« Peter witterte seine Chance.

»Kompletter Zufall«, betonte Bernd, der zu seinem normalen Sonnenbrand-Rot zurückgefunden hatte.

»Ich glaube nicht an Zufälle«, sagte Ismael und kniff die Augen zusammen. Peter konnte den drohenden Schlag schon fühlen, als der Hüne auf ihn zutrat. Umso erstaunter und erleichterter war er, als dieser ihn in den Arm nahm und herz- und schmerzhaft drückte.

»Das ist dem Schicksal, Peter, Schicksal! Du hast meinem Neffen dem Leben neu geschenkt.«

Als die Truppe wenig später im Gastraum um ein paar hastig zu einer Art Tafel zusammengeschobenen Bistrotischen saß, Apfeltee trank und Baklava schmauste, wusste Peter schon wieder, wen er hier vor sich hatte. Bei den vielen Hundert Schülern, denen er jeden Tag auf dem Pausenhof oder in den Fluren begegnete, war er schon dankbar, wenn er es nach den Sommerferien schaffte, zumindest die Hälfte seiner eigenen Schüler zu erkennen. Wer welchen Namen und dazu noch Nachnamen trug, das konnte er sich meistens erst kurz vor den Weihnachtsferien merken. Mit einer Fehlerquote von guten 50 Prozent. Gänzlich unüberschaubar wurde es für ihn, wenn es in der Klasse mehrere Lenas, Bens oder Ahmets gab. Er hoffte dann stets, dass er zumindest grob in die Richtung schaute, in der der Schüler oder die Schülerin tatsächlich saß. Doch auch hier war bei der Zielsicherheit noch Luft nach oben. Zum Ende des Schuljahres löschte Peters Gehirn all die Namen und Gesichter. Den meisten würde er ohnehin nie wieder begegnen, wenn sie mit der Ausbildung fertig waren. Es sei denn, er ging in einen Handwerksbetrieb. Was eher selten vorkam.

Peter kannte viele Umuts. Aber dieser hier, ja, der hatte sich tatsächlich in einer Windung seines vergesslich-verdrängenden Geschichtslehrer-Hirns gehalten.

Nun ja, vielleicht nicht Umut, der jetzt breit grinsend neben seinem Onkel Ismael saß. Eher ein Vorfall von vor fünf, sechs Jahren. Merkwürdig, stellte Peter wieder einmal fest, von den Hugenotten konnte er sich jeden Geburtstag merken, im echten Leben musste er manchmal nachdenken, wann Lotte und er Hochzeitstag feierten.

Langsam kehrte auch die Erinnerung an den damaligen Vorfall zurück. Nicht in allen Einzelheiten, das hätte einen ganzen Abend lang gedauert und seiner Mission wenig gedient. Und der Reputation Umuts bei Ismael vermutlich auch nicht.

An jenem Tag hatte er Friseurlehrlinge unterrichtet, deren Interesse für Geschichte zwischen »Wer war Napoleon? Mir egal!« und »Hach, die Sisi, was man heute mit deren Haaren machen könnte!« lag. Peter saß der Lehrplan im Nacken und so hielt er vor zweiunddreißig Paar Ohren einen Vortrag über die Weimarer Republik. Vermutlich hätte er auch über seltene hellblaue Milben in Schweinedärmen referieren können, das Interesse wäre kaum größer gewesen. Alles döste vor sich hin, manche schliefen sogar. Peter konnte es ihnen nicht verdenken. Sie waren jung, verdienten das erste eigene Geld, sie wollten feiern gehen. Es war Montag. Ja, er verstand seine Pappenheimer.

Knack.

Wumms!!

Der Lautsprecher durchbrach mit einem ohrenbetäubenden Knall die verschlafene Stille.

Die knarzende und leicht panische Stimme der Schulsekretärin erklang: »Bitte alle männlichen Lehrkräfte sofort in Raum vier Punkt zwei. Ich wiederhole! Alle! Vierpunktzwo!«

Peters Schüler sahen ihn ratlos an. Er blickte genauso ratlos zurück.

»Herr Wachmann! Los!«, rief schließlich ein Mädchen, das für ihn längst gesichts- und namenlos in der Versenkung verschwunden war. Peters Herz begann zu klopfen. Ein Amoklauf? Kaum. Dann hätte er im Klassenzimmer bleiben und die Tür schließen müssen, anschließend den längst vorbereiteten Zettel mit der Anzahl der Schüler ans Fenster halten und auf die Polizei oder Feuerwehr warten müssen.

Er rannte los. Da er mit Raum 1.1 erstens in einem anderen Gebäude untergebracht und zweitens ein mieser Läufer war, erreichte er als letzter Lehrer das angegebene Klassenzimmer. Auch ohne Ortskenntnisse hätte er es nicht verfehlen können, denn eine Horde kreischender, plärrender Mädchen stand auf dem Flur. Im Klassenzimmer brüllten erwachsene und weniger erwachsene Stimmen durcheinander. Und in all dem Trubel stand Frau Detering am ganzen Körper zitternd mit dem Rücken an die Tafel gedrängt.

Long story short: Aus einem Grund, den hinterher niemand erklären konnte, hatten die Jungs der Klasse während der Vertretungsstunde der kurz vor der Pensionierung stehenden Deutschlehrerin die wenig grandiose Idee gehabt, sich gegenseitig mit Büchern zu bewerfen. Aus Büchern wurden Stühle, dann Tische, schließlich schmissen die Azubis sämtliche Regale und Schränke um. Frau Detering blieb nichts anderes übrig, als ein Mädchen ins Sekretariat zu schicken.

Während Peter mehr oder wenig hilflos neben der völlig aufgelösten Studienrätin stand, räumten die Kollegen die Situation auf. Und Umut bahnte sich einen Weg durch das Gerangel und legte seiner Lehrerin einen Arm um die Schultern, woraufhin diese in Tränen ausbrach.

Long story noch kürzer: Zwei angehende Kfz-Mechatroniker, ein Bäckerlehrling und ein Maler-Azubi flogen von der Schule und aus ihrem Ausbildungsvertrag. Zuvor allerdings hatten alle vier Umut bezichtigt, mit dem Krawall angefangen zu haben, und die Schulleitung wollte dies nur zu gerne glauben. Umut war schließlich kein unbeschriebenes Blatt mit seinen vielen Fehlzeiten, dem Kiffen auf der Schultoilette und seinem Auftritt zur fünften Jahreszeit, als er im rabenschwarzen Anzug, Sonnenbrille auf der Nase, mit einer verdammt echt aussehenden Pistole über den Schulhof spaziert war und so fast einen Amokalarm ausgelöst hätte.

Er stand definitiv auf der Abschussliste.

Und ja, Peter setzte sich vehement für ihn ein, sprach beim Rektor vor, bei seinem Ausbildungsbetrieb, holte die Schulsozialarbeit ins Boot.

»Der Herr Wachmann hat mir echt den Arsch gerettet!« Umut grinste.

»Hast du deine Ausbildung zu Ende gemacht?« Das konnte Peter nicht wissen, denn ein Teil des Deals war gewesen, dass der Azubi an eine andere Berufsschule am anderen Ende der Stadt wechselte. Er erinnerte sich nicht mal mehr daran, welchen Beruf der Neffe von Ismael, dem vermeintlichen Schläger, hatte ausüben wollen.

»Klar doch, das war ich Ihnen schuldig!«

Ismael räusperte sich. »Ich war nicht einverstanden, dass er Krankenschwester wird.«

»Pfleger, Onkel, Pfleger! Und irgendwann werde ich Arzt!«

Der junge Mann sagte das mit einer solchen Überzeugung, dass Peter sich sofort von ihm hätte operieren lassen.

Lotte Wachmann

Bis zur Arbeitsagentur brauchten sie rund zwanzig Minuten. Unterwegs grübelte Charlotte, ob es nicht besser wäre, ihren Besuch vorher anzukündigen. Immerhin war es Mittagszeit und dadurch alles andere als gewiss, dass Enno Roths Sekretärin sich überhaupt in ihrem Büro aufhalten würde. Eventuell hatte sie sich nach dem gestrigen Abend auch krankgemeldet.

Nach kurzem Abwägen entschied sie sich gegen einen Anruf vorab. In ihrem Beruf hatte sie oft genug erlebt, wie vorteilhaft ein überraschendes Auftauchen sein konnte. So hatte keiner der zu Befragenden Gelegenheit, sich Antworten zurechtzulegen oder Dinge wegzuräumen, die nicht für die Ermittleraugen bestimmt waren. Manchen Mordfall hatte sie sogar nur wegen solch eines Überraschungsmoments aufgeklärt.

Im Gebäude nahmen sie routiniert den ruckeligen Aufzug in den vierten Stock und steuerten dort auf die letzte Tür auf der rechten Seite zu. Als sie am Zimmer 4.12 klopften, bat sie eine vertraute Frauenstimme darum, einzutreten. Es war Yvonne Blechmann, die da an ihrem Schreibtisch saß und den Umständen entsprechend gut aussah. Lediglich die dunklen Schatten unter ihren Augen und die halbleere Packung Tempotaschentücher auf der Tischplatte erinnerten daran, dass nicht alles im Lot war.

»Wie geht es Ihnen?«, erkundigte sich Lotte.

Die Sekretärin entblößte ein schmales Lächeln. »Es gab schon schlechtere Tage. Aber auch viele bessere.«

»Es werden noch viele schöne kommen«, versicherte Lotte.

»Das hoffe ich. Haben Sie meinen Brief gefunden?«

Die Kommissarin schüttelte den Kopf. »Fehlanzeige. Wir haben sämtliche Akten durchgeschaut. Da war nichts. Wahrscheinlich hat er ihn vernichtet.«

»Hoffen wir es mal. Doch deswegen sind Sie nicht gekommen, oder?«

»Genau. Wir haben die Personenakten durchgeschaut und sind dabei auf einige Unregelmäßigkeiten gestoßen. Genauer gesagt, auf viele Unregelmäßigkeiten. Die Männer und Frauen in den Akten gibt es nämlich gar nicht.«

Frau Blechmann starrte sie verständnislos an. »Wie meinen Sie das?«

»Die sind alle erfunden«, antwortete Kai, vermutlich, um überhaupt mal etwas sagen zu können. »Unser Team hat alle Namen überprüft und mit den Daten vom Einwohnerregister abgeglichen. Es sind keine Schreibfehler oder andere Irrtümer. Keine einzige der Personen ist unter der angegebenen Adresse gelistet.«

»Das verstehe ich nicht. Wie kann das sein?«

»Wir glauben …«, übernahm Lotte wieder das Kommando. Nachdem sie diesen Punkt im Alleingang aufgedeckt hatte, während sich ihr Partner einen mehr oder minder schönen Abend gemacht hatte, stand ihr das eindeutig zu, fand sie. »Wir glauben, dass jemand aus einem bestimmten Grund Akten zu Menschen angelegt hat, die gar nicht existieren. Eventuell, um sich dadurch Leistungen zu erschleichen oder um Statistiken zu manipulieren. Da sind wir uns nicht sicher. Noch nicht.«

»Davon höre ich zum ersten Mal!« Yvonne Blechmann presste sich ihre Hand flach auf die Brust. »Ich habe damit nichts zu schaffen!«

»Das wollten wir auch gar nicht andeuten. Es ist nicht mal gewiss, dass Herr Roth dafür verantwortlich war. Möglicherweise ist er dem oder den Tätern auf die Schliche gekommen. Von Ihnen würden wir gerne wissen, ob Ihnen in den vergangenen Wochen und Monaten irgendwelche ungewöhnlichen Dinge bei den Abrechnungen aufgefallen sind.«

»N-nein. Überhaupt nicht.«

»Und Ihr Chef hat nichts diesbezüglich angedeutet? Nicht einmal in einem Nebensatz?«

Die Sekretärin ließ ihren Blick nachdenklich in die Ferne schweifen. Schließlich schüttelte sie den Kopf. »Nichts dergleichen. In der Hinsicht war er sehr verschlossen. Ich habe die meiste Zeit nicht mal gewusst, was genau er den ganzen Tag über gemacht hat.«

Kai runzelte die Stirn. »Ich dachte, Sie waren seine Sekretärin und haben seinen Terminkalender geführt.«

»Seine Sekretärin: Ja. Sein Kindermädchen: Nein. Herr Roth hatte genug mit Sachen zu tun, von denen ich keine Ahnung habe. Deshalb war er auch der Chef – und ich bloß seine Assistentin. Sie kennen das ja.«

»Ich … äh …« Kai wurde rot.

Lotte verkniff sich ein Schmunzeln. »Wer ist denn bei Ihnen im Haus für die Abrechnungen zuständig?«

»Das macht die Rechnungsabteilung. Aber Ausgaben freigeben, das hat Herr Roth persönlich gemacht. Die FiBu hat nur das ausgezahlt, was die Sachbearbeiter bewilligt haben und was er abgezeichnet hat. Das ist alles in einer strengen Hierarchie geregelt. Nicht nur bei uns, sondern bundesweit.«

»Gab es Personen, die keinem Sachbearbeiter zugeordnet waren?«

»Nein. Das macht ja auch keinen Sinn.«

»Das machen ausgedachte Personen genauso wenig.«

Da konnte die Sekretärin nicht widersprechen.

Bald darauf verließen die Kommissare das Büro und traten auf den Flur hinaus. Auf halber Strecke zum Fahrstuhl öffnete sich eine Tür weiter vorn auf dem Gang und ein fast kahler Mann in den Vierzigern trat nach draußen. Obwohl er diesmal keinen Jogginganzug trug und sich ordentlich rasiert hatte, erkannten sie ihn sofort.

»Herr Mayer, das ist ja ein Zufall«, rief Lotte ihm hinterher. »Was verschlägt Sie denn in den vierten Stock?«

Der Sachbearbeiter blieb wie angewurzelt stehen. »Huch, Sie sind es. Mit Ihnen hatte ich jetzt nicht gerechnet.« Das war ihm deutlich anzusehen. »Ich … also … Ich habe ein paar Formulare abgegeben. Mit der Hauspost dauert das immer so lange.«

»Formulare? So was wie den Passierschein A achtunddreißig?«, überlegte Kai. »Ich habe gehört, den erhält man an Schalter eins.«

Mayers Gesicht spiegelte seine Ratlosigkeit wider. »Ich weiß nicht recht …«

»Sagen Sie bloß, Sie kennen das nicht!« Kai lachte auf. »Das stammt aus *Asterix erobert Rom*. Da werden die Gallier von einem Verwaltungsbüro zum nächsten geschickt, bis sie dabei fast wahnsinnig werden. Sie als Streaming-Fan müssen das doch kennen!«

Das tat Mayer offensichtlich nicht. »Solche Sachen schaue ich mir nicht an. Ich bin eher für verzwickte Krimis und Thriller. Nicht für so einen Kinderkram.«

»Das ist eine gute Überleitung«, fand Charlotte. »Wir sind nämlich wegen einer verzwickten Sache hergekommen. Sagen Ihnen die Namen Kristin Braun oder Marie Henriksen etwas?«

»Nein. Sollten Sie?«

»Genau das ist die Frage. Die Namen sagen scheinbar niemandem etwas. Das ist nicht mal weiter verwunderlich, weil sie gar nicht existieren. Allerdings gibt es Akten zu diesen Personen. Irgendjemand muss die angelegt haben.«

»Also ich nicht!«, beeilte sich Mayer zu beteuern. »Sie können gerne in meinen Computer schauen. Da ist alles korrekt. Ich habe keine Termine mit Leuten, die es nicht gibt.«

»Das geht ja auch gar nicht.« Kai zwinkerte ihm zu. »Aber Sie haben vielleicht etwas mitbekommen.«

Kopfschütteln. »Echt nicht. Hat das mit Enno Roths Ermordung zu tun?«

»Das ist ebenfalls eine gute Frage«, fand Lotte. »Das versuchen wir gerade herauszufinden. Wie leicht oder schwer ist es denn, bei Ihnen Akten für neue Arbeitsvermittlungen zu erstellen?«

»Das kann praktisch jeder. Jeder Sachbearbeiter gibt einfach die Daten der Leute ein. In der Regel lassen wir uns aber den Personalausweis oder ein anderes amtliches Dokument zeigen und übernehmen die Daten daraus. Auf diese Weise verhindern wir, dass sich irgendwelche Spitzbuben unter mehreren verschiedenen Namen registrieren und mehrmals abkassieren. Ist alles schon vorgekommen!«

»So einfach ist das?« Kai sah Mayer neugierig an.

»In der Regel schon. Wollen Sie sich arbeitslos melden?«

Was wie ein Scherz klingen sollte, kam bei den Ermittlern nicht an. »Ich denke nicht, dass mein Kollege das will«, meinte Lotte trocken. »Aber sagen wir mal, es wäre der Fall, geht so was heutzutage nicht online?«

»Natürlich. Sie legen ein Kundenkonto bei der Agentur an. Alles ganz easy, auch für … nun ja … schlichtere Gemüter.«

»Und da schaut dann keiner mehr drüber?«

»Ja und nein.«

»Heißt was?« Lotte wurde allmählich ungehalten.

»Neue Kunden müssen ein Gespräch mit dem Sachbearbeiter führen. Seit diesem blöden Virus geht das auch telefonisch.«

»Und um was geht es da?«, hakte Kai nach.

»Na ja. Das Übliche.«

»Und das wäre?« Lotte spürte, dass sie genervt wurde. Sie atmete mehrfach tief ein. Professionell bleiben, ermahnte sie sich selbst.

»Und wenn die Daten dann im System sind?«

»Dann geht alles seinen üblichen Gang: Wir bemühen uns, eine passende Arbeitsstelle zu vermitteln, und prüfen die Möglichkeit von Fortbildungen und Umschulungen. Bis sich dabei etwas ergibt, hat der Arbeitssuchende in der Regel Anspruch auf Arbeitslosenunterstützung. Wir machen die entsprechenden Haken und Kreuzchen in den

Dokumenten; prüfen, welche Leistungen gegebenenfalls zustehen, und geben die Akten weiter. So geht das vonstatten, bis die Buchhaltungsdamen letztendlich das Geld überweisen.«

»Kriegt der Agenturchef die Akten ebenfalls vorgelegt?«

»Jein. Eigentlich dürften die ihn wenig interessieren. Er muss bloß die Freigabe für die Zahlungen abzeichnen.«

»Welchen Grund könnte es dann geben, dass er irgendwelche Akten in seinem Büro aufhebt?«

Mayer zuckte mit den Schultern. »Eigentlich keinen.«

Damit war das Thema im Grunde genommen vom Tisch. Die Kommissare versuchten, über Hintertürchen an weitere Informationen zu kommen, sahen jedoch bald ein, dass dieser Brunnen ausgeschöpft war.

Neues Oberwasser erhofften sie sich daher ein Stockwerk tiefer – auch wenn sich der Weg durch die Korridore im dritten Geschoss wie ein Déjà-vu anfühlte. Nicht nur, dass jeder einzelne Flur gleich aussah, es wirkte zudem alles exakt so wie oben in der Chefetage. Selbst die Anordnung der Sitzgelegenheiten und gerahmten Ausdrucke an den Wänden wirkten identisch. Der einzige marginale Unterschied bestand in den Zimmernummern, die nicht mit einer Vier, sondern einer Drei begannen. Kein Wunder, dass hier viele Sachbearbeiter abstumpften und in eine stoische Arbeitsweise verfielen, die keinerlei Abweichung duldete. Genau das bekamen sie hier ja jeden Tag aufs Neue vorgelebt.

Beim Betreten des Vorzimmers war Charlotte eine Sekunde lang überzeugt, nun erneut auf Yvonne Blechmann oder jemanden zu treffen, der oder die ihr ziemlich ähnlich sah. Umso überraschender war es, dass im Sekretariat eine junge Frau von vielleicht Anfang Zwanzig saß. Sie hatte lange dunkelblonde Haare und einen kleinen Piercingstecker in der linken Augenbraue. Außerdem lächelte sie, als wären die Kommissare heute das Highlight ihres Tages. Nun, vielleicht waren sie das sogar.

Charlotte präsentierte ihren Dienstausweis und schilderte ihr Anliegen. Ihr entging nicht, dass die junge Frau Kai mehrmals ein flüchtiges Lächeln zuwarf, das dieser schüchtern erwiderte. Bevor sich daraus jedoch eine neue Romanze ergeben konnte, verwies sie die Vorzimmerdame zu einem Büro drei Türen weiter.

Dort erwartete sie zwar ein Zimmer von ähnlichem Aufbau und ähnlicher Ausstattung, doch zumindest das Personal war unterschiedlich. Von den zwei Arbeitsplätzen war nur einer besetzt: von einer rothaarigen Frau Mitte Fünfzig, die laut dem Schild auf ihrem Schreibtisch Stefanie Plewka hieß.

Beim Anblick der Polizisten hielt sie mit dem Tippen inne und musterte sie durch ihre schmale Hornbrille. »Ja, bitte?«

Ein weiteres Mal stellten sie sich vor und präsentierten ihre Dienstausweise. »Wir haben uns gerade mit Frau Blechmann und Herrn Mayer über das Anlegen von Kundenprofilen unterhalten«, sagte Lotte im Anschluss. »Nun hätten wir noch einige Fragen bezüglich der Überweisung von Entgeltleistungen. Damit sind wir doch bei Ihnen richtig?«

Sie nickte zögernd. »J-ja. Was möchten Sie wissen?«

»Es geht uns um das Überweisungsprozedere an sich.

Laut Herrn Mayer bekommen Sie die Zahlungsanweisungen, sobald sich die Daten der Arbeitssuchenden im System befinden und die entsprechenden Leistungen bewilligt wurden.«

»Das … ist richtig.«

»Wie viele solcher Anweisungen bekommen Sie pro Tag?«

Frau Schneider entspannte sich ein wenig. »Schwer zu sagen. Auf jeden Fall mehrere Dutzend. Bei vielen handelt es sich ja um Wiederholungsaufträge. Da haben wir die Verbindungsdaten gespeichert.«

»Überprüft jemand, um welche Bankkonten es sich handelt oder ob manche mehrmals auftauchen?«

»N-nein. Wieso sollten wir?« Binnen eines Atemzugs kehrte die Unsicherheit zurück. Sie schaute fragend zuerst zu Lotte, anschließend zu Kai.

Der einzige Mann im Raum fühlte sich prompt angesprochen. »Wenn es keiner kontrolliert, wie wollen Sie dann sicherstellen, dass nicht jemand gleich mehrfach abkassiert?«

»Das halte ich für ziemlich unwahrscheinlich. Sämtliche Personenakten sind Sachbearbeitern zugeordnet. Jeder überprüft die angegebenen Adress- und Bankdaten. Erst danach wird geprüft, wer Anspruch auf welche Leistungen hat. Wenn der jeweilige Sachbearbeiter sein Okay gegeben hat, gehen die Datensätze weiter zu uns. Wir sehen gar nicht, wie die einzelnen Kunden heißen und welche Leistungen sie beziehen. Aus Datenschutzgründen.«

Lottes Augen weiteten sich vor Überraschung. »Das heißt: Wenn ich Ihnen jetzt einen bestimmten Namen nenne, können Sie mir gar nicht sagen, ob der- oder diejenige Leistungen bezogen hat? Und schon gar nicht, wie viel?«

»Genau. Anders sähe es nur aus, wenn Sie den Datensatz aus der jeweiligen Kundenakte kennen würden.«

»Den kennen wir.« Innerlich jubelnd schlug die Kommissarin ihre mitgebrachten Unterlagen auf und suchte in der ersten Personenakte nach der entsprechenden Codezeile. Es war die Akte von Marie Henriksen. Da es mehrere infrage kommende Zahlen-Buchstaben-Kombinationen gab, hielt sie die Dokumente der Buchhaltungsdame hin. Diese brauchte nur wenige Sekunden, um aus dem Wirrwarr der Angaben die richtige Datenzeile herauszupicken. Wenig später war diese in den Computer eingegeben, und die entsprechenden Zahlungsinformationen wurden angezeigt. Weil sie daran nichts Auffälliges bemerkte, probierten sie den nächsten Datensatz aus. Diesmal den aus der Akte von Kristin Braun. Das Ergebnis folgte prompt, und sie verglichen die Daten miteinander. Auf den ersten Blick wirkte hier ebenfalls alles unauffällig. Auf den zweiten Blick nicht mehr. Die hinterlegte Bankverbindung war in beiden Fällen die gleiche.

Dies *konnte* Zufall sein. Oder der Anfang eines Musters.

Sie probierten weitere Datensätze aus anderen Akten aus. Nicht alle wurden auf das gleiche Konto überwiesen, aber viele.

Lotte verspürte ein angenehmes Kribbeln im Bauch, das sich immer dann einstellte, wenn sich etwas als wichtige Spur erwies. Ihr Adrenalinspiegel stieg, und mit einem Mal war ihr mächtig warm. Da half auch das angekippte Fenster an der hinteren Seite des Büros nicht viel.

Als sie einige Zeit darauf die Arbeitsagentur verließen, hatte sich die erste Aufregung etwas gelegt, und Lotte überlegte, wie sie mit den neu gewonnenen Informationen umgehen sollte. Sie hatten nicht sämtliche Akten und Datensätze überprüft. Dies hätte eindeutig den Rahmen gesprengt und war zudem etwas, was die IT-Abteilung im Nachgang überprüfen konnte. Einen entsprechenden Anruf bei den Kollegen hatte sie bereits getätigt.

Für den Moment wichtiger für sie waren die hinterlegten Bankverbindungen. Bisher hatten sie drei unterschiedliche Girokontenangaben gefunden – so als hätte die Eintönigkeit der Arbeitsagentur auch dabei Schule gemacht. Überwiesen worden waren die Gelder alle zu unterschiedlichen Banken in der Region. Auf wen die Konten liefen, hatten sie auf diesem Wege allerdings nicht herausgefunden. Auch in der Hinsicht machten ihnen die deutschen Datenschutzgesetze einen kräftigen Strich durch die Rechnung.

Um hinter die Identität der Kontoinhaber zu kommen, bräuchten sie einen richterlichen Beschluss. Und selbst dann war es fraglich, ob die Banken die gewünschten Informationen einfach so herausrücken würden. Was die Privatsphäre ihrer Kunden betraf, reagierten die Kreditinstitute äußerst zurückhaltend. Gelinde ausgedrückt. Ein Erfolg in der Hinsicht war fraglich. Das wusste Lotte und ging in Gedanken bereits die möglichen nächsten Schritte durch. Bestimmt gab es irgendein Hintertürchen oder einen Schleichweg, um anderweitig an die benötigen Infos zu gelangen.

»Typisch Ämter«, schimpfte Kai neben ihr. Sie hatten

den Dienstwagen fast erreicht und gingen auf die jeweiligen Fahrzeugseiten zu. »Jeder macht nur seine eigene Arbeit und schaut nicht über den Tellerrand. Da schiebt lieber jeder den schwarzen Peter einem anderen zu. Keiner ist sich irgendeiner Schuld bewusst.«

»Was erwartest du bei solch einer großen Behörde? Die haben unzählige Sachbearbeiter. Da kann gar nicht jeder Einzelne im Detail wissen, was die Kollegen tun. Ist ja bei uns nicht anders.«

»Ganz so schlimm ist es bei uns nicht.« Er unterbrach kurz, um auf der Beifahrerseite des Autos einzusteigen. »Ich könnte niemals solch einen langweiligen Bürojob übernehmen. Den ganzen Tag nur einen Vorgang nach dem nächsten abarbeiten und dann die Akte weiterleiten. Die kommen höchstens mal zur Mittagspause und nach Feierabend an die frische Luft.«

»Dann freu dich, dass du bei der Kripo bist. Da fährst du regelmäßig in der Weltgeschichte herum.« Lotte ließ den Motor an und gab Gas.

Nachdem ein Besuch im Westklinikum bei der Schwester des Mordopfers noch immer nicht infrage kam, kehrten sie zum Präsidium zurück. Lotte war unschlüssig, was sie von der Spur mit den falschen Akten halten sollte. Trotz all der neuen Erkenntnisse hatte sie diese Fährte bisher nicht viel vorangebracht. Unter Umständen versteiften sie sich hier zu sehr auf die falsche Sache.

Fiktive Personendaten und falsche Abrechnungen klangen zwar interessant und nach einem triftigen Mordmotiv, ein tatsächlicher Beweis waren sie jedoch nach wie vor nicht. Aus dem Grund konnte es sinnvoll sein, auch die anderen Ermittlungsansätze nicht völlig aus den Augen zu lassen. Vielleicht fanden sich so ja Querverweise, die ihnen bisher gar nicht aufgefallen waren.

Aus diesem Grund fanden sich Lotte und Kai schon bald im Kreis ihrer SOKO-Kollegen wieder und brachten das Team auf den neuesten Stand. Bei der Gelegenheit verteilten sie auch gleich die Aufgaben in Sachen falsche Konten und dubiose Überweisungen. Je mehr Details sie dazu zusammensuchen konnten, desto größer war die Chance, damit beim Richter und bei den Banken Gehör zu finden.

Überdies bat Lotte die KDD-Leute für alle Fälle mal, sämtliche Angestellten der hiesigen Arbeitsagentur zu überprüfen. Eventuell würde sich so ja ein weiterer Ansatzpunkt ergeben.

Mit dem Rest der SOKO-Leute gingen sie noch einmal die bisherigen Fakten und Spuren durch.

Einen interessanten Ansatz hatten die IT-ler auf Roths Browserverlauf seines Mobiltelefons und in den E-Mails gefunden: Um die Fußballmannschaft nicht mehr mit Elterntaxis zu Auswärtsspielen karren zu müssen, hatte der FC vor gut einem Jahr zwei Minibusse gekauft, finanziert mit Sponsorengeldern, deren Firmenlogos prominent auf den Bussen prangten. So weit, so normal.

Weniger normal erschienen Lottes Kollegen die zahlreichen E-Mails einer gewissen Frau Grauer, die im Autohaus Dörner beschäftigt war. Darin ging es um Sonderkonditionen, welche mit Smileys gekennzeichnet waren – manche auch mit Herzchen.

So weit auch noch normal. Aber: Die Kollegen der Streifenbesatzung und der Einbruchsicherung hatten einen Einbruch bei eben dieser Birgit Grauer aufgenommen. Das Polizei-System war gut vernetzt, und so ergaben sich für Lotte einige Fragen. Die dringendste war: In welchem Zusammenhang standen Enno Roths Ermordung und der Einbruch bei einer Mitarbeiterin eines Autohauses?

»Das ist keine echte Spur, aber mein Bauchgefühl sagt mir, dass wir dem ebenfalls mal nachgehen sollten.«

»Reicht es nicht, wenn wir mit den Kollegen reden, die den Einbruch aufgenommen haben?«

»Nein. Ich mache mir gern persönlich ein Bild davon.«

»Natürlich, Chefin.« Kai nickte resignierend und stand auf. Ihm war offenbar schon klar, wohin der nächste Weg sie beide führen würde. Er griff sich den Schlüssel des Dienstwagens, und wenig später saß das Duo wieder im Auto.

Trotz oder gerade wegen der permanenten Hochdruckarbeit spürte Lotte während der Fahrt umso deutlicher, wie müde und urlaubsreif sie war. Zudem hatte sie das Gefühl, dass sie demnächst ihre Periode bekommen würde. Blöderweise trug sie ausgerechnet heute eine schneeweiße Jeans. *Lieber Gott der Menstruation, mach es schnell und bis Schweden vorbei!,* betete sie im Stillen. Kai switchte derweil auf dem Touchscreen des Cockpits hin und her. Dann sah er auf die Uhr.

Nach einer guten halben Stunde Fahrt erreichten die Ermittler das verkehrsberuhigte Wohngebiet, in dem die Schnackenbeckstraße 41 lag. Charlottes Uterus sendete derweil SOS. Immerhin hatte sie eine schmale Slipeinlage eingelegt, die fürs Erste das Schlimmste verhindern würde.

Eine Tablette hatte sie vor der Abfahrt auch noch schnell nehmen können und hoffte, sie würde jetzt sehr bald wirken.

Wie ferngesteuert stieg Charlotte aus dem Wagen und folgte dem deutlich jüngeren und deutlich ausgeschlafeneren Assistenten zum Eingang von Grauers Wohnhaus. Die Tür stand halb offen, weil ein Dreirad den Eingang blockierte. So leicht hatten die Kommissare es selten. Sie traten ein und gingen das Treppenhaus hinauf, bis sie an der Tür im Dachgeschoss ein Klingelschild die Aufschrift *B. Grauer* sahen.

Das war es allerdings nicht, was ihre Aufmerksamkeit erregte, sondern vielmehr die rotweißen Polizeiabsperrbänder vor der nur angelehnten Wohnungstür und dem offensichtlich aufgebrochenen Schloss.

Sie überlegte, auf ihrem Diensthandy noch einmal kurz nach dem entsprechenden Bericht zu suchen. Doch genauso gut konnten Kai und sie sich auch gleich in der Wohnung umsehen. Offen war die Tür ja bereits. Also schob sie vorsichtig die Absperrbänder beiseite und ließ ihrem Assistenten den Vortritt, bevor sie selbst die Wohnung betrat.

Wären die Absperrbänder nicht gewesen, man hätte auf den ersten Blick meinen können, Frau Grauer sei ein Messie. Es herrschte ein solches Chaos, dass die Kommissare sich erst einmal ratlos ansahen.

»Du fängst links an, ich rechts, wir treffen uns in der Mitte wieder«, entschied Lotte.

»Okay.« Kai schob die Wohnungstür zu und betrat das erste Zimmer links. Er landete direkt im Schlafzimmer.

Lotte betrat das schmale, schlauchförmige Gästeklo. Hier war alles, wie es sein sollte. Das Toilettenpapier hing ordentlich auf der Rolle, das Handtuch war am Haken neben dem kleinen Waschbecken, die Seife lag in der dafür vorgesehenen Schale. Hier hatte offenbar niemand gewütet, denn davon ging die Beamtin aus: dass nämlich jemand als sehr ungebetener Gast gekommen war und etwas gesucht hatte. Welcher Einbrecher dachte schon an den Lokus? Laut Statistik kaum einer.

Lotte atmete tief durch. Es roch nach angeblich zitronigem Klostein. Tatsächlich hing ein solcher quietschgelber Brocken, zur Hälfte aufgelöst, unter dem Rand der Toilette. Lotte klappte den Deckel zu und rümpfte die Nase.

Über dem Waschbecken hing ein Spiegelschrank. Sie öffnete die Tür: drei Regalbretter. Es war erkennbar ein Modell des größten schwedischen Möbelhauses. Schweden. Lottes Gedanken schweiften ab zu dem kleinen Haus. Dem See. Dem nackten Peter, der im klaren, kalten Wasser seine Bahnen zog. Die vielen Mücken blendete sie aus. Mit einem Seufzen katapultierte sie sich zurück in die Realität.

Im oberen Regalfach hatte Birgit Grauer die haushaltsüblichen Medikamente gelagert. Pillen gegen Kopfschmerzen, gegen akuten Durchfall, Heftpflaster, ein Fieberthermometer.

Im Fach darunter fand Lotte eine kleine Anzahl von Kosmetikprodukten. Eine Gesichtscreme für die Haut ab vierzig, Concealer, schwarze Wimperntusche. Das unterste Fach war leer. Sie griff nach dem Regalboden. Bingo. Das weißgebeizte Holz ließ sich anheben, und dort, wo eigentlich nichts sein sollte, stieß sie auf einen Zwischenraum.

Vierzig mal zehn Zentimeter groß. Etwa zwei Zentimeter tief. Was konnte man darin verstecken? Sie langte hinein und fand – nichts. Das wäre ja auch zu schön und leicht gewesen.

Charlotte sah sich in dem winzigen Raum um. Das Klo stand unter einem schmalen Fenster, das gekippt war. Einen Spülkasten gab es nicht, es handelte sich noch um die altbekannte Druckspülung. Links neben dem Klo stand eine Reinigungsbürste. An der rechten Wand war ein schmales Regal angebracht, auf dem zwei geflochtene Körbchen mit Deckel standen. Lotte griff nach dem ersten. Er enthielt in Plastik einzeln eingeschlagene Damenbinden, die langen mit Flügeln. Im zweiten Körbchen fand die Kommissarin Tampons, welche Birgit Grauer offensichtlich aus der Kartonverpackung umgefüllt hatte. Sie stellte das Behältnis zurück und hob den kleinen Vorleger an. Nichts.

»Dann eben weiter«, sagte Lotte zu sich selbst.

Im Flur traf sie Kai. »Das Schlafzimmer ist sauber«, meldete der Kollege. Lotte hatte nichts anderes angenommen. Sie ging in die Küche, wo allerlei zerbrochenes Geschirr lag. Mehl war verschüttet worden, Kaffeepulver mischte sich damit. Sämtliche Behältnisse waren geöffnet und geleert worden: Reis, Cornflakes, loser Tee und vieles mehr bedeckte den Boden. Lotte schaute sich akribisch um. Das Ergebnis fiel aus wie das bei Kai im Wohnzimmer: nichts.

»Entweder haben die Einbrecher gefunden, was sie gesucht haben. Oder eben nicht.«

»Grandios kombiniert, Sherlock!« Lotte grinste und sah sich noch einmal um.

»Hmmh«, machte sie und spürte ein Ziehen im Unterleib. *Fuck!,* dachte sie. »Ich muss mal eben für Königinnen«, sagte sie zu Kai. »Wir sind hier sowieso fertig.«

»Sehr professionell ist das an einem Tatort aber nicht.«

»Mir egal.« Lotte ging zur Toilette und griff nach dem Körbchen mit den Damenbinden.

Die obersten waren extrem dick und vermutlich entsprechend lang. Diese würde sie nicht benötigen. Sie schaute weiter unten nach, ob Birgit Grauer vielleicht auch Versionen in *normal* besaß. Tatsächlich! Lotte holte eine Binde heraus, die ihr allerdings merkwürdig schwer vorkam. Sie pulte das Plastik ab. Ein Gegenstand fiel klackernd zu Boden.

Es war ein USB-Stick.

Die Kommissarin legte die Binde ein und fingerte alle anderen im Korb ab, doch da war nichts mehr.

Sie wusch sich die Hände, kam mit einem triumphierenden »Tadaaa!« aus der Toilette und hielt Kai den Stick wie eine Trophäe hin.

»Wo kommt der denn her?« Täuschte Lotte sich ,oder klang ihr Partner verunsichert?

»Weiblicher Spürsinn. Und jetzt ab ins Präsidium. Mal sehen, was der Datenträger hergibt.«

Während der Fahrt war Kai ziemlich einsilbig. Charlotte schob das darauf, dass ihm die Begegnung mit dem weiblichen Zyklus peinlich war. Tja, da musste er jetzt durch. Die Hälfte der Weltbevölkerung blutete einmal im Monat, herrje, was sollte daran ein Tabu sein? Schließlich war die andere Hälfte genau aus diesem Grund überhaupt in der

Lage, sich darüber aufzuregen, dass es an Unis kostenlose Hygieneartikel für Frauen gab, aber keine Rasierer für lau. Aber, dachte sie grimmig, welcher Kerl kannte das nicht: Da ging man mal eben kurz einkaufen, und schwupps, wuchs einem zwischen Dosenerbsen und Craftbier ein Vollbart. Auf eine solche Diskussion hatte sie null Bock, zumal sie dagegen ankämpfte, ihre hormonell aufbrausende schlechte Laune in professionelle Bahnen zu lenken. War *die rote Lola*, wie ihre Oma stets gesagt hatte, nicht genau richtig gekommen, um nach den ersten Tagen vom Schwedenurlaub Geschichte zu sein? Eben.

»Zu dir oder zu mir?«, fragte sie Kai, als die beiden im gemeinsamen Büro angekommen waren.

»Zu mir, mein PC fährt schneller hoch«, antwortete Kai.

»Männer. Da fährt Einiges schneller hoch!« Lotte lachte, und endlich hatte sie den Eindruck, dass Kai sich entspannte. Ganz im Gegensatz zu ihrer Gebärmutter. Am liebsten wäre ihr jetzt ein Sofa samt Wärmflasche gewesen, aber anders als in manchen skandinavischen Ländern konnten Frauen hierzulande keine Sonderkrankentage wegen der Menstruation beanspruchen. Ein weiteres Hoch auf Schweden!

Gar so fix, wie Kai behauptet hatte, war sein Computer dann doch nicht bereit. Die Zeit zum Hochfahren genügte, dass Lotte die Kaffeemaschine in Gang setzen, zur Toilette gehen und aus dem Kühlschrank der Kollegen eine Portion Milch schnorren konnte. Mit zwei Bechern Kaffee in der Hand gesellte sie sich zu Kai, der soeben den USB-Stick in den dafür vorgesehenen Slot steckte.

Pling.

Der Polizeicomputer erkannte einen fremden Datenträger und wollte wissen, ob dieser geöffnet werden sollte. Das war eine gute Frage. Normalerweise sah die Dienstanweisung vor, dass keine fremden Datenträger einfach so an die EDV-Hardware angesteckt werden durften, bevor sie nicht in der IT-Abteilung eingehend auf Viren, Würmer und was auch immer überprüft worden waren. Das allerdings würde Stunden, wenn nicht gar Tage dauern. Und so viel Zeit hatten sie nicht. Nicht jetzt und nicht heute. Außerdem war es höchst unwahrscheinlich, dass jemand erst einen USB-Stick mit Schadsoftware verseuchte und anschließend so versteckte, dass ihn kaum jemand fand. Da gab es sehr viel einfachere Wege.

Ein kleines Restrisiko blieb dennoch. Lotte hoffte, dass die polizeiinterne Firewall im Notfall anspringen würde, und nippte angespannt an ihrem Kaffee. Selbst der schmeckte in Schweden besser.

»Und wenn wir ein Passwort brauchen?«, fiel ihr ein weiterer Stolperstein ein.

»Äh. Nope. So schlau ist Frau Grauer offenbar nicht.« Kai grinste und öffnete den einzigen abgespeicherten Ordner. Seine Vorgesetzte zog sich einen Stuhl heran. Gemeinsam starrten die beiden Beamten auf den Bildschirm.

Mehrere Word- und Excel-Dateien wurden angezeigt, insgesamt knapp zwei Dutzend Dokumente. Manche davon erst wenige Wochen, andere bereits mehrere Jahre alt. Die Dateinamen bestanden aus wirren Zahlen- und Buchstabenfolgen, die Lotte überhaupt nichts sagten.

Nach kurzem Abwägen öffnete sie die zuletzt gespeicherte Tabellenkalkulation – und landete gefühlt sofort einen Volltreffer. Das Dokument umfasste siebzehn Seiten. Mit jeder Menge Namen, Geburtsdaten, Anschriften und Autokennzeichen.

»Das ist … sehr umfangreich.«

»Also, die Geburtstagsliste aus dem Autohaus wird das kaum sein«, stellte Kai fest.

»Kaum. Mein erster Gedanke war: Vielleicht sind es Kunden. Alles zufriedene Autokäufer.«

»Das wäre möglich, schließlich schicken viele Firmen den Kunden Grüße zum Geburtstag.«

»Stimmt. Ich bekomme immer einen Rabattcode von einer Boutique, bei der ich vor Jahren mal eingekauft habe«, gab Lotte ihrem Kollegen Recht. »Aber das hier ist wahrscheinlich was anderes …«

Nachdenklich klickte sie sich von einer Seite zur nächsten.

»Ich wüsste gerne, wieso sich die Grauer so was mit heimgenommen hat«, sprach Kai mit starrem Blick auf den Bildschirm. »Selbst wenn sie die Daten an die Konkurrenz verkaufen wollte, wieso versteckt sie den USB-Stick dann in ihrem Klo?«

»Damit sie niemand findet, ist doch logisch!«

»Das setzt aber voraus, dass sie erstens wusste, dass sie was Verbotenes tat, und zweitens, dass jemand danach suchen könnte. Oder war es aus Versehen? Frauen sind ja manchmal komisch.«

Nun schaute Lotte auf und fixierte Kai mit strengem Blick. »Definiere komisch!«

»Äh. Launisch? Vergesslich? Weinerlich?«

Obwohl sie Bauchschmerzen hatte, musste Lotte lachen.

»Du definierst gerade einen ganz normalen Tag im Leben eines ganz normalen Mannes.«

Kais Antwort war eine herausgestreckte Zunge. Dann starrten beide erneut auf den Bildschirm. Der laue Kaffee wurde in der Zwischenzeit kalt.

»Jetz brat mir einer einen Storch!«, rief Lotte und freute sich einmal mehr über ihr fotografisches Gedächtnis.

Kai zuckte zusammen. »Was denn?«

»Ich kenne diese Daten. Und du hättest sie auch gekannt, wenn du dir nicht neulich am Abend in die Hosen gemacht hättest. Das sind Namen aus den Personenakten von Enno Roth!«

»Aber das hier sind so viele! So viele Mappen waren das nicht.«

»Ja, das hier sind mehr Namen, als wir bei der Arbeitsagentur gefunden haben. Aber schau …« Sie öffnete die Suchfunktion und gab den Namen Marie Henriksen ein. Gleich darauf sprang der Cursor zur entsprechenden Stelle im Dokument. »Da ist eine.« Ohne eine Antwort abzuwarten, gab sie den Namen Kristin Braun ein und ließ sich auch diese Daten anzeigen.

Kai blies die Backen auf. »Was kann das bedeuten?«

»Das mein Lieber, ist eine sehr gute Frage. Eine, die ich gerne Frau Grauer stellen möchte. Aber nicht sofort. Das hier ist zu wichtig, um es leichtfertig zu verfeuern. Da sammeln wir lieber noch ein bisschen und überprüfen den Hintergrund. Außerdem hatten wir keinen richterlichen Beschluss für die Wohnungsdurchsuchung. Da müssen wir jetzt umso besonnener vorgehen. Am besten lassen wir mal unsere SOKO-Kollegen ein paar Vergleiche und Auswertungen übernehmen.«

»Genau, weil die ja eh nichts zu tun haben.« Kai schüttelte amüsiert den Kopf. »Frau Wachmann, den Titel der beliebtesten Kollegin haben Sie sich damit verscherzt.«

»Und weißt du was? Das ist mir egal. Ich menstruiere.«

»Auch das noch!«

Peter Wachmann

»So!« In einer urtypisch deutschen Geste klatschte Ismael sich mit den flachen Händen auf die Oberschenkel und stand auf.

»Es war mir eine Ehre, Sie kennengelernt zu haben, aber nun rufen die Geschäfte.«

Peter und sein Kumpel sahen sich fragend an. Bernd war der erste, der sich erhob. Peter tat es ihm gleich. Gemeinsam mit Ismael, seinen zwei Wachmännern und Umut verließen sie die *Wunder-Bar*. Vor der Tür parkte ein Wagen, dessen Türen einer der grimmig dreinschauenden Kerle mit der Fernbedienung öffnete.

»Wow!«, entfuhr es Bernd. »Was für ein Geschoss!«

Für Peter stand da nur eine protzige Karre jener Sorte, die ordentlich Lärm machte. Doch der schwarz glänzende Bolide schien etwas ganz Besonderes zu sein. Peter stieg innerlich schon bei den ersten Gesprächsfetzen aus. Tiefergelegt, Spoiler, hier aufgemotzt, da getunt. Ismael beschrieb sein Auto, als sei es sein Kind, das er für hochbegabt hielt. Na ja, schnell mochte die Kiste sein, aber bei den Spritpreisen heutzutage …

Trotzdem tat Peter so, als würde er dem Gespräch aufmerksam folgen, nickte ab und zu und brummte zustimmend. Anscheinend tat er das so überzeugend, dass Umut ihn keck fragte: »Und, Herr Wachmann, fährst du noch immer die alte Schrottgurke?«

»Das ist keine Schrottgurke, sondern ein gerade mal acht Jahre alter Kombi. Aber egal. Ja, das Auto besitze ich noch.«

»Acht Jahre? Die Karre fährt noch?«

»Ja, klar! Das ist doch kein Alter«, fand Peter und fühlte sich trotzdem von seinem ehemaligen Schüler bloßgestellt, wie einer, der seine Hausaufgaben nicht gemacht hatte.

»Sag's doch, wie es ist, das ist nur noch ein Haufen Schrott«, platzte Bernd heraus. »Oder warum sonst suchst du nach einem neuen Wagen?«

»Sie wollen ein neues Auto kaufen?«, fragte Ismael und lächelte breit. »Ich hab da so meine Connections ...«

Über die Art dieser Connections wollte Peter eigentlich wenig wissen, zumal der eine Baumstamm-Kerl nervös auf seine protzige Armbanduhr schielte und Peter dabei böse ansah.

»Aber leider, mein Freund, leider habe ich Verpflichtungen.« Ismael breitete theatralisch die Arme aus. Peter machte sich auf eine Umarmung gefasst, aber das geschah zum Glück nicht. Gleich darauf stiegen die drei Ganoventypen in die Limousine und düsten schneller ab, als die Straßenverkehrsordnung es erlaubte.

»Mein Onkel kennt ne Menge Leute«, sagte Umut und klang dabei ein wenig stolz.

»Das glaube ich gern«, sagte Peter.

»Wenn Sie ein Auto kaufen wollen, dann sagen Sie ihm das. Sie bekommen top Konditionen, ich schwöre!«

»Vielleicht komme ich darauf zurück.«

»Apropos zurück«, schaltete sich Rothaut Bernd ein. »Ich sollte dann mal ...«

»Ich wohl auch.« Auf der einen Seite verspürte Peter wenig Lust, noch länger mit seinem ehemaligen Schüler vor diesem Etablissement zu stehen und Autokäufe abzuwickeln. Auf der anderen Seite spürte er, dass es an diesem Ort durchaus noch einige unbeantwortete Fragen gab. Aber dafür musste er nicht zwangsweise offiziell sein. Unter Umständen wäre es anders sogar besser.

»Alles klar!« Umut tippte sich zum Abschied mit zwei Fingern an die Stirn, was wie ein ungelenkes Salutieren wirkte. Dann kehrte er wortlos in die Bar zurück.

»Na toll, jetzt können wir um den ganzen Block latschen«, moserte Bernd, als die beiden sich auf den Rückweg zu ihren Rädern machten.

»Hab dich nicht so«, konterte Peter und klopfte seinem Kumpel auf die Schulter. »Es hätte deutlich schlimmer kommen können. Mit ein paar Backpfeifen zum Beispiel. Oder einem Ausflug ins Westklinikum. Nicht mit dem Fahrrad, sondern im Rettungswagen.«

»So gesehen, hast du recht.«

»Siehst du, alles eine Frage der Perspektive.« Um ihn abzulenken, fragte er, was Bernd heute noch vorhabe. Allein daran, wie Bernds Körper sich straffte und seine Schritte geschmeidiger wurden, erkannte Peter, dass er ein Date hatte. Und richtig: Den kompletten Weg zu den Fahrrädern plauderte Bernd über eine Tindertrulla mit bemerkenswert großen Augen, mit der er sich zum Abendessen verabredet hatte. Bis dahin waren zwar noch ein paar Stunden Zeit, aber um bestmöglich zu glänzen, bedurfte es einiger Vorbereitung.

Peter wünschte ihm von Herzen Glück, ahnte aber, dass auch diese Dame, wenn überhaupt, nur eine kurze Episode in Bernds Leben sein würde. Egal, es war eine, auf die er sich offenbar freute, denn kaum hatte er das Fahrradschloss geöffnet, strampelte der Casanova erwartungsvoll davon.

Peter nahm sein Mobiltelefon zur Hand. Keine Nachricht von Lotte. Also tippte er ein: *Frau Wachmann, wussten Sie, dass man in Schweden jeden duzen darf außer dem König? Darauf eine Tüte Zimtschnecken!*

Er pinnte ein knallrotes Herzchen an und drückte auf *Senden*. Und da er das Telefon eh schon in der Hand hielt und der Empfang hier ganz passabel war, setzte er sich auf die Treppenstufen eines Mehrfamilienhauses und öffnete die Suchmaschine. Er tippte die Anschrift der *Wunder-Bar* ein, klickte sich auf deren Website und überflog die ersten Seiten. Die Fotos waren offenbar zu besseren Zeiten aufgenommen worden, da sah alles neu renoviert aus. Eine kleine Bilderstrecke zeigte Aufnahmen von längst vergangenen Partys. Interessant wurde es beim Impressum. Inhaber der Bar war nämlich eben jener Ismael, der ihm ein Auto zu Sonderkonditionen beschaffen wollte.

»Wie kann der sich mit dieser Spelunke so einen Schlitten leisten?«, fragte Peter sich und las weiter. Eingetragen als Webdesigner war eine Firma DataTec.

Peter öffnete erneut die Suchmaschine und tippte *Ismael Özdemiroglu* ein. Eventuell stand hinter dem Mann ja ein Imperium, und die Bar war nur ein launiges Hobby. Doch weit gefehlt: Außer der *Wunder-Bar* gab es keine Einträge. Keinen einzigen. Peter stand auf und ging zu seinem Rad. Ratlos. Ratlos, wie das alles zusammenhing, ratlos, was er als Nächstes tun sollte und ratlos, ob er und seine Charlotte es rechtzeitig nach Schweden schaffen würden. Erwartungsvoll checkte er noch mal seine Nachrichten. Nichts. Seufzend stand er auf und schob sein Fahrrad weiter. Nebenbei schaute er sich nach einem Versteck in der Nähe um, von dem aus er die Kneipe im Blick haben würde, ohne dabei sofort bemerkt zu werden.

Ein Stück die Straße hinab wurde er fündig. Vor einem verlotterten Ein-Euro-Shop gab es nicht nur Fahrradständer, sondern auch eine metallene Sitzgelegenheit. Die machte zwar nicht viel her, war aber zumindest unbesetzt. Und was das Beste daran war: Direkt neben der Bank befand sich eine steinerne Litfaßsäule, die wunderbare Dienste als Blickschutz vor der *Wunder-Bar* leistete. Dafür akzeptierte Peter auch gerne, dass an einigen der sonnenbleichen Plakate vor Kurzem wohl mal jemand getestet hatte, ob sein Feuerzeug noch funktionierte. Besonders das Poster einer Lesung von Krimi-Autor Robert Krauss war arg in Mitleidenschaft geraten. Offenbar las man in dieser Gegend nicht gerne. Jedenfalls keine Unterhaltungsliteratur.

Lesen war auch das, was Peter als Nächstes tat. Er bereute es, sich von daheim kein Buch mitgenommen zu haben. Bei Arztbesuchen und anderen Terminen, wo von einer Wartezeit auszugehen war, hatte er immer eines eingesteckt. Hier hatte er mit so etwas nicht gerechnet, und ihm blieb nur die Möglichkeit, das zu tun, was ihn bei Fahrten in öffentlichen Verkehrsmitteln immer bei anderen ärgerte: Nämlich zum Zeitvertreib auf sein Smartphone zu glotzen.

Allerdings ging es bei ihm nicht um die neuesten Social-Media-Meldungen oder Influencer-Clips, sondern um Recherche. Gerade war ihm nämlich noch etwas eingefallen. Er tippte Ismaels Namen ein, dieses Mal in der Bildersuche. Es gab abermals nur wenige Einträge. Der erste war ein drei Jahre alter Artikel aus der Lokalzeitung. Dann öffnete er die Archiv-Seite und studierte den Artikel.

Eklat beim FC Lauengraben: Sponsor manövriert sich ins Abseits

Von Kiki Holland

Selten kommt es vor, dass wir in der Lokalspalte über Sport berichten. Und darum geht es auch gar nicht, im Gegenteil, denn was beim alteingesessenen Fußballverein Lauengraben geschehen ist, ist alles andere als sportlich.

Aber der Reihe nach. Der FC hatte beste Chancen, in dieser Spielzeit in die Kreisliga aufzusteigen. Die erste Mannschaft war quasi nur noch ein Tor vom Klassenwechsel entfernt. Zu diesem Tor setzte am vorvergangenen Wochenende beim Heimspiel gegen den FC Taubertal der hiesige Stürmer und Torschützenkönig Umut Yilmaz dreißig Sekunden vor dem Schlusspfiff an. Er schoss, traf, der Jubel war groß – bis der Schiedsrichter pfiff. Das Tor wurde nicht anerkannt.

Bei den Lauengraben-Anhängern war die Empörung groß, die Uhr tickte. Abpfiff.

Und Anpfiff für einen Fan und Sponsor, der auf das Feld stürmte und dem Unparteiischen ohne Vorwarnung einen gekonnten rechten Haken verpasste (wir haben im Sportteil berichtet, auch über den Einsatz der Polizei).

Was spült nun dieses Ereignis in den Lokalteil? Ganz einfach: Ismael Ö. enterte vorgestern Abend die Stadtratssitzung, in der über den Haushalt für das kommende Jahr beraten werden sollte. Wild gestikulierend rannte der Mann in den Sitzungssaal, sah sich um und stürmte zu jenem Platz, an dem Enno Roth saß, seines Zeichens Vorsitzender des FC. Ehe einer der Anwesenden reagieren oder gar eingreifen konnte, packte Ö. Roth am Kragen, spuckte ihm ins Gesicht und sagte wörtlich: »Kannst du vergessen, dass ich für deine Gurkentruppe noch mal Geld spende!«

Weder der Bürgermeister noch der angegriffene Stadtrat waren bis Redaktionsschluss für eine Stellungnahme zu erreichen. Wir werden weiter berichten.

Illustriert war der kurze Bericht mit einem Archivfoto, welches Özdemiroglu lange vor dem Vorfall im Kreise weiterer leidenschaftlicher Fußballfans als dritten von links auswies. Sie trugen Trikots, Mützen und Schals des Vereins.

»Da schau mal einer an, die beiden kannten sich. Na, das ist ja ein Zufall.« Nachdenklich schloss Peter den Browser. Konnte Ismael den Chef der Arbeitsagentur ermordet haben? Recht aufbrausend schien er, dem Artikel zufolge, ja zu sein. Doch ein Mordmotiv war das nicht. Außerdem lag der Vorfall mehrere Jahre zurück. Dennoch dürfte es nicht schaden, den Kneipenbesitzer, allein wegen der kleinen Verbindung, im Auge zu behalten.

Viel zu tun gab es ohnehin nicht. Lotte hatte nach wie vor nicht geantwortet. Er seufzte und blickte erwartungsvoll zur *Wunder-Bar*. Irgendwann würde sich dort was tun. Hoffentlich.

Charlotte Wachmann

»Danke.« Lotte legte den Telefonhörer auf und lehnte sich nachdenklich in ihrem Schreibtischstuhl zurück.

»Was ist?«, fragte Kai, der ihr Telefonat für eine kurze Toilettenpause genutzt hatte. Die frischgewaschenen Hände hatte er sich danach an der Hose abgetrocknet, wie deutlich zu sehen war. »Sag nicht, dass die Kollegen mit der Namenliste schon durch sind. Die arbeiten gerade mal ne Stunde daran. Wenn überhaupt.«

»Nein, das ist es nicht. Die IT hat die IP-Adresse ermittelt, die zu den Zahlungen aus der Arbeitsagentur gehört.«

»Wie haben die das denn geschafft? Braucht man für solche Schnüffeleien nicht ebenfalls nen Beschluss vom Richter?«

»Nicht, wenn man sich mit der EDV-Abteilung vom Arbeitsamt gut stellt. Ich weiß nicht, was die Jungs und Mädels da untereinander ausgekabbelt haben, aber unsere IT hat von deren IT die Übermittlungsprotokolle der online eingegangenen Anträge bekommen. Sozusagen als dienstübergreifende Zusammenarbeit von einer Behörde zur anderen. Letzten Endes sind wir eben doch alle bloß Staatsdiener.«

Kai leckte sich mit der Zungenspitze über die Lippen. »Und was kam dabei heraus?«

»Eine ganze Menge. Die von unseren Datensätzen wurden alle zu einer bestimmten Privatanschrift hier in der Stadt zurückverfolgt.«

»Mach es nicht so spannend!«

Lotte bemerkte seine Ungeduld und ließ sich absichtlich Zeit. »Sie gehören zu einer Person, die wir bereits kennen. Zu Ina Sorgus.«

»Ennos heimliche Affäre?«

»Genau die.« Lotte stand auf und griff nach ihrem Mobiltelefon. Eine Nachricht war eingegangen. Sie öffnete sie und lächelte. Ja, die Zimtschnecken ... Doch für eine Antwort blieb ihr keine Zeit. »Ich schätze, da sollten wir unbedingt noch einmal anklopfen.«

Der Meinung war Kai ebenso.

Da sie bezweifelten, dass sich Frau Sorgus so früh am Nachmittag bereits in den Feierabend verabschiedet hatte, fuhren sie direkt zum Bürogebäude der DataTec. Auch heute funkelte die grauweiße Fassade des dreistöckigen Hauses, als hätte für den Bau jemand Diamanten verwendet. Kalt wie in einer Diamantenmine war es auch im klimatisierten Eingangsbereich. Kurzzeitig wärmer war lediglich das berufsmäßige Lächeln der Empfangsdame. Obwohl es die gleiche Frau wie bei ihrem Besuch neulich war, erkannte sie sie nicht wieder.

Sobald die Polizisten ihre Dienstausweise vorgezeigt hatten, war auch der fröhliche Gesichtsausdruck passé. »Einen Augenblick«, verabschiedete sie sich knapp und tat dasselbe wie beim letzten Mal: Die gewünschte Mitarbeiterin per Telefon über den Besuch zu informieren.

Und genauso, wie beim letzten Mal, erschien die Osteuropäerin wenig später. Ihre Begeisterung über das erneute Auftauchen der Ermittler hielt sich sichtbar in Grenzen. »Was kann ich diesmal für Sie tun? Ich dachte, wir längst hätten alles geklärt.«

»Das geht uns genauso«, erwiderte Kai schnippisch.

»Können wir uns irgendwo in Ruhe unterhalten?«, übernahm Charlotte das Kommando. »Beispielsweise in Ihrem Büro?«

Eigentlich war dies weniger eine Frage als vielmehr eine Aufforderung. Das schien der attraktiven Mittzwanzigerin ebenfalls zu dämmern. Mit einem hörbaren Stöhnen akzeptierte sie die Tatsache und führte sie zu dem länglichen Büro im ersten Stock. Im Gegensatz zu ihrem vorherigen Besuch war der Raum diesmal nicht aufgeräumt und vorzeigefertig. Zwei Aktenordner aus dem Regal lagen aufgeschlagen auf dem Teppichboden. Und auf dem Schreibtisch herrschte ein chaotisches Allerlei aus Fachbüchern, Notizblöcken und farbigen Haftnotizen. Ganz offensichtlich hatte Frau Sorgus heute niemanden erwartet.

»Sieht so aus, als wären Sie im Stress«, stellte Lotte beim Umschauen fest.

Ina Sorgus schüttelte stirnrunzelnd den hübschen Kopf. »Ich muss bis morgen eine Software-Lösung für einen Industriekunden fertigbekommen, und die Programmroutine tut nicht das, was sie tun soll.«

»Dabei können wir Ihnen nicht weiterhelfen«, gestand

Lotte wahrheitsgemäß. Sie hatte kein Problem damit, sich durch die Standardanwendungen zu klicken oder den Desktop-Hintergrund auf ihrem PC zu ändern. Doch allein das Wort *Programmroutine* klang nach nichts, was in ihrer täglichen Routine vorkam. Sofern es so etwas bei ihrem Beruf überhaupt gab.

»Das ich weiß. Niemand mir dabei helfen kann. Selbst unsere Profis sind ratlos, wo genau der Fehler liegt. Deshalb ich muss jetzt durchgehen Code-Zeile für Code-Zeile. Dauert bestimmt bis tief in die Nacht. Deshalb ich eigentlich nicht habe Zeit.«

»Wir werden versuchen, uns kurz zu fassen.« Lotte unterdrückte ein kleines Schmunzeln. Sie glaubte nicht, dass Ina Sorgus so bald wieder zu ihrer Arbeit zurückkehren würde. »Bei unserem ersten Treffen haben Sie uns erzählt, dass Enno Roth Sie für das Erstellen der Internet-Präsenz des Fußballvereins engagiert hat. Dann haben wir herausgefunden, dass Ihre Beziehung zueinander *sehr* viel weiterging.«

»Ja, wir hatten Affäre. Das habe ich bereits zugeben.«

Lotte nickte. »Nicht nur das mit der Affäre. Sie haben uns auch von den vielen Followern des FC in den sozialen Medien erzählt.«

»Ja, ich da habe ihm geholfen.«

»Aber nicht nur da, oder?«

Ina Sorgus hielt inne. Sie schien nicht recht zu wissen, worauf die Kommissarin mit ihren drängenden Fragen hinauswollte, und trat unschlüssig von einem Fuß auf den anderen. Ein deutliches Zeichen dafür, dass sie nervös wurde.

»Wie Sie wissen, durchleuchten wir sämtliche Aspekte von Enno Roths Leben. Sowohl die private, wie auch die berufliche Seite.«

»Ja, klar. Das liegt auf Hand.«

»Dabei sind wir auf einige interessante Unterlagen gestoßen«, mischte sich Kai mit ein. Offenbar fand er, dass Ping-Pong hier die beste Vorgehensweise war. Lotte war das nur recht. »Sie lagen im Schreibtisch seines Büros. Das Schubfach war abgeschlossen.«

Ina Sorgus starrte sie schweigend an.

»Es waren Akten von verschiedenen Personen, die sich allesamt arbeitslos gemeldet haben«, sagte Lotte.

»Daran ist bloß eine Sache komisch«, sagte Kai.

»Alle diese Personen gibt es gar nicht«, sagte Lotte.

»Wir haben uns das daher mal genauer angeschaut«, sagte Kai.

Lotte zwang sich zu einer kurzen Pause, um die Frau noch nervöser zu machen. »Die Profile sind alle online angelegt worden. Wir haben die IP-Adressen zurückgefolgt. Und die haben uns jedes Mal zu Ihnen geführt.«

»Aber … Das kann nicht sein!« Ina Sorgus schüttelte den Kopf.

»Das kann sehr wohl sein«, fuhr Lotte fort. »Ich weiß, was Sie jetzt denken: Sie haben sich extra viel Mühe gegeben: ein VPN und sonstige Verschleierungstaktiken verwendet. Doch wissen Sie was: Unsere IT-Abteilung hat ebenfalls Einiges drauf. Die kennen die ganzen Tricks nicht nur, sondern wissen auch, wie man trotzdem ans Ziel kommt. Fragen Sie mich nicht nach Einzelheiten, das ist nicht meine Baustelle. Außerdem ändert es rein gar nichts an den Tatsachen. Es steht zweifelsfrei fest, dass Sie die ganzen Profile hochgeladen haben. Und nicht nur das: Sie haben die Datensätze an die Buchhaltung der Arbeitsagentur geschickt und Ihre eigenen Kontodaten eingepflegt. Bei mehreren Banken in der Region, wo Sie eigens dafür neue Konten angelegt haben.« Letzteres war ein reiner Bluff. Wenn es einen Moment zum Pokern gab, dann diesen hier.

»Dabei sind ein paar hübsche Summen zusammengekommen«, spielte Kai das Spiel mit. »Deutlich mehr, als man bei *DataTec* verdient. Ich an Ihrer Stelle hätte den Job längst gekündigt.«

»Ich …«, begann Ina Sorgus, nur um dann erneut innezuhalten.

»Was wir noch nicht so ganz verstehen«, fuhr Charlotte fort. »Wer von Ihnen beiden hatte überhaupt die Idee: Enno oder Sie?«

»Er war alles. Er mich hat dazu gezwungen!« Die wenig überraschende Antwort kam wie aus der Pistole geschossen.

»Unwahrscheinlich«, antwortete die Kommissarin gelassen. »Ich glaube eher, er hat Ihnen vorgeschwärmt, wie man auf diese Weise sehr schnell an viel Geld kommt. Und dass es ein nahezu perfektes Verbrechen ist. Niemand schaut sich die vielen Datensätze bei der Arbeitsagentur an. Jeden Tag werden unzählige Geldüberweisungen vorgenommen. Ein paar mehr oder weniger fallen da nicht auf.«

»Die Idee ist auch wirklich nicht schlecht«, pflichtete Kai seiner Chefin bei. »Wäre Enno Roth nicht plötzlich gestorben, und wir wären an die Akten gekommen, die ganze Sache hätte noch ewig weiterlaufen können. Ab und zu ein paar Namen und Daten austauschen, und weiter geht's. Das ist wie ein Sechser im Lotto.«

»Schade nur, dass Ihr Komplize auf einmal tot war«, sagte Lotte. »Was uns zum eigentlichen Grund unseres Hierseins bringt. Frau Sorgus, wie die Male zuvor schon gesagt: Wir ermitteln in einem Mordfall. Andere Dinge sind uns zwar nicht egal, aber erst einmal zweitrangig. Das hier ist Ihre Chance zum Auspacken. Verraten Sie uns Ihre Version der Geschichte. Was ist geschehen? Was ist schiefgelaufen?«

Auch damit lehnte sie sich weit aus dem Fenster. Aktuell hatten sie keine Ahnung, ob und wie die Osteuropäerin in das Ableben ihres Liebhabers verwickelt sein könnte. Es war nur ein Gefühl, das Lotte sagte, dass es sich bei Ina Sorgus nicht um eine kaltblütige Killerin handelte. Sollte sie mit diesem Gefühl komplett danebenliegen, würde sich das bald herausstellen. Für den Moment dürfte es jedenfalls nicht schaden, es so darzustellen, als würden sie die Frau nicht als Hauptverdächtige behandeln.

»Nichts ist schiefgelaufen!«, erwiderte Ina Sorgus. »Ich habe mit all diese Sachen nichts zu tun. Ich will sprechen Anwalt!«

»Noch sind Sie nicht mal verhaftet«, erinnerte Kai. »Bisher plaudern wir bloß.«

»Wir können Sie gerne wegen Mordverdachts einstweilen festnehmen«, schlug Lotte vor. »Ist es das, was Sie wollen? So eine Mordanklage wiegt deutlich stärker als eine wegen Betrug und Dokumentenfälschung. Motiv und Gelegenheit für solch eine Tat dürften Sie durchaus haben.«

»Ich war es nicht«, beteuerte Ina Sorgus. »Sie mir müssen glauben.«

»Dann reden Sie mit uns«, schlug Kai vor. »Und zwar nicht hier, sondern im Präsidium, damit wir Ihre Aussage gleich aufnehmen können.«

Nach kurzem Zögern senkte Ina Sorgus traurig den Blick. »Also gut. Was Sie wollen wissen?«

»Alles«, sagten die Kommissare unisono.

Peter Wachmann

Obwohl er sich fest vorgenommen hatte, nicht in den gleichen Trott wie alle anderen zu verfallen, dauerte es nicht lange, bis er wieder auf sein Smartphone zurückgriff. Was sollte er auch anderes tun? Abgesehen von vereinzelt vorbeikommenden Fußgängern und Autos passierte in der Straße rein gar nichts. Nicht nur nichts Spannendes, sondern buchstäblich gar nichts. Dennoch widerstrebte es ihm, sich auf die gleiche Stufe mit all den anderen Handy-Junkies zu stellen, die keine fünf Minuten ohne ihr elektronisches Spielzeug auskamen. Nein, dies war lediglich eine Ausnahmesituation, die besonderer Maßnahmen bedurfte.

Peters Herz schlug schneller, als ihm sein Telefon den Eingang einer neuen Nachricht anzeigte. Doch leider kam sie nicht von Charlotte, sondern von Matthias Kalt, dem Direktor der Josef-Hall-Berufsschule, den alle bloß

Mattjes nannten. Der Kerl schlug allen Ernstes für nächste Woche ein Treffen sämtlicher Lehrer vor. Für ein gemeinsames Brainstorming und um neue Impulse zu setzen.

Peter verspürte nicht mal Lust darauf, ihm zu antworten. Vermutlich würde die Resonanz in der Haupturlaubszeit ohnehin ziemlich mau ausfallen. Wenn alles gut lief, könnte er später als Ausrede anbringen, sich nächste Woche in Schweden aufzuhalten. Doch dafür müsste er tatsächlich nach Skandinavien kommen. Wie hoch die Chancen derzeit dafür standen, fiel ihm schwer zu beurteilen. Er war sich sicher, etwas entdeckt zu haben – bloß hatte er keine Ahnung, was das war und ob es mit dem Mord an Enno Roth zu tun hatte. Ob Charlotte mit ihren eigenen Ermittlungen schon weitergekommen war, wusste er ebenfalls nicht. Es war schon einige Zeit her, dass er mit ihr mehr als bloß ein paar Textnachrichten ausgetauscht hatte. Zu lange, für seinen Geschmack.

Kurz spielte er mit dem Gedanken, sie gleich hier und jetzt anzurufen. Doch er verwarf die Idee wieder, weil seine Frau sicher viel zu tun hatte. Wenn er sie störte, wäre das sicher nicht sehr förderlich für ihre Arbeit. Oder den hoffentlich bald anstehenden Urlaub.

Nachdem auch die Nachrichten-Websites keine interessanten Neuigkeiten enthielten, beschäftigte er sich einmal mehr mit dem Inhaber der *Wunder-Bar,* und als selbst hier das Reservoir an relevanten Informationen ausgeschöpft war, stellte er Recherchen über Ismaels aufgemotzten Zweitwagen an. Binnen kurzer Zeit hatte er das genaue Modell herausgefunden – für das man schon allein mehr als 80°000 Ocken hinblätterte. Dafür musste eine Oma lange Kekse backen. Dabei waren das Tieferlegen, der Spoiler, die Spezialreifen und all der andere Schnickschnack noch nicht mal eingerechnet. Was man für solche Extras zusätzlich hinblätterte, wusste er nicht, aber gewiss war es eine ganze Menge. Deutlich mehr, als der Inhaber einer heruntergekommenen Bar monatlich (oder jährlich) beiseitelegen konnte. Selbst beim normalen Gehalt eines beamteten Berufschullehrers müsste man dafür für längere Zeit den Gürtel deutlich enger schnallen. Wie also konnte sich Umuts Onkel so etwas leisten?

Möglicherweise hatte er reich geerbt oder große Aktiengewinne eingefahren. Eventuell betrieb er auch eine geheime Schokoladenfabrik. Viele Dinge kamen infrage, und nicht nur legale. Unter Umständen hatte Ismael die Kiste irgendwo geklaut. Wäre das etwas, was Lotte für Peter nachprüfen könnte? Nein, lieber nicht. Aktuell gab es nicht den geringsten Beweis, dass das Fahrzeug gestohlen worden war. Im Gegenteil: Nachdem sie ihn vorhin vor und im Autohaus Dörner gesehen hatten und er auch die Buchhaltungsdame gut kannte, besaß er offensichtlich gute Beziehungen in diese Richtung. Was eindeutig nicht verboten war.

Noch während Peter sich verschiedene Szenarien und Möglichkeiten ausmalte, hörte er auf einmal, wie sich ein Wagen mit dröhnendem Sportauspuff näherte. Einige Sekunden später sah er, wie der schwarze Bolide in die Straße hinbog. Allerdings war er nicht allein, sondern hatte zwei andere, neu und teuer aussehende Fahrzeuge im Schlepptau. Es handelte sich eindeutig weder um Zufall noch um den Anfang eines Straßenrennens. Alle drei Wagen wurden langsamer, so als würden ihre Fahrer nach freien Parkplätzen suchen.

Sobald sie irgendwo eine Lücke entdeckten, verschwand eines der Autos darin. Der Reihe nach kamen so sämtliche Kisten zum Stehen. Als die Fahrer ausstiegen, verschwanden die letzten Zweifel. Es waren Ismael und seine zwei Halunken-Freunde. In zügigen Schritten liefen die drei zur *Wunder-Bar*, nur um gleich darauf mit dunklen Umhängetaschen zurückzukehren. Damit ließen sie sich kurz an den Vorder- und Rückseiten der zwei neuen Wagen nieder, so als würden sie dort die Nummernschilder wechseln. Vielleicht taten sie das sogar. Nach getaner Arbeit öffneten sie die Türen und verstauten Dinge in den Fahrzeugkabinen.

Peter hatte keine Ahnung, was es damit auf sich hatte, besaß aber zumindest die Geistesgegenwart, die ganze Prozedur auf seinem Smartphone heranzuzoomen und zu filmen. Lang wurde der Clip nicht, denn Ismaels Freunde gingen so behände und routiniert vor, dass das gesamte Schauspiel nach wenigen Minuten erledigt war.

Eine halbe Stunde verstrich, bevor es noch kurioser wurde: Nicht Ismael oder seine Handlanger verließen die *Wunder-Bar*, sondern eine dralle Frau in den Dreißigern und ein Typ mit grauen Haaren. Peter erinnerte sich dunkel, die beiden einige Zeit zuvor unabhängig voneinander in die Kneipe gehen gesehen zu haben. Er hatte sie für normale Kundschaft gehalten, wie es sie an einem heißen Sommertag in rauer Menge gab (er selbst sehnte sich ebenfalls nach einem eisgekühlten Getränk).

Beim Verlassen der *Wunder-Bar* erweckten sie nicht den Eindruck, als würden sie einander kennen. Ohne auf den jeweils anderen zu achten, stieg die Frau in den einen, der Mann in den anderen Wagen. Peter filmte, wie sich die zwei kurz mit den Fahrzeugen vertraut machten, dann die Motoren anließen und in unterschiedlichen Richtungen davonfuhren. Was es damit auf sich hatte, blieb Peter ein Rätsel. Er wusste nicht einmal, ob es etwas zu bedeuten hatte. Dennoch war er froh, die Szenen auf Video zu haben. Man wusste ja nie …

Charlotte Wachmann

Aus verständlichen Gründen reagierten die meisten Menschen etwas vorsichtig und zurückhaltend, wenn sie von Ermittlern der Kriminalpolizei zu einer Befragung ins Präsidium gebracht wurden. Ina Sorgus stellte da keine Ausnahme dar.

Obwohl Lotte ihr keine Handschellen angelegt hatte und sich um einen möglichst lockeren Tonfall bemühte, geschah im Vernehmungszimmer genau das, was sie befürchtete: Die Osteuropäerin wirkte eingeschüchtert und verkrampft und schien vor lauter Aufregung den eigenen Namen vergessen zu haben.

Ein frischer Kaffee lockerte ihre Zunge nicht (nicht mal bei einem aus Lottes Kapselmaschine!), und auch gutes Zureden verfehlte den gewünschten Zweck. Erst als die Kommissare den Druck erhöhten und noch einmal die drohende Mordanklage erwähnten, führte das zu einer spontanen Rückbesinnung. Von einem Augenblick auf den anderen wurde Frau Sorgus ziemlich redefreudig.

Auf einmal klapperte die Mühle nicht nur am rauschenden Bach, sondern Kais ebenso rasant über die Tastatur seines Notebooks. Deshalb hielt er sich bei der Befragung nahezu komplett zurück und überließ seiner Chefin das Feld.

Sehr viel nachbohren musste Lotte gar nicht. Die Informatikerin schilderte bereitwillig, wie sie bei der Arbeitsagentur zuerst Frank Mayer kennengelernt und dann eher zufällig auf Enno Roth getroffen war. Wie sich die zwei auf Anhieb verstanden hatten. Aus einem spontanen gemeinsamen Essen waren mehrere Dates am Nachmittag und Abend geworden, wann immer der schwer beschäftigte Direktor sich Zeit freischaufeln oder nicht daheim auf der Matte stehen musste. Dank Inas IT-Fähigkeiten hatten sie gemeinsam den Internet- und Facebook-Auftritt des 1. FC Lauengraben aufpoliert und für eine dieser Arbeit entsprechende Anzahl von Followern gesorgt.

Schließlich hatte Enno – natürlich war er es gewesen – ihr einige frei erfundenen Personalakten vorgelegt und gefragt, ob man die nicht irgendwie ins System schmuggeln könnte. Darüber, wie dieses Irgendwie aussehen sollte, hatte er recht konkrete Vorstellungen gehabt, so als hätte er sich längst eingehend mit dem Thema befasst. Lediglich für die Ausführung hatte er nicht die notwendigen Computerkenntnisse besessen.

Selbstverständlich war Ina vollkommen dagegen gewesen und hatte mehrfach entschieden protestiert. Aber bei seinem Hundewelpenblick und seinem ständigen sanften Drängen (er konnte dabei laut ihrer Aussage erstaunlich einfühlsam vorgehen) war sie letztendlich schwach geworden und hatte ihm seinen Wunsch erfüllt. Ähnlich war es beim Anlegen der Girokonten bei verschiedenen Banken in der Region gewesen. Dafür hatte Enno ihr regelmäßig einen gewissen Anteil der heimlich eingenommenen Gelder über eine Scheinfirma namens Tiercy GmbH überwiesen. Und weil dies ja total illegal war, hatte Ina freilich bereits überlegt, diese Beträge an wohltätige Organisationen zu spenden. Lediglich aufgrund ihres aktuell gewaltigen Arbeitspensums war sie bisher nicht dazu gekommen.

»Selbstverständlich«, stimmte Charlotte ihr dabei nahezu auf der Stelle zu. Sie freute sich über die Redseligkeit der jungen Frau und übersah dabei bereitwillig, dass ein, zwei Passagen der Aussage vermutlich *geringfügig* zurechtgebogen worden waren. Wie sehr genau, würden sie im Nachgang abklären. Wichtiger war für den Moment, so viele Fakten wie möglich bestätigt zu bekommen. Außerdem wusste Lotte um eine der wichtigsten Devisen bei der Polizeiarbeit: Niemals einen Verdächtigen unterbrechen, der gerade dabei ist, seine Taten zuzugeben.

So bereitwillig Ina Sorgus auch allerlei Straftaten eingestand, bei drei Punkten mauerte sie komplett: Erstens, dem Mord an Enno Roth. Ina hatte ihn geliebt und hätte ihm niemals etwas antun können. Außerdem hatte sie sich zur Tatzeit noch im DataTec-Büro aufgehalten. Überdies gab es keinerlei Fakten, die sie direkt mit der Tat in Verbindung brachten.

Bei Punkt zwei handelte es sich um Birgit Grauer, von der sie behauptete, den Namen niemals gehört, geschweige denn sie jemals gesehen zu haben. Ein vorgelegtes Foto führte zu keinem Erfolg.

Der dritte Punkt betraf die Akten auf dem USB-Stick. Auch hier stritt sie jedwedes Wissen und jegliche Beteilung ab. Sämtliche Personendaten, die Enno ihr gegeben hatte, waren in Papierform gewesen. Und er hatte die Unterlagen im Anschluss daran jedes Mal mitgenommen. Aus diesem Grund besaß Ina keinerlei schriftliche Beweise für ihre Taten. Sie selbst war darüber keineswegs unglücklich, weil sie mit der ganzen Sache so wenig wie möglich zu tun haben wollte.

Lotte hakte mehrmals nach und wandte alle ihr bekannten Tricks an, um doch noch eine Verbindung zu dem Mord oder zwischen der Osteuropäerin und der Autohaus-Frau herzustellen. Bedauerlicherweise komplett vergeblich. Schließlich sah auch Lotte ein, dass es in dieser Hinsicht nichts mehr aufzudecken gab.

Die Erkenntnis deprimierte sie. Eine Verknüpfung zwischen den beiden Damen und dem USB-Stick hätte hervorragend ins Bild gepasst und etliche offene Punkte geklärt. Nicht zu vergessen Enno Roths Ableben, das nach wie vor unaufgeklärt war.

Weil Ina Sorgus dermaßen auskunftsfreudig gewesen war, beschloss Lotte, der Frau etwas Entgegenkommen zu zeigen, und verzichtete auf eine unmittelbare Festnahme wegen Betrugs. Ganz aus der Welt schaffen würden sie den Straftatbestand zwar nicht, doch nachdem derzeit kein Haftbefehl vorlag, mussten sie nichts überstürzen. »Halten Sie sich bitte zur Verfügung. Für einen Urlaub außerhalb der Stadt wäre jetzt ebenfalls ein äußerst schlechter Zeitpunkt, wenn Sie verstehen, was ich meine.«

»Ich verstehen«, stimmte Frau Sorgus sofort zu. »Ich

nicht gehen weg. Aber Sie bitte daran denken, gutes Wort bei Staatsanwalt einzulegen.«

Lotte nickte zustimmend und begleitete die Osteuropäerin zum Ausgang.

»Hoffentlich erweist sich das nicht als Bumerang«, sagte Kai, nachdem die Tür ins Schloss gefallen war.

»Das hoffe ich auch.«

Sie kehrten zu den SOKO-Räumen zurück, um die anderen auf den neuesten Stand zu bringen. Die Kollegen lauschten aufmerksam und teilten ihnen im Anschluss mit, dass sie ebenfalls nicht geschlafen hatten. Während Lotte und Kai bei DataTec und im Vernehmungszimmer beschäftigt gewesen waren, hatten sie die Daten auf dem USB-Stick eingehend überprüft und konnten mittlerweile bestätigen, dass sämtliche Namen aus Roths Unterlagen auf dem Datenträger enthalten waren. Wer sie von wem hatte, blieb weiterhin offen. Ebenso, woher der Stick stammte und ob Ina Sorgus jemals damit zu tun gehabt hatte. Die bei den jeweiligen Namen erwähnten Kfz-Kennzeichen existierten hingegen, das hatte die Zulassungsstelle bestätigt. Was es mit den Kennzeichen selbst auf sich hatte, war noch unklar.

»Vielleicht verrät uns das Frau Grauer im persönlichen Gespräch.« Lotte schaute auf ihre Armbanduhr. Inzwischen war es kurz vor fünf. Gemessen am sicher heftigen Berufsverkehr um diese Zeit würden sie sicher eine halbe Stunde zum Autohaus Dörner benötigen. »Das heißt, wenn sie noch nicht Feierabend gemacht hat.«

Sie hätten anrufen und das überprüfen können, verzichteten jedoch darauf, die Buchhalterin auf diese Weise unnötig vorzuwarnen. Es gab sehr viel einfachere Wege, herauszufinden, ob sich die Frau noch in ihrem Büro aufhielt. Als Lotte mit dem Schlüsselbund rasselte, sprang Kai ganz wie ein braves Hündchen, das sich auf seinen Gassigang freute, sofort auf.

Peter Wachmann

Genauso schnell, wie die Action eingesetzt hatte, verschwand sie wieder. Es passierte wie auf Knopfdruck: Erst waren Ismael und seine Spießgesellen da. Dann waren zwei ihrer drei Autos weg, und keiner der Halunken ließ sich mehr blicken.

Die verstreichenden Minuten fühlten sich wie Stunden an, bis Peter aus schierer Langeweile begann, sich die zuvor gemachten Videoaufnahmen anzuschauen. Vielleicht war es teilweise der Versuch, sich so seine kurzzeitige Aufregung zurückzuholen. Peter selbst rechtfertigte es für sich so, dass ihm vorhin ja eventuell etwas entgangen sein könnte.

Aber nein, das war es nicht.

Häufig stoppte er die Filmclips, um sich bestimmte Sequenzen heranzuzoomen, nur um im Anschluss die Aufnahmen ergebnislos weiterlaufen zu lassen. Das einzige Wissen, das er schließlich aus dem Anschauen der Filmchen zutage förderte, waren die Nummernschilder der zwei teuer aussehenden Neuwagen. Wofür diese Information wichtig sein könnte, war ihm schleierhaft.

Mehrmals überlegte Peter, die Überwachung abzubrechen und einfach nach Hause zurückzukehren. Ganz offensichtlich taugte er nicht zum Detektiv.

Er stand kurz davor, sich wieder auf sein Fahrrad zu schwingen, als er ein surrendes Geräusch vernahm, das ihn gleichermaßen an einen ICE und einen Elektro-Rasenmäher erinnerte.

Die Wahrheit lag irgendwo dazwischen. Das leise Brummen stammte von einem dreitürigen roten E-Auto, das in die Straße einbog und ein Stück abseits der *Wunder-Bar* parkte. Aus dem Wagen stieg niemand Geringeres als Birgit Grauer. Sie trug die gleiche Kleidung wie heute Mittag, kam also vermutlich direkt von der Arbeit. War es Zeit für ein Feierabendbier, oder steckte mehr dahinter?

Peter befürchtete Ersteres, hoffte jedoch auf Letzteres. Es müsste schon mit dem Teufel zugehen, wenn sich ausgerechnet diese Frau, auf der Suche nach einem Durstlöscher, ausgerechnet in diesen heruntergekommenen Schuppen verirrt hätte. Vor allem heute.

Also schnappte er sich seinen Drahtesel, überquerte unauffällig die Straße (Autos kamen eh kaum welche) und steuerte den Durchgang zum Hinterhof an, durch den er vor einigen Stunden mit Bernd geradelt war. Er parkte sein Gefährt an der gleichen Stelle und nahm auch die gleiche Tür wie vorhin. Zu seiner Überraschung hatte es nach wie vor keiner für nötig gehalten, sie abzusperren.

Elton John wurde diesmal nicht gesummt. Genau genommen war überhaupt keine Musik zu hören. Dafür vernahm Peter gedämpfte Stimmen hinter der *Nur für Personal*–Tür. Die zum Glück bloß angelehnt war. Zu sehen war durch den nicht mal einen Zentimeter breiten Spalt nichts. Dafür war der Ton umso besser. Peter erkannte Ismael und einen seiner Handlanger, bis sich schließlich Birgit Grauer mit einmischte.

»Das ist mir scheißegal«, verkündete sie wenig blumig. »Ihr habt nicht einfach bei mir aufzutauchen! Seid ihr noch bei Trost? So was geht gar nicht! Genauso gut könnt ihr auch ne Neonreklame aufhängen.«

»Jetzt reg disch mal ab«, sagte Ismael.

»Ja, chill mal, Digger«, stimmte einer seiner Jungs zu.

»Ich geb dir gleich Digger«, pflaumte Birgit zurück. »Was bist du – fünfzehn? Auf jeden Fall kein Profi. Keiner von euch. Das habt ihr heute mal wieder deutlich bewiesen. Heute – ach, was sage ich! Die ganze Woche schon. Die Krönung war der Einbruch in meiner Wohnung gestern. Ihr habt doch alle den Schuss nicht gehört!«

Beim Stichwort Schuss spitzte Peter die Ohren. Außerdem erinnerte es ihn daran, dass es eine gute Idee sein dürfte, das Gespräch mit dem Smartphone aufzuzeichnen. Er hoffte nur, dass der Akku und der Speicherplatz ausreichen würden. Das Gerät war heute praktisch im Dauereinsatz. Für jemanden, der sein Mobiltelefon normalerweise höchstens für ein paar Kurznachrichten verwendete, war das ebenso bizarr wie erstaunlich.

»Ey, was für Schuss?«, fragte einer der Jungs.

»Das sagt man so, wenn jemand was total Blödes tut«, erklärte Birgit hörbar genervt.

»Damit kannst du nicht uns meinen, Lady!«, widersprach Ismael. »Wir wissen genau, was wir tun. Du hast uns keine andere Wahl gelassen, weißt du? Du hast dich nicht gemeldet. Tagelang! Wir haben schon gedacht, du willst uns verarschen.«

»Ich verarsche niemanden. Das solltet ihr mittlerweile wissen.«

»Wie würdest du reagieren, wenn sich kurz vor der Lieferung auf einmal dein Kontakt nicht mehr meldet? Da kann man schon nervös werden.«

»Ich hatte anderweitig zu tun!«, sagte Birgit. »Im Moment passiert ne Menge Scheiße.«

»Wenn du uns nichts sagst, brauchst du dich nicht wundern, wenn wir bei dir daheim auftauchen und uns umschauen. Wir haben die Papiere gebraucht.«

»Ja, und dabei habt ihr die ganze Bude auf den Kopf gestellt!«

»Passiert, Lady.«

»Wann werdet ihr endlich lernen, erst nachzudenken und dann zu handeln? Vor allem jetzt, wo überall die Polypen rumschwirren. Und wieso zum Geier sollte ich die Zulassungen bei mir zu Hause aufbewahren? Das wäre doch viel zu auffällig! Die liegen wie üblich im Büro-Safe. Da, wo sie hingehören.«

»Siehst du, und genau deshalb waren wir heute bei dir.«

»Entgegen unserer ausdrücklichen Absprache! Man könnte meinen, ihr wollt, dass wir alle auffliegen. Wenn das die falsche Person mitkriegt, sind wir alle geliefert. Aus dem Grund haben wir ja gesagt, dass es keine direkten Treffen gibt. Ihr schickt mir ne Nachricht auf mein Telefon, und ich bring euch die Papiere vorbei.«

»Haben wir ja gemacht. Du hast nicht reagiert!«

»Manchmal dauert es eine Weile. Ich kann mir die Daten nicht aus den Rippen schneiden.«

»Natürlich kannst du. Du hast doch die Sachen von deinem *Freund.*« Nachdem Ismael das letzte Wort auf merkwürdige Weise betonte, konnte Peter nicht anders, als sich vorzubeugen und durch den dünnen Türspalt zu linsen. Zu sehen war leider immer noch nichts.

»Enno ist kein Freund. Überhaupt nicht. Ich war bloß zur richtigen Zeit am richtigen Ort und habe schnell geschaltet. Ihr kennt die Geschichte. Freiwillig hat er mir sein Zeug nicht überlassen. Aber er musste, damit ich ihn nicht auffliegen lasse. Und genau deshalb müssen wir jetzt höllisch aufpassen. Die Bullen schnüffeln überall herum.«

»Ach, die Bullerei kann uns mal. Die checkt eh nix«, behauptete einer von Ismaels Jungs. »Ohne Einunddreißiger läuft bei denen nix.«

Peter wusste, wovon der Kerl sprach. Schließlich war er lange genug mit einer Polizistin verheiratet. Der berühmte Einunddreißiger war ein Slangausdruck für einen Verräter oder Spion, benannt nach dem Paragrafen 31, in welchem es um eben diese Personen ging.

In dem Moment schepperte es blechern in einem der anderen Zimmer. Vermutlich in der Küche, wo jemand einen metallenen Topf umgeworfen hatte. Peter zuckte erschrocken zusammen und hätte um ein Haar das Smartphone fallengelassen. Bei dem Versuch, den drohenden Sturz zu verhindern, stoppte er mit dem Daumen aus Versehen die Aufnahme.

Scheiße.

Eine Sekunde lang probierte er, es rückgängig zu machen. Vergebens. Gleichzeitig schaute er sich um, ob jemand auf das Scheppern reagiert hatte. Noch während er lauschte, war ihm, als würden sich aus dem Lokal Schritte der Tür nähern. Auch im Inneren des Angestellten-Raums, in dem sich Ismael und seine Jungs aufhielten, rührte sich plötzlich etwas.

Jetzt wurde es gefährlich. Aus mehreren Ecken könnte sich jemand nähern und ihn entdecken. Das durfte nicht passieren. Nicht schon wieder. Einmal hatte ihm Umut aus der Patsche helfen können, weil er eine gute Ausrede hatte vorschieben können. Noch einmal würde das nicht klappen.

Also machte Peter auf dem Absatz kehrt und stürmte auf den Ausgang zu. Obwohl es nur wenige Meter waren, kam es ihm wie eine Ewigkeit vor. Er wagte nicht einmal, sich umzudrehen. Dass bisher niemand Alarm schlug oder brüllte, deutete er als gutes Zeichen. Dann endlich erreichte er die Tür nach draußen, schlüpfte hindurch und zog sie so behutsam wie möglich hinter sich ins Schloss.

Einen Grund zum Verschnaufen gab es trotzdem nicht. Peter flitzte zu seinem Fahrrad, schob es energisch vorwärts und schwang sich während des Rennens auf den Sattel. Erst nachdem er die schmale Gasse passiert hatte und die Kneipe ein Stück weit hinter ihm lag, wagte er wieder zu atmen.

Bei der nächstbesten Gelegenheit überquerte er die Straße, um sich so hinter der alten Litfaßsäule in Sicherheit zu bringen. Kaum hatte er das geschafft, geschah etwas, mit dem er überhaupt nicht gerechnet hatte: Sein Handy klingelte. Es hörte sich unfassbar laut an und mit Grausen dachte er zurück, was gewesen wäre, wenn dies nur zwei Minuten früher passiert wäre. Er schalt sich selbst einen kompletten Idioten, daran nicht früher gedacht zu haben. Was dabei alles hätte schiefgehen können!

Zu seiner Verblüffung war es Charlotte, die ihn anrief. Peter stoppte direkt hinter der alten Steinsäule und nahm das Gespräch an. »Hallo, Frau Wachmann, das ist ja eine Überraschung. Was verschafft mir denn die Ehre?«

Er bemühte sich nach Kräften, zu überspielen, wie sehr er außer Atem war. Außerdem konnte er Lottes Kichern durch den Lautsprecher hören. »Ich habe gerade Zeit und dachte mir, ich läute mal durch.«

»Gute Idee. Wo bist du gerade? Wie laufen die Ermittlungen?«

Sie seufzte leise. »Die Ermittlungen laufen. Manchmal etwas schleppend. Gerade sind wir bei einem Autohaus, aber die Person, mit der wir sprechen wollten, ist schon im Feierabend.«

Bei der Ortsangabe runzelte er die Stirn. Heute ging es erstaunlich oft um derlei Dinge. War dies bloß Zufall? Mit einem Mal ging ihm ein Licht auf, und er wagte einen Schuss ins Blaue: »Es ist nicht zufällig das Autohaus Dörner, oder?«

»Doch, genau das. Wie kommst du darauf?

»Ich habe gerade eine Frau gesehen, die dort arbeitet.«

»Birgit Grauer?«

»Exakt die. Sie fährt ein rotes Elektro-Auto. Es parkt gar nicht weit von mir entfernt.«

Charlotte keuchte aufgeregt. »Woher kennst du sie?«

»Ach, das ist eine lange Geschichte.«

»Die ich gerne hören würde. Bei Gelegenheit. Jetzt verrate mir erst mal, wo du steckst.«

»Das ist ja wunderbar. Buchstäblich.« Er nannte ihr die Adresse, und sie versprach, sich gleich auf den Weg zu machen.

Charlotte Wachmann

»Ich will jetzt alles wissen!« Lotte funkelte ihren Mann grimmig an, als sie mit ihrem Assistenten an der Seite auf Peter zukam. Scheinbar war sein Versteck hinter der Werbesäule nicht so gut, wie er dachte.

»Ich weiß«, sagte Peter. Er hauchte seiner Frau ein Küsschen auf die Wange. Immerhin wich sie nicht zurück.

Im Schutz seines gar nicht guten Verstecks brachte Peter die Kommissare auf seinen Stand. Selbst wenn Charlotte professionell blieb – er wusste genau, dass er sich früher oder später eine Standpauke würde anhören müssen. Und die würde, wenn er die kleine Zornesfalte zwischen ihren Augen richtig bewertete, gar nicht so klein ausfallen. Zum Abschluss zeigte er den beiden die Videos auf seinem Smartphone. Keine Sekunde zu früh, denn kaum war das letzte Filmchen aus, wurde der Bildschirm schwarz. Akku leer. Das war ihm noch nie passiert!

»Du gehst jetzt nach Hause, lädst das Handy auf, und dann schickst du mir das Material.«

Lotte sah ihren Gatten an. Eindringlich. Der nickte wie ein Kind, das beim heimlichen Popeln erwischt worden ist, und schwang sich tatsächlich auf sein Rad. Sie sah ihm nach, um sicherzugehen, dass er nicht wendete und zurück zur *Wunder-Bar* kam. Das tat er nicht.

Sie nickte Kai zu. »Also dann, trinken wir halt einen Kaffee«, scherzte der. Lotte schwieg, überquerte die Straße und öffnete schwungvoll die Tür zum Gastraum.

Retro wäre ein netter Ausdruck gewesen für den 1990er-Style, in dem die *Wunder-Bar* gestaltet war. Viel zu bunte Wände, die kunstledernen roten Bezüge der Stühle waren brüchig, die Tische sahen aus, als würden sie seit dem Mauerfall ihre Dienste verrichten. Der Tresen war ein Ungetüm aus lila lackiertem Holz, das von Tiffanylampen erhellt wurde, die von der Decke baumelten. Hinter der Bar stand ein sehr junger Mann. Und war damit auch der einzige Mensch, den die Kommissare erblicken konnten. Sie steuerten auf den Tresen zu.

»Guten Tag? Was möchten Sie bestellen?«

Obwohl der Kerl ziemlich finster dreinblickte, war er doch ausgesprochen höflich.

»Gar nichts.« Lotte und Kai zückten ihre Dienstausweise.

Der spitz hervortretende Kehlkopf des jungen Mannes hüpfte auf und ab, als er schluckte.

»Was … also?« Er wirkte nervös. Dazu hatte er auf den ersten Blick aber keinerlei Grund. Im Hintergrund nahm Lotte eine Bewegung wahr. Sie wandte sich um.

»Danke, wir helfen uns selbst«, sagte sie zu dem jungen Kellner und trat auf die Frau zu, die soeben aus dem Toilettenbereich kam.

»Frau Grauer?« Die Angesprochene wurde knallrot, als das Adrenalin und der Schreck ihren Körper fluteten.

»Ja?«, fragte sie unsicher.

»Wir haben ein paar Fragen an Sie«, schaltete Kai sich ein, nachdem sie ihre Ausweise gezeigt hatten.

»An mich?« Was überrascht klingen sollte, war sehr unsicher, wie Lotte am nervösen Zucken von Frau Grauers Augen bemerkte. Etwas irritiert stellte sie fest, dass es zwischen Birgit Grauer und Kai so etwas wie einen Moment des Erkennens gab. Aber sie mochte sich täuschen ob dieser flüchtigen Beobachtung, die kaum einen Wimpernschlag lang gedauert haben mochte. Sie riss sich zusammen, wischte die Müdigkeit weg und straffte die Schultern.

»Setzen wir uns doch«, schlug sie freundlich vor und steuerte den nächstbesten Tisch an.

»Ich hätte nicht gedacht, dass eine Frau wie Sie in einer Shishabar verkehrt«, rutschte es Kai vermeintlich raus. Birgit Grauer sah ihn irritiert an. Sie konnte ja nicht wissen, dass das Team hier gekonnt mit Psychologie vorgehen würde.

»Echt, ist das so eine Bar? Ich dachte, hier gibt es nur Bier und Schnaps und so Zeug. Ich bin nur zufällig hier«, lautete die Antwort. Kai sah skeptisch drein, Lotte nickte.

»Na gut, was habe ich denn verbrochen?«, versuchte Birgit Grauer einen Scherz.

»Das würden wir gerne von Ihnen wissen.« Lotte beugte sich vor. »Entweder hier, ganz ungezwungen, oder im Präsidium.«

Kai nickte bestätigend zu den Worten seiner Vorgesetzten. Dieser war etwas mulmig. Sie hatten zwar ausreichend Verdachtsmomente, aber gerichtstauglich waren Peters verwackelte Handyvideos ganz sicher nicht. Sie musste bluffen. Und hoffen, dass sie in die richtigen Wunden stach. Der junge Mann hinter dem Tresen wischte seit einigen Minuten die Arbeitsfläche blank. Lotte ahnte, dass er womöglich mehr wusste, als einem einfachen Kellner zustand. Aber sie war sich sicher, dass sie weit genug entfernt saßen, sodass er kein einziges Wort verstehen würde.

»Wollen Sie etwas trinken?«, fragte Lotte. Birgit Grauer schüttelte den Kopf und griff nach der abgewetzten Cocktailkarte auf dem Tisch.

»Nein. Danke.« Sie behielt die Karte in der Hand, deren Preise hinter den verblassten Fotos von Caipirinha, Martini Orange oder Mai Tai mehrfach handschriftlich geändert worden waren. Als wollte sie sich an dem labbrigen Stück Pappe festhalten wie Jack am Brett der Titanic. Lotte hasste den Film. Die Planke war groß genug für vier Personen gewesen! Ja, sie hatte ihn mit Peter im Kino gesehen, als sie kurz vor ihrer Periode stand, und ja, sie war schon beim Betreten des Kinos aggressiv gewesen. Bis zur Untergangsszene fand sie den Streifen sogar recht nett – aber seitdem verursachte es ihr quasi körperliche Schmerzen, wenn im Radio der unsägliche Soundtrack lief. So wie jetzt, als der junge Mann die Lautsprecher in Gang setzte. Der Grund dafür war klar: Eine Gruppe junger Männer betrat die *Wunder-Bar* und setzte sich an einen benachbarten Tisch. Offensichtlich sollten die Jungs nichts vom Gespräch der Kommissare mit Birgit Grauer mitbekommen. Ob nun aus einem fallrelevanten Grund oder um den Ruf der Gaststätte bemüht – Lotte wusste es nicht.

»Also, Butter bei die Würstchen«, sagte Kai und beugte sich

vor. »Zufällig kommt man nicht in diese Gegend und schon gar nicht in diese Bar.« Birgit Grauer zuckte zusammen.

»Sie sind öfter hier, stimmt's?«, hakte Lotte in freundlichem Ton nach.

Birgit Grauer sah sie unsicher an. »Und selbst wenn, das ist nicht verboten, oder?«

»Nein, natürlich nicht«, sagte die Kommissarin mit Nachdruck.

»Wir beide sind jedenfalls zum ersten Mal hier. Und wir waren ganz bestimmt nicht zufällig in der Gegend«, sagte Kai.

»Da hat mein Kollege recht«, lenkte Lotte ein und schenke der mehr und mehr verunsicherten Birgit Grauer ein Lächeln.

»Woher wissen Sie …?«

»Wir haben unsere Quellen.« Kai blickte mürrisch drein. Lotte verkniff sich ein Lächeln.

»Frau Grauer, wir können den kleinen Dienstweg gehen. Also hier sprechen, unter sechs Augen.«

»Oder wir gehen gleich ins Präsidium. Der ganz große Klops. Offizielle Vernehmung, richterlicher Beschluss, Sie verstehen?« Kai hatte den strengsten aller Blicke drauf. Innerlich spendierte Lotte ihrem Assistenten eine ganze Tüte heiß dampfender Zimtschnecken. Kai machte seinen Job wunderbar.

»Bin ich … verhaftet?«

»Frau Grauer!« Lotte schüttelte demonstrativ den Kopf. »Im Moment sind Sie nur zu einem Gespräch eingeladen.«

»Ach. Okay. Ja.« Die Frau legte die Getränkekarte beiseite. »Könnte ich vielleicht doch etwas trinken?«

»Selbstverständlich.« Lotte gab dem jungen Kellner ein Zeichen. Kurz darauf standen drei Apfelsaftschorlen auf dem Tisch. Birgit Grauer zitterte merklich, als sie das Glas zum Mund führte. Sie trank einen Schluck, dann noch einen. Anschließend stellte sie das Glas, an dem Wassertropfen abperlten, auf den Untersetzer und faltete die Hände.

»Was wollen Sie wissen?«

»Alles«, sage Lotte. Und Kai ergänzte: »Vor allem das, was wir noch nicht wissen.«

Kai bluffte gut, das musste Lotte ihm lassen. Das würde sie ihm aber erst später sagen, denn nun begann Birgit Grauer zu reden. Langsam zunächst und mit leiser Stimme, doch irgendwann sprudelten die Ereignisse nur so aus ihr heraus. Sie bekam nicht einmal mit, dass der junge Kellner drei weitere Apfelschorlen an den Tisch brachte, die niemand bestellt hatte. Er ließ sich beim Servieren auffällig viel Zeit. Doch etwas Interessantes bekamen nur die Kommissare zu hören, einige Minuten später, als aus dem Radio irgendein türkischer Gangster-Rap polterte. Aufmerksam lauschten sie, was Birgit Grauer zu berichten hatte.

Begonnen hatte alles bei einer Sitzung des Vorstands des 1. FC Lauengraben. Es war um die Anschaffung neuer Tore gegangen, um die Fahrdienste für die ganz jungen Mannschaften und um Einiges mehr, an das Schatzmeisterin Grauer sich nicht mehr erinnern konnte.

»Es war eine ganz gewöhnliche Sitzung«, berichtete sie. »Nun ja, bis zum Ende. Ich hab dann noch in Ruhe eine Schorle getrunken, und als ich später auf den Parkplatz kam, standen da Enno und diese IT-Tante.«

»Sie meinen Frau Ina Sorgus?«

»Ja, ich glaub, so heißt die. Jedenfalls, wie soll ich das sagen, die beiden standen nicht sehr weit voneinander entfernt.«

»Sie haben sich geküsst?«

»Auch. Befummelt haben die sich. Und getuschelt. Ich wollte gleich wegfahren, aber …«

»Ich verstehe. Weibliche Neugierde.« Lotte zwinkerte der Frau zu.

Birgit Grauer sprach weiter. Enno Roth hatte Ina Sorgus von den fingierten Kundenkonten der Arbeitsagentur erzählt und mit einem Packen Papier gewedelt. Dort seien alle Namen draufgestanden, hatte die Grauer gehört, während sie hinter einem Wagen geduckt gewartet hatte. Die Sorgus habe gejauchzt. Und danach sei das Paar in deren Wagen verschwunden, in welchem kurz darauf die Scheiben beschlugen und dessen Stoßdämpfer eindeutig zu tun hatten.

»Ich hab nicht lange überlegt, ich hab die Liste genommen und bin nach Hause gefahren.«

»Um was zu tun?«, wollte Kai wissen.

»Ins Bett zu gehen.«

»Ich meine, im eigentlichen Sinn.«

Birgit Grauer schwieg und rieb sich die Schläfen.

»Erzählen Sie ruhig«, munterte Lotte sie auf.

»Würde ich mich damit nicht selbst belasten?«

»Wir führen ein Gespräch, kein Verhör, also nein«, behauptete Lotte. Die Grauer schien ihr zu glauben. Sie konnte ja nicht ahnen, dass Lotte ein fotografisches Gedächtnis besaß und dass ihr Gehörsinn ebenso gepolt war. Kai musste sich gar keine Notizen machen, und das wusste er offenbar auch, denn er wischte nur scheinbar abwesend die Kondenswasser-Perlen von seinem Glas ab.

»Jedenfalls … also … Ich habe nicht nachgedacht. Ennos Wagen stand offen, und ich hab mir die Listen gekrallt.«

»Warum?« Kais Frage schien Lotte berechtigt, sie hätte dieselbe gestellt.

»Ich … Ich brauchte Geld.« Birgit Grauer schwieg, knetete ihre Hände.

»Wofür?«, hakte Lotte ein.

»Die Frage wäre eher, warum.«

»Und warum, Frau Grauer?« Ob Kai genervt war oder nur so tat, das wusste Lotte nicht zu sagen. Eigentlich war es egal, denn die Frau kam ins Reden.

»Kennen Sie *Einszweibuy*?«

»Den Shoppingsender?« Lotte hatte ein paar Mal daran vorbeigezappt, als sie nach der Nachtschicht noch vor dem Fernseher hing, um runterzukommen. Einmal hatte sie sich sogar von einem der Moderatoren weichklopfen lassen und eine überteuerte Creme gekauft, die ihr dann nichts als fiese Pickel beschert hatte.

»Ich habe seit Jahren Probleme, nachts durchzuschlafen.«

»Ich auch«, rutschte es Kai heraus.

»Nun ja, ich hab dann durchs Programm gezappt und bin bei dem Sender hängen geblieben. Das war so schön dudelig. Da musste ich nicht nachdenken, und die Moderatoren machen das ja auch wirklich gut. Anfangs hab ich noch nicht angerufen. Aber dann, nach ein oder zwei Wochen …«

»Haben Sie dort Sachen bestellt?«, hakte Lotte in das Schweigen ein. Birgit Grauer nickte.

»Das verstehe ich selbst nicht. Nichts davon habe ich gebraucht, aber die Moderatoren kommen einem vor, als ob man sie schon lange kennt, und wer würde nicht auf den Rat eines guten Freundes hören? Außerdem rufen da auch immer Leute an, die in die Sendung durchgestellt werden, und mit denen reden sie dann ganz lange.«

»Wurden Sie jemals durchgestellt?«

»Nein.«

Lotte ahnte, wieso. Vermutlich waren all die zufriedenen Kunden nichts anderes als Mitarbeiter des Verkaufssenders.

»Aber die Mitarbeiter im Callcenter sind auch alle sehr freundlich.«

»Na klar.« Der Sarkasmus in Kais Stimme war nicht zu überhören.

Lotte spielte die Verständnisvolle. Von Frau zu Frau. Mit Erfolg. Birgit Grauer zählte Einiges auf, was sie sich gekauft hatte – was mit einem einmal angelegten Kundenkonto auch denkbar einfach war. Artikel sehen, anrufen, bestellen, auf die Sendung warten, und nebenbei buchte der Sender die teils horrenden Beträge vom Konto ab. In den folgenden Wochen und Monaten war der Paketbote regelmäßiger Besucher und brachte Geldbeutel aus Nubukleder, Kaschmirpullover, sich selbst versiegelnde Frischhaltedosen und angeblich im Weltraum getestete Pfannensets zu Birgit Grauer. Sie orderte Schuhe aus neuseeländischem Lammfell, Handtaschen mit integrierter Beleuchtung, Vitaminpräparate und Cremes, in denen Kaviar verbaut war. Und. Und. Und. Kai schien sich ein Lachen verkneifen zu müssen, Lotte trat ihn unter dem Tisch gegen das Schienbein. Danach wurde er wieder ernst.

Natürlich kamen nicht nur die Päckchen, sondern ebenso die Abbuchungen. Und die überstiegen schnell das monatliche Budget. Birgit Grauer rutschte in den Dispo. Reizte diesen voll aus und stand eines Tages am Bankautomaten, wo ihr das Gerät kühl mitteilte, eine Auszahlung sei nicht mehr möglich. Im Gegenteil, ihre Karte wurde eingezogen.

»Haben Sie dann aufgehört mit den Bestellungen?«, fragte Kai das Naheliegende.

Birgit Grauer senkte den Kopf. Nein, das hatte sie nicht. Da war dieses reduzierte LED-Kerzenset gewesen, so kurz vor Weihnachten. Und das Parfüm einer bekannten Moderatorin, deren Name weder Kai noch Lotte etwas sagte.

»Ich habe nach einer Lösung gesucht. Und nun ja, dann war beim FC Lauengraben diese Sitzung.« Die Kommissare lauschten gespannt. Insgeheim mussten beide eingestehen, dass Frau Grauer im eigentlichen Sinn recht clever gehandelt hatte, wenn auch abseits der legalen Wege. Schon einige Zeit davor hatte sie in einer Raucherpause ein Telefonat mit einem *Schätzchen* mitbekommen, das Enno Roth vor der Tür des Vereinsheims geführt hatte. Um wen es sich bei *Schätzchen* handelte, hatte sie nach dem Sitzungsende erfahren. Und dazu noch einige weitere Antworten auf offene Fragen erhalten.

»Danach habe ich mir zusammengereimt, dass er gefälschte Konten angelegt hat, um Gelder zu kassieren. Mein erster Gedanke war, ihn damit zu erpressen. Aber ich hatte ja keine richtigen Beweise, und meinen Posten beim Verein wollte ich auch nicht verlieren«, gab Birgit Grauer zu.

»Haben Sie jemandem im Verein davon erzählt?«

»Nein. Ja. Also … eine Person hatte die Sache mitgekriegt. Ich werde aber keine Namen nennen! Die Person hat nichts nicht alledem zu tun. Er … oder sie … hat nichts falsch gemacht.«

»Im Gegensatz zu Ihnen. Wie ging es zwischen Ihnen und Enno weiter?«

»Ich hab ihn in der Agentur besucht. Unter einem nichtigen Vorwand. Fragen Sie mich nicht, welchen, daran erinnere ich mich nicht mehr. Jedenfalls hab ich es geschafft, weitere Listen von seinem Schreibtisch zu klauen, als er wegen eines Telefonats abgelenkt war. Und auch das war kein Kunststück, denn neben den Akten lag eine Mappe mit der Aufschrift *Vertraulich*. Ich habe einfach zugegriffen, das Zeug eingesteckt und bin gegangen.«

»Hat Enno Roth das nicht bemerkt?«

»Vermutlich schon. Aber was hätte er machen sollen? Mich anzeigen?«

Birgit Grauer gab zu, dass sie anfangs nicht wusste, was sie mit den Datensätzen über die vielen fiktiven Personen anfangen sollte. Bis eines Tages Ismael Özdemiroglu und seine Kollegen aufgetaucht waren. Angeblich um ein Auto zu kaufen, aber da einer der Cousins eines Cousins eines Neffen oder so bei dem Shoppingsender angestellt war und die vielen unbezahlten Rechnungen der Kundin Nummer 42-12-18 kannte, hatten sie die Mitarbeiterin des Autohauses Dörner fix gekapert.

»Heißt was?« Kai wurde langsam ungeduldig. Klar, der Feierabend rückte näher, und Lotte ahnte, dass er ein weiteres Date mit seiner App-Bekanntschaft hatte.

»Nun ja, ich habe mit den Namen aus Ennos Listen Kennzeichen generiert und Zulassungen erteilt. Ich nehme an, Ismael hat die für geklaute oder illegal importierte Autos benutzt … keine Ahnung. Das wollte ich gar nicht so genau wissen. Meine Aufgabe ist – war – es nur, die Papiere dafür zur *Wunder-Bar* zu bringen. Das ist der vereinbarte Treffpunkt und wahrscheinlich ihre Zentrale, wenn man es so nennen will.«

»Das ist ja interessant. Vielleicht sollten wir die Herren zum Gespräch dazuholen.«

»N-nein! Das geht nicht.«

»Wieso denn nicht?«

»Sie haben sie um zwei Minuten verpasst. Die sind gerade zur Hintertür raus.«

»Na, das ist ja ein Zufall«, fand Kai. »Ausgerechnet zu der Zeit, als die Polizei auftaucht.«

»Ich … Also, ich glaube, das ist echt ein Zufall. Ismael meinte, sie hätten ein Termin. Ich bezweifle, dass die von Ihnen wissen.«

»Dann wollen wir sie erst mal in dem Glauben lassen«, erwiderte Lotte. »Mit denen befassen wir uns später. Jetzt geht es erst mal um Sie. Wie lief das bei Ihnen weiter?«

»Eigentlich gar nicht … Neulich ging es ihnen nicht schnell genug, und da sind sie bei mir eingebrochen.«

»Brat mir einer einen Storch – aber bitte schön knusprig!«, schauspielerte Lotte möglichst entrüstet. »Und was haben die gesucht?«

»Die Listen mit den Namen.«

»Haben sie die gefunden?«

Birgit Grauer lächelte. »Ich glaube kaum.«

Ich glaube schon, dachte Lotte, schwieg aber. Sie würde die Kollegen der SOKO informieren, den Stick, von dem sie bereits alle Daten gesichert hatte, in die Damenbinde zurückzustopfen, den Durchsuchungsbeschluss offiziell zu beantragen und die Spurensicherung ihre Arbeit machen zu lassen.

Dieser Punkt war abgehakt. Nicht aber die Frage, wer Enno Roth aus dem Leben befördert hatte. Birgit Grauer gab zwar zu, sich bezüglich Vereinsfragen gelegentlich mit ihm in den Haaren gehabt zu haben, wies aber den Mordverdacht entschieden von sich – und Lotte glaubte ihr. Niemand wäre so dumm, seine eigene finanzielle Versicherung zu kappen. Eher hätte Enno ein Motiv für einen Mordanschlag auf sie gehabt. Den hatte es aber offensichtlich nicht gegeben. Ebenso wenig wie Kampfspuren in der Tiefgarage. Dadurch schied die Autohaus-Frau als Verdächtige aus, und die Ermittlungen konnte praktisch wieder bei Null anfangen. Das war so ziemlich das komplette Gegenteil von dem, was man nach dreieinhalb Tagen Arbeit im Hochbetrieb hören wollte. Nicht einmal ansatzweise.

Kai Krause

Kai war gar nicht unglücklich darüber, dass sie Ismael und Konsorten nicht mehr angetroffen hatten, um sie zu Birgit Grauer zu befragen. Aber das ließ er seine Chefin nicht wissen, sondern setzte sich gemeinsam mit ihr in den Dienstwagen. Vielleicht wäre es das Beste, wenn sie erst einmal ins Büro zurückfuhren, um sich und alles andere zu sortieren. Kai gähnte theatralisch und rieb sich über die Schläfen.

Lotte startete den Motor, setzte den Blinker und wartete, dass sie in eine Lücke im Verkehr einscheren konnte.

»Bist du müde?«, fragte sie ihn.

»Müde ist gar kein Ausdruck.« Erneut tat er so, als müsse er gähnen. Dann stellte er die Sitzlehne ein bisschen weiter nach hinten, verschränkte die Arme vor der Brust und tat so, als würde er einschlafen. Lotte drehte das Radio ein wenig leiser. Das war eine dieser kleinen kollegialen Gesten, für die er die Kommissarin so sehr schätzte.

Und auch einer der Hauptpunkte, weswegen er so Hals über Kopf aus der Arbeitsagentur abgehauen war. Als er bemerkt hatte, dass Charlotte eine sehr breite Spur gefunden hatte, war er durchgedreht, buchstäblich. Hatte sie inzwischen die Querverbindung zwischen ihm und Birgit Grauer durchschaut? Er wusste es nicht. Im Radio liefen die Nachrichten. Er ließ sie als Hintergrundrauschen an sich vorbeiziehen. Lotte hielt an, vermutlich an einer roten Ampel. Kai tat weiterhin so, als würde er schlafen.

Er kannte Birgit Grauer, seit er als Junge Fußball gespielt hatte. Mit zwölf war er in die Mannschaft gekommen und hatte Birgit zum ersten Mal bei einem Clubfest gesehen. Altersmäßig war sie meilenweit entfernt von ihm, doch sie war nett, schäkerte mit ihm, gab ihm eine Limo aus. Das war gewesen, kurz nachdem seine Mutter verschwunden war. In jener Zeit waren die meisten Frauen super lieb zu Kai gewesen. Die Mütter seiner Klassenkameraden luden ihn zum Mittagessen ein, eine Mutter strickte ihm ein Paar Socken, die furchtbar kratzten, eine andere besorgte ihm einen Adventskalender. Kai fand das einigermaßen merkwürdig, genoss aber die Aufmerksamkeit.

Birgit hatte angeboten, seine Trikots zu waschen, denn er hatte ja nun keine Mutter mehr wie die Mannschaftskollegen. Zweimal war er mit schmutzigen Shorts auf dem Platz erschienen und hatte sich einen Rüffel vom Trainer abgeholt. Außerdem hatte Birgit ihm ab der zehnten Klasse bis zum Abitur Nachhilfe in Englisch gegeben. Kostenlos. Wie eine große Schwester. Oder fast so. Eher vielleicht wie eine Patentante? Kai konnte es nicht benennen, wie auch, er kannte weder eine Schwester, noch hatte er eine Patentante. Er war ja nicht mal getauft.

Mit Beginn der Ausbildung hatte er das Kicken gesteckt und somit auch Birgit aus den Augen verloren. Bis er dann genug gespart hatte, um sich seinen ersten Gebrauchten zu kaufen. Bei Dörner. Da begegneten die beiden sich wieder, und Birgit machte ihm ein unschlagbares Angebot – einen Neuwagen zum Preis eines Gebrauchten. Für einen kleinen Gefallen.

An das Gespräch erinnerte er sich noch genau. Sie war sehr durcheinander gewesen. Hatte etwas geredet von »Ich habe eine Dummheit gemacht« und derlei. Und dann hatte sie ihn gebeten, ihr zu sagen, wann die Kollegen der Finanzermittlung das Autohaus ansteuerten. Kai hatte nicht gefragt, warum er das tun sollte. Er wollte gar nicht wissen, was da im Argen lag. Zweimal hatte er in der Kantine im Präsidium Gespräche über die Einsätze der Kollegen mitbekommen. Und beide Male hatte er Birgit informiert. Mehr war da nicht gewesen. Aber in jener Situation in Enno Roths Büro, da waren diese beiden kurzen Telefonate in seinem Gedächtnis aufgetaucht. Er konnte selbst nicht genau sagen, wieso er sich just in jenem Moment daran erinnerte. Er wusste nur noch, wie ihm heiß wurde und dann kalt, wie sein Herz zu rasen begann und er einen unbändigen Fluchtreflex verspürte. Weg! Raus! Er konnte nicht anders, rannte durch den Flur, nahm statt des Aufzugs die Treppen, hetzte aus dem Gebäude und kam erst zwei Straßenzüge weiter zum Stehen. Er war außer Atem, schwitzte, seine Knie zitterten. Angst, das war es, was er verspürte. Er wollte Luft holen, doch seine Kehle war wie zugeschnürt.

Wie er nach Hause gekommen war, wusste er nicht mehr. Dunkel erinnerte er sich an einen Bus, sicher war er sich nicht. Mit letzter Kraft hatte er sich daheim zum Bett geschleppt. Es war ihm gerade noch gelungen, die Schuhe abzustreifen, dann zwang ihn der Schwindel, sich hinzulegen. Er hatte Durst, aber keine Kraft, aufzustehen, um sich Wasser zu holen. Kai hatte sich die Bettdecke über den Kopf gezogen, sich darin eingewickelt. Und dann waren die Tränen gekommen.

Scheiße!

Er hatte sich dermaßen unprofessionell verhalten! Was würde die Chefin sagen? Er war so stolz gewesen, als er zu ihrem Assistenten berufen worden war! Er durfte Lotte Wachmann zur Hand gehen, *der* Wachmann, die im Präsidium und darüber hinaus den Ruf genoss, die Beste ihrer Zunft zu sein. *Bullterrier* nannte man sie hinter vorgehaltener Hand, denn wenn sie sich einmal in einen Fall verbissen hatte, dann ließ sie nicht locker. Er bewunderte ihren Willen, ihr fotografisches Gedächtnis und ihre absolute Professionalität.

Scheiße.

Wenn Birgit Grauer einknickte und seinen Namen nannte, konnte er einpacken. Doch würde Birgit das tun? Nein. Da war er sich sicher.

Ismael und seine Truppe? Von denen würde kaum etwas kommen. Sie wussten wahrscheinlich gar nichts von ihm, sonst hätte sich sicher schon irgendeiner gemeldet.

So gesehen, dürfte alles im grünen Bereich sein. Oder hatte er etwas übersehen? Kai hoffte es nicht. Mehr als das konnte er im Augenblick nicht tun. Nur abwarten und das Beste hoffen.

Peter Wachmann

Schläfrig öffnete Peter die Augen und versuchte, die Müdigkeit wegzublinzeln. Das Erste, was er sah, war die leere Betthälfte neben ihm, die schon fast zur traurigen Gewohnheit geworden war. Er strich einige Male sehnsüchtig über die verwaiste Decke und fragte sich, ob und wann andere Zeiten kommen würden.

Was würde nächste Woche um diese Zeit sein? Wären sie dann längst in Schweden, oder würde Lotte noch immer mit ihrem Fall beschäftigt sein? Rein theoretisch könnte sie ihn zwar an einen ihrer Kollegen abgeben. Praktisch war das höchst unwahrscheinlich. Peter kannte den Ehrgeiz seiner Frau und wusste, dass sie Dinge gerne zu

Ende brachte. Sie konnte nicht mal ein Buch einfach so beiseitelegen, sondern las meist erst noch das angefangene Kapitel zu Ende. Bei den von ihr untersuchten Kriminalfällen war es nicht anders. Diesmal kam erschwerend dazu, dass sie als Leiterin der SOKO an vorderster Front kämpfte. Ohne einen wie auch immer gearteten Fallabschluss könnten sie beide sich ihren Urlaub wohl abschminken.

Sicher, er könnte schon mal allein vorfahren. Aber ein Urlaub ohne Lotte wäre wie Limonade ohne Sprudel. Oder eine Wiese ohne Wildblumen. Es würde schlichtweg etwas fehlen und wäre nicht dasselbe.

Er wünschte, er könnte ihr helfen, um die Aufklärung des Falls beschleunigen. Dabei war er sich nicht mal sicher, ob das, was er in den vergangenen Tagen herausgefunden hatte, tatsächlich so fallrelevant war. Gut, er hatte einige wichtige Dinge herausgefunden, aber so weit er es mitbekommen hatte, hatte nichts davon letztendlich zum Mörder respektive den Mördern geführt.

Stattdessen hatte er sich – wie Lotte gestern Abend mehrmals betont hatte – unnötig in Gefahr gebracht. So ganz falsch lag sie damit nicht. Sein Rücken schmerzte immer noch von der Kletteraktion aus dem Umkleideraum. Und auch in der *Wunder-Bar* hätte gleich zweimal nicht viel gefehlt, und es hätte mehr als nur einen Satz heiße Ohren gegeben. Im Hinblick darauf hatte er Charlotte nicht einmal widersprechen können. Auf der anderen Seite war seine Frau alles andere als traurig gewesen, als er ihr gestern die Video- und Tonaufnahmen weitergeleitet hatte. Oder dass er vor der Kneipe aufgepasst hatte, damit Birgit Grauer nicht davonfuhr, bevor die Kripo eintraf. Notfalls hätte er bei dem E-Auto sogar die Reifen aufgeschlitzt. Er war durchaus bereit, Einiges auf sich zu nehmen, um seine Frau zu unterstützen. Nur schade, dass sie das komplett anders sah.

Nach einer ausgiebigen Dusche (diesmal mit warmem Wasser) stapfte er in die Küche und hatte sich gerade einen frisch gebrühten Kaffee eingeschenkt, als das Telefon klingelte. Wider Erwarten war es nicht Lotte, sondern Bernd, der ihm unbedingt von seinem Date gestern Abend berichten wollte: »Das war echt schräg. Die Frau hat mich die ganze Zeit angestarrt. Beim Essen, beim Trinken, bei allem, was ich gesagt habe. Sie ist so eine Art Mimikresonanz-Expertin und meinte, sie sieht durch meine Körpersprache genau, ob ich es ehrlich meine. Und das beim ersten Treffen! Kannst du dir das vorstellen? Ich hatte schon nach einer halben Stunde keinen Bock mehr. Am liebsten hätte ich ne Ausrede vorgeschoben und wäre abgedampft. Lieber jahrelang Single als eine Tussi, die dich wahrscheinlich selbst beim Schlafen überwacht, um zu sicherzustellen, dass du nicht von anderen Frauen träumst. Echt gruselig.«

Die Vorstellung brachte Peter unfreiwillig zum Schmunzeln. »Wie bist du aus der Nummer rausgekommen?«

»Ich hab ihr gesagt, dass ich zeitig schlafen gehen muss, weil ich heute früh rausmuss. Blöd nur, dass ich ihr vorher schon mal erzählt habe, dass ich Lehrer bin. Deshalb habe ich dann behauptet, dass der Schulleiter zu einem Brainstorming-Meeting gerufen hat. Ist ja nicht mal gelogen. Geglaubt hat sie es mir wahrscheinlich trotzdem nicht. Aber das war mir egal. Hauptsache, weg von der Alten.

Was hast du gestern nach der *Wunder-Bar* noch getrieben?«

»Ehrlich gesagt, bin ich noch zurück in die Kneipe ...« Peter berichtete ihm, was er erlebt und getan hatte.

Sein Freund keuchte vor Überraschung. »Du legst es echt drauf an, oder? Das hätte gewaltig in die Hose gehen können. Es hätte bloß einer zur falschen Zeit pinkeln gehen oder sich ein Bier holen müssen, und schon hättest du bis zum Hals in der Scheiße gesteckt!«

»Es ist ja nichts passiert. Außerdem habe ich aufgepasst. Völlig meschugge bin ich ja nicht.«

»Nach der Aktion gestern bin ich mir da nicht mehr so sicher. Was hast du überhaupt erwartet, was die Typen da in dem Hinterzimmer machen? Das Geld in dem Koffer zählen oder einen geheimen Bankraub planen?«

»Welches Geld in welchem Koffer denn?«

Eine Sekunde herrschte Schweigen. »Hast du nicht den alten schwarzen Koffer in dem Regal hinter Ismael gesehen? Als wir reinkamen, hat den einer seiner Handlanger hastig geschlossen. Der war voller Banknoten. Also, der Koffer, meine ich, nicht der Typ. Keine Ahnung, wie viel Kohle, aber bestimmt einige Tausend Euro. Für so viel Kohle muss man ne ganze Menge Bier ausschenken. Und dann am besten nichts davon dem Fiskus abgeben. Selbst dann dürfte es schwierig werden.«

»Was ja dafürspricht, dass Ismael und seine Kumpels noch etwas nebenbei laufen haben. Mit den Autos. Das haben wir ja schon aufgedeckt.«

»Ja. Nein. Vielleicht. Mir geht es um das Geld an sich.

So was hat man nicht einfach so im Hinterzimmer liegen. Bestimmt haben die Kerle damit was vor.«

»Oder es ist ihr Notgroschen für schlechte Zeiten.«

»Beides keine schönen Vorstellungen. Hast du Lotte von den Moneten erzählt?«

»Wie hätte ich das tun sollen? Bis gerade eben wusste ich ja nicht davon!«

»Stimmt. Das solltest du unbedingt nachholen. Diese Burschen muss sie im Auge behalten. Mit denen ist eh nicht gut Pflaumen essen. Aus dem Grund sollten wir uns auch so weit wie möglich von denen fernhalten. Keine heimlichen Überwachungen mehr und dergleichen. Den Job überlassen wir lieber den Profis.«

»Jetzt klingst du fast wie meine Frau.«

»Weil sie recht hat. Finger weg von den Spitzbuben. Wir haben mit der Bagage rein gar nichts am Hut. Wir sind Berufsschullehrer und haben Ferien. Die sollten wir genießen. Was hältst du von einem Kinobesuch heute? Marvel auf der großen Leinwand? Mit Klimaanlage? Und vorher noch einen kleinen Snack für zwischendurch? Wer kann dazu Nein sagen?«

Zugegeben, die Vorstellung klang wirklich vielversprechend. Endlich ausspannen und das machen, wofür die Ferien gedacht waren. Obendrein hatte ihm Charlotte ausdrücklich verboten, sich noch einmal in die Angelegenheiten der Polizei einzumischen. Das hatte ihn sozusagen arbeitslos gemacht. Dennoch kostete es ihn ein Stück weit Überwindung, seinem Freund zuzustimmen.

Nachdem er es getan hatte, gab es für Bernd kein Halten mehr, und er betete ihm vor, welche Superhelden-Blockbuster man in welcher Reihenfolge mindestens gesehen haben musste, um bestens auf den neuesten Teil vorbereitet zu sein. Zum Glück war Peter halbwegs auf dem aktuellen Stand – woran eine gewisse Person am anderen Ende der Leitung nicht ganz unschuldig war.

Sie verabredeten, sich in einer Stunde vor dem Eingang zu einem Bistro in der Innenstadt zu treffen, um vor dem Film noch eines der vorzüglichen Sandwiches zu essen. Die Dinger waren so köstlich, dass sie einem praktisch auf der Zunge zergingen.

Davon angefixt, konnte Peter sich kaum auf das Weiterlesen seines Greg-Iles-Romans konzentrieren. Er brach ein paar Minuten früher auf, um vor dem Treffen vielleicht einen kleinen Abstecher in die Buchhandlung zu machen. Immerhin lag die auf dem Weg, und nach wie vor wartete dort der neue Robert-Krauss-Krimi auf ihn. Wohlweislich schnallte er sich extra dafür seinen Stoffrucksack um. Das sparte das lästige Tütenschleppen und schonte die Umwelt.

Das hieß: Es *hätte* die Umwelt geschont, wenn Peter in der Buchhandlung den Roman gekauft hätte. Er befand sich zwei Querstraßen vom Laden entfernt, als er hinter sich auf der Straße einen Motor aufheulen hörte. Irritiert blickte er über die Schulter und sah, wie eine schwarze BMW-Limousine auf die linke Fahrspur wechselte. Der Wagen beschleunigte, um einen orangefarbenen Nissan zu überholen. Dies allein war wenig interessant. Die Insassen des lauten Wagens hingegen umso mehr.

Moment mal, das ist doch Ismael!, schoss es Peter durch den Kopf. Im selben Atemzug, wie er den Fahrer erkannte, dämmerte ihm, um wen es sich bei den zwei anderen Typen in dem aufgemotzten Auto handelte: Es waren die Kerle mit der dunklen Kleidung und dem südländischen Aussehen, die ihm gestern vor dem Autohaus aufgefallen waren. Was um alles in der Welt machten die hier? Suchten sie etwa nach ihm?

Der Gedanke erschreckte Peter dermaßen, dass er sich abrupt umdrehte und das Gesicht abwandte, damit es die Typen in dem BMW auf keinen Fall erkennen konnten. Erst einige Sekunden später dämmerte ihm, dass die Schmalspurgangster gar nicht wissen konnten, wo er sich aufhielt. Außer, sie hatten irgendwie herausgefunden, wo er wohnte, und verfolgten ihn nun. Das war aber eher unwahrscheinlich, zumal sie ihm dann bequem direkt vor der Haustür hätten auflauern können. Vor der Wohnung war nämlich weit und breit niemand zu sehen gewesen. Daher war es vermutlich bloß Zufall, dass er sie bemerkt hatte.

Unbeantwortet blieb allerdings die Frage, was Ismael und seine Gang hier verloren hatten. Aus den Augenwinkeln heraus beobachtete Peter, wie der BMW nach erfolgreichem Überholmanöver wieder auf der rechten Spur einscherte.

Viel gebracht hatte die Aktion den Typen im Wagen nicht. Keine 50 Meter später schaltete eine Ampel auf Rot und veranlasste sie zu einem unfreiwilligen Halt. Der Nissan rollte mit gleichbleibender Geschwindigkeit weiter und musste nicht einmal abbremsen, bevor die Ampelfarbe wieder auf Gelb und gleich darauf auf Grün wechselte. Anschließend ging es für alle im Spartempo weiter, weil das Verkehrsaufkommen vor ihnen keine Chance auf Beschleunigung bot.

Peter kam das gerade recht. Erneut von der Neugierde gepackt, beschloss er, auf seinem Fahrrad dem Wagen zu folgen. Er musste unbedingt herausfinden, wohin die drei Typen unterwegs waren.

Charlotte Wachmann

Mürrisch starrte sie auf ihre dampfende Kaffeetasse. Es war schon die dritte an diesem Vormittag, aber ihre Laune hatte der Kaffeekonsum nicht gehoben. Dabei hätte sie durchaus Grund zum Lächeln haben können. Immerhin hatten ihre Ermittlungen gleich zwei große Betrugsfälle aufgedeckt.

Zum einen Ennos und Inas Aktion mit den fiktiven Personenkonten, zum anderen den Deal, den Birgit Grauer mit Ismael Özdemiroglu eingegangen war. Vor allem Letzteres dürfte ein großer Wurf für die Staatsanwaltschaft sein. Noch hatte sie die Akten nicht an Reinhold Plaumanns Büro weitergegeben und auch noch keine Haftbefehle für den Barbesitzer und seine Handlanger beantragt. Bei solchen Fällen war es stets ratsam, im Vorfeld seine Hausaufgaben zu erledigen und alle notwendigen Hintergrundrecherchen anzustellen. Sobald diese von den SOKO-Kollegen abgeschlossen waren, würde der *Flaumann* ein solide geschnürtes Paket bekommen und konnte damit nach Herzenslust schalten und walten. Lotte war zwar der Meinung, dass der Barbesitzer und seine Spießgesellen hinter Gitter gehörten, aber für den Augenblick waren das ihrer Meinung nach viel zu kleine Fische.

Immerhin arbeiteten Kai und sie für die Mordkommission und waren mit der Aufklärung von Kapitelverbrechen betraut. Egal, wie viele Autos die Ismael-Gang importiert, geklaut oder was auch immer hatte, es war vergleichsweise harmlos zu einem heimtückischen, brutalen Mord. Den wollte sie aufklären. Den musste sie aufklären, wenn sie trotz aller Erfolge keine Rüge vom Polizeichef und vom Innenminister kassieren wollte.

Bloß wie?

Seit Stunden brütete sie über den Akten (ein fotografisches Gedächtnis war zwar gut, half aber nicht in jeder Situation weiter – manchmal musste man die Dinge direkt vor sich haben) und zerbrach sich den Kopf, was sie übersehen oder bislang unbeachtet gelassen hatte. Zuerst hatte sie es im großen Konferenzzimmer zusammen mit dem Rest der SOKO getan. Doch das war wenig erquicklich gewesen. Wie sollte man sich auch konzentrieren, wenn ständig jemand auf der Tastatur tippte, sich flüsternd mit Kollegen unterhielt oder telefonierte? Schließlich hatte sie sich entnervt in ihr Büro verzogen. Wenn sie hier die Tür schloss, herrschte Ruhe. Zumindest bis zum nächsten Anruf oder anklopfenden Störenfried.

Doch so angenehm die Stille war, ihre Synapsen brachte sie trotzdem nicht zum Glühen. Keiner ihrer verbliebenen Ermittlungsansätze klang vielversprechend. Selbst so abwegige Gedanken, wie dass Ismael Enno auf dem Gewissen hatte, waren ihr schon gekommen. Allerdings fiel ihr kein einziges plausibles Motiv ein, wieso der Autoschieber denjenigen umbringen sollte, der seine Autohaus-Frau ständig mit neuen Namen und Personenprofilen versorgte. Damit würde er sich massiv ins eigene Fleisch schneiden und gleich auch noch die Hand abtrennen, die ihn fütterte.

Als einziges plausibles Szenario fiel ihr ein, dass Ismael unter Umständen nicht gewusst hatte, wen er da umbrachte. Aber erstens war dies eine sehr dünne Theorie, und zweitens fehlte dann immer noch das Motiv. Von Beweisen ganz zu schweigen.

Genauso gut könnte sie annehmen, dass sich in der Arbeitsagentur ein ganzes Team von frustrierten Angestellten zusammengeschlossen hatte, um den ungeliebten Chef über den Jordan zu schicken. Eventuell wäre das sogar die glaubhaftere Variante. Ein Zusammenschluss verschiedener Mörder war zudem ein gerne verwendetes Motiv in Kriminalromanen und Filmen. Man denke nur an Agatha Christies Klassiker *Mord im Orientexpress*. Es wäre zweifellos eine tolle Sache, solch eine Verschwörung aufzudecken.

Charlotte überlegte gerade, wie man so etwas anstellen könnte, als ihr Telefon läutete. Zuerst wollte sie es einfach klingeln lassen, dann obsiegte das schlechte Gewissen, und sie nahm das Gespräch an. Am Apparat war eine alte Bekannte aus dem Klinikum, die gestern Lottes dortigen Besuch mitbekommen hatte: »Ich dachte, es interessiert dich vielleicht, dass Maren Grimpe den Wunsch geäußert hat, das Krankenhaus auf eigene Verantwortung zu verlassen.«

»Maren Grimpe«, wiederholte Charlotte, um Zeit zu schinden. Sie überlegte, wie relevant diese Neuigkeit für sie war. Bisher hatte sie Enno Roths Schwester nicht wirklich viel auf dem Schirm gehabt. Ihre Befragung war mehr oder minder pro forma gewesen und nicht wirklich etwas, in das Lotte viele Hoffnungen gesetzt hatte. Deshalb war sie über das Kreislaufversagen der Frau gar nicht mal so unglücklich gewesen. Mittlerweile hatte Maren Grimpe ihre gestrige Ohnmacht offenbar gut überstanden, und auch ihr behandelnder Arzt bestand nicht mehr auf Bettruhe. Das könnte man für eine Befragung nutzen. Am besten gleich in Klinikumnähe, falls ihr abermals die Sinne schwinden sollten.

»Danke für die Info. Kannst du sie kurz hinhalten? Dann machen mein Kollege und ich uns auf den Weg und fangen sie gleich an der Türschwelle ab.«

»Kein Problem. Ich sag ihr einfach, dass sie aus versicherungstechnischen Gründen noch Unterlagen ausfüllen muss. Die ich natürlich erst vorbereiten muss. Mehr als eine halbe Stunde werde ich ihren Abmarsch aber nicht hinauszögern können.«

»Das reicht völlig«, versprach die Kommissarin und legte auf.

Erste Zweifel an der Aufrichtigkeit dieses Versprechens kamen ihr nach wenigen Minuten. Kai und sie schafften gerade mal 500 Meter, bevor sie im ersten Stau standen.

Aus ihr unerfindlichen Gründen war der Berufsverkehr an diesem Vormittag besonders stark. Argumente, dass Sommerferien waren und es für die Umwelt deutlich besser wäre, das Auto stehen zu lassen oder im Bedarfsfall wenigstens auf öffentliche Verkehrsmittel zurückzugreifen, schienen niemanden zu interessieren.

»Wo wollen die denn alle hin?«, beschwerte sich ihr Partner auf dem Beifahrersitz. »Sollten die im Sommer nicht alle irgendwo im Urlaub sein?«

»Vielleicht haben sie noch was Wichtiges zu erledigen. So was soll es ja geben …« Lotte zwang sich dazu, nicht an ihre geplante Schwedenreise zu denken. Es hätte nur weiteres Salz in die Wunde gestreut.

Umso froher war sie, dass er ebenfalls nicht weiter darauf einging. »Wenn die Leute wenigstens an der Ampel aufs Gaspedal treten würden. Siehst du: Da vorne ist Grün, und keiner fährt. Das tun die doch mit Absicht!«

»Das bezweifle ich.« Im selben Moment verstummte sie, weil etwas ihre Aufmerksamkeit erregt hatte. Oder vielmehr jemand. Auf der anderen Straßenseite, von ihr lediglich getrennt durch einen kleinen Grünstreifen mit vereinzelten Sträuchern und Bäumen, fuhr ihr Ehemann auf seinem Rad. Im ersten Moment glaubte Lotte, sich das nur eingebildet zu haben. Doch auch auf den zweiten Blick hatte die Person, die da auf dem Drahtesel fuhr, Peters Aussehen und trug seine Kleidung. Selbst der dünne Stoffrucksack auf dem Rücken war ihr wohlbekannt. Den hatte sie ihm höchstpersönlich vor ein paar Jahren auf einem Flohmarkt für ein paar Euro gekauft. Irritiert schaute sie zu ihm hinüber. Er schien sie nicht wahrzunehmen, sondern war völlig auf seine Fahrt konzentriert. Und er war ziemlich schnell unterwegs. So als wäre er auf der Flucht oder zu spät dran zu einer Verabredung. Ihr erster Impuls war, ihn anzurufen und zu fragen, was er da machte. Doch sie verwarf die Idee schnell wieder, weil er im Augenblick vermutlich eh nicht an sein Telefon gehen würde.

Ein kraftvolles Hupen hinter ihr ließ die Kommissarin zusammenzucken. Es klang wie von einem Ozeandampfer und stammte von einem weißen Pakettransporter, der gerne weiterfahren wollte. Erst jetzt wurde Charlotte bewusst, dass die Autos vor ihr längst weitergefahren waren und ihr Fahrzeug zu eincm jener Hindernisse geworden war, über die Kai sich gerade beschwert hat. Entsprechend genervt war sein Blick.

»Da passt man eine Sekunde nicht auf …«, sagte sie entschuldigend und wechselte mit dem Fuß von der Bremse aufs Gaspedal. So kamen sie 20 Meter voran, bevor die nächste Rotphase sie erneut zum Halten zwang. Lotte warf einen letzten Blick in den Außenspiegel, aber von ihrem Ehemann war nichts mehr zu sehen.

Dafür sahen sie immer wieder aufleuchtende Rücklichter, während es kaum schneller als im Schneckentempo voranging. Wenn sie eine Stop-and-Go-Situation hinter sich gelassen hatten, dauerte es nicht lange, bis sie in die nächste gerieten. Kurz vor dem Westklinikum wurden sie einmal von einem mit Sirene und Blaulicht heranrasenden Rettungswagen auf den Seitenstreifen gezwungen. Es hatte durchaus eine gewisse Ungerechtigkeit, dass er ungehindert vorankam, während sie ausgebremst wurden – wo sie beide doch das gleiche Fahrziel hatten. Aber in der Regel ging es bei den Sankas um Leben und Tod. Ganz so dringend war es bei ihnen nicht.

Als sie das Westklinikum erreichten, war seit dem Anruf fast eine Stunde vergangen. Hielt sich Maren Grimpe noch im Krankenhaus auf, oder hatte sie es längst verlassen? Lotte überlegte gerade, ob sie ihre Freundin anrufen sollte, da tippte ihr Kai sanft auf den rechten Oberarm.

»Schau mal, Chefin, wen wir da haben.«

Er zeigte auf eine Frau in den Fünfzigern mit dem streng gebundenen Zopf, der ihnen bei dem Besuch im Bastelgeschäft bereits aufgefallen war. Maren Grimpe, kein Zweifel. Sie trug dasselbe ausgeleierte Shirt wie gestern und die Träger einer purpurnen Reisetasche über der Schulter. Am markantesten waren die vielen Freundschaftsbändchen am rechten Unterarm, die an den früheren Schlagerpapst Wolle Petry erinnerten. So gewöhnungsbedürftig der Kleidungs- und Ausstattungsgeschmack der Frau war (vom Musikgeschmack vermutlich ganz zu schweigen), am interessanten fand Lotte im Moment, dass sie ihnen den Rücken zukehrte und mit raschen Schritten den schmalen Fußweg hinabstapfte. Nebenbei wandte sie den Kopf nach allen Richtungen und linste immer wieder auf die Smartwatch an ihrem linken Handgelenk. Dass sie nach jemandem Ausschau hielt, war offensichtlich. Vermutlich war es ihr Ehemann, der sie am Klinikum abholen sollte. Gut möglich, dass er aufgrund des hohen Verkehrsaufkommens ebenfalls spät dran war.

»Wir sollten sie mitnehmen«, schlug Kai vor. »Dann können wir gleich die Gelegenheit für ein Gespräch nutzen.«

»Lass uns lieber erst mal schauen, warum sie es so eilig hat. Ich bezweifle irgendwie, dass sie so schnell wie möglich zu ihrem Laden in der Innenstadt zurückwill.«

»Wieso denn nicht? Vielleicht steht gerade jetzt eine ganze Horde Bastelwilliger vor dem Shop und wundert sich, wieso geschlossen ist.«

Ehe Lotte darauf antworten konnte, näherte sich der

Schwester ein in die Jahre gekommener, silberner Audi A4. Gesteuert wurde der Wagen von einem Mann, der frappierende Ähnlichkeit mit dem Ronald Grimpe besaß, dessen Foto Lotte in den Akten des Einwohnermeldeamtes gesehen hatte. Passend dazu wurde der hilfsbereite Gatte gleich nach dem Einsteigen von seiner Frau mit einem flüchtigen Kuss begrüßt. Anschließend gab sie ihm wohl Anweisungen, auf die Tube zu drücken, denn keine zehn Sekunden nachdem der Audi angehalten hatte, setzte er sich wieder in Bewegung. Die maximale Höchstgeschwindigkeit wurde zwar nicht überschritten, aber durchaus ausgereizt. Zumindest bis zur nächsten roten Ampel.

Die Kommissare reihten sich ebenfalls in den Verkehr ein und achteten darauf, weder einen zu großen noch zu geringen Abstand aufzubauen. Lottes Bauchgefühl sagte ihr, dass es besser war, wenn den Grimpes nicht auffiel, dass sie verfolgt wurden. Sollte es sich wirklich bloß um eine Fahrt nach Hause oder zur Innenstadt handeln, wäre das okay. Im Moment sah es jedoch nicht danach aus. Beide Ziele lagen in völlig unterschiedlichen Richtungen. Noch rätselhafter wurde es zehn Minuten später, als das silberne Auto rechts am Straßenrand hielt, Maren Grimpe (diesmal ohne ihre purpurne Tasche) ausstieg und der Gatte den Wagen zurück auf die Fahrbahn lenkte.

Überrascht hob Charlotte die Brauen. Sie befanden sich wenige Hundert Meter von einem Einkaufzentrum entfernt. Wollte Ennos Schwester tatsächlich unmittelbar nach ihrer Entlassung aus dem Krankenhaus dort bummeln gehen? Und weshalb tat sie das alleine? Die meisten Männer jubelten zwar nicht unbedingt, wenn ihre Partnerin einkaufen gehen wollte, dackelten aber normalerweise trotzdem brav mit.

Um das Ganze noch kurioser zu machen, spazierte Maren Grimpe tatsächlich auf das Shopping Center zu, nur um es dann buchstäblich links liegen zu lassen und weiterzustapfen.

»Wer Frauen versteht, kann auch Holz schweißen.« Kai schüttelte den Kopf. »Ich hätte auf alles geschworen, dass die da reingeht.«

Lotte entblößte ein dünnes Schmunzeln und schwieg. Mehr denn je wollte sie wissen, wohin die Bastelladenfrau unterwegs war. Als sie es bald darauf erfuhr, verschlug es ihr die Sprache. Mit vielem hatte sie gerechnet, jedoch nicht damit, dass Maren Grimpe direkt zur Arbeitsagentur gehen würde.

Peter Wachmann

Ismael schien sich einen Spaß daraus zu machen, das Gaspedal ins Bodenblech zu drücken und so den BMW jedes Mal einen Satz nach vorne machen zu lassen. Entweder ging es ihm dabei darum, das laute Aufheulen des Motors zu genießen, oder er litt an partieller Demenz und blendete jedes Mal aufs Neue aus, dass sich neben seinem Wagen noch unzählige andere auf der Straße aufhielten. Was auch immer der Grund war, er nervte Peter gewaltig. Konnte dieser Kerl nicht normal fahren? Oder begriff er einfach nicht, dass es überhaupt keinen Sinn machte, ständig Gas zu geben und danach gleich wieder abzubremsen? Das tat doch weder dem BMW noch der Umwelt gut!

Zuerst befürchtete Peter, die Ismael-Gang könnte erneut auf dem Weg zum Autohaus Dörner oder sogar zum Flughafen sein; beides lag genau in der Richtung, in der sie nun schon einige Zeit unterwegs waren. Doch dann bog der schwarze BMW auf einmal, ohne zu blinken, 50 Meter vor ihm in eine Seitengassc cin.

Scheiße.

Kaum waren die Ganoven aus dem Sichtfeld verschwunden, heulte der Motor auch schon wieder auf. Peter legte sich ins Zeug, um die Abbiegung zu erreichen. Hoffentlich herrscht in der Straße genauso viel Verkehr, schoss es ihm durch den Kopf. Er spürte, wie seine Waden vor Anstrengung schmerzten. Zusammen mit dem Muskelkater von der gestrigen Verfolgungsjagd ergab das keine sonderlich angenehme Mischung.

Leider erfüllte sich die Hoffnung nicht. Dafür handelte es sich bei dem Gebiet um eine Dreißigerzone mit zahlreichen Mehrfamilienhäusern.

Überraschenderweise hielt sich Ismael sogar an die Geschwindigkeitsbeschränkung. Aus reiner Nächstenliebe tat er das sicherlich nicht. Entweder wurde hier öfters mal geblitzt, oder sie näherten sich dem Zielgebiet. Als sie gleich darauf neben einem feuerroten Lexus hielten, kam ihm eine weitere Möglichkeit in den Sinn: Eventuell hielten die Halunken ja Ausschau nach teuren Fahrzeugen, die es wert wären, gestohlen und mit neuen Papieren ausgestattet zu werden. Bei allem, was Peter gestern in der *Wunder-Bar* belauscht und beobachtet hatte, wäre das gar nicht so unwahrscheinlich.

Zumindest der Lexus schien nicht den Suchkriterien zu

entsprechen. Die Fahrt ging im wadenfreundlichen Rentnertempo weiter. Peter radelte links von dem schwarzen Wagen in gebückter Haltung über den Bürgersteig und hielt abwechselnd den Gehweg und die Straße im Auge.

Zwei Minuten später wurden sie abermals langsamer, diesmal an einer Grundstückseinfahrt, allerdings nicht zu der eines Wohnhauses, sondern zu einer Baustelle, die in ein paar Monaten vielleicht mal ein neues Mehrfamilienheim werden könnte. Das *Betreten Verboten*–Schild jedenfalls schien keinen der BMW-Insassen zu beeindrucken.

Peter bremste an einem Stromverteiler ab und ging in Deckung, bis der BMW hinter dem kahlen Betonbau verschwunden war. Dann fuhr er selbst auf das Gelände, wobei er einigen Nägeln und Schrauben ausweichen musste, die wild verstreut auf dem Boden lagen.

In dem Moment vibrierte sein Smartphone. In der Hoffnung, dass es sich um Lotte handelte, zog er aus der Tasche. Die Enttäuschung erfolgte im selben Atemzug. Nicht seine Frau rief ihn an, sondern Bernd. Sicher wollte er wissen, wo Peter denn steckte und wie lange er noch bis zum vereinbarten Treffpunkt brauchen würde.

»Sorry, Kumpel, es ist gerade ganz schlecht. Ich bin da an etwas dran …«

»Aber wir wollten ins Kino!«

»Ja. Schon. Ich erklär dir alles später!«

Ohne eine Erwiderung abzuwarten, beendete er das Gespräch und stopfte das Telefon in die Tasche zurück. Es tat ihm leid, seinen Freund derart abgewürgt zu haben, doch im Moment könnte ihn jedes weitere Wort in Teufels Küche bringen.

Zum Glück stand die Sonne so, dass er seinen Lauschposten entlang der Wand im Schatten einnehmen konnte. Er lehnte sein Rad an und pirschte sich an die Ecke des Rohbaus, wo zu seinem Glück ein Container voller Bauschutt stand, der ihm ausreichend Deckung bescherte, zeitgleich aber eine Lücke ließ, groß genug, dass er die Szenerie beobachten konnte.

Ismael und seine Kollegen waren ausgestiegen und standen nun mit vor der Brust verschränkten Armen zwei Kerlen gegenüber, die die Statur und Größe der berühmten Boxer-Brüder Klitschko besaßen. Anders gesagt: Das waren Typen, die so aussahen, als könnten sie eine Eiche mit einem Faustschlag fällen und nebenbei den ganzen Wald.

Peter drückte sich noch enger gegen die kahle Betonwand und linste hinter dem Container vor. Er spitzte die Ohren.

Klitschko eins ging einen Schritt auf Ismael zu und breitete die Arme aus. »Bruder!«, sagte er mit einem eindeutig sächsischen Akzent.

Ismael ahmte die Geste nach. Sein »Bruder« klang eher arabisch angehaucht.

Klitschko eins schien das Alphamännchen zu sein, denn sein nur wenig kleineres Pendant blieb an Ort und Stelle stehen, behielt aber die Ismael-Gang exakt im Blick.

Peter wartete auf eine theatralische Umarmung. Die gab es aber nicht. Die Männer ließen die Arme sinken und taxierten sich im Abstand von etwa drei Metern. Es schien, als würde der eine darauf warten, dass der andere etwas sagte. Die Spannung war mit Händen zu greifen. Peter trat nervös von einem Fuß auf den anderen und wagte kaum zu atmen.

Klitschko: »Bruder, gibt's Probleme?«

Ismael: »Hängt davon ab.«

»Wallah, komm runter.«

»Dann komm du rüber mit der Kohle.«

»Erst die Papiere!«

Peter kniff die Augen zusammen, aber von seinem Posten aus konnte er unmöglich erkennen, was auf dem dicken Umschlag stand, den Ismael seinem Gegenüber reichte.

»Danke, Bruder.« Klitschko nahm den Umschlag entgegen, sein Partner reichte Ismaels Begleiter im Gegenzug einen ebenso dicken Umschlag.

»Muss ich nachzählen?«, fragte Ismael.

»Fünfzigtausend, wie vereinbart.«

»Ich glaub dir.«

»Hat es jemals nicht gestimmt?« Klitschko riss den Umschlag auf und entnahm diesem einen Packen weißer Blätter, die er hastig überflog. Dann schüttelte er den Kopf und machte ein missbilligendes Geräusch. »Die meisten Namen sind wieder bloß welche von alten Knackern!«

»Ey, Moruk, du hast gesagt, du hast vorwiegend Mercedes Benz und ein paar kleine Reisschüsseln, für die du Zulassungen brauchst. Da passt das doch.«

»Trotzdem. Irgendwann fällt das auf, wenn wir bloß Grauhaardackel als Kunden haben. Das nächste Mal will ich junges Blut.«

»Haha, du klingst wie ein Zuhälter.«

»Sehr witzig. Sag der Trulla vom Autohaus, dass sie sich

mehr Mühe geben soll. Wir müssen das mit dem Alter besser verteilen!«

»Das sagst du so einfach …« Ismael klang genervt, so als hätte er dadurch viel Arbeit zu erledigen. Dabei bestand seine Aufgabe doch wohl im Wesentlichen darin, als dürfte er kaum mehr als Botenarbeit zu erledigen haben.

Peter drückte sich näher an den Container, als die Klitschkos zu ihrem Wagen zurückgingen und einstiegen. Zu seiner Erleichterung bretterten sie in die andere Richtung davon. Dann stiegen auch Ismael und seine Handlanger in den Wagen, wendeten – und kamen direkt in seine Richtung angefahren.

Peters Herz begann zu rasen. Die drei schienen es nicht eilig zu haben, würden ihn aber sehen, wenn sie in den Rückspiegel schauten. Er atmete tief ein, versuchte seinen Puls ruhig zu halten. Der Wagen erreichte den Container. Als er auf seiner Höhe war, zwängte Peter sich durch die Lücke zwischen Wand und Blech, wobei er innerlich fluchte, weil sein ohnehin geschundener Rücken am kahlen Beton entlangstreifte. Doch er schaffte es, sich aus dem Sichtfeld der Kerle zu manövrieren. Kurz überlegte er, sich über die Rückseite des Rohbaus aus dem Staub zu machen, verwarf diese Idee aber wieder, zumal er hörte, wie der Wagen stoppte und eine Tür geöffnet wurde.

»Geiles Teil!«, hörte er eine Männerstimme sagen. Die meinten doch nicht …? Peter wurde nervös und wagte es, durch die Lücke zu schielen.

Doch, sie meinten. Mit den Worten »Das ist wie neu, das bringt bestimmt einen Hunni!« luden Ismaels Handlanger sein Rad ein. Dann brausten sie davon.

Fuck.

Mist.

Die hatten jetzt ernsthaft sein Rad geklaut!

Peter ballte die Hände zu Fäusten.

»Einen Hunni?«, grummelte er. Acht davon hatte er vor einem Jahr für das Bike gezahlt! Es hatte einen Alurahmen, Shimano-Schaltung und einen eigens auf ihn angepassten Sattel!

Peter kickte gegen eine Holzlatte. Dann hieb er mit der Faust gegen den Container. Schließlich fügte er sich in sein Schicksal und trat den Rückweg zu Fuß an. Er konnte Ismael schlecht anzeigen. Oder doch? Er würde Lotte fragen. Und ihr außerdem berichten, dass es zwischen dem Autohaus Dörner, der *Wunder-Bar* und der merkwürdigen Bande offensichtlich Geschäfte mit Versicherungsbetrug, fingierten Unfällen und virtuell gestohlenen Kennzeichen gab.

Auf der Straße angekommen, sah er sich nach der nächsten Bushaltestelle um. Dann tippte er eine Nachricht an seine Frau: *»Ich weiß, ich soll nicht, aber Schweden wird greifbar. Wie läuft es bei dir?* Er drückte auf Senden und schickte in einer zweiten Nachricht noch ein knallrotes Herz hinterher. Den Verlust seines Rades konnte er verschmerzen. Die verlorene Zeit mit Lotte nicht.

Lotte Wachmann

So ziemlich alles hatte Lotte erwartet – aber nicht, dass Enno Roths Schwester nicht den Haupteingang betrat, um vielleicht mit der Sekretärin oder Mitarbeitern ihres Bruders zu sprechen, nein, Maren Grimpe ging zur Seite des Gebäudes und stapfte die Ausfahrt der Tiefgarage hinunter.

»Halt an!«, rief Lotte Kai zu und war schon aus dem Wagen gesprungen, ehe ihr Kollege verbotswidrig anhielt. »Komm nach!«, rief sie und hastete der Schwester des Toten hinterher. Sie sah eben noch, wie diese sich unter der geschlossenen Schranke duckte und eiligen Schrittes im Parkhaus verschwand. Lottes Herzschlag beschleunigte sich, aber das lag nicht an dem kurzen Spurt, den sie eben hingelegt hatte. Nein, vielmehr kribbelte ihre kriminalistische Spürnase. Sie bückte sich ebenfalls unter der Schranke hindurch und war froh, wie üblich Sneaker zu tragen. Anders als Maren Grimpe, deren Schritte in dem Betonbau widerhallten, konnte sie ganz leisen Fußes die Verfolgung aufnehmen.

Enno Roths Schwester blieb in der ersten Etage. Charlotte ging hinter einer Säule in Deckung. Das Parkhaus war fast bis auf den letzten Platz belegt. Kein Wunder, es war Arbeitszeit, und die Beamten und Angestellten von Vater Staat saßen alle noch an ihren Arbeitsplätzen. Alle, bis auf einen – und der würde nie wieder dort sitzen. Enno Roths Parkplatz, der weder durch eine Nummer noch durch eine Tafel mit der Aufschrift *Direktion* gekennzeichnet war, lag verwaist da. Irgendeine gute Seele hatte die Blutflecke vom Boden gewischt. Die Absperrungen waren auch entfernt worden, und nichts deutete darauf hin, dass exakt an dieser Stelle vor wenigen Tagen ein Mensch mittels Schusswaffe aus dem Leben befördert worden war.

Woher also wusste Maren Grimpe vom Tatort? Lotte hörte die berühmte Nachtigall nicht nur trapsen, sondern regelrecht stampfen und poltern. Sie behielt die Frau im Blick und hoffte, Kai würde rasch einen Parkplatz finden oder so schlau sein, den zivilen Dienstwagen mit dem magnetischen Blaulicht zu kennzeichnen, sodass er zur Not auch in der Feuerwehrzufahrt parken und möglichst schnell zu ihr stoßen konnte. Die Notwendigkeit, Verstärkung durch eine Streife anzufordern, sah Lotte nicht.

Maren Grimpe starrte auf den leeren Parkplatz. Dann ging ein Ruck durch ihren schmalen Körper, und sie begann von Kopf bis Fuß zu zittern. Fast hätte sie Lotte leidgetan, denn sie wirkte wie eine Schwester in tiefster Trauer um ihren Bruder. War die Fährte doch falsch?

Dann fauchte Maren Grimpe auf einmal los: »Du verdammtes Arschloch!«

Lotte horchte auf. Sprach man so zu seinem ermordeten Bruder? Oder meinte Maren Grimpe den Täter?

Schluchzen hallte von den Betonwänden wider. Die automatische Beleuchtung ging aus. Offenbar setzte auch die Agentur auf Energiesparen. Bis auf das schwache Licht der Notausgangs-Leuchten war es mit einem Mal zappenduster in der Tiefgarage. Maren Grimpe schien sich nicht zu bewegen, denn sonst wären die Neonröhren wieder aufgeflackert. Lotte lauschte gespannt. Maren Grimpes Schluchzen wurde leiser. Ennos Roths Schwester zog die Nase hoch und räusperte sich.

»Ich sag dir jetzt mal was«, sagte sie dann leise. Lotte spitzte die Ohren.

»Whuuut, whuuuut!« Das Summen ihres Smartphones kündigte eine eingehende Nachricht an. Der Ton hallte in der Tiefgarage wider, als sei das Mobiltelefon der Kommissarin an eine Boombox angeschlossen. Maren Grimpe fuhr herum. Die Neonleuchten flackerten auf.

Scheiße, dachte Lotte und zog das Handy aus der Hosentasche. Eine Nachricht von Peter. Ausgerechnet jetzt!

»Wer ist da?«, fragte Maren Grimpe ins Nichts. Sie klang ängstlich. Lotte kam hinter dem Betonpfeiler hervor.

Maren Grimpe riss die Augen auf, als sie die Kommissarin erblickte.

»Was machen Sie denn hier?«

»Das Gleiche wollte ich Sie auch fragen, Frau Grimpe.«

»Ich wollte sehen, was mein Bruder in seinen letzten Momenten gesehen hat.« Irrte Lotte sich oder schluckte die Frau trocken? Bei manchen Menschen kam es vor, dass sie einen staubtrockenen Mund bekamen, wenn sie nervös waren. Das hatte sie bei unzähligen Vernehmungen schon beobachtet. Die Gesprächspartner baten dann um ein Glas Wasser, was es aber selten besser machte. Ohnehin hätte sie Enno Roths Schwester jetzt kein Getränk welcher Art auch immer anbieten können.

Lotte schwieg. Maren Grimpe knispelte mit dem Mittelfinger der rechten Hand am Nagelbett ihres Daumens. Auch das war ein Zeichen, dass sie nicht entspannt war, sondern sich unbewusst in Übersprungshandlungen flüchtete.

Lotte legte den Kopf schief und sah die Schwester unverwandt an.

»Also, ich wollte sehen, wo er gestorben ist«, haspelte Maren Grimpe. Sie sprach eindeutig zu schnell für eine Frau, die in Trauer war. Trauer lähmte eher, machte die Stimme belegt, langsam. Lotte blieb wachsam. Hinter sich hörte sie quietschende Schritte, die hastig näherkamen. Innerlich notierte sie, dass sie Kai unbedingt zu neuem Schuhwerk raten musste, das auf gewissen blanken Böden keine verräterischen Geräusche machte. Auch die Grimpe zuckte zusammen.

»Alles klar?«, fragte Kai außer Puste.

»Alles gut, Kollege«, sagte Lotte und machte hinter dem Rücken ein beruhigendes Zeichen. Kai verstand und hielt die Füße still, wortwörtlich.

Sein Auftritt allerdings hatte Maren Grimpe etwas Oberwasser gegeben.

»Was machen Sie hier?«, wiederholte sie ihre Frage.

»Das geht Sie eigentlich nichts an«, antwortete Lotte. »Aber wir sind wegen der laufenden Ermittlungen hier.«

»Genau. Einen Termin zur Jobsuche haben wir eher nicht«, fügte Kai süffisant hinzu.

Die Grimpe zog noch einmal die Nase hoch. Hatte sie wirklich geweint? Lotte vermochte es nicht zu sagen. Da sie nicht geschminkt war, wies keine verschmierte Mascara auf Tränen hin.

Kai und Lotte wechselten einen sehr kurzen Blick. Und zwar einen jener Blicke, die bei einem eingespielten Team ausreichten, um zu wissen, welche Richtung der andere fahren würde.

»Wir sind mit den Ermittlungen ziemlich weit vorangeschritten, Frau Grimpe, das dürfte Sie beruhigen«, sagte Lotte. Ihr entging nicht, dass ihr Gegenüber mit den Augen zuckte. Erneut eine Reaktion, die kein Mensch bewusst steuern konnte – ein Reflex aus der Steinzeit, der die Menschen mit scheinbar klarerem Blick vor dem Überfall eines Säbelzahntigers bewahren sollte.

»Ja? Gut. Das ist gut«, sagte Ennos Schwester. Ihre Stimme klang dünn.

»Wir wissen so ziemlich jedes Detail über den Tatablauf«, hakte Kai ein.

»Es geht nur noch um letzte Kleinigkeiten.«

Maren Grimpe sog die Luft ein. »Das ... das freut mich«, sagte sie und nickte kurz, ehe sie über die Rampe zum Ausgang hastete. Sie war noch nicht mal ganz verschwunden, da wählte Lotte schon die Nummer der Kollegen und beauftragte die SOKO mit einer umfangreichen Personenüberwachung. Mit einem Kopfnicken gab sie Kai zu verstehen, dass sie beide der Frau folgen mussten, bis die Kollegen, deren Gesichter die Grimpe nicht kannte, die Überwachung übernehmen konnten.

An der Schranke blieben die beiden Kommissare kurz stehen. Maren Grimpe verschwand eben rechter Hand um das Gebäude herum.

»Dann mal los«, sagte Lotte und hastete mit Kai an ihrer Seite bis zur Ecke der Arbeitsagentur. Obwohl sie nicht davon ausgingen, dass Ennos Schwester sich verfolgt fühlen könnte, blieben sie in Deckung. Kai linste um die Ecke.

»Sie geht zu Weltbild«, teilte er Lotte mit und nickte, als Maren Grimpe in der Buchhandelsfiliale verschwunden war. Nun überquerten auch die beiden Kommissare die Straße. Nicht ganz regelkonform, die Fußgängerampel war rot. Da kein Auto kam, nahmen sie den tadelnden Blick einer jungen Mutter mit Kleinkind an der Hand in Kauf. Was wog wohl schwerer – die Verkehrserziehung eines Dreijährigen oder die Aufklärung eines Mordes?

Vor der Filiale des Augsburger Unternehmens standen ein halbes Dutzend Drehständer mit Postkarten für alle möglichen Anlässe. Auch Trauerkarten waren darunter, und Lotte hätte es gut nachvollziehen können, wenn Maren Grimpe eine gekauft hätte, für ihre Schwägerin. Doch das tat sie nicht. Auch die ausgelegten aktuellen Bestseller des Verlagshauses ignorierte die Frau, ebenso wie das vielfältige Sortiment an Kerzen, Saisonartikeln und Deko. Tatsächlich steuerte sie zielgerichtet den Bereich mit den Reiseführern an. Lotte und Kai tauschten einen verwunderten Blick und taten so, als wären sie immens interessiert an Grußkarten zur Hochzeit.

»Kannst du erkennen, was sie kauft?«, fragte Lotte. Kai schüttelte den Kopf, dann zückte er sein Handy und fotografierte durch die Schaufensterscheibe hindurch den Bezahlvorgang. In dem Moment, in dem die Verkäuferin die Bücher in eine Tragetasche steckte, setzten die Kommissare sich in Bewegung und gingen hinter der Hauswand in Deckung. Kai öffnete die Fotos und zoomte sie groß. Obwohl bei allen drei Büchern die Hand der Angestellten den Titel halb verdeckte, war klar: Maren Grimpe schien sich ausgiebig für Schweden zu interessieren. Oder warum sonst kaufte sie gleich drei Reiseführer über dieses Land?

»Ach!«, sagte Lotte.

»Ob die mit dir und Peter verreisen will?«, frotzelte Kai. In dem Moment fuhren die Kollegen in Zivil in einem unauffälligen Mittelklassewagen vor. Charlotte nickte ihnen zu. Die Jungs von der SOKO würden ihren Job machen. Sie gab Kai ein Zeichen. Ihr Einsatz war an dieser Stelle erst einmal beendet.

Peter Wachmann

Im Linienbus roch es muffig nach einer Mischung aus Schweiß, Käsefüßen und Leberwurstbroten. Peter wurde sich wieder einmal bewusst, warum er so ungerne mit den Öffis unterwegs war. Und das lag nicht allein an den ungünstigen Verbindungen zwischen seiner Wohnung und der Berufsschule. Die mürrische Begrüßung des Fahrers, bei dem er sein Ticket bezahlt hatte, trug auch nicht gerade zur Werbung für den Einstieg in die öffentlichen Verkehrsmittel bei. Peter bewegte sich durch den Gang nach hinten und setzte sich in die achte Reihe. Links. Zwei Reihen vor ihm saß ein Jugendlicher, der apathisch aus dem Fenster starrte. In seinen Ohren steckten weiße Kopfhörer, die für Peter aussahen wie die Endstücke seiner Munddusche im heimischen Bad. Ansonsten war er der einzige Fahrgast.

Er sah auf sein Smartphone. Keine Antwort von Lotte. Damit gerechnet hatte er ohnehin nicht. Kurz überlegte er, ihr vom Diebstahl seines Drahtesels zu schreiben, entschied dann aber, dass sie solche Peanuts nicht zu interessieren hatten. Seine Überlegung, beim nächsten Polizeiposten zu stoppen und eine Anzeige aufzugeben, verwarf er ebenso. Er wusste ja, wo sein Rad war. Und, nochmals Peanuts, Ismaels Bodyguard mochte einen Fehler begangen haben; fallrelevant waren dessen lange Finger trotzdem nicht.

Peter schloss die Augen. Normalerweise beruhigte ihn das Ruckeln, wenn er in einem Fahrzeug saß. Heute allerdings fand er keine Entspannung, da der Fahrer einen sehr rauen Stil hatte, seinen Bus zu lenken. Einmal knallte Peters Kopf sogar an die Scheibe, und er überlegte, an der nächsten Haltestelle auszusteigen. Was ihm nichts gebracht hätte außer einem längeren Weg in die Innenstadt oder dem Warten auf den nächsten Bus.

An der folgenden Haltestelle stieg eine ältere Dame ein, die einen winzigen Hund in einem Korb transportierte. Sie nahm direkt hinter dem Fahrer Platz und begann sofort damit, den Hund mit irgendetwas zu füttern. Peters Magen meldete sich mit einem Grummeln. Wann hatte er das letzte Mal etwas gegessen? Oder getrunken? Nun spürte er auch, wie viel Durst er hatte. Er beschloss, den nächstbesten Kiosk anzusteuern.

Der Jugendliche starrte weiter auf sein Mobiltelefon. Peter vermutete, dass er mit den Mundduschen-Adaptern Musik hörte, da der sehr junge Mann im Takt mit dem Kopf wippte. Der Hund in der ersten Reihe begann zu würgen. Sein Frauchen reichte noch ein Leckerli an. Der Winzling verschlang es, würgte erneut und kotzte seiner Besitzerin im Strahl in den üppigen Ausschnitt.

»Bertiiii!« Die Frau stopfte das Fellknäuel zurück in den Korb und kramte in ihrer Handtasche nach Tüchern. Flink war sie nicht, zumindest nicht flink genug, als dass der Gestank nicht zuerst den Youngster und dann Peter erreichte. Beide standen auf, drückten unisono auf den Halteknopf und hasteten an der nächsten Haltestelle aus dem Bus. Der Fahrer hatte derweil sein Fenster bis zum Anschlag heruntergedreht. Bertiiii und sein Frauchen fuhren weiter mit.

Peter sah dem Teenager nach, der mit wiegendem Schritt die Straße entlangging und schließlich um die nächste

Ecke verschwand. Der Junge war beinahe in dem Alter wie seine Berufsschüler. Ob er bald in einer seiner Klassen sitzen würde? Gut möglich. Dieser Gedankengang brachte ihn zurück zu Umut. Umut wäre bald Krankenpfleger, er schien seinen Weg gemacht zu haben. Immerhin hatte er die Herausforderung angenommen, einen Beruf im Gesundheitswesen auszuüben – trotz aller Widrigkeiten. Was den Fachkräften dort zugemutet wurde, war allen hinlänglich bekannt. Allen, außer den Damen und Herren in der Politik. Aber dieser irre Missstand war nicht sein Thema. Peter ging mit gesenktem Haupt die Straße entlang, bog hier ab, latschte nach dort, versuchte, an nichts zu denken, und zuckte zusammen, als er sich wieder einmal vor der *Wunder-Bar* wiederfand.

Nun ja, nicht ganz, etwa zehn Meter vor dem Eingang stoppte er. Intuitiv und keinen Moment zu früh. Einer der Bullterrier lud gerade sein Fahrrad aus dem Kofferraum. Peters Puls beschleunigte sich. Er drückte sich in einen Hauseingang und linste um die Ecke. Der Kerl setzte sich tatsächlich auf sein Rad, trat in die Pedale, fuhr 50 Meter die Straße rauf und dann wieder runter, fuhr Schlangenlinien, hob den Lenker so an, dass er nur auf dem hinteren Rad rollte. Vor der Bar angekommen, bremste er so scharf, dass es dem eigentlichen Besitzer Gänsehaut verursachte.

»Geiles Teil!«, rief er Ismael zu, der den Koffer aus dem Fond wuchtete.

Ja. Peter wusste, dass sein Drahtesel ein geiles Teil war. Ein Teil, dass er sehr gerne wiederhaben würde.

»Hör auf mit die Scheiße.« Ismael klang wütend. Er eilte mit dem Koffer zum Eingang der Bar. Der Fahrrad-Mann verdrehte die Augen, als sein Chef verschwunden war. Sein Kompagnon zeigte ihm den Mittelfinger und lief mit dem Kneipenchef mit. Der Dieb lehnte das Rad an die Hauswand und folgte den beiden. Peter zählte bis zehn. Einerseits um sicher zu sein, dass keiner der drei Männer wieder herauskam. Andererseits, um seine Nerven zu beruhigen. Als diese bei zehn noch immer flatterten, zählte er rückwärts. Drei. Zwei. Eins.

Und dann ging alles ganz schnell. Er rannte zu seinem Fahrrad, schwang sich auf den Sattel und trat in die Pedale, was seine Beine hergaben. Im vermutlichen Rekordtempo war er um die Ecke verschwunden. Er wusste genau, wo er hinwollte, und wenige Augenblicke später hatte er den Hintereingang des Etablissements erreicht. Zu seinem eigenen Erstaunen war er nicht einmal wirklich außer Atem, als er seinen wiedergewonnenen Schatz hinter ein paar schwarze Mülltonnen klemmte.

Die Hintertür war nur angelehnt. Peter kannte den Weg, huschte ins Innere des Gebäudes und schlich auf Zehenspitzen zum Büro. Fast kam es ihm so vor, als würde sich eine Zeitschleife öffnen. Er rechnete jeden Moment damit, dass Bernd neben ihm auftauchte oder dass die Tür zu dem kleinen Raum aufgerissen wurde. Was ungünstig gewesen wäre, denn weit und breit war nichts von seinem ehemaligen Schüler Umut zu sehen, der ihn notfalls wieder rauspauken könnte.

Zu seiner Erleichterung hatte sich im hinteren Teil der Bar etwas getan: Offenbar war eine Palette Klopapier geliefert worden. Die Packungen, zweilagig und mit gelben Blümchen bedruckt, versperrten den halben Flur, boten ihm aber ausreichend Deckung und waren zudem so gestapelt, dass er nah genug an die Tür heranpirschen konnte, um zu hören, was dort gesprochen wurde. Er hörte das – und sein Smartphone ebenso. Peter aktivierte die Aufnahmefunktion, wählte zeitgleich die erste beliebige Nummer aus der Anruferliste und dachte dann sehr intensiv an Lotte, an Schweden und an lauschige Abende an einem einsamen See. Allein diese guten Schwingungen, hoffte er, würden ihn davor bewahren, von den Ganoven entdeckt zu werden.

Später – viel später! – würde eine Polizeianwärterin folgendes Hörprotokoll in den Computer tippen, wobei die Arme immer wieder vor- und zurückscrollen musste, weil sie das Zehn-Finger-Tippsystem nie gelernt hatte. Aber das wäre eine andere Geschichte. Eine ganz andere Geschichte. Bleiben wir bei Peter, der sich zu dem Zeitpunkt über derlei Einzelheiten überhaupt keine Gedanken machte.

Protokoll der Audioaufnahme des Peter Wachmann.
Protokolliert von Ekram Srifi.

Zu hören ist ein Atemgeräusch. Darauf folgt ein Knacken. Weiteres Atmen.

Ein Mann sagt: »Peter, was ist?«

Zu hören ist ein »Scht! Scht!«

Schweigen. Rascheln.

Geflüstert: »Sag Lotte nichts, aber hör zu.«

Es knackt.

»Alter, und was ist mit das Fahrrad?«

»Wenn wir hier fertig sind, kannst du dir deine eigene Fahrradfabrik kaufen. Alda, halt die Schnauze, Bruder, und zähl!«

Im Hintergrund ist Rascheln zu vernehmen. Darüber zu hören sind Atemgeräusche. Etwas quietscht, vermutlich ein Stuhl.

Stille. Für 1:42 Minuten.

Dann ein Knall. Vermutlich wurde mit der Faust auf einen Tisch gehauen.

»Der hat uns beschissen!«

»Das kann nicht sein!«

»Doch. Glaub mir. Wallah! Zähl nach!«

Es raschelt erneut. Ansonsten herrscht Stille. Nach 56 Sekunden brüllt ein Mann: »Scheiße! Da fehlen Zehntausend!«

Man hört einen dumpfen Knall, als würde jemand mit der Faust auf den Tisch hauen, Männerstimmen reden durcheinander, zu hören sind einige ausländische Worte und dazwischen kaum verständliche deutsche Wörter, nachfolgend aufgelistet, ein Zusammenhang ist nicht erkennbar:

Hurensohn.

Ratte.

Betrug.

An die Eier kriegen.

Junges Blut? Der blutet gleich selber!

Die Alte vom Autohaus fick ich!

Fünf Jahre haben wir Autos verschoben. Fünf Jahre! Das lief so gut!

Fuck.

Der hat kein Respekt von uns!

Nein, der hat keinen Bock mehr.

Warte, ich hab draußen was gehört.
Schritte und ein dumpfes Poltern.
Alter, da ist einer. Dieser Lehrertyp.
Was will der denn hier?
Der ist Bulle. Hab ich dir schon gestern gesagt!
Das Schwein. Den krall ich mir.

Die Atemgeräusche beim Aufnahmegerät werden schneller. Es raschelt. Schritte sind zu hören. Ein Poltern ist zu hören. Schnelle Schritte. Dann ein dumpfer Schlag.

»Du Arschloch, blöde Bullensau!«, brüllt eine männliche Stimme. Eine andere Stimme ruft: »Bitte nicht!«

Dann bricht die Aufnahme ab.

Lotte Wachmann

Als sie die Tür zu ihrem Büro schließen wollte, klingelte ihr privates Telefon. Lotte vermutete einen Anruf ihres Göttergatten, doch die Rufnummernanzeige hielt an einem völlig anderen Namen fest.

»Bernd? Was gibt's?«, meldete sie sich irritiert.

»Hallo, Lotte. Ich hatte da eben ein merkwürdiges Telefonat von Peter.«

Lottes Nackenhaare stellten sich auf. War ihrem Mann etwas passiert?

»Was ist denn los?« Lotte war froh, dass Kai noch nicht ins Büro zurückgekehrt war. Nach dem Ausflug zur Agentur waren beide Kommissare hungrig, und er hatte versprochen, sich in der Cafeteria um Proviant zu bemühen. Lotte hatte ein Salamibrötchen bestellt.

Bernd schilderte in knappen Worten, was er gehört hatte. Und auch den dumpfen Knall, nur Sekunden, ehe die Aufnahme abbrach.

»Von wo aus hat er dich angerufen, Bernd?«

»Das weiß ich nicht. Er hat ja kein Wort gesagt, nur *pscht* hat er gemacht.«

»Du hast das nicht zufällig aufgezeichnet?«

»Nein, warum? Wäre das wichtig gewesen.«

Ja, verdammt noch mal!, brüllte Lotte innerlich. Laut fragte sie: »Hast du eine Ahnung, wo er sein könnte?«

Bernd schwieg. Lotte auch. Aber innerlich kochte sie.

»Bernd? Rede!«

Er redete nicht. Lotte knispelte an ihren Nägeln.

»Bernd?«

Die Tür zum Büro flog auf, und ein grinsender Kai betrat den Raum. In den Händen hielt er zwei in weißes Papier verpackte Brötchen, die er wie Trophäen in die Höhe streckte. Beim Anblick ihres Snacks hätte Lotte der Magen geknurrt, wenn sie nicht in so großer Sorge um ihren Mann gewesen wäre.

»Das letzte Salamibrötchen!«, rief er und zuckte zusammen, als seine Chefin ihm ein Zeichen machte. Einen Moment hielt er inne, sah sie fragend an. Dann verstand er, legte den Pausensnack auf den Tisch und griff zu seinem Telefonhörer auf dem Schreibtisch gegenüber. Lotte drückte die entsprechende Mithör-Taste und formte stumm mit den Lippen die beiden Silben *Pe* und *ter*.

»Noch einmal, Bernd, wo könnte er sein?«

Schweigen.

»Bernd!«

Lotte vernahm ein trockenes Schlucken.

»Sei ehrlich. Im Kino wart ihr eher nicht?«

»Nein.«

»Verdammt, Bernd, das ist hier kein Stammtisch und auch keine Lehrerkonferenz!«

»Sorry, aber so eine Konferenz ist schon wichtig«, warf Bernd ein.

»Blabla. Du bist Beamter, ich auch. Und wir beide wissen, was unser Arbeitgeber wert ist. Oder besser, was wir ihm wert sind«, wetterte Lotte. Kai nickte zustimmend.

»Also: Wo ist mein Mann? Was habt ihr angestellt?« Lotte war es durchaus bewusst, dass sie wie eine überstrenge Mutter klang. Aber erstens war ihr das egal, und zweitens brauchte Bernd diesen Ton vermutlich. Sie kannte das von Peter.

»Ich habe gar nichts angestellt«, motzte Bernd.

»Ist ja auch egal.« Lotte klang besänftigend. »Wichtig ist nur, wo Peter sich aufhält.«

»Ehrlich gesagt, so genau weiß ich das nicht, aber ich habe eine Vermutung.«

Herrgottkruzifixnochmal! Musste sie dem Mann denn alles aus der Nase ziehen? Sie atmete tief ein und versuchte, ruhig zu bleiben.

»Wie lautet deine Vermutung?«, fragte sie so sachlich wie möglich.

»Tja … also, er wird kaum in der Buchhandlung sein, im Schwimmbad auch nicht«, schwadronierte Bernd. Lotte hätte ihm am liebsten eine ordentliche Backpfeife verpasst.

»Wo könnt er stecken? Wo hast du ihn zum letzten Mal gesehen?«

Lotte konnte den Kumpel ihres Gatten förmlich denken hören. Es wäre nicht das erste Mal, dass Bernd Peter deckte, wenn dieser *aus Versehen* in einer Kneipe versumpft war oder die beiden nach der Spätvorstellung im Kino noch in eine Imbissbude gegangen waren, um bei Currywurst und Pommes über den Film zu diskutieren.

»Er hat gesagt, er ist da gerade an was dran. Woran genau, das weiß ich nicht. Ich befürchte, es hat mit dieser Bar zu tun. Seit wir neulich dort waren, scheint die ihn fast magisch anzuziehen.«

Lotte schloss die Augen und massierte sich mit Daumen und Zeigefinger die Nasenwurzel. Sie ahnte, welche Antwort gleich folgen würde, noch bevor sie die Frage stellte. »Welche Bar?«

»Die *Wunder-Bar.*«

Scheiße! Lotte seufzte innerlich. »Bist du sicher?«

Bernds Schweigen war ihr Antwort genug.

»Ich melde mich«, sagte sie knapp und beendete das Telefonat.

»Los, schnell!«, rief sie Kai zu, der ein wenig unsicher mit den beiden Sandwiches jonglierte.

»Und das Essen?«

»Unwichtig!« Lotte schlüpfte in ihre Jacke und stürmte aus dem Büro. Noch im Laufen, Kai atemlos hinter sich, forderte sie Verstärkung an.

Obwohl sie den Weg zum Lokal kannte, aktivierte sie im Wagen ganz automatisch ihr Navi. Die Adresse der *Wunder-Bar* gehörte zu den zuletzt angewählten Zielen und lag nur wenige Klicks entfernt. Während das Gerät nach einem GPS-Signal suchte, brach Lotte bereits mit Vollgas auf.

Mit quietschenden Reifen verließ sie das Grundstück des Präsidiums und bog auf die Straße ein. Das eingeschaltete Blaulicht in ihrem Dienstfahrzeug sorgte dafür, dass sie schnell vorwärtskam. Die Gebäude links und rechts flogen nur so an ihnen vorbei. Als einige Verkehrsteilnehmer nicht rasch genug auswichen, gab sie ihnen mittels Sirene Gelegenheit, es noch einmal zu überdenken. Das bekehrte auch die hartnäckigsten Verweigerer. Wäre das nicht der Fall gewesen, Charlotte hätte auch kein Problem damit gehabt, sie von der Straße zu drängen. Wer nicht rechtzeitig auswich, war selbst schuld. Hier standen Menschenleben auf dem Spiel. Das Leben ihres Mannes, um genau zu sein.

Da wurde alles andere zur Nebensache.

Lotte hatte keine Ahnung, was genau vorgefallen war und wieso Peter trotz ihrer ausdrücklichen Bitte, sich aus der Sache herauszuhalten, noch einmal zu dieser verdammten Kneipe gefahren war. Doch dies alles waren Aspekte, mit denen sie sich später befassen konnte. Erst einmal musste sie zu ihm und sicherstellen, dass es ihm gutging.

Neben ihr keuchte Kai erschrocken auf, als Lotte ihrem Vordermann mal wieder viel zu dicht auffuhr und das Lenkrad erst im allerletzten Moment nach rechts riss. Er saß an die Rückenlehne gepresst auf dem Beifahrerplatz, die Hände ins Sitzpolster gekrallt. Einige Male schienen seine Beine mitzubremsen. Ein wenig schien er damit ihre Bewegungen zu imitieren, nur dass es bei Lotte im Moment lediglich Vollgas und Vollbremsung gab. Wäre das Radio angeschaltet gewesen, sie hätten kaum etwas davon gehört, so oft, wie der Motor aufheulte. Sprit- und reifensparend war das nicht.

Egal.

Gespräche waren ebenfalls keine möglich, wenn man von Kais gelegentlichen Warnungen wie »Achtung!« oder »Da kommt wer!« einmal absah.

In einer Rekordzeit von nicht mal acht Minuten erreichten sie die Straße, in der sich die *Wunder-Bar* befand. Von der angeforderten Unterstützung war leider noch niemand zu sehen. Ein Grund zum Abwarten war das nicht. Charlotte stoppte den Dienstwagen direkt vor dem Eingang zur Kneipe und sprang schon hinaus, bevor der Wagen richtig zum Stehen gekommen war. Als Kai ausstieg, hatte sie bereits die Eingangstür aufgestoßen und stürmte mit gezogener Dienstpistole ins Gebäude.

Im Gastraum hielten sich zu dieser frühen Nachmittagsstunde lediglich eine Handvoll Gäste auf. Hinter der Theke räumte ein gelangweilt wirkender Barkeeper leeres Geschirr in ein Regal. Keiner der Anwesenden besaß Ähnlichkeit mit Ismael Özdemiroglu oder einem der anderen von Birgit Grauer erwähnten Handlanger. Dafür erstarrten sowohl der Angestellte als auch die Gäste beim Anblick der bewaffneten Polizistin in der Bewegung. Eine dunkelhaarige Frau in den Fünfzigern schien dermaßen verstört, dass sie nicht einmal die Haltung ihres zum Trinken angesetzten Glas korrigierte. Dies hatte zur Folge, dass ein dünner und kontinuierlicher Bierstrom aus dem Glas auf den Tisch lief. Die Frau schien es nicht mal zu bemerken. Dafür zuckte sie erschrocken zusammen und kippte sich den restlichen Glasinhalt über die grüne Bluse, als Kai lautstark die Tür aufriss und ebenfalls mit der Pistole in der Hand hineingestürmt kam. Irgendjemand quiekte ängstlich. Vermutlich gingen die Gäste von einem Überfall oder Amoklauf aus. Zumindest schien es Kai so zu deuten und wies sich lautstark als Polizist aus. Seine Warnung »Keine Bewegung!« klang kraftvoll und entschlossen.

Doch zu diesem Zeitpunkt hatte Lotte die Gaststube bereits fast vollständig durchquert und stürmte weiter in Richtung der Toilette, aus der Birgit Grauer bei ihrem gestrigen Besuch gekommen war. Einen Sekundenbruchteil überlegte sie, auf dem Klo nachzuschauen. Dann verwarf sie den Gedanken wieder, weil sicherlich niemand Peter auf dem Damenklo festhalten würde. Deshalb rannte sie weiter den mit allerlei Pappkisten vollgestellten Korridor entlang. Offenbar war vor Kurzem eine Palettenladung Toilettenpapier angeliefert worden.

Lotte spürte, wie ihre Speiseröhre brannte und sie vor Sorge um ihren Ehemann der Panik nahe war. Hoffentlich ging es ihm gut. Hoffentlich kam sie nicht zu spät!

So als wäre sie Mitglied eines Sondereinsatzkommandos, stieß sie die Tür zu jedem vor ihr liegenden Raum auf. Hinter der ersten Tür befand sich lediglich eine schmale Kammer mit Putzmitteln. Im Zimmer daneben erblickte sie Regale voll mit Getränkekästen und Kartons. Nirgendwo hielt sich jemand auf. Das verstärkte ihre Angst, zu spät zu kommen. Womöglich hatten sie Peter bereits verschleppt. Wohin auch immer.

Doch das war, bevor sie Raum Nummer Drei erreichte. Sowie sie die Tür zu dem Büro aufstieß, wusste sie, dass sie richtig war. Hier waren sie. Alle.

Seit ihrer Ankunft in der *Wunder-Bar* waren lediglich ein paar Sekunden vergangen. Viel zu wenig Zeit, als dass hier jemand entsprechend reagieren konnte. Selbst das Aufstoßen der zwei vorherigen Türen lag gerade mal einen Moment zurück.

Deshalb standen Ismael und seine drei Komplizen noch immer über einen offen stehenden Tresor gebeugt und waren dabei, sich mit Pistolen auszustatten. Zwei der Leute hielten die Knarren bereits in ihren Händen.

»Niemand rührt sich!«, spie sie ihnen förmlich entgegen, nur um dann das zu wiederholen, was vor wenigen Sekunden ihr Kollege beim Betreten der Bar gerufen hatte: »Polizei! Keine Bewegung.«

Die Worte verfehlten ihre Wirkung nicht. Ismael fror in einer äußerst ungesund aussehenden Bewegung ein, halb gebückt, halb kauernd. Lediglich sein Kopf drehte sich zu ihr um. Zwei seiner Kameraden hoben in fast schon gelassener Routine ihre Hände. Offenbar befanden sie sich nicht zum ersten Mal in einer Situation wie dieser. Dass einer der beiden noch eine Waffe in der Hand hielt, schien er vollkommen ausgeblendet zu haben. Eventuell war sie auch noch nicht geladen.

Anders verhielt es sich mit dem letzten verbliebenen Halunken, der seine Pistole aus einem Reflex heraus auf die Polizistin richtete.

Um ein Haar hätte Charlotte deswegen von ihrer Waffe Gebrauch gemacht. Doch sowohl sie als auch der andere behielten die Nerven. Niemand schoss oder unternahm riskante Bewegungen.

Jedenfalls nicht, bis Kai Krause auf einmal ungeschickt

hinter Lotte in den Raum hineingestolpert kam. Irgendwie schaffte er es, beim Eintreten mit dem Schuh gegen einen metallenen Papierkorb neben der Tür zu stoßen, und damit ein dumpfes Gepolter auszulösen. Später wusste Lotte nicht, ob es dieser Lärm oder das plötzliche Auftauchen ihres Kollegen war, das den Pistolenträger aus der Fassung brachte. Sie konnte von Glück reden, dass sie durch Kais Krach instinktiv zurückgewichen war.

Dieser Instinkt war es, der ihr höchstwahrscheinlich das Leben rettete. Aus der Waffe des Pistolenmannes löste sich ein Schuss, der nur wenige Zentimeter neben ihr durch die Luft zischte. Lotte spürte deutlich, wie die Patrone knapp an ihrem Ohr vorbeiging, und zog wiederum ihrerseits den Abzug durch. Der Rückstoß riss ihre Schulter wuchtig zurück und brachte sie noch mehr aus dem Gleichgewicht. Sie brauchte mehrere Ausfallschritte, um den drohenden Sturz zu verhindern. Parallel dazu hörte sie den schmerzerfüllten Aufschrei des Pistolenmannes. Als Lotte aufschaute, sah sie, wie der Mann genau wie seine drei Komplizen zu Boden ging. Den Bruchteil einer Sekunde lang hatte Lotte das Gefühl, die ganze Mannschaft mit einem einzigen Schuss niedergestreckt zu haben.

Das war natürlich Unsinn.

Lediglich der Pistolenmann war getroffen worden – und das auch nur mit einem Streifschuss am Oberarm. Die anderen Bewegungen dienten lediglich dazu, sich aus der Schusslinie zu bringen, falls weitere Kugeln abgefeuert werden sollten. Doch Charlotte hatte sich genug unter Kontrolle, um nicht blindlings um sich zu feuern. Sowie sie registrierte, dass keine unmittelbare Gefahr mehr drohte und keiner der Ganoven seine Waffe mehr auf sie richtete, zog sie auch den Zeigefinger vom Abzug ihrer Pistole zurück.

»Ach du Kacke«, kommentierte Kai die Szene von der Seitenlinie. »War ich das?«

Lotte machte bereits den Mund auf, um etwas darauf zu erwidern, als sie hinter sich ein leises Wimmern vernahm. Irritiert warf sie einen hastigen Blick über die Schulter und traute ihren Augen nicht: Ganz hinten in der Ecke saß Peter, mit braunem Paketklebeband an einen Stuhl gefesselt und geknebelt. Um seine Nase herum hing verkrustetes Blut. Weiteres klebte auf seinem zerknitterten und zerrissenen Shirt. Peter schwitzte und starrte sie mit weit aufgerissenen Augen an. Trotz der Furcht las Lotte darin noch etwas anderes: Erleichterung.

Mit wenigen Schritten war sie bei ihrem Ehemann, riss ihm das Klebeband vom Mund und bemühte sich, seine Fesseln zu lösen.

»Lotte!«, keuchte er atemlos. »Dich schickt der Himmel.«

»Eigentlich war es Bernd«, sagte sie, ohne aufzuschauen. Als es ihr nicht gleich gelang, das widerspenstige Klebeband zu lösen, sah sie sich hektisch im Bürozimmer um. Auf dem Schreibtisch entdeckte sie eine Schere und schnappte sie sich. Bevor sie damit zu Peter zurückkehrte, vergewisserte sie sich, dass ihr Assistent die Bösewichte noch immer mit seiner Dienstwaffe in Schach hielt. Das tat er.

Trotzdem wagte Lotte es nicht, Ismael und seinen Spießgesellen vollständig den Rücken zuzuwenden. So ging sie seitlich von Peter in die Hocke, um seine Fesseln zu lösen. Zwei Sekunden lang war sie dadurch ablenkt. Oder zumindest schienen das die Ganoven anzunehmen, denn sie unternahmen zu viert einen Angriffsversuch auf Kai. Dieser wich erschrocken zum Türrahmen zurück, bekam aber keine Gelegenheit, sich in Sicherheit zu bringen. Hinter ihm erfüllte auf einmal das Getrappel mehrerer schwerer Stiefel den Korridor. Die telefonisch angeforderte Unterstützung war eingetroffen. Noch bevor die Verbrecher eine Chance zur Flucht bekamen, richteten sich die Läufe mehrerer Schusswaffen auf sie.

»Meine Güte, das ist ja wie im Krimi«, flüsterte Peter neben ihr.

Dem hatte Lotte nichts hinzuzufügen.

Eine Stunde später wimmelte es in der *Wunder-Bar* nur so von Einsatzkräften. Mehrere Beamte hatten das gesamte Gebäude nach weiteren bewaffneten Tätern durchsucht, ohne noch einmal fündig zu werden. Erste Befragungen der Gäste und der Festgenommenen begannen. Zahlreiche Kollegen von der Spurensicherung überprüften jeden Winkel der Kneipe im Allgemeinen und jeden Winkel des Bürozimmers im Speziellen. Dank der offenstehenden Tresortür hatten die SpuSis bereits eine größere Menge Bargeld, etliche Kfz-Zulassungspapiere und zahlreiche Schusswaffen sichergestellt. Obwohl die Suche längst nicht abgeschlossen war und bislang nicht einmal feststand, mit welchen Straftaten die sichergestellten Gegenstände in Zusammenhang standen, konnte die Durchsuchung bereits als voller Erfolg gelten.

Lotte lehnte mit dem Rücken an der Außenmauer der Kneipe, genoss die frische Luft und verfolgte zufrieden, wie die Ismael-Gang auf mehrere Dienstwagen verteilt wurde, um in die Untersuchungshaft überstellt zu werden. Vermutlich würde man mit dem Termin beim Haftrichter noch bis morgen früh warten, um vorher die Ergebnisse der Gebäudedurchsuchung auswerten zu können.

Sorgen, dass die Haftbefehle abgelehnt werden könnten, machte sie sich nicht. Allein der Besitz der Schusswaffen rechtfertigte einen längeren Aufenthalt in der U-Haft. Kurz fragte sich Lotte, wofür die Ganoven überhaupt die großen Geschütze auffahren wollten. Hing es mit dem von Bernd und Peter belauschten Gespräch zusammen? Waren die Ganoven betrogen worden und wollten sich rächen? Bislang schwiegen Ismael und Konsorten dazu eisern. Aber vermutlich würde es nicht lange dauern, bis einer oder mehrere von ihnen einknickten, weil sie dadurch auf bessere Karten vor Gericht hofften.

Lotte verdrängte die Gedanken daran und warf einen ungeduldigen Blick auf ihr Telefon. Obwohl Peter, abgesehen von leichten Blessuren, wohlauf zu sein schien, hatte sie trotz seiner Proteste darauf bestanden, dass er mit einem Rettungswagen ins Krankenhaus gebracht und von Kopf bis Fuß durchgecheckt wurde. Vor einer halben Stunde war der Sanka mit ihrem Ehemann aufgebrochen und sicher längst in der Klinik eingetroffen. Untersucht worden war er gewiss noch nicht. Dennoch hätte er sich zumindest mal melden können, nach all den Strapazen, die sie seinetwegen heute gehabt hatte. Freilich war sie noch immer sauer auf ihn, viel größer war jedoch ihre Erleichterung darüber, dass er relativ heil und am Leben war. Sie wollte nicht einmal daran denken, was gewesen wäre, wenn …

Zum wiederholten Male fragte sie sich, ob es reines Glück war, dass die Mistkerle Peter nicht mehr angetan hatten. Laut ihrem Ehemann waren sie bei seiner Ankunft bereits in Eile gewesen, weil sie noch zu einem anderen Treffen wollten. Peter erwähnte den Namen Klitschko, den Lotte nicht so recht zuzuordnen wusste. Jedenfalls nicht in dem Zusammenhang. Auf die zwei ehemaligen ukrainischen Boxweltmeister hatten es Ismael und seine Leute zweifellos nicht abgesehen gehabt.

Aus den Augenwinkeln heraus nahm die Kommissarin wahr, wie jemand die *Wunder-Bar* verließ und auf sie zukam.

»Da drinnen herrscht noch immer Goldgräberstimmung«, rief ihr Assistent bereits aus einiger Entfernung. »Die Kollegen sind völlig aus dem Häuschen, was sie alles schon gefunden haben. In der einen Abstellkammer stand ein ganzer Koffer voller Geld.«

»Beweise für den Mord an Enno Roth waren nicht zufällig auch dabei?«

»Nicht, dass ich wüsste. Ich kann gerne noch mal nachfragen …« Obwohl Kai sie eben erst erreicht hatte, machte er Anstalten, auf dem Absatz umzukehren.

Doch Lotte hielt ihn am Arm zurück. »Lass es. Das eine dürfte mit dem anderen nichts zu tun haben. Das sind zwei völlig verschiedene Baustellen.«

»Und was heißt das jetzt für uns und unsere Ermittlungen?«

»Dass wir immer noch nicht fertig sind.« Sie zückte ihr Diensthandy und wählte die Nummer ihrer SOKO-Kollegen.

Das Telefonat dauerte nicht besonders lange und war sehr aufschlussreich. Sogar dermaßen aufschlussreich, dass sich Lotte und Kai gleich im Anschluss daran auf den Weg zu ihren Kollegen machten. Diesmal überließ Lotte bereitwillig ihrem Assistenten das Steuer, weil sie so in der Zwischenzeit noch einige Punkte abklären konnte. Sie fragte sich, was momentan wohl im Kopf von Enno Roths Schwester vorging. Seit Lotte ihre Arbeit bei der Kriminalpolizei angetreten hatte, hatte sie alle möglichen Arten von Trauer kennengelernt. Manche Hinterbliebenen brachen zusammen und waren nur noch ein kraftloses Häufchen Elend. Andere entwickelten ungeahnte Kräfte und versuchten, alles kurz und klein zu schlagen. Aber nie zuvor hatte sie es erlebt, dass Angehörige eines kürzlich Ermordeten wenige Tage nach der Schreckenstat in ein Reisebüro gingen und sich mit den dortigen Angestellten vergnügt über Urlaubsziele an allen möglichen Ecken der Welt unterhielten. Zuerst hatte Maren Grimpe sich Prospekte über Mittelmeerkreuzfahrten vorlegen lassen, anschließend hatte sie Angebote für Thailand, Australien und die mexikanische Halbinsel Yucatán studiert.

War dies lediglich ein Zeichen ihrer Trauer? Sozusagen eine Flucht vor der grausamen Realität? Irgendwie bezweifelte Charlotte das. Sicher gab es verschiedene Arten, um mit dem Kummer umzugehen. Bisher hatte Maren Grimpe jedoch nicht den Eindruck erweckt, als würde sie der Tod ihres Bruders übermäßig mitnehmen. Deshalb suchte sich Lotte die Telefonnummer ihrer Teamkollegin Jeanne Louise vom KDD heraus und erkundigte sich nach dem aktuellen Stand der Personenüberprüfung.

»Dein Anruf kommt wie abgesprochen. Ich bin gerade damit fertig geworden«, verkündete Jeanne Louise über die Autolautsprecher.

Kai zeigte ein kleines Lächeln und konzentrierte sich wieder aufs Fahren.

»Aufgewachsen ist Maren Grimpe in Heilandberg«, fuhr Jeanne Louise fort. »Das ist ein Stadtrandgebiet, das damals noch ziemlich ländlich gewesen sein dürfte. Ist es eigentlich heute noch, je nachdem. Ihr Vater war Lehrer, die Mutter Hausfrau. Beide sind vor rund zehn Jahren bei einem Verkehrsunfall ums Leben gekommen. War eine echt krasse Geschichte. Ein Geisterfahrer hat sie auf der Autobahn gerammt. Sie waren auf der Stelle tot.«

»Du lieber Himmel. Gab es was zu erben?«

»Ja, das elterliche Haus. Dazu etwas Bargeld. Das wurde damals alles Fifty-Fifty aufgeteilt. Das Haus in Heilandberg haben sie verkauft. Von ihrem Anteil hat sich Maren Grimpe den Bastelladen in der Innenstadt geleistet. Aber dazu komme ich gleich noch. Nach dem Abi hat die Frau ein Pädagogikstudium begonnen. Vier Semester hat sie durchgehalten, bevor sie abgebrochen hat. Sie hat dann als Betreuerin in verschiedenen Sozialeinrichtungen gejobbt. Unter anderem in einem Jugendtreff, einer Kindertagesstätte und bei einer Organisation für die Förderung von Migranten. Zwischendurch hat sie Ronald Grimpe geheiratet. Das ist jetzt fünfzehn Jahre her. Dann war irgendwann der Unfalltod ihrer Eltern. Der hat sie ziemlich mitgenommen, sie war danach fast ein Jahr lang arbeitsunfähig. Anschließend hat sie ihren Teil vom Erbe genommen, um dieses Kreativgeschäft zu eröffnen. Das hat anfangs recht gut funktioniert, aber in den letzten Jahren sind die Umsätze kontinuierlich zurückgegangen. Offenbar wollen nicht mehr so viele Leute basteln und kreativ sein.«

»Oder sie kaufen sich ihr Zeug im Internet«, warf Lotte ein. »Das geht ja vielen Geschäften so. Hast du was über Maren Grimpes Beziehung zu ihrem Bruder herausgefunden?«

»Da gibt es nicht viel. Bei Veranstaltungen der Arbeitsagentur oder vom FC Lauengraben scheint sie nie gewesen zu sein. Zumindest gibt es keinerlei Fotos oder Zeitungsmeldungen darüber. In den sozialen Netzwerken ist sie auch nicht mehr aktiv. Gepostet hat sie über ihren Bruder nie was. Wenn du mich fragst, hatten die zwei nicht viele Berührungspunkte. Das letzte Mal miteinander telefoniert haben sie vor ein paar Monaten – an Maren Grimpes Geburtstag. Das Gespräch dauerte keine zwei Minuten.«

Kai schob abwägend den Kopf hin und her. »Wie ein Beweis klingt das nicht. Eher nach dem Gegenteil.«

»Nicht unbedingt«, widersprach Lotte. »Du weißt ja nicht, wieso die zwei kaum Kontakt hatten. Hast du dazu noch was rausgefunden, Jeanne-Louise?«

»Leider nicht. Da werdet ihr sie wohl selbst fragen müssen.«

Charlotte nickte zustimmend und warf einen Blick auf die Uhr. Eigentlich müssten Kai und sie zurück zum Präsidium, um all den lästigen Papierkram zu erledigen und sich um die Befragung der Festgenommenen zu kümmern. Doch obwohl der Einsatz in der *Wunder-Bar* sehr erfolgreich verlaufen war, hielt sich Lottes Interesse daran stark in Grenzen. Ihr Hauptanliegen war nach wie vor, den Mord an Enno Roth aufzuklären. Alles andere war lediglich nettes Beiwerk, wie es so schön hieß. Dennoch würde sie um einen Großteil der Arbeit über kurz oder lang nicht herumkommen.

Lang war ihr in dem Fall eindeutig lieber. Deshalb bedankte sich Lotte bei ihrer KDD-Kollegin nicht nur für die ausführliche Hintergrundrecherche, sondern bat sie überdies, mit dem Rest vom SOKO-Team im Präsidium schon einmal alles für die späteren Vernehmungen von Ismael und Konsorten vorzubereiten. Obwohl dies eine Menge zusätzliche Arbeit bedeutete, schien sich Jeanne-Louise über diese Verantwortung zu freuen und versprach, sich gleich ans Werk zu machen. Zufrieden beendete Lotte das Telefonat.

Bald darauf erreichten die Kommissare den Treffpunkt, den sie vorhin mit der Observierungs-Crew vereinbart hatten. Zu ihrer Freude hielt sich Maren Grimpe noch immer im Reisebüro auf und war sich offenbar mit der dortigen Beraterin einig geworden. Für welches Urlaubsziel sich die Bastelladeninhaberin entschieden hatte, wusste keiner ihrer Beobachter, weil der Monitor der Reisekauffrau leider völlig überwachungsunfreundlich nicht in Richtung der Schaufenster zeigte.

»Ich wette, es ist Mexiko«, sagte einer der SOKO-Leute.

»Nee, eher Thailand. Ko Samui oder Phuket«, vermutete der andere SOKO-Mann. »Da wollen doch alle hin.«

Wie auch immer die Wahl ausgefallen war, am Ende des Gesprächs reichten sich die Roth-Schwester und die Reisebüro-Frau freudig die Hand. Beide lächelten, als hätten sie das Geschäft ihres Lebens abgeschlossen. Lotte fragte sich eher, ob Maren Grimpe ihren Ehemann für den Ausflug mit eingeplant hatte oder ob sie vorhatte, das Land ohne ihn zu verlassen. Sofern es überhaupt dazu kommen würde. Rein vom Gefühl her tippe Charlotte eher darauf, dass die vermeintlich mörderische Schwester die nächsten Jahre auf Staatskosten logieren würde. In einem kleinen Zimmer mit Gitterstäben vor dem Fenster.

Als Maren Grimpe das Geschäft verließ, gingen die vier Polizisten hinter ein paar geparkten Autos in Deckung. Kurz schien es, als würde sie an der nächsten Bushaltestelle anhalten. Sie hielt dort auch tatsächlich kurz, nur um dann mit beschwingten Schritten weiter den Fußweg entlangzugehen. Wie eine schwer von Trauer gezeichnete Angehörige wirkte sie nach wie vor nicht.

Sehr überwachungsfreundlich bog die Schwester in eine belebtere Gasse mit zahlreichen Geschäften und Lokalen ein. Nach Shoppen schien ihr jedoch nach wie vor nicht der Sinn zu stehen. Stattdessen steuerte sie ein kleines französisches Straßencafé an und ließ sich im dortigen Außenbereich nieder.

»Na toll«, beschwerte sich Kai. »Die bestellt sich gleich Kaffee und Kuchen, während wir uns hier die Beine in den Bauch stehen!«

»Das ist nicht gewiss«, konterte Lotte.

»Was? Dass sie vespert oder dass wir hier herumstehen?«

»Beides.« Lotte wandte sich den zwei Observierern zu.

»Ihr haltet euch bitte unauffällig im Hintergrund. Wir werden der Frau mal ein bisschen auf den Pelz rücken.«

Sie gab dem Assistenten ein Zeichen, ihr zu folgen, und schlenderte im großen Bogen und so unauffällig wie möglich auf das Eckcafé zu. Dank zahlreicher anderer Fußgänger blieben sie Maren Grimpe dabei vollkommen verborgen. Die Mordverdächtige bemerkte es nicht einmal, als sie sich zwei Tische entfernt hinter ihrem Rücken niederließen.

Ganz allein den katzengleichen Bewegungen der Kommissare war es allerdings nicht zu verdanken. Am Platz unmittelbar hinter Maren Grimpe saß eine Frau mit breiten Schultern und noch breiteren Hüften. Rein optisch hätte sie auch hervorragend auf einer Seerose sitzen können, lediglich ihr Gewicht hätte dagegengesprochen.

Ein Kellner erschien zuerst an Maren Grimpes Tisch und anschließend an dem der Polizisten. Lotte bestellte ein Mineralwasser und Kai eine Cola. Für warme Getränke war es heute entschieden zu heiß. Während sie warteten, behielten sie ihre Verdächtige genau im Auge. Möglicherweise hatte sich die Frau ja mit jemandem verabredet oder würde gleich ein verräterisches Telefonat führen. In Krimis passierten schließlich ständig derart hilfreiche Zufälle.

Nach einer Weile kramte die Schwester tatsächlich ihr Smartphone hervor. Allerdings nicht zum Telefonieren oder um Nachrichten zu verfassen, sondern um sich durch irgendwelche Bestellshops zu klicken. Nebenbei nippte sie in aller Seelenruhe an ihrem Eiskaffee. Manchmal wippte sie dabei vergnügt mit dem Fuß. Es war das komplette Gegenteil von allem, was trauernde Menschen üblicherweise taten. Entweder war diese Frau eine extreme Ausnahme vom Regelfall, oder ihr Leid hielt sich massiv in Grenzen.

Schließlich hatte Lotte genug. Sie knallte einen Fünf-Euro-Schein auf den Tisch, ging auf Maren Grimpe zu und zögerte nicht, sich gleich ungefragt mit an Grimpes Tisch zu setzen. Die Schwester ließ überrascht das Mobiltelefon sinken und hatte wohl bereits ein paar empörte Worte auf den Lippen, als ihr klar wurde, wer sich da zu ihr gesellt hatte.

»Guten Tag, Frau Grimpe. Haben Sie kurz Zeit für mich?«

»Ehrlich gesagt, nein. Ich wollte gerade gehen.« Dass dies eine Lüge war, bewies schon ihr nicht mal halb leerer Eiskaffee. Dennoch erhob sich die Frau demonstrativ und griff nach ihrer Handtasche. In dem Moment erschien Kai von der anderen Seite und baute sich neben ihr auf.

»Bleiben Sie doch noch ein bisschen«, schlug er vor. »Uns zuliebe.«

Im Kopf der Verdächtigen schien es zu rattern. Für Lotte war das Anlass genug, gleich noch einmal nachzulegen: »Ansonsten können wir das Gespräch gerne ins Präsidium verlegen. Ich bezweifle aber, dass es dort so lauschig ist. Und Eiskaffee haben wir auch nicht.«

»Bin ich verhaftet?«

»Noch nicht.«

Maren Grimpe hob erschrocken die Brauen. »Wie darf ich denn das verstehen?«

Charlotte ließ sich nicht beeindrucken. »Genauso, wie ich es gesagt habe. Noch ist es lediglich eine harmlose Unterhaltung in einem Straßencafé. Was sich daraus ergibt, liegt allein bei Ihnen.«

Mit einem tiefen Seufzer gab sich Maren Grimpe geschlagen. »Na, dann legen Sie mal los.«

»Als Erstes würden wir uns mit Ihnen gerne über das Verhältnis zu Ihrem Bruder unterhalten.«

»Da gibt es nicht viel zu sagen. Wir haben uns gut verstanden. Er war mein Bruder.«

Lotte schüttelte den Kopf und beschloss, gleich einen Gang höher zu schalten. Es brachte nichts, zu lange um den heißen Brei herumzureden. Vor allem nicht, wenn es um die Aufklärung eines brutalen Mordes ging. »Das muss nichts zu bedeuten haben. Wir haben uns mal in ihrer früheren Nachbarschaft in Heilandberg umgehört. Das klang nicht unbedingt wie in einer heimeligen Vorabendserie.«

»Wie bitte? Was wollen Sie damit andeuten? Meine Familie war ganz normal. Da gab es keine besonderen Vorkommnisse.«

»Es muss nicht immer besondere Vorkommnisse geben. Manchmal spielen sich die kleinen Tragödien im Stillen ab. Manchmal sogar, ohne dass die Eltern etwas davon mitbekommen.«

Die Schwester starrte sie grimmig an. Lotte hielt dem Blick stand. Sie hätte den ganzen restlichen Nachmittag hier so sitzen können. Sie spürte, dass sie mit ihrem Schuss ins Blaue einen Volltreffer gelandet hatte.

»Ich weiß wirklich nicht, wovon Sie reden«, sprach sie mit einem schwachen Unterton, der keinen Zweifel daran ließ, dass das komplette Gegenteil der Fall war. Da half nur weiteres Improvisieren.

»Kommen Sie, Frau Grimpe. Wir wissen, was für ein Fiesling ihr Bruder war. So was kommt nicht von jetzt auf gleich. Das war schon früher so. Früher, als er sie gehänselt und gedemütigt hat. Oder die vielen Male, in denen er Sie vor Ihren Eltern dumm dastehen ließ. Seine kleine Schwester, die so viel jünger war als er. Eigentlich sollte er Sie beschützen und für Sie einstehen. Doch das genaue Gegenteil war der Fall.«

Noch immer starrte die Grimpe sie an. Trotzdem veränderte sich etwas. Das Blinzeln nahm zu. Ihre Mundwinkel zuckten mehrfach unkontrolliert, so als stünde die Frau unter immensem psychischem Druck. »Wer hat Ihnen das gesagt?«, raunte sie.

Sie gerade eben, hätte die ehrliche Antwort gelautet. Stattdessen fuhr die Kommissarin ungerührt fort. Sie spürte deutlich, dass sie sich auf dem richtigen Weg befand. »Es wurde auch in der Jugend nicht besser. Enno wurde älter, und seine Attacken wurden übler. War es nur verbal, oder hat er Sie auch geschlagen und geschubst? Jedes Mal, wenn niemand so genau hinsah.«

»Nein, so war das nicht«, widersprach Grimpe mit kraftloser Stimme. Schwer zu sagen, ob es sich um die Wahrheit handelte oder ob sie die Tatsachen herunterspielen wollte. Lotte beschloss, den Punkt zu überspringen, um kein Risiko einzugehen und eine Brücke vom Damals zum Jetzt zu schlagen. »Das Beste, was Sie tun konnten, war früh von daheim auszuziehen und zur Uni zu gehen. Leider hat das mit dem Pädagogikstudium nicht so richtig funktioniert. Nach vier Semestern haben Sie die Reißleine gezogen und verschiedene andere Sachen ausprobiert. Sogar einen eigenen Laden haben Sie eröffnet. Mit Enno lief dann erst mal alles auf Sparflamme. Kurze Anrufe zu bestimmten Anlässen, aber ansonsten Funkstille. Ich kann es Ihnen nicht verdenken. Wahrscheinlich hätte ich es genauso gemacht. Aber irgendwann mussten Sie trotzdem zwangsweise aufeinander zugehen. Wegen des Erbes. Und anderen Dingen …«

Um welche Dinge es sich handelte, ließ sie bewusst außen vor. Bestimmt waren etliche Sachen vorgefallen, von denen sie nicht die geringste Ahnung hatten. Lotte hoffte überdies, dass Kai weiterhin schwieg. Bisher hatte er brav die Klappe gehalten, so als wäre dies ein reines Frauengespräch. Unter Umständen war es das sogar. Die Einmischung eines Mannes jedenfalls konnten sie derzeit überhaupt nicht brauchen.

»Ich frage mich nur, was dann der Auslöser war. Was hat den Stein wieder ins Rollen gebracht? Hat er wieder angefangen, Sie zu verhöhnen? Hat er Sie ausgelacht, als Sie sich von ihm Geld für den Laden leihen wollten? Oder hat er gedroht, Sie bei Ihrem Mann zu verpetzen, wie schlecht es wirklich um das Geschäft stand? Was war der Grund, Frau Grimpe? Bitte helfen Sie uns, das Ganze zu verstehen. Wieso hat es so weit kommen müssen?«

Erneut vermied sie es, bestimmte Details laut auszusprechen. In dem Fall war es der Begriff *Mord*. Aus Erfahrung wusste Lotte, dass dies ein sehr mächtiges Wort war und dass viele Menschen schon beim Hören dicht machten. Niemand wollte etwas mit einem Mord zu tun haben. Nicht einmal der Mörder, respektive die Mörderin. Besser war es, diese heikle Klippe so lange wie möglich zu umschiffen.

»Es war wegen des Ladens«, gestand die Schwester nach einigem Zögern. »Ich habe ihn um Hilfe gebeten. Zum ersten Mal in meinem Leben. Und er hatte nichts Besseres zu tun, als mich auszulachen. Er hat mir ernsthaft an den Kopf geworfen, dass er schon immer gewusst hat, was für eine Schnapsidee das mit dem Bastelgeschäft gewesen ist. Und dass ich es nie zu irgendwas bringen würde. Selbst an meinem Geburtstag hat er mich verhöhnt. Können Sie sich das vorstellen? Ich bin mir vorgekommen wie ein kleines Kind, das vor der ganzen Klasse ausgebuht wird.«

Jetzt wäre eigentlich der Moment gewesen, in dem Maren Grimpe zugab, ihren Bruder ermordet zu haben. Doch die Schwester schwieg und starrte nur verbittert vor sich hin. Dann würden sie erst mal einen anderen Punkt abklären. »War Ihr Schwächeanfall im Geschäft, als wir Sie zum ersten Mal aufgesucht haben, überhaupt echt?«

»Mehr oder weniger. Mir ist schon etwas flau im Magen gewesen, und der Kreislauf hat vor lauter Schreck nicht mitgespielt. Aber mit den Symptomen habe ich wohl etwas übertrieben.«

»Da war es Ihnen dann vermutlich auch nicht so recht, dass der Notarzt auf eine Fahrt ins Krankenhaus bestanden hat, oder?«

»Es hat mich zumindest erst mal vor Ihrer Befragung bewahrt. Aber irgendwann wurde es doch zu langweilig dort.«

»Gut, dann noch mal zurück zu der Sache mit Ihrem Bruder«, schwenkte Lotte über. »Woher hatten Sie überhaupt die Pistole für die Tat? In der Regel hat man so was ja nicht einfach so daheim herumliegen.«

Erneutes Zögern. Diesmal länger. Viel länger. Gerade als sie noch einmal nachhaken wollte, antwortete Maren Grimpe endlich: »Ich habe sie von meiner Arbeit im Erziehungswesen vor vielen Jahren. Da kommt man zwangsweise mit allen möglichen Gesellschaftsschichten in Berührung. Einmal hatte ein Jugendlicher eine Waffe dabei. Ich habe sie eingezogen und ihm versichert, dass ich sie für ihn verschwinden lasse. Er war sehr erleichtert deswegen. Aber ich habe sie nicht verschwinden lassen, sondern bei mir im Keller versteckt. Nur für alle Fälle. Jahrelang habe ich nicht daran gedacht, bis sie mir kurz nach meinem Geburtstag wie als Vision wieder einfiel. Auf einmal war alles so klar und eindeutig. Ich wusste, was ich zu tun hatte, damit diese jahrzehntelange Pein endlich aufhört.«

»Und dann haben Sie Enno in der Tiefgarage aufgelauert«, mischte sich Kai nun doch ein. »War es nur an diesem einen Abend oder schon einige Tage zuvor?«

»Schon einige Tage zuvor. Einmal ist er gar nicht da gewesen. Ein anderes Mal fehlte mir der Mut für den letzten Schritt. Zuerst wollte ich ja vor ihn treten, damit er mir ins Gesicht sehen kann und genau weiß, warum ich es tue. Aber mir wurde klar, dass ich dafür nicht genug Mumm hatte. Im Fernsehen sieht so was immer so einfach aus. Aber glauben Sie mir, das ist es nicht. Deshalb habe ich mich von hinten an ihn rangeschlichen und dann abgedrückt. Es ging nicht anders. Es musste sein.«

Lotte nickte mitfühlend. Bis zu einem gewissen Grad verstand sie die Mörderin und ihre Tat sogar. Was auch immer die Zukunft nun für Maren Grimpe bereithalten würde, ihr Bruder jedenfalls würde sie nie wieder verhöhnen oder auslachen. Zumindest in der Hinsicht würde die Schwester nun endlich Ruhe haben. Dennoch hätte es andere Mittel und Wege geben müssen. Die gab es immer.

Zuerst gab Charlotte ihren zwei Kollegen ein stummes Zeichen, zu ihnen zu kommen. Anschließend nickte sie ihrem Assistenten zu, seine Handschellen zu ziehen und die Verdächtige festzunehmen. Diesen letzten Schritt überließ sie gerne ihm, damit er weitere Übung in diesem Bereich bekam. Zusammen mit dem Observierungsteam stellte Lotte lediglich sicher, dass die geständige Mordverdächtige keinen Fluchtversuch unternahm und Kai seine Sache gut machte.

In beiden Fällen gab es keinerlei Schwierigkeiten. Maren Grimpe streckte ihm bereitwillig beide Hände entgegen und nickte, als er sie fragte, ob sie die zuvor erfolgte Rechtsbelehrung verstanden hatte. Das Ganze geschah dermaßen ereignisarm, dass lediglich die Gäste an den unmittelbaren Nachbartischen etwas mitbekamen. Selbst als die mörderische Schwester im Anschluss zum Dienstwagen eskortiert wurde, hoben nicht viele im Café Sitzende die Köpfe. Eventuell war es für manch einen auch einfach nicht spektakulär genug. Eine Verhaftung im Kinofilm fiel in der Regel jedenfalls deutlich bleihaltiger und lauter aus.

Dennoch wagte Charlotte erst durchzuatmen, nachdem sie Maren Grimpe auf der Rückbank eines via Funk verständigen Streifenwagens gesetzt hatten und die Tür hinter ihr ins Schloss gefallen war. Dann allerdings fiel ihr von einem Moment zum nächsten nicht nur ein Stein, sondern ein komplettes Gebirge vom Herzen. Sie konnte es noch gar nicht glauben: Der Fall war tatsächlich gelöst und die Mörderin überführt. Noch heute Morgen hatte sie von einer solchen Möglichkeit nicht einmal zu hoffen gewagt.

Auch ihr Assistent wirkte völlig aufgelöst deswegen. »Auf einmal ging doch alles ganz schnell«, freute er sich. »Gute Arbeit, Chefin. Das war erstklassig. Ich bin beeindruckt, wie abgebrüht du bist. Du hast einfach nicht locker gelassen.«

»Nicht umsonst nennt man mich den *Bullterrier*. Wenn ich einen Fall zu lösen habe, beiße ich mich regelrecht daran fest.«

»Ach, du weißt von dem Spitznamen?«

»Selbstverständlich. Denkst du, ich bin taub? Nein, mein Lieber, ich habe meine Ohren überall und weiß genau, was hinter meinem Rücken geredet wird.«

»Was wird jetzt aus der Frau?«

»Der Richter wird einen Haftbefehl erlassen, und man wird sie anklagen. So wie das bei Mord immer gemacht wird.«

»Denkst du nicht, dass bei ihr mildernde Umstände gelten? Vielleicht ist sie nicht mal ganz schuldfähig nach dem jahrzehntelangen Psychoterror.«

»Keine Ahnung. Damit werden sich Gericht und Gutachter beschäftigen. Uns braucht das nicht zu kümmern. Unsere Arbeit ist hiermit erledigt. Wir haben den Todesfall aufgeklärt und die Täterin überführt. Für uns bleibt jetzt nur noch das Schreiben der Berichte übrig.«

»Vergiss nicht Ismael und seine Homies.«

O ja, die warteten ja auch noch auf sie. »Ich fürchte, das wird noch mal eine lange Nacht.«

Kai wollte etwas darauf erwidern, wurde aber durch das vibrierende Handy seiner Chefin vorzeitig zum Schweigen gebracht. Ein Blick auf das Display verriet Lotte, dass es sich bei dem Anrufer um Peter handelte. Zusammen mit dieser Erkenntnis wurde das eben noch geführte Dienstgespräch augenblicklich in den Hintergrund gedrängt.

»Hi, Schatz, wie geht es dir?«, fragte sie in den Telefonhörer und ging einige Meter, um ungestört sprechen zu können.

»Recht gut so weit«, erklang es vom anderen Ende der Leitung her. »Die Untersuchungen im Westklinikum sind abgeschlossen. Die Ärztin hat mich ganz offiziell für gesund befunden. Ich habe das sogar schriftlich.«

»Sehr schön. Dann steht unserem Schweden-Urlaub eigentlich nichts mehr im Wege.«

»Was ist mit deinem Fall?«

»Gerade eben aufgeklärt.«

»Wow, das ist ja toll! Gratuliere. Dann sehen wir uns gleich zu Hause?«

Sie lachte auf. »Ganz so schnell geht es dann doch nicht. Vor meinem Feierabend liegen noch einige Vernehmungen und noch mehr lästiger Papierkram. Wahrscheinlich werden wir uns nicht vor morgen früh sehen.«

»O je«, sagte er betrübt. »Dann werde ich mal die Gelegenheit nutzen, und zeitig ins Bett gehen. Nach dem Telefonat mit Bernd, der mich schon achtmal versucht hat anzurufen. Mir brummt noch ein wenig der Schädel von den Ohrfeigen, die ich in der Bar bekommen habe.«

»Was wolltest du überhaupt dort?«

»Nur was überprüfen. Außerdem hatten die Mistkerle mein Fahrrad geklaut. Aber das ist eine lange Geschichte. Die erzähle ich dir bei Gelegenheit. Jetzt kümmere dich erst mal um deine Arbeit. Damit unserem Urlaub wirklich nichts mehr im Wege steht.«

»Werde ich tun.« Die Kommissarin verabschiedete sich mit einem Lächeln und legte auf. Ihr Assistent wartete aufbruchsbereit an ihrem Dienstwagen. Als sie einstiegen, lächelte er ebenfalls.

»Ich bin froh, dass diese Ermittlungen endlich vorüber sind. Eigentlich waren es ja zwei Fälle. Und Action hatten wir auch!«

»Das heißt, du bist zufrieden?«

»Mehr als das. Bin schon gespannt, was uns beim nächsten Tatort erwarten wird.«

»Zur Abwechslung vielleicht mal ein einfacher Fall?«

»Och nee! Alles, bloß das nicht.«

Charlotte ließ den Motor an und lenkte das Fahrzeug aus der Parklücke. Es dauerte nicht lange, und sie befanden sich im nächsten vorabendlichen Verkehrsstau. Ein Problem war das in Lottes Augen nicht. Sie war sich ziemlich sicher, dass ihr die anstehende Arbeit im Präsidium nicht davonlaufen würde. Ganz im Gegenteil sogar.

Fünf Tage später

»Siebenundvierzig. Achtundvierzig. Neunundvierzig.« Charlotte lachte.

»Das ist nicht witzig«, jammerte Peter, der nur mit Unterhose bekleidet auf dem Bett lag und sich von seiner Gattin Fenistil auf jeden einzelnen Mückenstich salben ließ. »Das juckt wie Sau.«

»Mich nicht.« Lotte schraubte die Tube zu. Die war fast leer. Wenn Peter weiterhin als Blutspender für die schwedischen Stechmücken herhalten musste, würde sie in der Apotheke für ein ordentliches Umsatzplus sorgen.

»Das ist gemein.« Peter nölte wie ein Kleinkind.

»Wieso? Was kann ich denn dafür, dass du so gut schmeckst, dass die Biester um mich einen Bogen machen?«

»Ich hasse Schweden«, knurrte er.

»Ich liebe es!« Seit der Ankunft hatte sie endlich ausschlafen können. Peter hatte die Zeit genutzt, um im See zu schwimmen und sich zu sonnen. Und das offensichtlich sehr zur Freude der nordischen Blutsauger.

»Ich bring gleich jemand um«, lamentierte Peter.

»Untersteh dich«, schalt ihn seine Frau. »Schreib lieber deinen Roman.«

Peter seufzte. »Und worüber?«

»Versuch es doch mit einem Krimi.« Lotte verließ das Schlafzimmer, um die Allergiecreme in den Kühlschrank zu legen.

»Ein Liebesroman wäre mir lieber.« Lotte hatte nicht gemerkt, dass Peter ihr gefolgt war. Er umschlang sie von hinten. Lotte genoss den Moment. Für den Abend hatten sie Lachs eingekauft, zu dem es überteuerten Salat geben würde. Und den mitgebrachten Weißwein. Sie drehte sich zu ihrem Mann um.

»Wir können ja ein wenig recherchieren«, schlug sie vor.

»Eine fantastische Idee«, pflichtete Peter ihr bei und schloss die Augen, um sie zu küssen. Ehe sie selbst die Augen zumachte, wischte sie eine Stechmücke von Peters Schulter fort. Dann gab sie sich ganz dem Moment hin.

Dass Peters Hand unter ihr Shirt glitt, das spürte sie. Den Mückenstich im Nacken nicht.